KB138743

INTO THE PLANET

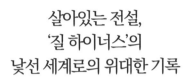

살아있는 전설,
'질 하이너스'의
낯선 세계로의 위대한 기록

인투
더 플래닛

INTO THE PLANET

질 하이너스 지음
김하늘 옮김

마리앤미

인투 더 플래닛 INTO THE PLANET

1판 1쇄 인쇄 2022년 8월 10일
1판 1쇄 발행 2022년 8월 25일

지은이 질 하이네스
옮긴이 김하늘
펴낸곳 마리앤미 | **펴낸이** 김가희 | **교정교열** 하선연 | **기술 및 번역 자문** 윤상진
전화 032-569-3293 | **팩스** 0303-3445-3293 | **주소** 22698 인천 서구 승학로506번안길 84, 1-501
메일 marienmebook@naver.com | **인스타그램** @marienmebook
등록 2020년 12월 1일(제2020-000053호)
ISBN 979-11-979347-9-7 03840

* 잘못 만들어진 책은 바꾸어 드립니다.

이 책에 대한 찬사

● 짜릿하다! 깊고 푸른 바다의 섬뜩한 두려움과 치명적 아름다움을 생생하게 선사한다. _〈O, 오프라 매거진〉

● 세계적 수준의 테크니컬 다이버이며 영상 제작자인 질 하이너스, 남극 빙산 아래에서부터 열대 블루홀까지! 이 범상치 않은 탐험 장소들은 그녀의 탐험이 그 어떤 것보다 흥미진진하다는 절대적인 증거다. _제임스 캐머런James Cameron

● 훌륭하고 정직하며 놀랍도록 매혹적이다. 죽음을 불러올 수도 있는 매혹적인 스포츠에 대한 그녀의 연애편지, 그녀의 완벽한 다이빙은 위대한 발견을 의미한다. _〈NPR〉

● 거부할 수 없는 유혹과의 사투, 당신은 《인투 더 플래닛》을 통해 아름다운만큼 치명적인 곳을 짜릿한 쾌감과 함께 경험하게 될 테지만, 폐소공포증과도 마주해야 할 것이다. _〈월스트리트 저널〉

● 반드시 읽어라! _〈로버트 D. 발라드Robert D. Ballard, 심해 탐험가이자 타이태닉호의 최초 발견자〉

● 매혹적이며 짜릿하고 지극히 개인적인 회고록이다. 《인투 더 플래닛》은 열정 가득한 유쾌한 이야기와 감성으로 많은 사람에게 영감을 줄 것이다. _〈커커스 리뷰Kirkus Reviews〉

● 질의 회고록은 적절한 호흡으로 전개되면서 익숙하지 않은 세계로의 스릴을 선사한다. _〈퍼블리셔스 위클리Publishers Weekly〉

● 당신은 이 책의 첫 문장을 읽자마자 빠져들 것이다. 무모하고 깊은 영감을 주는 여행을 떠날 준비를 해라.《인투 더 플래닛》은 정해진 한계에 저항하도록 우리를 고무하고, 소중한 지구와 연결되게 하며, 열정을 좇는 인생을 살게 해 줄 것이다!
_**클라라 휴즈**Clara Hughes, 스피드스케이팅 선수이자 사이클 선수

●《인투 더 플래닛》은 지구 깊숙이 존재하는 세계로, 숨이 멎을 듯한 짜릿한 모험을 하게 해준다. 그녀의 용기와 열정은 경계를 넓히는 탐험만큼이나 글에서도 뚜렷이 드러난다. 손에서 내려놓을 수 없는 책이다. _**수전 캐시**Susan Casey, 작가

● 모든 종류의 극한 도전에는 출중한 사람이 존재한다. 산에는 라인홀트 메스너, 암벽에는 알렉스 호놀드, 바다에는 로버트 밸러드가 있다.《인투 더 플래닛》에서 볼 수 있듯, 수중 동굴 다이빙의 명예는 질 하이너스에게 갈 것이다. 여느 다이버처럼 질 하이너스도 바위 천장으로 막힌 수중 동굴을 탐험한다. 하지만 질 하이너스는 다른 천장도 극복해 내야 한다. 바위 천장처럼 생명을 위협하지는 않지만 그보다 더 음흉하다. 바로 성에 기반한 편견이라는 유리 천장이다. 그녀가 두 가지 역경에 모두 맞서 승리했기에 그녀가 해낸 일은 더욱더 놀랍고 흥미진진하다. _**제임스 M. 타보르**James M. Tabor, 작가

● 한 가지는 장담할 수 있다. 질 하이너스는 자신의 인생을 되돌아보며 용기나 열정이 부족했다고 후회하진 않을 것이다. 열정에 찬 흡입력 있는 인생 이야기를 읽다 보면, 질의 경이로운 세계와 발견의 설렘으로 가득한 그녀만의 사적인 공간으로 들어가게 된다. 나는 밤새 놀라움으로 한 장 한 장을 읽어 내렸다.
_**다이애나 나이아드**Diana Nyad, 장거리 수영 선수

"멀리 가는 위험을 감수하는 자만이 얼마나 멀리 갈 수 있는지 알 수 있다."

— T. S. 엘리엇 T. S. Eliot. 미국계 영국 시인이자 극작가, 문학 비평가

차례

내가 죽는다면 그곳은 누구도 보지 못한, 눈부시게 아름다운 장소일
것이다.

손가락에서 더는 감각이 느껴지지 않는다. 얼음장같이 차가운 남극
의 바닷물이 방수 장갑에 뚫린 미세한 구멍으로 새어 들어왔다. 물의 온
도가 10분의 1만 낮아도 바다는 얼음으로 변할 것이다. 살을 에는 추위
와 싸우다 보니 체력은 고갈되고, 혈관은 쉴 새 없이 고동쳐 손끝과 발
끝으로 온기를 보내려는 헛된 시도를 한다.

머리 위의 바다가 조각해 놓은 얼음 아치길은 골프공 표면처럼 홈이
패어있고, 보는 각도에 따라 푸른빛, 잿빛 파랑, 하늘빛, 맑은 파랑, 진파
랑으로 변한다. 남극의 빙산들은 밝고 생기가 넘치는 동시에 어둡고 으
스스하다. 아름다움과 위험처럼 모순된 요소가 공존하는 곳이다. 우리
는 세계 최초로 남극 빙산 속에서 동굴 다이빙을 하고 있다. 그리고 어

11

쩌면 살아서는 이 이야기를 할 수 없을지도 모른다.

지금은 2월이고, 남극은 한여름이다. 내셔널지오그래픽이 내게 맡긴 일은 숙련된 전문 다이버 팀을 이끌고 남극에서 가장 큰 B15 빙산 내부 깊숙한 곳에 있는 수중 동굴을 찾는 것이다. 거대한 빙산 속 동굴에서 다이빙하는 일이 어려우리란 사실은 이미 알고 있었지만, 빠져나오는 것이 불가능에 가깝다는 사실은 미처 예상하지 못했다. 조류의 속도가 걷잡을 수 없이 빨라지며 우리를 얼음 안에 가둬버렸다. 얼어붙은 빙산 아래서 궁지에 빠져, 어떻게 탈출할지 알아내야 한다.

참고할 만한 훈련 교본이나 안전 수칙이라고는 없다. 처음 시도하는 일은 다른 사람에게 가르침이나 도움을 구할 수도 없다. 우리를 구조할 만한 경험과 기술을 갖춘 세계에서 가장 뛰어난 동굴 다이버 팀은 지금 B15 빙산 안에 갇혀있기 때문이다. 바로 내 남편 폴 하이너스Paul Heinerth 와 우리 부부의 절친한 친구 웨슬리 스카일스Wes Skiles 그리고 나다.

헤엄치면서 보이는 반짝이는 얼음 동굴은 정말이지 굉장하다. 좁은 통로 위에서는 100미터에 달하는 얼음이 우리를 짓눌러오고, 불안정한 상태라는 것을 알리듯 크게 삐걱거리면서 펑 하는 굉음을 낸다. 물살에 가속이 붙자 빙산 밑 해저 정원은 허리케인에 휩쓸린 야자수처럼 휘어버리고 만다. 선명한 주홍빛 해면과 크리스마스트리처럼 보이는 벌레, 강렬한 빨간색 돌기를 가진 바다 생물들이 조류에 접히고 흔들린다. 웨슬리는 폴과 나를 따라오면서 내셔널지오그래픽에 보낼 탐험 영상을 찍고 있지만, 물살 때문에 점점 뒤처지는 게 느껴진다.

원래 1시간으로 계획했던 다이빙은 예정과 달리 길어지고 있었다. 얼마나 오래 추위를 버틸 수 있을지 알 길이 없다. 2시간은 생존할 수 있을까? 아니면 3시간? 낡은 연구선 '브레이브하트'호에 탑승한 15명의 동료는 물속에서 어떤 극적인 상황이 펼쳐지는지 전혀 알 수 없을 것이다. 우리가 늦어진다는 사실만 알고 있을 뿐이다. 시간이 더 흘렀는데도 우리가 도착하지 않으면 선장이 무전기로 우리를 부르겠지만 대답을 듣기는 힘들 것이다. 우리는 통신 범위에서 벗어나 있고, 이곳에 우리 말고는 아무도 없다. 배 위에는 우리를 구조해 줄 만한 능숙한 다이버가 없다. 동료들은 쌍안경으로 수평선을 살펴보고 배에 있는 헬리콥터를 띄워서 로스해를 끝없이 뒤덮은 하얀 얼음 위를 정신없이 뒤지겠지만, 아마 다들 속으로는 이 냉담한 바다에서 오랜 시간 동안 살아남기란 거의 불가능한 일이라고 생각했을 것이다. 좋게 보면 배짱 있는 모험가로 우리를 기억할 수도 있겠지만, 그냥 미치광이로 여겨질 가능성이 더 크다.

손에 느껴지던 엄청난 통증이 서서히 느껴지지 않고 손이 마비되어 가면서 내 의지마저 빼앗으려 한다. 심부 체온이 떨어지면 혼미한 상태로 넘어가기 마련이다. 보통 고통이 사그라질 때 죽음이 도사린다. 몸을 앞으로 끌어당기려고 동상에 걸린 손을 말랑말랑한 해저에 찔러넣으니 진흙 기둥이 연기처럼 솟아오른다. 몸은 후끈거리는 동시에 으슬으슬하다. 숨이 가쁘고 폐가 타는 듯하다.

300미터가량 떨어진 곳에 곧 사라질 듯한 은은한 한 줄기 햇살이 보인다. 나는 햇살에 더 가까이 가기 위해 가능한 한 발을 세게 구르고 해저에 있는 것을 닥치는 대로 붙잡았다. 어딘가에서 폴과 웨슬리의 거친 숨소리가 들리지만, 조금씩 빛에 가까워지면서 나는 내 생존에만 몰두했다.

모든 것이 끝난 순간이 언제인지, 죽어가는 사람은 대체 어떻게 아는 걸까? 살아온 삶이 주마등처럼 눈앞을 스쳐 지나간다고들 하지만, 지금 그런 일은 벌어지지는 않는다. 머릿속에 떠오르는 생각이라고는 내가 가장 사랑하는 바다에서 벗어나야 한다는 것뿐이다. 나는 물이라는 액체와의 관계에 몰입하며 인생을 보냈다. 물은 만물을 길러내기도 하고 파괴하기도 하며, 우리를 띄우기도 하고 익사시키기도 한다. 내게 자유를 주었으나 친구들의 목숨을 앗아가기도 했다.

이제 나는 삶과 죽음의 갈림길에 이르렀다. 내 삶은 물에서 시작되었으나, 이곳에서 최후를 맞을 수도 있다는 사실은 받아들이지 않을 것이다.

나는 당신이 한 번도 상상하지 못했던 곳, 여태껏 그 누구도 모험하려는 엄두도 내지 못했던 수중의 깊은 동굴 속으로 당신을 데려갈 셈이다. 다소 불편하더라도 두려움과 대면하도록 당신을 이끌 것이다.

이 책을 읽으며 폐소공포증과 극한의 추위를 느끼겠지만, 두려움과 불안을 당당히 끌어안는 용감한 본인의 모습을 만나길 바란다. 그리고 당신도 나처럼 탐험가라는 사실을 받아들이기를 기원한다.

아이들은 주위를 둘러싼 세계를 경이롭게 여기고 두려움 없이 대한다. 어릴 때는 모든 것이 새롭고 놀랍기에 굳이 큰 노력을 들여 탐험할 필요가 없다. 나도 주변의 자연을 요모조모 살피는 일이 일상이었고, 그 너머에 무엇이 있을지 겁내지 않고 용감하게 언덕 꼭대기에 올랐다. 하지만 쓰라린 경험을 하면서 두려움을 지배적인 신조로 받아들이게 되었다. 대부분의 사람이 그렇듯, 나 역시 어른이 되면서 안정성과 확실함을 찾아 헤매었다. 이룩해 놓은 것을 잃을까 걱정이 돼서 새로운 단계로 올라서는 것보다는 편하게 현재 상태에 머무는 것을 택하곤 했다.

가난, 폭풍, 바이러스, 말벌, 투견, 급발진 차량 등 이성적이든 비이성적이든 누구나 두려움을 안고 산다. 직장을 잃을까 봐 걱정하고, 어떻게 생활비를 충당할 것이며, 또 어떻게 가족을 보살필지 염려한다. 정치 지도자들은 다른 인종, 다른 종교, 다른 신념을 가진 타인을 배척하라고 부추긴다. 현관문을 걸어 잠근 채 삼중 잠금장치로 보호되는 곳에서 디지털 기기를 통해 자극받는 데 만족하며 인위적인 삶을 살기를 바란다. 요즘에는 모든 뉴스가 긴급 속보이고, 모든 기사의 헤드라인이 세계의 종말을 향해 나아가고 있음을 확신하는 것처럼 보일 때도 있다.

가장 열렬히 바라던 꿈을 인정하고 이루는 것은, 나에게는 두려움을 시인하고 기꺼이 받아들이는 법을 배우는 과정이었다. 동굴 다이빙은 지구과학과 탐험, 발견의 교차점에 있고, 인간 능력의 한계를 시험한다. 내가 하는 일은 절대 간단하지 않다. 다큐멘터리 영상을 찍든, 발견되지 않은 동굴의 지도를 그리든, 과학적인 임무를 띠고 자료와 표본을 수집하든 간에, 그 일을 하는 동시에 기상 변화에 맞서 싸우고, 좁은 통로를 돌아다니면서 길을 찾고, 물속에서 숨을 쉴 수 있게 해주는 복잡한 생명 유지 장치의 상태도 확인해야 한다. 생존은 두려움과 자신감이 균형을 잡는 데 달려있다. 틈새에 꽉 끼어 몸이 비틀리거나 고운 침전물 입자가 번지며 시야를 가려서 길을 잃었을 때, 그로 인해 어떤 차질이 빚어지는지 순간적으로 판단해야 한다. 두려움이 나를 잠식하게 두면 호흡이 최고조로 치솟는다. 산소 입자 하나하나를 들이쉴 때마다 죽음을 향해 끌려가는 상황에서 말이다.

그럴 때면 나도 모르게 수중 동굴을 탐사하다가 죽은 사람이 에베레스트를 오르다가 사망한 사람보다 많다는 사실을 떠올린다. 그 점에서만큼은 어떤 종류의 탐험을 능가할 것이다. 동굴 다이빙은 매우 위험해서 가볍게 체험만 해보려는 사람조차 생명보험에 가입할 수 없다. 아무리 비싼 생명보험이라도 말이다. 최신 장비를 갖추고 철저한 훈련을 거치고도 해마다 평균 20명이 깊은 수중 묘지에서 익사한다.

그렇다면 멀쩡한 사람들이 죽음의 덫이라고 여기는 곳으로 헤엄쳐 들어가는 이유는 뭘까? 내게 동굴 다이빙은 '다시 자궁 속으로' 들어가는 것과 비슷하다. 동굴에는 태곳적과 같은 분위기가 감돌아서 고대의 조상과 자연이 나를 이곳으로 부른 듯한 기분이 든다. 수중 동굴은 매혹적이고 도전 의식을 자극한다. 이곳에 도사리는 위험조차 매혹적으로 느껴진다. 또 수중 동굴은 투명한 물과 어느 곳에서도 볼 수 없는 기이한 지질 구조로 가득하다.

나는 이 책에서 이뤄야 할 목적이 있다. 동굴은 인류에게 매혹적인 원천이었지만, 광범위한 탐사가 시작된 것은 얼마 되지 않았다. 수중 동굴은 지구상에 마지막으로 남은 미지의 영역 중 하나다. 하지만 놀랍게도 우리는 지구의 내부보다 지구 밖에 있는 우주 공간에 관해 더 많이 안다. 희한한 일이다. 가장 필수적인 자원을 지키려는 노력에 힘입어, 지하에서 흐르는 물을 연구하는 과학의 역할이 점점 더 중요해지고 있다. 나는 고도로 숙련된 기술을 이용해 과학자의 눈과 손이 되어 새로운 종을 발견하는 생물학자, 기후변화를 추적하는 물리학자, 한정된 담수 보존량을 조사하는 수리지질학자와 함께 일하곤 한다. 지금까지 수중 오염을 일으키는 암울한 주범과 남극 빙산에 있는 생명의 근원, 세노테cenote라고 불리는 유카탄반도Yucatán Peninsula(멕시코 남동부의 반도-옮긴이)의 싱크홀에서 마야 문명이 남긴 유적을 발견했다. 수중 동굴은 자연사 박물관과 같아서 진화와 생존에 관해 알려줄 희귀한 생명체를 고스란히 품고 있다.

나는 지구의 혈관, 즉 수중 동굴을 헤엄쳐서 용암 동굴이나 거대한 얼음덩이에 난 틈으로 들어간다. 당신이 사는 집, 골프장, 식당 아래를 헤엄쳐 다닌다. 물길이 인도하는 곳이면 어디든 따라간다. 통로가 좁아져서 지나갈 수 없을 때도 물은 불가사의한 원천에서 흘러나와 한결같이 이어진다. 여정은 끝이 없다. 그리고 능력이 닿는 한, 더 깊이 잠수하라고 내게 유혹의 손짓을 한다.

나는 두려움을 모르는 사람이 아니다. 내가 아직 살아있는 이유는, 두려움을 긍정의 기폭제로 삼고 끌어안는 법을 배웠기 때문이다. 어둠의 문턱에서 두려워할지언정 달아나지는 않는다. 나는 불확실성을 즐기며 그 속에서 춤춘다.

INTO THE PLANET

시작

1967~1990

　기억 저편에 남아 있는 첫 경험은 두 살 무렵의 익사할 뻔한 일이었다. 여름 휴가철을 맞아 빌린 시골집의 부두에서, 어머니의 시야에서 벗어나 호수 쪽으로 그만 넘어져 버렸다. 혼자 몸을 일으켜 세우기에는 너무 어린 나이였지만, 물결이 얼굴을 스치자마자 태곳적 본능이 발동해서 숨을 참았다. 물위에 둥둥 떠 있는 고요한 느낌을 영원히 머릿속에 강렬히 새겨 넣었다. 나를 떠받치던 물, 매혹적인 색깔, 부드럽게 흔들리는 잔물결 속에서 평화롭게 떠다녔다.

　그 순간 파란색 운동화가 물속으로 첨벙 들어오더니 모래를 튀기며 내 앞에 섰고, 나는 그제야 정신이 번쩍 들었다. 누군가 천국 같은 물속에서 나를 낚아챘다. 엄마는 비명을 지르고 있었고, 나는 실룩거리며 웃고 있었다. 집안에 전해지는 전설같은 이야기에 따르면, 엄마는 그날 물위를 걸었다고 한다.

하마터면 익사할 수도 있었지만, 나에게 무언가 다른 일이 벌어졌다. 주사위는 던져졌다. 그 후 모험과 고독의 장소이자 누구든 중력의 구속에서 벗어날 수 있는 곳, 바로 그날 수중 세계를 탐험하는 나의 여정은 시작되었다.

다음 해 여름, 나는 미국의 코드곶Cape Cod에 있는 해변에서 물에 더욱 매료되었다. 우리 가족이 캐나다를 떠나 장거리 자동차 여행을 한 것은 그때가 처음이었다. 그 당시 우리는 바다가 보이는 작은 모텔에 묵었다. 해변은 서늘하고 찬 바람도 불었지만, 고드Gord 오빠와 잰Jan 언니는 어린 나만큼이나 열심히 모래 구덩이도 파고 수영을 했다.

아무리 바다를 바라봐도 멀리 떨어진 수평선은 끝이 없었다. 나는 염분을 머금은 공기와 파란 수평선 너머에 무엇이 있는지 상상해 보려 했다. 지구란 행성의 광대함을 온몸으로 느꼈다.

부모님은 겁없는 나에게 바다의 무자비함과 무서움에 대해 이야기해 주셨지만, 나는 새로운 시도들을 하며 조금씩 조금씩 바다 가까이로 다가갔다. 파도가 발가락을 간지럽히며 찰싹거렸다. 그러다가 커다란 물결에 휩쓸려 거꾸러진 채 물속으로 끌려가려던 찰나, 부모님이 뛰어들어 나를 와락 움켜잡으셨다. 나는 다시 한번 유혹하는 바다의 품에서 강제로 떨어져 나왔다.

부모님은 내가 다음번 생일까지 무사히 살아남으려면 수영 강습을 받아야 한다는 사실을 깨달으셨다. 번화하던 토론토 교외에 있는 미시소거Mississauga 위락시설관리국의 지원을 받아, 4살의 나이로 공식적인 수영 인생을 시작했다.

나는 수영장을 매우 좋아했지만, 탈의실은 그야말로 고문이었다. 넓고 개방된 데다가 바닥은 축축하고 자기만의 공간이라곤 없었다. 나이에 비해 키가 컸고 '통통한 여자아이'라고 불렸기에, 남의 시선을 끔찍히도 의식했다. 사람들이 있는 곳에서는 맨몸을 드러내지 않으려고 알을 빠져나오는 아기 새처럼 버둥거리며 옷을 입은 채 수영복으로 갈아입었다. 덧붙이자면, 이 기술은 그 후로도 유용하게 쓰였다. 개방된 배 안에서 여자라곤 나 혼자일 때가 많았는데, 이 기술 덕분에 재빠르고 비밀스럽게 옷을 갈아입는 법을 터득했다.

수영모도 나를 괴롭히게 했다. 고무 수영모는 고약한 냄새가 났을뿐더러 욕조 매트만큼이나 두꺼웠고 긴 머리카락을 뒤엉키게 만들었다. 게다가 요란스러운 작은 꽃들로 장식되어 있어서 원치 않는 시선과 키득거림을 감내해야 했다. 나는 왜 남자아이들은 이런 고통을 겪지 않아도 되는지 항상 궁금했다. 정말이지 불공평했다.

물에 빠지는 건 두렵지 않았다. 내가 두려운 건 남들의 시선이었다.

나는 엎드린 채 수영장 깊은 곳을 들여다보는 것을 가장 좋아했다. 물의 색깔과 투명함에 숨이 멎을 듯했고, 수영장에 있는 모든 것은 수경을 통해서 보면 더 매혹적이었다. 옴폭 팬 수영장 바닥의 세라믹 타일과 차가운 금속 거름망을 만져보고 싶었다. 하지만 엎드린 자세가 정상적으로 보이지 않았다는 건 분명했다. 수영반 종강식 때 선생님은 엄마에게 내가 수영은 고사하고 물위로 머리를 내놓고 있을 힘도 없는 것 같다고 말했다. 사실 나는 물을 헤치고 나아가는 데는 별로 관심이 없었다. 그저 떠 있거나 수영장 바닥을 탐험하고 싶을 뿐이었다.

두 번째 수영 강습은 이전보다 성공적이었다. 종강하면서 상도 받았다. 올챙이 모양의 황금빛 자수 패치로, 「올챙이 수영 선수」라는 글귀가 적혀 있었다. 나는 이 패치를 상급자 반에서 받은 '슈퍼피시' 배지와 함께 책상 위에 자랑스레 전시해 놓았다.

탐험가로서의 경력은 학교에 들어가기 전에 시작되었다. 부모님은 내가 막내라는 이유로 형제들 중 가장 많은 자유를 허락해 주셨다. 나는 이자 친구이웃였던 재키 윈드Jackie Windh와 함께 뒷마당에 눈으로 된 터널을 파고, 숲을 탐험했으며, 중국까지 이어질지 모를 구덩이를 팠다.

카쉬 호수Kahshe Lake에는 보트가 딸린 재키의 가족 별장이 있었는데, 우리는 맨발로 별장 뒤에 있는 숲을 하이킹하곤 했다. 이끼로 뒤덮인 화강암 위를 저벅저벅 걷고 뱀이나 화석, 돌을 모으기도 했다. 우리는 보호자 없이 탐험하고 수영하는 자유를 누렸다. 때로는 피가 나거나 멍이 든 채 집에 돌아가기도 했지만, 그 정도로는 우리의 새로운 도전을 막을 순 없었다. 나는 자전거를 타고 점점 더 멀리 가는 것을 좋아했고, 저녁 식사 시간에 맞춰서 돌아오곤 했다.

할아버지는 〈내셔널지오그래픽〉을 평생 구독하셨고, 잡지는 지하실 계단 아래에 있는 벽장에 가지런히 보관되어 있었다. 나는 수십 년 전까지 거슬러 올라가는 잡지들을 넘기며 꼼꼼하게 읽었다.

루이스 리키Louis Leakey, 제인 구달Jane Goodall, 우주 비행사들, 해저 거주 실험인 시랩Sealab의 참가자들은 내 영웅이었다. 나와 재키는 장난감 병정을 가지고 노는 대신 탐험가 놀이를 했다.

나는 두 손을 번쩍 들고 외치곤 했다.

"내가 에베레스트를 정복했다!"

우리는 버뮤다 삼각지대와 외계인을 주제로 심오한 이야기를 나누었고, 왕립 온타리오Royal Ontario 박물관에 방문해서 박물관 소장품인 이집트 상형문자를 살펴보았다. 우리는 자연과 지질학 전문가가 되고 싶었고, 우주 비행사가 되는 것에 관해서도 이야기했다. 그 당시 캐나다에는 우주 관련 프로그램도, 여성 우주 비행사도 없었지만 말이다.

호기심과 관심사는 수없이 많았지만, 너무 어리다거나 아직 지식이 부족하다는 말을 자주 들었다. 나는 수업 내용을 미리 읽어본 후 선생님에게 추가로 숙제를 내달라고 부탁하기도 하고, 수영 강습을 미리 들을 수 있게 허락해 달라고 졸랐다.

어렸을 때부터 다른 아이들과는 사뭇 달랐던 것 같다. 그래서 항상 도드라져 보였다. 2학년 때, 먼든파크 공립학교Munden Park Public School 운동장에서 심술궂은 아이 하나가 나를 발로 차고 내 긴 갈색 머리카락에 꺼끌꺼끌한 씨앗들을 던졌다. 내 머리는 새집처럼 뒤엉켰고, 엄마는 그날 밤 엉킨 머리카락을 잘라내야 했다.

5학년이 되던 첫 날에는 누군가가 공책의 앞장에 쪽지를 넣어놨다. 그 쪽지에는 「우린 너를 싫어해! -반 모두로부터」라고 적혀 있었다. 나는 별로 신경 쓰지 않았다. 4학년을 건너뛰고 월반을 했기 때문에 반에는 나보다 나이 많은 학생들로 가득했다. 새로운 친구들을 만날 기대에 부풀었지만 기대와는 달리 지독한 괴롭힘이 나를 기다리고 있었다. 청소년기에 접어드는 아이들과 나 사이에는 넘기 힘든 장벽이 있었다. 당시 10살이던 나는 아무것도 모르는 어린아이였고, 나보다 나이가 많던 반 친구들은 청소년이 되려 하고 있었다. 그 사이에는 심연이

가로놓여 있어서, 나는 외톨이가 된 기분이었다. 나에게 친구라고는 선생님뿐이었다.

야외에서 하는 모험은 정적인 학교와 친구들에게서 벗어나는 탈출구였을 뿐 아니라 개성을 탐구해 볼 좋은 기회였다. 나는 걸가이드(미국, 한국 등에서는 걸스카우트라고 부른다-옮긴이)에 가입했고, 가족과 함께 모험을 찾아다녔다. 주말을 빈둥거리며 보낸 적이 거의 없었다. 크레딧강Credit River에서 카누를 타며 노를 저었고, 장대한 브루스 트레일Bruce Trail(캐나다에서 가장 길고 오래된 하이킹 코스로, 총 길이가 850킬로미터가 넘는다-옮긴이)에서 가장 마음에 드는 구간을 하이킹했다. 나무 몸통에 하얀 페인트로 칠해놓은 표시를 따라가면 보물찾기를 하는 듯한 기분이 들었다. 하지만 석회암의 갈라진 작은 틈 사이를 기어서 시원하고 트인 공간으로 들어가는 것만큼 재밌는 일은 없었다. 아직도 삼나무와 소나무 향을 맡으면 신발 밑에서 바스락대던 젖은 이파리로 가득 찬 축축한 동굴이 떠오를 정도다.

언니와 오빠가 졸업하고 독립한 뒤, 10대였던 나는 주말에 아빠와 함께 카누 여행을 다니곤 했다. 우리는 토요일 동틀 녘에 차를 타고 북쪽에 있는 빅 이스트 호수Big East Lake로 갔다.

가을 호수는 붉고 노란 사탕단풍나무를 비추고 있었고, 가끔씩 거북이가 물속에서 불쑥 고개를 내밀어 거울같은 호수에 잔잔한 파문을 일으켰다. 숨을 내쉰 거북이는 다시 물속으로 사라갔다.

저녁 10시 무렵에는, 물안개가 자욱하게 핀 호수를 노 저어 소나무로 뒤덮인 화강암 섬 끄트머리에 카누를 대고는, 불을 활활 피워 적포도주에 담가둔 감자와 스테이크를 구웠다.

나는 17살에 집을 나와 독립했다. 가족들과 친밀했지만, 가족의 품을 떠날 준비가 되었다고 생각했다. 아직 졸업하기 전인데도 고등학생 무리에 끼지 못한다고 느꼈다. 외모와 학업 성적에 관해 다른 사람들의 시선을 의식했고, 친구들과 어울리기가 힘들었다. 내 패션 감각과 몸무게를 가지고 놀리던 학생들이 소곤대는 소리가 귓가에 맴돌았다. 나는 반 친구들보다 어른스럽다고 느꼈고, 이 상황에서 벗어나거나 앞으로 나아갈 준비가 되어있었다.

결국 나는 독립을 쟁취했고, 원단 가게에서 아르바이트하다가 만난 대학생 나이대의 그래픽 디자이너 2명과 함께 살기 시작했다. 스스로 생활비를 버는 건 힘들었지만, 어른들의 세계에서 나 자신을 시험해 보려는 열의가 가득했다. 그리고 나는 극도로 절약하며 사는 법을 배웠다. 음식이 조금이라도 남으면 보관했고, 외풍이 너무 심해 스키복을 입어야 할 정도로 낡고 오래된 집에서 지냈다.

하지만 10대가 지나고 어른이 되면서 무언가가 바뀌었다. 처음에는 변화를 알아차리기 힘들었다. 나는 경력을 쌓고 안정되고 보장된 삶을 사는 데 점차 집중했다. 하이킹과 탐험은 줄이고, 일은 대폭 늘렸다.

1990년에 접어들 무렵 나는 누가 봐도 성공한 사람이 되어있었다. 대학은 이미 몇 년 전에 졸업했고, 작지만 잘나가는 광고 회사를 공동으로 경영했다. 나와 동업자들은 누구나 부러워할 만한 고객을 두고 있었고, 그래픽 디자이너로 일하는 건 다양한 분야의 지적인 자극을 주었다. 나는 토론토의 하이파크 근처에 있는 근사한 아파트에서 살았다. 하지만 즐길 시간이 별로 없었다. 매일 아침 그레너디어 연못Grenadier Pond 주변을 뛰었지만 그 이후로는 책상 앞에 딱 붙어있었고, 해가 지평선 위로 고개를 내밀기 직전까지 일하기도 했다. 일주일에 60~80시간은 기업 로고를 디자인하고 광고 캠페인을 조율했다. 취미 활동을 즐길 시간이 전혀 없었다. 가족 행사를 건너뛰어야 했고, 친구들과의 연락도 끊어졌다. 그런데도 가족들과 친구들은 내가 성공하기 위해 희생을 감내한다며 칭찬했다.

사회적으로 성공했지만, 맞지 않는 옷을 입은 듯한 느낌이 자주 들었다. 나는 지쳐있었고, 무언가 충족되지 않은 듯했다. 일이 중요하지 않다는 생각이 점차 커지면서 나 자신이 불완전하다고 느껴졌다. 모험을 즐기던 근심 걱정 없던 꼬마는 성인이 된 나에게서 떨어져 나와있었다.

나는 27살이었고, 갈림길에 서 있음을 깨달았다. 지금 가는 이 길을 계속 걸어가도 되지만, 무언가 특별한 일을 할 기회를 찾아 나설 수도 있었다.

생존자
1986

1986년, 어느 쌀쌀한 봄밤이었다.

당시 나는 토론토의 요크대학교York University에서 미술과 디자인을 전공하는 학생이었고, 로렌스 하이츠Lawrence Heights 지역 주변에 있는 집으로 이사했다. 집의 서쪽에는 경찰과 인근 주민이 '정글'이라고 부르는 지역이 있었다. 그곳은 토론토에서도 범죄와 살인이 빈번하기로 유명했기에, 얼마 없는 이삿짐을 옮기면서 딱히 새 친구를 사귀려 하지는 않았다. 새집은 혼잡한 도로와 마주한 채, 손바닥만한 부지에 끼어있는 복층으로 된 주거 공간이었다. 예쁜 집 경연대회에 나갈 만한 집은 아니었지만, 지하철역에서 가까웠고 무엇보다 월세가 저렴했다.

이사하고 첫날 밤은 혼자였다. 나는 나무 바닥에 놓인 매트리스 위에서 포근한 담요를 덮고 편안히 누웠다. 룸메이트 4명과 제비뽑기를 한 결과, 나는 로렌스 하이츠 서쪽이 내려다보이는 위층 침실로 정해졌다. 친구들과 나는 요크대학교 기숙사의 소음과 산만함에서 벗어나 캠퍼스 밖에서 지내길 원했다. 나는 엄마 차를 빌려서 제도용 책상과 오래된 의자, 가난한 학생들이 애용하는 실내장식인 벽돌과 널빤지로 된 책장을 옮겼다. 아마 새로 옮긴 방은 과거에는 모든 게 갖추어진 주거 공간이었을 것이다. 방 안에는 깊숙한 스테인리스 싱크대와 아보카도 색의 조리대 등 부엌이 있던 흔적이 남아 있었다. 아코디언처럼 접히는 접이문이 작은 방의 온기를 조금이나마 가두어 주었다.

맥주 상자로 만든 침실용 탁자에 숫자가 넘어가는 방식의 오래된 알람시계를 놓았고, 벽에는 핑크 플로이드Pink Floyd 포스터를 붙여서 지저분한 얼룩을 가렸다. 창턱에 놓은 고춧가루는 벽에 난 구멍으로 석회 덩어리를 내던지는 개미를 막아보려는 작은 시도였다. 누추했지만 작은 침실은 이미 집처럼 느껴졌다. 집 가까운 곳에 지하철이 지나다녀서 규칙적으로 덜덜거리는 소리와 창문 아래 혼잡한 도로에서 들려오는 차량의 소음이 박자를 맞추듯 번갈아 들려왔다. 확실히 엄마가 좋아할 만한 곳은 아니었지만, 이곳은 나의 새 안식처였다. 며칠 후 룸메이트 4명이 이사를 오고 나면 집은 첫날처럼 조용하진 않을 것이다.

미소를 짓고 잠에 빠져 들면서 여름방학에 할 아르바이트와 다음 학기에 대해 생각해 보았다. 경쟁률 높은 학부 과정에서 두 해를 무사히 마쳤고, 포트폴리오 평가에서도 탁월한 점수를 받았다. 미술학사 학위를 따기 위한 학비 중 일부는 장학금으로 충당할 수 있었고, 누구나 탐낼 만한 바텐더 아르바이트 자리 또한 얻었기에 다음 학기의 학비를 대는 데도 도움이 될 것이다. 이보다 더 좋을 수는 없었다.

그런데 잠이 든 새벽 1시 반경, 아래층에서 쿵 하고 커다란 소리가 나면서 정적이 깨졌다. 나는 깜짝 놀라 무슨 일인지 알아보려 들려오는 소리에 집중했다. 삐걱거리는 나무 바닥이 이 집에 누군가 다른 사람이 있다는 사실을 알려주었다. 집 열쇠를 가진 건 나뿐이고 룸메이트들은 며칠 있어야 올 텐데, 대체 누가 들어온 걸까?

나는 완전히 겁에 질렸다. 아직 전화선을 연결하지 않아 119에 전화를 걸 수도 없었다. 어쩌면 남의 일에 관심 많은 집주인이 확인해 보려고 온 게 아닐까? 누군가가 왜 이 집에 들어온 건지 납득할 만한 이유를 떠올려 보려 했지만, 사실상 도둑이 들었음을 이미 알고 있었다. 본능적으로 이불을 머리 위로 끌어당기고 담요 속으로 깊게 파고들었다.

아래층에 있는 침입자가 부엌 서랍을 열고 빈 찬장을 뒤지는 소리가 들렸다. 공포로 몸이 굳어 숨이 가빠졌다. 심장이 쿵쾅거리며 그 어느 때보다 빠르게 뛰었다. 나는 담요 밑에서 식은땀을 흘리며 몸을 떨었다. 이 모든 상황이 꿈이어서 평화롭고 아늑한 보금자리에서 곧 깨어나게 되기를 바랐다. 공포에 굴복했던 것만큼이나 빠르게 내가 가진 선택지들을 하나하나 따져보았다. 침입자가 위층으로 올라온다면 나는 스스로 방어해야 했다. 담요에서 미끄러지듯 빠져나와 창문가로 살금살금 다가갔다. 하지만 차들이 쌩쌩 달리는 창밖으로 몸을 던지는 건 자살 행위였다. 도둑이 아래층에서 벽장과 방문을 여는 소리가 나는 동안, 나는 방구석에 있는 소파에 주저앉아 무릎을 끌어안고서 찰칵거리며 넘어가는 탁상시계의 숫자를 쳐다보았다. 방에 있는 싱크대 밑 수납장에 몸을 욱여넣을까도 생각해 봤지만, 내가 그곳에 있는 걸 발견하면 도둑이 무슨 짓을 할지도 모른다는 생각에 두려웠다. 나는 임시방편으로 만든 책장에서 벽돌을 하나 빼내어 도둑이 위층으로 올라오면 던져야겠다고 마음먹었다. 하지만 도둑에게 벽돌을 빼앗기면 어떻게 하지? 내 무기가 도둑의 무기가 되는 것은 원치 않았다.

1시 38분. 도둑은 내 인생에서 가장 긴 8분 동안 집에 머물렀다. 공포에 질려 어지러웠지만 일부러 쿵쿵거리며 방 안을 돌아다녔다. 어쩌면 이 소리를 듣고 집에 혼자 있지 않다는 사실을 안다면 도둑이 나갈지도 모른다. 아래층이 잠잠해지자 내 심장박동 소리가 더욱 크게 느껴졌다.

시계의 숫자가 넘어갔다. 2시가 되면 지하철역과 가장 가까운 공중전화 부스가 잠길 것이다. 얼른 집에서 나가야 했다. 나는 잠옷 위에 두꺼운 모직 판초를 뒤집어 쓴 채 책상에 있던 제도용 커터 칼 2개를 움켜쥐고 계속해서 쿵쿵거리며 마루를 돌아다녔다. 발로 바닥을 구르는 행위가 왠지 모르게 용기를 주었다. 서 있는 자세는 강력했고, 무력감이 어느 정도 가셨다. 판초에서는 카누 여행과 캠프파이어 냄새가 나서 친구와 보낸 안락하고 평온한 시간이 떠올랐다. 판초가 마치 마법처럼 나를 지켜주기만을 기도했다.

1시 43분. 계단이 미세하게 삐걱거리는 소리가 들렸다.

나는 책상으로 쏜살같이 달려가서 무기를 꼭 쥐고는 그 아래에 쭈그리고 앉았다. 아주 날카롭고 뾰족한 은빛 날은 내 손의 일부가 되어 나를 도와줄 것이다. 땀이 줄줄 흘러내렸고, 몸이 주체할 수 없이 떨렸다. 이도 덜덜거렸다. 나는 다시 한번 애타게 숫자를 넘기는 시계를 바라보며 내가 지닌 힘에 관해 곰곰이 생각해 보았다. 흘러가는 매분, 매초가 나를 인생 최후의 대결로 들이밀고 있었다.

1시 48분. 조용히 딸깍이는 소리가 들린 순간, 희미한 복도 불이 비치며 처음으로 침입자의 모습이 언뜻 보였다. 얇은 접이문 아래로 발의 그림자가 비쳤고, 문 위 틈으로는 곱슬머리 윗부분이 역광을 받아 드러났다. 그와 나는 포식자와 먹잇감이었고, 얇은 장벽만이 우릴 갈라놓고 있었다. 도둑은 방문 밖에 있는 복도의 벽장 안으로 들어갔다. 금속제 옷걸이가 봉에 긁히는 소리가 마치 손톱으로 칠판 긁는 소리처럼 소름 끼쳤다. 도둑은 내 옷을 뒤지고 있었다. 내가 그의 모습을 상상하는 것처럼, 그도 내 모습을 그려보고 있을 것이다.

1시 52분. 도둑이 복도 벽장에서 나오자 전기 불빛이 쏟아지며 나를 빠르게 스쳤다. 나는 분명 이곳에 있었고, 누가 뭐래도 살아있었다. 도둑의 커다란 그림자가 문 앞을 지나가는 게 보였고 이윽고 욕실에서 기척이 났다. 약장을 연 뒤 물건들을 집어 올렸다 내려놓는 소리가 들렸다. 도둑이 손가락으로 플라스틱 빗의 빗살을 튕기자 수정이 산산이 부서지는 듯한 소리가 들리더니 서로 맞닿아 긁히는 소리가 났다. 도둑은 변기 수조에서 뚜껑을 들어내고 있었다. 그걸로 나를 때려눕히려는 걸까?

1시 55분. 5분 후면 한 블록 떨어져 있는 지하철역이 닫힐 것이다. 그곳에 도착해서 도움을 요청해야 했다. 하지만 도둑은 방문 앞에 섰고, 문 밑으로는 그의 발이 보였다. 문의 손잡이가 흔들렸다. 나는 무릎에

둘렀던 팔을 풀고는 책상 뒤에 무방비 상태로 덜덜 떨며 서 있었다. 그리고는 책상 위의 등에 손을 얹었다. 어디든 몸을 숨기고 울고 싶었다. 도둑의 숨소리가 들렸다.

'칼을 잡아. 절대 놓치면 안 돼.'

우리 사이를 가로막은 얇은 문을 통해 그의 체취가 느껴졌다. 땀, 거리, 분노의 냄새가 섞여있었다.

'칼을 잡아. 절대 놓치면 안 돼.'

공포와 마주했을 때 선택해야 하는 순간이 온다. 굴복하거나 싸우거나. 그리고 모든 게 선명해지는 그 순간, 우리는 자신이 어떤 사람인지 깨닫는다. 나는 깊이 숨을 들이마시고 마음을 단단히 먹었다. 내가 무엇이든 할 수 있다는 사실을 깨달았다. 나는 살아남을 것이다. 무슨 수를 써서라도.

1시 58분. 도둑은 접이문이 부숴질 만큼 거칠게 밀어젖히며 내 쪽으로 뛰어들었다. 지금껏 이 순간을 위해 준비하고 있었지만 너무 놀라 그만 까무러칠 뻔했다. 나는 재빠르게 책상 등을 켜서 창백하고 땀에 젖은 도둑의 얼굴을 향해 등을 가져다 댔다.

"누구야! 정체를 밝혀!"

나는 소리쳤다.

도둑은 눈가가 빨갰고 공허하고 영혼없는 눈빛을 하고 있었다. 그는 히죽히죽 웃더니 내게 달려들었다. 나는 온 힘을 다해 앞으로 뛰어들어 칼로 그를 베었다. 오른손으로 그의 오른쪽 어깨부터 허리까지 그었다. 저항감이 느껴졌지만 멈추지 않았다. 두 번째 커터 칼은 가슴을 가로질러 아래로 향했다. 도둑은 뒤로 휘청이다가 아래를 내려다보았다. 오므린 손 사이로 진홍색 줄기가 흘러내렸다. 그는 미친 사람처럼 낄낄 웃더니 눈을 들어 나를 똑바로 바라보았다. 그는 비틀거리며 발을 돌려 망가져 버린 문으로 나가 천천히 계단 아래로 빠져나갔다.

힘껏 숨을 들이마셨지만, 공기가 부족했다. 나는 칼을 쥔 채 바닥에 털썩 주저앉아 숨을 쉬려고 애썼다. 안도감이 나를 휩쓸었지만 아직 위험이 완전히 사라진 것은 아니라는 걸 알았다. 몸을 억지로 일으켜 세워 살금살금 방을 빠져나갔다. 나는 벽장 안을 살펴보았다. 욕실 문을 거칠게 열고는 지지하던 압축봉이 벽에서 튕겨나갈 정도로 샤워 커튼을 발로 세게 걷어찼다. 그리고 계단을 전속력으로 내려간 뒤, 빈 거실을 지나 현관 밖으로 내달렸다.

한 블록 떨어져 있는 지하철역의 유리에 코를 박을 때까지 멈추지 않고 달렸다. 유리를 두드리는 내내 눈물이 얼굴을 타고 흘러내렸다. 나는 가쁜 숨을 몰아쉬며 지하철 직원에게 들여보내 달라고 애원했다. 잠시 주저하던 직원은 이내 문을 열어 의자에 앉을 것을 권했다. 아마 내가 몹시도 절박해 보였나 보다. 3명의 건장한 교통국 직원들이 나의 떨리는 손아귀에서 커터 칼을 빼내려는 동안 누군가가 경찰에 전화를 걸었다.

나는 경찰이 도착하고 안전해졌다고 느끼고 나서야 피범벅이 된 커터 칼 2개를 바닥에 떨궜다. 드디어 끝이 났다.

동이 트자 경찰은 나를 학교에 데려다주었고, 나는 아르바이트하던 대학 내 카페로 곧장 가서 가게 문을 열고 그날의 첫 커피를 만들었다. 잠옷에 모직 판초를 입고 있지 않은 것으로 보아 아마 경찰이 옷가지를 챙길 수 있게 집에도 데려가 주었던 것 같지만 제대로 기억이 나진 않는다.

나는 피로에 지쳐 곯아떨어질 때까지 사흘 밤낮을 뜬눈으로 보냈다. 여전히 몸이 떨렸다. 누군가가 집을 지킬 때 쓰라며 야구방망이를 가져다주었다. 그 사람은 그저 장난으로 한 행동이었지만 나는 그걸 몇 시간 동안 쥐고 있었고, 그 후로도 몇 년간 머리맡에 두었다.

이후 몇 주 동안은 어두워질 때마다 공포가 스멀스멀 올라왔다. 겨우 잠이 들면 아주 작은 소리에도 식은땀을 흘리며 깨는 바람에 때로는 아예 잠을 자지 않으려 했다. 심지어 낮에도 도둑의 모습을 떨쳐낼 수 없었다. 공허하고 영혼 없는 눈빛을 다시 마주하면 어쩌나 두려워하면서, 혹시 그의 얼굴이 사람들 사이에 있지 않은지 살폈다. 나는 방이 다른 곳처럼 느껴지기를 바라며 가구의 위치를 바꿨다. 그리고 어느 곳에서건 벽을 등지고 있었다.

도둑이 든 후 몇 달이 지났을 때, 함께 맥주를 마시던 룸메이트 킴Kim이 내게 안색이 안 좋아 보인다고 말했다. 나는 계속되는 공포와 불안을를 털어놓았다. 나는 킴이 공감해 주길 바랐지만, 킴은 나를 가만히 쳐다보면서 말했다.

"극복해 내야지."

나는 마음이 상했다. 내가 겪은 공포를 킴이 이해할 수나 있을까? 킴은 강간당하거나 살해당할지도 모른다는 두려움을 느끼며 도둑을 마주한 적이 있을까?

"질, 구석에 웅크린 채 인생을 허비해서는 안 돼. 지금 너 스스로 그가 널 인질로 잡고 있게 만들잖아."

나는 그녀가 옳다는 걸 깨달았다. 더 이상 적은 집 안에 도사리고 있지 않았다. 적은 내 안에 있었다. 나 자신을 지키기 위해 두려운 것에서 도망친다고 생각했지만, 사실은 더 쇠약해지고 있었다. 과도한 불안은 나를 망가뜨리고 있었다.

나에게는 선택지가 있었다. 계속 피해자로 살거나, 사고를 딛고 일어서려고 노력하거나, 도둑이 들었다는 사실을 없앨 수는 없지만 그 후에 일어나는 일들은 바꿀 수 있다.

나는 도둑이 들었을 때와 같은 결론에 도달했다. 한 번 더 자신의 힘을 믿어야 했다.

6개월 후, 나는 미시소거Mississauga에 있는 부모님을 찾아갔다. 대학 생활을 하다가 집에 돌아오는 건 항상 좋았다. 엄마는 내가 가장 좋아하는 음식을 요리해 주셨고 관심을 듬뿍 쏟아주셨다. 내가 독립하자마자 내 침실을 업무와 공예를 위한 공간으로 개조했지만, 별로 신경이 쓰이지는 않았다. 오빠의 옛날 방에서 머물러도 충분히 행복했다.

그날 밤 배를 양껏 채우고 집이 주는 안락함 속에서 안전하고 평온하다고 느끼며 잠에 빠져 들었다. 부모님과 나 사이에는 벽 하나만이 존재했다. 나는 엄마와 아빠가 걱정할까 봐 집에 도둑이 들었던 것을 이야기하지 않았다. 아직도 그 일이 생생하게 떠오르곤 했지만, 킴과 대화를 나눈 후에는 불안감을 훨씬 잘 다스리게 되었다. 부모님의 집은 안전한 지역에 있었다. 안심할 수 있는 구역이었기에 아이들은 자유로이 돌아다녔고, 이웃들은 서로를 돌보았다. 집들이 모두 가운데 있는 공터를 바라보고 있어서 공동체 의식도 있었다. 방범대가 있었지만 범죄는 일어나지 않았고, 범죄 신고 전화가 울리는 일도 없었다.

자정이 지나고 얼마 후, 나는 땀에 흠뻑 젖은 채로 악몽에서 깨어났고, 이불은 바닥에 떨어져 있었다. 벽 너머에서는 부모님이 뒤척이는 소리가 들렸고, 나는 눈을 억지로 감으며 고동치는 심장을 진정시키려고 했다.

그때, 아래층에서 희미하게 부스럭거리는 소리가 들렸다. 견딜 수 없는 공포감이 덮쳐왔고, 누군가가 집 안에 있다는 확신이 들었다.

잠시 후 도난 경보기가 울렸다. 두려움과 맞서기를 선택한 나는 침대 밖으로 뛰쳐나갔다. 오빠가 크리스마스 선물로 받은 스테이크용 칼 세트를 서랍장에 두고 갔던 게 떠올랐다. 한 손에 3개씩 들면 충분할 것 같았다. 나는 복도로 뛰어나가 침입자에게 욕지거리를 내뱉었다. 그리고 계단 위에서 아빠를 만났다.

"대체 어떤 놈이 들어온 거야!"

나는 소리치며 계단을 내려갔다. 아빠는 충격에 휩싸여 나를 바라보더니 앞장서서 층계를 뛰어 내려갔다. 아빠는 경보기를 끄고 심각한 표정을 지으며 나를 보았다.

"갑자기 왜 그러는 거니?"

아빠가 물었다. 엄마는 가짜 경보라고 확신했기 때문에, 침대 밖으로 나오지도 않았다. 하지만 난 내가 들은 소리가 무엇인지 분명히 알았다.

나는 침입자를 찾으려고 필사적으로 이 방에서 저 방으로 뛰어다녔다. 아빠는 내가 과잉 반응을 보인다고 생각했던 것 같다. 아빠는 부드러운 목소리로 나를 진정시킨 뒤, 나와 함께 모든 문을 살펴보면서 무엇이 경보기를 작동시켰는지 알아내려 했다. 그리고 집 안에 우리 말고는 아무도 없고 경보기가 잘못 작동했을 뿐이라고 설득했다. 아빠의 설득

36

에 나는 수긍했고, 우리는 도로 잠자리로 들어갔다.

하지만 8분 후, 날카로운 경보음이 울리며 적막을 깼다. 숨어있던 도둑이 감지기를 건드린 것이다. 그놈은 여전히 집안에 있었다.

이번에 나는 도둑을 잡기로 작정하고 아빠보다 앞서서 층계 아래로 곧장 내달렸다. 계단 아래에서 유황 냄새가 났다. 침입자가 어둠을 밝히려고 성냥을 켰던 게 틀림없었다. 유리로 된 주방 미닫이문이 약간 열려 있었고 어슴푸레한 형체가 우리 집 뒤뜰의 울타리를 뛰어넘어 이웃집 마당으로 들어가는 모습이 보였다.

나는 현관으로 나갔지만 도둑을 쫓아갈 수는 없었다. 내 용기에는 한계가 있었고, 그날 밤의 한계는 현관 끄트머리까지였다. 달빛에 검은 윤곽으로 드러난 형체는 이웃집 대문을 껑충 뛰어넘어 도로로 가려 했으나 실패했고, 대문 가운데에 튀어나온 뾰족한 창살에 배를 찔었다. 도둑은 간신히 몸을 빼냈고, 나는 그가 밤이 드리운 장막 뒤로 사라지는 모습을 지켜보았다.

한 해에 두 번씩이나 도둑이 드는 것은 상상하기 힘든 무서운 일이지만 나에게는 선물이었다. 가장 필요하고 절실한 순간에 잠재된 힘을 끌어 올리는 법을 알려주는 사람은 없다. 하지만 나는 두 번의 경험을 통해 그 방법을 배웠다.

첫 번째 침입은 취약함이나 희생자가 된 듯한 무력감을 극복하게 해 주었다. 나는 두려움을 억누르고 행동하는 법을 배웠다. 먼저 고동치는 심장을 진정시키고, 도움이 되지 않는 스트레스는 날숨과 함께 몰아내야 했다. 이번에 나는 공황 상태에 빠져들지 않았다. 다시는 타인이나 공포에 굴복해 자신에 대한 통제력을 잃고 싶지 않았다. 그럼으로써 생존에 실제로 도움이 되는 발걸음을 내디딜 수 있었다.

두 번째 침입은 내가 다른 각본을 따라갈 수 있는 기회를 주었다. 나는 앞으로 남은 평생을 생존하는 데 필요한 기술을 연마하겠다고 마음먹었다. 다시는 담요 아래에 숨지 않을 것이다. 강한 의지와 긍정적인 생각으로 도전과 마주할 것이다.

그로부터 4년 뒤, 일 더미에 파묻혀 지내던 나는 다른 사람들을 실망시킬지도 모른다는 두려움과 마주하기로 했다. 진정한 발전을 이루려면 경력을 시작점으로 되돌려야 한다는 사실을 깨달았고, 과감히 뛰어들겠다고 결심했다.

매혹적인 요부
1988

부력 조절기BCD; Buoyancy Control Device에 달린 덤프 밸브를 잡아당기자 기체가 빠져나가면서 쉭 하는 소리가 났고, 몸은 어느새 새로운 세계를 향해 가라앉기 시작했다. 마치 내 몸에 있는 모든 세포가 흥분해서 진동하는 듯했다. 겨우 입문자를 위한 스쿠버다이빙 강습을 받고 있을 뿐이었지만, 새로운 시작을 알리는 전환점에 서 있다고 느꼈다.

어린 시절 텔레비전에서 자크 쿠스토Jacques Cousteau(탐험가이자 환경 운동가. 책과 영화, 다큐멘터리 등으로 해양환경연구와 잠수 장비들을 발명하는 데 기여함-옮긴이)를 처음 본 이후로 다이빙을 배워보고 싶었다. 지금 나는 그 꿈을 실현하고 있었고, 황홀감에 취해 있었다. 직장에 있는 책상처럼 나를 작아지게 만드는 공간과는 완전히 다른 세계였다. 물속이라는 미지의 세계에서 나에게 펼쳐질 놀라운 일을 상상하며 가슴이 부풀었다.

나직한 소리가 사방에서 들려왔고 시간이 천천히 흐르는 듯했다. 나는 숨을 깊게 내쉬고 심연에 몸을 맡겼다. 동기 중 몇몇은 공포와 두려움으로 눈을 크게 뜨고 저항하며 버둥거렸다. 내 안에서 아드레날린이 강하게 솟구치는 게 느껴지면서 감각이 예민해지고 등줄기를 타고 전율이 일었다. 나를 둘러싼 텅 빈 파란 공간을 보며 다이버로서 겪게 될 온갖 일을 상상해 보았다. 언제쯤 고래나 상어와 함께 헤엄치게 될까? 난파선 깊숙한 곳에서 보물을 찾을까?

다른 물이 섞이면서 눈앞이 아른아른해지는 구간을 통과해 더 깊이 내려가는 동안 수온은 섭씨 3도로 급속히 떨어졌지만 추위는 곧 사그라들었다.

잠시 후, 나는 10미터 깊이에 도달해 곳곳에 바위들이 흩어져 있는 휴런호Lake Huron 아래를 부유했다. 반복해서 치는 파도로 인해 반들반들해진 둥근 돌들은 물의 흐름이 거세질 때마다 서로 부딪치고 덜거덕거리면서 볼링공이 되돌아오는 소리를 냈다. 60센티미터 언덕을 타고 내려온 물살이 앞으로 한발 나아갈 때마다 뒤로 몇 걸음씩 밀어냈다.

나는 이리저리 흔들리는 물살에 몸을 맡기며 강사인 헤더Heather의 움직임을 따라 했다. 헤더는 어두운 석회암 아치를 향해 능숙하게 헤엄쳐 갔다. 눈앞의 암흑을 들여다보자 심장이 고동쳤다. 어둠이 자신에게로 오라며 손짓하고 있었다. 이곳은 실제로도 입구였지만 상징적인 의미에서도 그랬다. 나는 인생의 새로운 장을 열기 위해 이 경계를 넘으려 했다. 세 걸음 앞으로, 물살에 밀려 두 걸음 뒤로…….

마침내 입구를 통과해 '동굴'이라 불리는 곳으로 헤엄치는 데까지 영원만큼이나 오랜 시간이 걸렸다.

위가 천장으로 막혀있어 수면으로 바로 올라갈 수 없는 환경에서 다이빙한 건 그때가 처음이었다. 그날은 입문 다이버 자격증을 따는 화창한 주말이었고, 장소는 브루스 트레일이 끝나는 지점에서 멀지 않은 곳이었다. 입문용치고는 꽤 고난도였던 이 다이빙은 내 마음에 지울 수 없는 인상을 남겼다. 온타리오주 토버모리Tobermory, Ontario에 있는 가라앉은 난파선에서 3번의 다이빙을 성공하면서 새내기 다이버로서 멋지게 실력을 뽐내자, 헤더는 이를 보상해 주기 위해 특별한 선물을 준비해 주었다.

우리는 모터가 달린 주홍색 고무 보트에 올라탔고, 카우보이가 야생마에 올라타듯 두꺼운 나일론 줄을 꽉 움켜잡았다. 1시간 동안 호수 표면을 쏜살같이 가로지르면서 늦은 오후 햇살을 받아 주홍색으로 타오르는 아름다운 암벽 가장자리를 따라 다이빙 장소를 향했다. 네오프렌 잠수복을 입어서 머리부터 발끝까지 보호되었기에 얼굴로 거세게 튀는 물방울은 기꺼이 맞았다. 기대감으로 온몸에 찌릿한 감각이 흘렀고 얼굴은 붉게 상기되었다. 인생에서 네 번째인 이번 다이빙을 마치면 당당하게 오픈워터 다이버 자격증(입문자가 가장 처음 취득하는 다이빙 자격증-옮긴이)을 받게 될 것이다.

그날 나는 어둠의 경계를 지나 거대하게 펼쳐진 동굴로 들어가면서 순간적으로 방향 감각을 잃었다. 바위로 된 천장 아래에서 청록색 빛 한 줄기가 내 앞에 펼쳐진 물을 비스듬하게 가르며 통과했다. 그 빛은 나를 앞으로 위로 끌어당겼고, 어느 순간 나는 탁 트인 커다란 공간에서 깜빡거리는 빛 속을 떠다니고 있었다.

그때 내 앞에 있던 물이 폭발하듯이 보글대며 하얀 거품을 마구 뿜어냈다. 이내 버둥대는 다리가 그 거품 속에서 비죽 튀어나왔고, 오렌지색 수영 팬티를 입은 형체가 수면을 향해 빠르게 발차기해 나아가는 게 보였다. 그제야 내가 유리처럼 반사되는 표면을 가진 작은 동굴 속에 있다는 사실을 깨달았다.

나중에 안 사실이지만, 그곳은 하이킹하는 사람들이 스릴을 즐기러 자주 찾는 장소였다. 하이커들은 숲속 길을 걸어서 이 장소에 와서는 천장에 뚫린 작은 틈 또는 절벽 가장자리를 따라 나 있는 출입구 같은 큰 구멍을 통해 동굴로 들어왔다. 그리고 한 줄로 서서 4미터 높이에서 물속으로 뛰어내렸다. 내가 아래에서 본 빛은 이 입구를 통해 들어왔는데, 대성당의 높은 채광창을 통해 햇빛이 들듯이 동굴 속 깊은 곳까지 들어왔다. 동굴 속 모랫바닥을 비추는 빛은 무지개색을 띠고 있었고, 마치 춤을 추는 것 같았다. 그걸 보자 시골집의 부두에서 처음으로 물에 빠졌던 일이 떠올랐다. 그때와 다른 점이라면 파란 운동화를 신고 나를 잡아끄는 사람이 없다는 것뿐이었다.

한 번의 호흡으로 어느 방향으로든 움직일 수 있었다. 숨을 쉬며 천장 쪽으로 떠올랐다가 다시 내쉬며 천천히 가라앉았다. 마치 공중부양하는 초능력을 얻은 것 같았다. 나는 중력을 초월했다. 동굴 암벽을 타기 위해 낑낑대며 무거운 몸을 끌어 올려야 하는 몸집 큰 여자도, 어설픈 지구인도 아니었다. 나는 물속을 자유롭게 날아다녔다.

지금의 이 맛보기 체험은 진짜 동굴 다이빙과는 거리가 멀었다. 출구에서 고작 몇 미터 떨어져 있었을 뿐이었지만 이 체험은 내 상상력을 자극했고 욕구를 불러 일으켰다. 왠지 내가 남은 평생 다이빙을 하게 되리라는 예감이 들었다. 그 후로 일에 짓눌릴 때면 심호흡을 한 뒤 눈을 감고는 좁은 동굴 속으로 이동했고, 햇빛이 만든 청록색 빛줄기 속을 떠다니는 상상을 했다. 다이빙하러 갈 때마다 물이 나를 부르는 소리는 점점 커졌다. 사회적 성공이 주는 만족감이나 두둑한 연봉은 나를 충족시키지 못했다.

그때만 해도 나는 첫 다이빙 경험이 펼쳐놓은 마법만 보고 그 속에 숨은 위험은 알아채지 못했다. 바위 천장에 어떤 위험이 도사리고 있는지 구태여 생각해 보지 않았고, 내가 얼마나 운이 좋았는지는 짐작도 하지 못했다. 수중 동굴은 아름다운 모습과는 달리 굉장히 위험해서 철저한 훈련을 받지 않으면 생각지도 못한 일로 목숨을 잃기 쉽다. 오픈워터 다이빙 훈련을 받을 때는 긴급 상황에서 언제나 수면 위로 헤엄쳐 올라가면 된다고 배운다. 하지만 동굴 안이나 천장이 있는 환경에서는 그럴 수 없다. 장비가 제대로 작동하지 않거나 방향 감각을 잃는 것처럼 곤란한 상황에 대처할 준비가 되어있지 않으면, 물로 가득 찬 어두컴컴한 동굴 속에서 죽음을 맞을 수도 있다.

2018년, 태국의 탐루앙Tham Luang 동굴에 와일드 보어스Wild Boars 유소년 축구 팀이 갇히는 사건이 일어나면서 동굴 다이빙에 따르는 위험이 세간에 널리 알려졌다. 동굴에서는 시야 확보가 힘들고 길을 잃기 쉬우며, 물살이 빠르고 산소가 고갈될 수 있다.

태국 해군 출신 다이버인 사만 쿠남Saman Kunam은 천장이 막힌 환경에서 수중 잔압계를 확인하지 않아 산소가 부족해져 익사했다. 민간 동굴 다이버 팀이 구조 임무를 넘겨받았을 때 절친한 내 친구는 말했다.

"수중 동굴에서 날 데리고 밖으로 나가려면, 먼저 날 기절시킨 다음

꽁꽁 묶어야 할걸."

농담으로 한 말이었겠지만, 똑같은 방법을 태국에서도 사용해야 했다. 유소년 축구팀 아이들을 구조하기 위해서는 구조용 들것에 그들을 묶은 뒤 물에 잠긴 구간을 통과한 후 안전한 장소로 이송해야 했는데, 그러기 위해서는 마취제를 투여해야 했다.

영국 출신의 노련한 구조 다이버인 크리스 주얼Chris Jewell도 마취된 소년을 태운 들것을 옮기느라고 씨름하다가 가이드라인(다이버들이 어둠 속에서 입구나 출구 같은 길을 찾는 데 도움을 주는 안내줄로, 생명줄이라 불린다-옮긴이)을 놓쳐서 아찔한 순간을 맞이했었다. 방향 감각을 다시 찾고 공기가 있는 다음 구간으로 가기 위해 어둠 속에서 더듬거리던 4분은 크리스에게 공포스러운 순간이었다.

오픈워터 다이빙 강습이 끝나고 얼마 되지 않아 나는 《기초 동굴 다이빙: 생존을 위한 청사진Basic Cave Diving: A Blueprint for Survival》이라는 입문서를 읽었고, 동굴 다이빙의 위험성을 알게 되었다.

저자인 쉑 엑슬리Sheck Exley는 선구적인 탐험가였고, 나는 그의 이름까지도 멋지게 느껴졌다. 그의 저서는 그답게 실용적이며, 디자인에도 많은 돈을 쓰지 않았다. 스테이플러로 고정한 소책자는 타자기로 친 원고를 그대로 복사해 놓은 것처럼 부실해 보이는 듯 했지만, 그 안에 담긴 정보는 여러 사람의 목숨을 구했다.

플로리다주 라이브오크Live Oak의 고등학교에서 수학을 가르치던 쉑 엑슬리는 통계와 사고 분석에 집착했다. 1970년대 후반부터 1980년대까지 동굴 다이빙으로 대담한 모험을 해내면서 죽을 고비를 여러 차례 넘겼던 그는, 플로리다 동굴 안에서 사람들이 사망하는 비율이 걱정스러울 정도로 높은 이유를 알아내기 위해 통계를 이용해 보기로 했다. 동굴에서 길을 잃거나 공기가 부족해서 숨진 다이버의 시신을 직접 수습하기도 했다. 쉑 엑슬리는 이러한 비극이 주는 교훈을 일반 다이버와 나누고 싶었다. 당시만 해도 동굴 다이빙을 위한 교육 과정이 없어서 그는 다이버들에게 안전하게 동굴을 탐험하는 방법을 가르치려 했다. 쉑 엑슬리가 나열한 사고 목록에서 빠지려면 그가 정한 안전 수칙을 절대 규칙으로 삼아야 했다.

동굴 다이빙에서 살아남으려면 수중 잔압계를 확인해서 되돌아갈 시간을 계산하고, 연결된 가이드라인을 따라가고, 여분의 장비를 제대로 챙기는 법을 배워야 한다. 내게는 모두 낯선 개념이었다. 강사와 함께 토버모리에 있는 작은 동굴을 처음으로 들여다보면서 동굴이 안전한 곳이라고 착각했었지만, 그로부터 한 해가 채 지나기도 전에 불의의 사고가 내게도 일어날 수 있음을 이해하게 되었고, 자연이라는 이름을 가진 어머니의 광포함에 대해 경외하는 마음을 갖게 되었다.

스쿠버다이버 자격증을 따고 난 후, 캐나다 북서쪽의 헤카테Hecate해협을 횡단해 하이다과이Haida Gwaii의 섬으로 향하는 위험천만한 바다를 횡단하는 여행을 했다.

우리는 옅은 안개에 덮인 밴쿠버섬 북단의 포트하디Port Hardy에서 출발하기로 했다. 들쑥날쑥한 짙은 안개 사이로 다채로운 색깔의 판잣집이 언뜻언뜻 보였고, 비에 젖은 숲속 자갈길 위로 우뚝 솟은 가문비나무가 어렴풋이 보였다. 나는 요란한 색상의 비옷을 입고 하이킹 부츠를 신은 다이빙 클럽 친구 8명과 함께 부서진 외팔보(한쪽 끝은 고정되고 다른 끝은 받쳐지지 아니한 상태로 있는 보-옮긴이) 부두를 따라 재빠르게 달렸고, 비바람을 맞으며 서 있는 20미터짜리 낡은 배에 올라탔다.

우리가 승선할 클라벨라호Clavella는 붐비는 항구에 정박한 커다란 바다 항해용 선박들 사이에 있으니 왜소해 보였다. 짙은 나무 갑판은 빛바랜 파란색으로 테를 둘러 장식한 하얀 선체와 뚜렷하게 대비되었다. 갑판 위에 있는 단출한 물건들은 바다 여행의 험난함을 보여주는 듯 낡고 해진 밧줄에 매여있었다.

그 모든 걸 경고로 받아들였어야 했다. 하지만 그 당시 내 머릿속은 일에서 벗어났다는 생각으로 가득했다. 이건 휴가가 아니라 모험이었다. 앞으로 2주 동안 격자로 된 세계(디자이너들이 일하는 작업 환경인 포토샵의 배경은 격자로 되어있다-옮긴이)에서 벗어나서 나 자신에게 열중할 것이다. 회사와 연락도 닿지 않을 테니 한동안은 자연 속에서 꿈꾸던 자유로운 삶을 살 수 있을 것이다. 나는 머리 위로 날아오르던 흰머리수리만큼이나 자유롭다고 느꼈다.

남성미로 가득해 보이는 존 더보크John deBoeck라는 이름의 선장이 의외의 부드러운 목소리로 우리를 부두에서 맞아주었다. 피부는 바다에서 보낸 세월이 역력했고, 얼굴에서 떠나지 않는 싱글거리는 웃음은 눈가에 잔주름을 아로새겼다. 곰팡이가 가득 핀 하얀 테니스화는 새로운 신발 끈이 절실히 필요해 보였고, 낡은 스웨트셔츠는 주근깨 핀 두툼한 손만큼이나 풍파를 겪은 듯했다. 그는 우리를 선상으로 맞아들여 갑판 아래에 있는 이층 침대를 보여주었다. 매트리스가 축축하다고 사과하며, 오래된 배라서 가끔 물 새는 곳이 생긴다고 설명했다.

우리는 안전장치와 안전을 위해 지켜야 할 절차에 관해 기초적인 교육을 받았다.

"배의 창이 파손되면 갑판 아래에 있는 대나무 장대나 합판으로 수리하면 됩니다. 냄비는 항상 레인지에 고정해 매어두어야 하고, 화장실에 있는 해수 밸브는 열어두면 안 됩니다. 갑판에 올라가야 한다면 반드시 친구한테 알리고, 혹시나 밤중에 몸이 아프다면 난간에 몸을 고정해 묶으세요."

그는 사무적인 말투로 설명했다.

"신나는 여행기처럼 들리진 않는걸?"

나는 이렇게 말하며, 생동하는 산호벽과 수면 위로 뛰어오르는 범고래, 가문비나무 숲에 둘러싸인 협만을 통과하는 느긋한 여행을 상상하면서 그의 안전 교육이 과장된 것이기를 바랐다.

우리의 계획은 서쪽 해안을 따라 밴쿠버섬 북쪽의 하이다과이로 올라가는 것이었다. 나는 새로 산 니코노스 V 수중 카메라를 가져왔고 낫돌고래, 대왕문어 등 멋진 해양생물로 가득한 낙원을 찍을 기대에 부풀어 있었다. 하지만 그 전에 거센 파도와 조류를 헤치면서 헤카테해협을 24시간에 걸쳐 횡단해야 했다. 존은 클라벨라호가 충분한 준비가 되었다고 했지만, 나는 그다지 확신이 서지 않았다.

우리의 목적지인 하이다과이의 섬들은 추운 북쪽 바다에 고립되어 있기 때문에 무슨 일이 생겨 도움을 요청해도 며칠이 걸릴 터였다. 다이빙을 하면서 4일간 출항을 기다린 뒤, 하이다과이로 항해를 시작했다. 금세 격변하는 조류에 익숙해졌고, 8미터짜리 소형 보트를 클라벨라호 뒤에 매단 채 커다란 파도를 헤치고 가는 존 선장의 노련함을 신뢰하게 되었다. 사납지만 미지의 영역인 하이다과이의 바다로 드디어 넘어간다는 생각에 들떴다. 진짜 탐험처럼 느껴졌다. 하지만 안전한 피난처인 부두에서 벗어나자 상황은 급변했다.

변덕스러운 폭풍이 시작되자 파도가 세차게 쳤고 밤이 될수록 점점 거세졌다. 파도가 클라벨라호를 쉴 새 없이 난타하고 귀가 먹먹해지도록 몰아치며 산산조각 낼 기세로 선체를 흔들었다. 파고에 따라 바닷물이 갑판 위를 휩쓸었다가 다시 빠지는 와중에도 존 선장은 커다란 나무 타륜과 씨름했다.

친구들과 달리 나는 뱃멀미에 시달리지 않았기에 휘청거리며 배 뒤쪽으로 가서 스쿠버 장비가 가득 실린 소형 보트를 확인했다. 장비는 5센티미터 두께의 줄로 배 뒤에 묶인 채 야생 황소처럼 날뛰고 있었다. 난간에 부딪히는 얼음장같이 차가운 물에 순식간에 온몸이 젖어버렸다.

별조차 보이지 않던 그날 밤, 나는 재빨리 휴게실을 통과해 배 뒤에서 조타실로 향했다. 그때 예고도 없이 거대한 파도가 배 옆으로 세차게 들이치더니 나를 바닥으로 내동댕이쳤다. 조타실 위에 있던 레이더, 장거리 전자 항법 장비, 통신 장치 등 선박의 항법 시스템은 파도에 휩쓸려 나갔다. 친구들이 살기 위해 드라이슈트dry suit(건식 잠수복이라 불리며 방수, 피부 보호, 체온 유지의 효과가 뛰어나지만 찢어지면 물이 들어와 효과가 떨어질 수 있다-옮긴이)를 입는 동안, 나는 뒤에 매여있던 소형 보트가 뒤집히는 모습을 경악하며 바라보았다. 소형 보트는 몸서리쳐지는 신음과 함께 요동을 치고 뒤집어지며 배의 속도를 늦추었다.

얼마 후 존은 팔을 휘둘러서 소형 보트를 매둔 끈을 과감하게 절단했고, 나는 처음으로 맞춘 스쿠버 장비가 바닷속으로 가라앉는 것을 지켜보았다. 보험도 들지 않은 다이빙 장비가 사라져 버려 화가 날만도 했지만, 이상하게도 기분이 좋았다. 나는 바다 200미터 밑바닥에서 죽을 수도 있었다. 하지만 동이 트기 전에 존 선장은 나침반을 한 손에 든 채 노련한 항해술로 안전한 곳까지 우리를 데려다주었다. 우리는 어둠과 흉포한 바다에서 살아남았다. 이 일로 나는 새내기 다이버 시절에 감사하는 마음과 현명한 의사결정에 관해 큰 가르침을 얻었다.

'생명'은 '물건'보다 훨씬 귀하다.

무엇보다도 나는 바다의 변덕스러움에 다시금 경외심을 품게 되었다. 그리고 상황이 얼마나 빨리 위험천만하게 변하는지도 배웠고, 재난에 가까운 상황을 겪고 난 뒤라면 다이빙을 그만둘 수도 있었을 것이다. 그런 결정을 내리더라도 아무도 문제 삼지 않았을 것이다.

3,000달러짜리 장비를 다시 사려는 사람이 얼마나 되겠는가? 하지만 나는 단념하지 않았다. 오히려 새로운 다이빙 기술을 배워서 물속과 물위에서 편안함을 느끼고 싶다는 갈망이 더욱 확고해졌다. 나는 더 좋은 장비를 샀다. 그리고 그해 여름, 토론토 서쪽 끝에 있는 스쿠버다이빙 용품점에서 알려준 일정을 확인하고 다음 단계 과정을 전부 등록했다. 구조 다이버, 난파선 다이버, 수중 사진 찍기, 마스터 과정이 이어졌고, 눈이 오기 시작하자 아이스 다이빙, 딥 다이빙을 비롯해 강사나 멘토가 제공하는 것이라면 무엇이든 배웠다.

주말이면 스쿠버다이빙 용품점에서 만난 친구들과 함께 오대호(미국과 캐나다의 국경 지역에 서로 잇닿아 있는 다섯 개의 호수-옮긴이)가 끝나는 지점에 있는 세인트 로렌스 수로 St. Lawrence Seaway나 토버모리로 다이빙

주말 여행을 떠났다. 게다가 하루 평균 10시간이 넘는 그래픽 디자인 일을 함에도 불구하고 저녁이나 주말에는 초보 다이빙 수강생들을 돕겠다고 자원하기도 했다.

어느덧 나의 빨간색 닛산 자동차는 축축함과 더불어 염소 섞인 곰팡내가 풀풀 났다. 《어둠의 손짓The Darkness Beckons》이나 자크 쿠스토가 쓴 《침묵의 세계The Silent World》 같은 책을 읽거나 다이빙할 소중한 시간을 낭비하고 싶지 않았기에 식사는 차 안이나 책상 앞에서 해결하곤 했다.

스쿠버 강사 자격증을 획득한 다음에는, 업무 마감이 닥쳐오는 와중에도 빠져나와 스쿠버다이빙 저녁반을 가르쳤다. 금요일 오후에는 교통 체증 시간대를 피해 사무실에서 가능한 한 빨리 빠져나와 북쪽으로 다이빙 순례를 떠났다. 스쿠버 다이빙 강사로 버는 돈은 차에 기름을 채울 정도도 안 되었으나, 푼돈에 연연하지 않았다.

창조적인 업무를 좋아하긴 했지만 갑갑한 사무실 벽에 둘러싸여 일하는 삶은 만족스럽지 않았다. 캐논사의 광고 콘셉트를 구상하면서도, 머릿속엔 어느새 다음번 다이빙 여행을 계획하고 있었다. 다이빙 장비와 다이빙용 임대 선박을 적은 목록이 길어졌다.

나는 사무실 밖에서 살기를 갈망했다. 집 근처의 공원을 달리는 것도 행복했고, 호수 위 보트를 타는 것도 행복했다. 하지만 폐소공포증을 일으킬 듯한 사무실은 내 영혼을 앗아가고 있었다. 더 이상 동업자들이 말하는 성공에 공감하지 못했다. 동업자들은 아이들과 교외에 있는 침실 3개짜리 주택을 위해 살았다. 그러나 대부분의 사람이 말하는 인생의 주요 목표가 내가 그리는 미래와는 맞지 않는다는 사실을 깨달았다. 나는 수중 세계에서 창의적인 삶을 일구기를 꿈꾸었다.

그리고 〈스킨 다이버Skin Diver〉나 〈내셔널지오그래픽〉 같은 잡지의 나온 사진작가들처럼 살고 싶었다. 여행하고 탐험하면서 햇빛과 손길이 닿지 않는 곳에 존재하는 것을 기록으로 남기고 싶었다. 수중 세계의 아름다움을 공유하고 싶었다.

또한, 그곳들을 사진이나 영상으로 찍어 팔면, 수중 세계와 알려지지 않은 지구의 곳곳을 탐험하면서도 생계를 꾸릴 수 있을 것 같았다. 아마 내가 꿈꾼 이 모든 과정이 대담하고 커다란 도약이었다고 한다면 거짓말일 것이다. 그보다는 나비가 고치를 벗어나 자유롭게 날아오르듯이 서서히 일어나는 변화에 가까웠다.

그토록 중요한 문제를 결정하는 것은 어려울 뿐 아니라 어느 정도의 시간도 필요하기 마련이다. 가족과 사회는 내가 보편적이고 전형적인 각본에 따르길 바랐다. 대학에 가라. 전문 직업을 가져라. 아이를 낳아라. 고생스럽게 일하면서 진정 원하는 건 은퇴한 후로 미뤄라. 하지만 내가 은퇴할 때까지 살지 못하면 어쩌지? 왜 지금 행복하게 살고 남은 인생은 알아서 해결되도록 두면 안 되는 걸까? 하지만 이런 생각은 이기적인 것처럼 보이고, 사회와 가족의 기대나 성인으로서 해야 할 의무를 저버리는 것처럼 느껴졌다. 다이빙 경험을 쌓을 때마다 나는 사람들이 그다지 가지 않는 길로 다가서고 있음을 알고 있었지만, 한편으로는 정해진 길에서 벗어나면 가족과 친구를 잃지 않을까 걱정스러웠다.

이미 익숙해진 삶의 방식을 떨쳐내기도 쉽지 않았다. 나는 두둑한 연봉과 편안한 생활에 익숙해져 있었다. 집은 한창 떠오르는 동네의 중심부에 있었고, 토론토 도심에서도 자연에 근접한 최고의 환경이었다. 좋은 레스토랑에 가거나 최고의 다이빙 장비를 사고도 휴가를 갈 돈을 모을 수 있었다. 다이빙 강사로서 근근이 생계를 잇는 삶과 이를 맞바꾸는 것은 무모해 보일 것이다. 또 부모님이 실망하리라는 생각이 압박으로 다가오면서 무력감이 느껴졌다.

예전에 사업을 시작하기 위해 부모님에게 돈을 빌린 적이 있었다. 다 갚긴 했지만, 부모님이 생각하는 성공에서 멀어지면 슬퍼하시지 않을까 걱정되었다. 게다가 다이버로서 경력을 쌓으려면 실력을 더 쌓고 인맥을 키워야 했다. 가야 할 길은 여전히 멀었지만 고민을 거듭한 끝에 새로운 꿈을 좇기 위해 카리브해의 케이맨제도Cayman Islands로 이사를 가기로 마음을 정했다.

예상한 대로 친구들과 직장 동료들은 큰 충격을 받았다. 한때 대학교수였던 친구와 통화를 하다가 전문 다이버가 되기 위해 캐나다를 떠날 거라고 말했더니 친구는 거북해하면서 돌연 전화를 끊어버렸다. 동료들이나 친구들은 사회가 원하는 자아상에 이르고자 열심히 노력하고 있었다. 일부는 가정을 꾸렸고, 또 일부는 경력을 쌓기 위해 열심히 일하며 자기 계발을 했다.

대학을 졸업할 무렵 "누가 먼저 성공의 정상에 오르는지 내기할까?"라며 패기만만한 내기를 건 친구가 있었다. 그 친구에게 그간의 경력을 포기하고 전문 다이버를 하겠다고 이야기하자 친구가 말했다.

"질, 너에겐 큰 가능성이 있는데 왜……."

분명 쉽게 떠날 수 있을 것 같았다. 그러나 아무리 열정이 가득하다 해도 이제까지와 다른 삶을 선택하는 데는 걱정이 따랐다. 앞날을 두려워하면서 동업자들에게 지분을 넘겼고, 빚을 모두 처분하고 아파트를 포기한 뒤 나를 시험해 보기 위해 케이맨제도로 가는 비행기 표를 끊었다. 일에서 손을 뗐으나 달마다 동업자들에게서 내 지분으로 약간의 돈을 받는 안전망에 기댈 수는 있었다.

드디어 시작이다!

다이빙 휴양지는 누구나 삶에서 최고의 시간을 보내기를 바라며 찾아오는 장소이기에 행복이 넘쳤다. 나 역시 그랬다. 무려 12개의 방이 있는 나의 새로운 직장이 될 다이버 전용 숙소 '케이맨Cayman'에 들어서자 내가 옳은 결정을 내렸다는 생각이 들었다.

"정말 굉장해!"

나는 새로운 고용주이자 친구인 대니 제트모어Danny Jetmore를 끌어안으며 외쳤다. 분홍색 프랑지파니 꽃의 달콤한 향기를 들이마시니 더욱 희망적인 기분이 들었다. 개인 소지품 말고는 모두 처분한 나는 홀가분하고 자유로운 상태를 만끽했다. 나는 곧 다른 직원들과도 친구가 되었고 금세 그들이 가족처럼 느껴졌다. 열대지방의 온기는 활기를 주었고, 나는 뛰고, 자전거도 타고, 다이빙도 하며 철인레이스 선수만큼이나 건강해졌다.

소중한 필름을 한 장 한 장 쓸 때마다 나중에 인화될 사진을 마음속에 그려보았다. 완벽한 사진을 위해 빛의 각도를 고려하고 모든 곳에 완전하게 빛이 드는 정확한 시간대를 기다렸다가 신중하게 사진을 찍었다. 매일매일 다이빙과 스노클링을 하니 산호초에 거주하는 생물들이 아끼는 반려동물인 듯 친숙해졌다. 드디어 내게 딱 맞는 장소에 있다고 느껴졌다.

그러던 중 이곳에 새 직장을 구하고 여러 달이 지났을 때, 캐나다에서 이곳으로 이주하겠다는 결심을 다시금 고려해 볼 만한 큰 시련이 닥쳤다.

전화벨이 울렸을 때 나는 따뜻한 산들바람을 맞으며 야외에 있는 바에 앉아있었다. 토론토를 떠난 후론 회사 소식을 전혀 들은 적이 없었기에 수화기 너머로 들리는 친구이자 직장 동료였던 릭Rick의 목소리에 꽤 놀랐다.

"질, 처리할 일이 있어서 상의하려고 너희 옛날 사무실에 들렀거든. 그런데 간판이 사라지고 회사가 폐업했다는 쪽지가 문에 붙어있더라고."

"뭐? 어떻게 그럴 수가 있지?"

나는 떨리는 목소리로 물었다. 전 동업자들은 나에게 어떤 이야기도 하지 않았다.

"매달 받아야 할 돈이 7주간 안 들어왔지만 그저 우체국 탓이라고 생각하고 있었어."

법적으로 강제력 있는 계약을 맺고도 전 동업자들은 내 지분에 대한 돈을 지급하지 않았다. 그들은 폐업을 하고, 새로운 이름으로 회사를 다시 차렸다. 그리고 나는 힘들게 일군 회사와 비상금을 잃었다. 분노와 공포, 울분이 뒤섞여 치밀어 올랐다. 지금 버는 돈으로 살아갈 수는 있었지만, 전 동업자들이 새로운 회사에 자금을 대려고 컴퓨터를 비롯한 옛 회사 집기들을 담보로 잡고 대출을 받으면서 평생에 걸쳐 모은 돈이 묶여버린 것이다. 나는 돈 잘 버는 직업을 막 그만둔 참이었다. 수중 사진작가가 되려는 내 꿈은 이렇게 흐지부지되는 걸까?

그 무렵 나는 즐거운 나날을 보내고 있었지만, 새로운 삶을 진정한 직업으로 삼을 수 있을지는 확신하지 못했다. '나에게 재능이 있긴 한 건가?' 하는 의심까지 들었다.

냉철하게 마음을 가다듬고 무엇을 할지 결정해야 했다. 나는 조심스레 니코노스 V 수중 카메라에 내가 가장 아끼는 광각렌즈를 장착하고 36방 컬러 슬라이드 필름을 끼우면서도 필름을 현상할 돈이 없을지도 모른다는 생각이 들어 씁쓸하게 웃었다. 그리고 12미터 길이의 뉴턴호 선미에서 케이맨제도 이스트엔드East End의 잔잔하고 고요한 바다로 뛰어내렸다. 섭씨 28도의 파란 바닷물이 나를 감싸 안아주었다. 커다란 보랏빛의 부채산호가 만들어 내는 물결을 따라 아래로 내려갔다. 도미떼가 지나가고, 가오리가 산호 옆의 평평한 바닥에서 모래를 털며 나타났다. 더 아래로 내려가자 압력이 높아져, 질소 마취 증세가 느껴지면서 의식이 몽롱해졌다. 주홍빛 해면을 지나 더 깊이 들어가자 정신이 몽롱해지며 모든 게 다 괜찮아질 것 같은 느낌이 들었다.

어둠은 내게 더 깊은 곳으로 오라고 손짓했다. 매혹적인 세이렌(노래를 불러 유혹해서 선원들이 바다에 빠져 죽게 했다고 전해지는 그리스 신화 속 반인반수─옮긴이)이 끝이 보이지 않는 심해로 나를 불러댔다. 그러나 나는 수심 50미터에서 멈춰 섰다. 그리고 올려다본 바다 위에 배의 이름이 선명하게 적힌 뱃고물이 있었다. 마치 벼랑 끝에 걸터앉은 듯했다. 다 포기하고 바다가 어루만지는 손길을 느끼며 영원히 떠다닐 수도 있었고, 표면으로 헤엄쳐 돌아가서 도전에 맞설 수도 있었다.

나는 나비고기 떼로 둘러싸여 나풀거리는 연산호 가지를 찍었다. 그 자체로도 굉장히 멋진 광경이었지만 질소 마취가 주는 황홀함 때문에 실제보다 더 놀라워 보였다. 그때 손목에 찬 다이브 컴퓨터(다이버들이 사용하며 수심, 잠수 시간, 체내 질소량 등을 알려준다―옮긴이)가 삑삑 울리며 이제는 천천히 상승해서 수면 기압에 다시 적응해야 한다고 알렸다. 질환이나 죽음을 무릅쓰려는 게 아니라면 인간이 지닌 감압이라는 불리한 조건을 무시할 수 없었다. 잔여 공기량이 빠르게 줄어들고 있었다. 이곳은 아름다웠지만, 당장 수면으로 돌아가야 했다.

주홍빛 해면과 보랏빛 부채산호로 덮인 벽을 헤엄쳐 오르던 중, 갑자기 퍽 하는 소리가 났다. 카메라를 밀봉한 부위가 수압 때문에 파열되어 거품을 뿜고 있었다. 이것은 부식성 강한 소금물에 비싼 카메라와 렌즈가 침수되었다는 것을 뜻했다. 이 이상 나쁜 일이 있을까? 어쩌면 나는 수중 사진 촬영을 직업으로 삼을 수 있다고 나 자신을 속이고 있었던 건 아닐까?

그날 저녁, 흔들리는 그물 침대에 자리를 잡고 독한 진토닉을 마시며 선택지를 하나하나 따져 보았다. 창작할 도구가 망가졌으니 내가 가진 동기와 목표 의식을 더 끌어내든가, 아니면 매일 출퇴근하고 9시부터 5시까지 일하는 평범한 생활을 받아들여야 하는지도 모른다. 그리고 내게 지급되었어야 할 돈을 받을 자격이 있는지, 궁극적으로 내게 행복할 자격이 있는지에 대해서도 자문했다. 아빠가 변호사를 추천했지만 의기소침한 나머지 내가 사기 피해자인지, 스스로를 지나치게 대단하게 여긴 대가를 치르는 건지 분간이 되지 않았다. 어쩌면 인생에서 값비싼 수업료를 치렀다고 치부하고 넘겨야 할지도 몰랐다. 밑바닥까지 추락해야만 상황이 명료하게 보였다.

며칠 동안 고민한 끝에, 비로소 나는 어느 정도 균형 잡힌 시각을 갖추게 되었다. 나는 무일푼이고 다이버 전용 숙소에서 묵고 있었지만 그렇다고 궁핍하지는 않았다. 직장도 있고 차도 있고 열대 낙원이 주위에 펼쳐져 있으니, 궁핍과는 거리가 멀었다. 나는 토론토로 돌아가 변호사와 상의했고, 인생 최고의 조언을 들었다. 맞은편에 있던 나이 지긋한 변호사와 나는 서로 마주 보고 앉았고 변호사가 말했다.

"질 하이너스 씨, 소송에서 이기고 지는 것은 문제가 아니에요. 중요한 건 당신이 인생에서 뭘 원하느냐죠. 분명 나는 이 소송에서 이길 수 있고 수임료도 챙기겠지만, 당신이 얻는 건 정의 구현뿐이에요. 간단히 말하자면, 여기에 걸린 돈은 많지 않아요. 그리고 모든 소송이 끝나려면 몇 년은 걸리죠. 당신은 젊고 똑똑하잖아요. 인생이 어떤 길로 나아가길 바라는지, 소송이 그 길에 도움이 되는 것인지 다시 한번 진지하게 생각해보지 않겠어요?"

나는 이미 높은 연봉을 포기했는데 행복해지려면 꼭 필요한 것을 이루기 위해 실체가 없는 것을 버리지 못할 이유가 있을까? 나는 복수하려던 생각을 내려놓고 다이버로서의 경력을 쌓는 일에 전념해야겠다고 마음먹었다. 그리고 패배감을 느끼는 대신 힘을 얻고 굳은 의지를 다진 채 섬으로 돌아갔다. 내게 다른 선택지가 없었다. 하지만 먼저 새로운 카메라를 살 돈을 모아야 했다. 더는 가망이 없다고 여기던 참에, 다이버 전용 숙소의 주방장인 링크Linc가 가까운 친척의 장례식 때문에 애틀랜타Atlanta에 가야 한다며 며칠 동안만 대타로 일해달라고 부탁을 해왔다.

링크는 전문적인 요리사 교육을 받았으며, 이 숙소의 요리 천재였다. 주방 재료가 떨어지지 않게끔 채워놓고, 누구든 격찬하는 음식을 제공하면서 모두가 충분한 영양을 섭취하도록 했다. 다이빙 강습과 배를 임대하는 일 외에 내가 해야 할 업무를 고려하면 링크의 대타로 일을 하는 것은 불가능해 보였다. 또, 숙소가 만원인 날에는 최대 25명의 투숙객과 직원을 위해 요리해야 했다. 그러나 한편으로는 링크의 대타로 일을 하면 새 카메라를 살 수 있을지도 모른다는 생각이 들었다.

"물론이지. 맡아줄게."

이렇게 어쩌다가 주방장이 되었다. 요리를 즐겨 하긴 했지만 배운 적은 없었다. 하지만 링크가 남긴 요리법과 다른 직원의 도움으로 아름다운 산호초와 다이버 전용 숙소를 오가며 식사를 준비할 수 있었다.

그렇게 나름대로 최선을 다하여 맡은 일을 해내고 있었지만 애당초 말했던 기간보다 길어졌고, 한 달 이상 자리를 비운 링크는 결국 정식으로 퇴사했다. 우리는 그 후로 새로운 주방장을 고용하는 데 실패했다. 외국인은 취업 허가를 받기 힘들고, 현지인은 주방장으로 일하는 데는 관심이 없었다. 이게 내게 새로 닥친 현실이었다. 용케도 몇 가지 일을 다른 직원과 나눌 수 있었지만, 나는 그 후 두 해 동안 몹시 바빴다.

몇 번의 실패와 연습으로 저크 치킨과 초콜릿 무스를 만들수 있게 되었고, 실수로 탄생시킨 '두 번 재탕한 카레'라고 이름 붙인 이상한 레시피도 익혔다. 매주 오는 배달을 활용해 식품 저장고를 가득 채우는 요령을 익혔고, 식품 보관법과 주방 위생 지침 또한 빠르게 학습했다. 이 모든 일을 해내는 내내 한편으로는 바닷속의 예술 같은 한 장면을 담아내고자 하는 내 꿈에도 집중했다.

새 카메라를 사기 위해 월급과 팁을 전부 모으고 있었기 때문에 무료로 즐길 수 있는 활동으로 관심을 돌렸다. 파티를 즐기는 대신 휴양지 근처에 있는 숲을 탐험하면서 석회암에 난 틈에 들어가고 동굴을 찾아다녔다. 그러다 보면 어린 시절 브루스 트레일에서 하이킹하던 기억이 새록새록 떠올랐다. 바위 틈새로 비집고 들어가서 작은 동굴과 쓰레기로 가득한 공간을 찾았다. 누군가에게는 땅에 난 구멍이 쓰레기를 버릴 공간에 불과하겠지만, 나에게는 기회로 이어지는 입구였다. 어두운 구석 하나하나가 새롭고 내밀한 장소를 찾을 기회를 주었다. 나는 움푹움푹 팬 풍경이 아니라 머릿속에 존재하는 장애물을 탐험하고 있었다. 그리고 내가 가진 심리적 한계와 가능성을 발견하고 있었다. 눈이 어스름한 빛에 적응할 때마다 새로운 힘이 솟았고, 그 덕에 용기를 가지고 앞으로 나아갈 수 있었다.

바다로 나갔을 때는 물고기 떼로 가득한 길고 구불구불한 산호초 속 통로로 방문객들을 데려갔지만, 숲을 탐험하며 발견한 수중 동굴은 아무에게도 말하지 않았다. 나는 수중 동굴을 혼자서 탐험하는 비밀스러운 장소로 삼고 싶었고, 나만 아는 은신처에서 측량하고 지도를 그리고 사진을 찍고 싶었다.

나는 탐험가로 접어드는 경계에 있었고, 가슴속에 느끼고 있는 것을 증명해 줄 실제적인 결과물을 내놓고 싶었다. 지금껏 해온 모든 일처럼 나는 열정적으로 뛰어들었고 본격적인 탐험을 시작했다.

다이버 전용 숙소 케이맨의 관리자인 대니는 내가 홀로 동굴을 찾아 탐험을 시작하자 걱정이 되었는지 내가 경험이 많은 사람과 같이 다이빙하기를 바랐다.

"질, 해가 져도 네가 돌아오지 않으면 어떻게 해야 해? 어디에서 널 찾아야 할지 아무도 모르잖아."

"그래서 굉장히 조심하고 있어, 대니. 너무 걱정하지 마."

나는 그를 안심시켰다.

대니가 절친한 친구이자 동굴 다이빙 강사인 폴 하이너스를 소개해 준 것은 그 무렵이었다. 이미 10년 넘게 폴을 알고 지내던 대니는 케이맨 제도에서 무료로 휴가를 즐기라며 폴을 초대했다. 나는 폴의 장난기 어린 미소와 자신 있게 으스대듯 걷는 모습에 왠지 눈길이 갔다. 구깃구깃한 옷과 해진 샌들이 내뿜는 여유로움이 매력적으로 보였다. 또 폴이 물을 헤치며 미끄러지듯 헤엄치는 광경을 보고 있자면 가오리의 우아한 모습을 보는 듯했다. 폴은 마치 바다에서 태어난 사람처럼 편안하고 느긋하게 움직였다. 그는 내게 동굴 다이빙을 제대로 가르쳐 줄 사람이었다. 마치 온 우주가 내게로 그를 데려온 듯했다. 폴은 그 후로 섬에 자주 방문했고, 그럴 때면 새 여자 친구를 데려오곤 했다.

다음 날 아침, 대니는 폴이 내게 푹 빠져 있다며 소곤댔다. 나는 이런 끌림이 일방적이라고 생각했다. 우리는 다이빙에 관해 즐겁게 이야기를 나누긴 했지만, 폴은 여행할 때마다 여자 친구를 데려왔고 나를 다이버 전용 숙소의 직원 이상으로 여긴다고 생각할 만한 이유를 찾을 수 없었다. 그런데 대니의 말에 의하면 그가 이 섬에 자주 오는 이유가 나의 관심을 끌기 위한 수줍은 행동이었다는 것이다. 솔직한 나는 용기를 내 폴에게 최근에 발견한 동굴을 같이 탐험하러 가자고 제안했다. 정식으로 동굴 다이빙 훈련을 받은 적이 없고 지금 내가 지닌 지식으로는 곤경에 빠지기 십상일 거라고 고백하며, 그에게 도와줄 수 있겠냐고 물었다.

몇 주 후, 폴은 나와 함께 동굴을 탐험하려고 동굴 다이빙 장비를 들고 섬으로 돌아왔다. 폴은 내가 쉬는 날에 함께 다이빙할 수 있도록 준비하며 기다려 줬다. 하지만 이번에도 여자 친구를 데려왔기에 폴이 내게 연애 감정이 있다는 이야기는 대니의 착각이었다고 생각했다. 폴의 여자 친구가 해변의 그물 침대에서 칵테일을 홀짝이는 동안, 폴과 나는 정글을 누빌 만한 옷과 튼튼한 트레킹 부츠로 갈아 신었다.

그가 쉑 엑슬리 같은 유명한 사람들과 이국적인 장소로 여행을 다니며 새로운 동굴을 찾는 활약상을 들으면 시간 가는 줄 몰랐다. 그런 폴의 모습에 끌리고 있었기 때문에, 폴이 여자 친구를 데려온 것은 솔직히 실망스러웠다.

몇 주 전, 이스트엔드 원주민이 가축들이 물을 마시는 작은 연못이 있다고 내게 귀띔해 주었다. 식수로 사용할 수 있는 연못은 대개 지하에서 샘솟는 경우가 많다. 그 연못에는 많은 것이 감추어져 있을 듯 보였다. 그 지역의 바텐더 말에 의하면, 그 연못에 거북을 놓아주었다가 훗날 바다에서 그 거북을 발견한 적이 있다 했다.

이스트엔드 원주민들은 지하 통로를 통해 내륙의 연못이 바다로 연결되어 있다고 확신했다. 이것이 사실이기를 간절히 바라며 며칠간 더위 속에서 소 떼를 따라다녔지만, 소 떼들은 나를 피해 다닐 뿐이었다. 여섯 번째 날에도 지칠 줄 모르고 끈기 있게 따라 다니다가 마침내 소 한 마리가 불꽃나무 아래의 진흙이 뒤섞인 연못에서 멈추는 장면을 보았고 그간의 노력은 보상받았다.

이곳으로 안내해 준 덩치 큰 소가 얕은 물속에서 발목을 식히는 동안, 나는 배낭에서 프리다이빙(스쿠버다이빙과 달리 공기통 같은 장비 없이 하는 다이빙-옮긴이)용 다이빙핀(다이빙용 오리발-옮긴이) 한 켤레와 물안경을 꺼냈다. 그리고 티셔츠와 반바지를 나무뿌리 근처에 던져놓고 발을 보호하기 위해 네오프렌으로 된 다이빙 부츠를 신었다. 드러난 살갗에 금세 모기들이 달려드는 바람에 급히 물속으로 들어가야 했다.

발은 잔가지와 진흙으로 질척이는 바닥으로 가라앉았고, 그 바람에 부츠 한 짝이 발에서 벗겨져 나갈 뻔했다. 나는 나뭇가지와 잎으로 뒤덮인 악취 나는 늪에서 곧장 탐사를 개시했다. 잠수를 시작하자 시야를 흐리는 흙 말고는 아무것도 보이지 않았으나 다리를 타고 서늘한 기운이 올라오는 게 느껴졌다. 이건 좋은 징조였다. 차가운 물이 올라온다는 건 어딘가 더 깊은 수원水源이 있다는 것이 틀림없었다.

발아래 무엇이 도사리는지 확인하겠다고 결정하기 전부터 흥분과 두려움을 가라앉히느라 시간이 좀 걸렸다. 나는 겨우 진정한 뒤 복부부터 어깨까지 몸을 잔뜩 부풀려 폐 속에 공기를 잔뜩 채워넣었다. 둥둥 떠다니는 잔여물을 옆으로 쓸어내며, 허리를 중심으로 몸을 회전시켜 머리를 발아래로 오게 했다. 그리고 발차기를 두 번 한 후에 악취가 풍기는 따뜻한 물을 지나 차가운 물로 된 층에 진입했다. 수심 3미터 부근에서 바위 사이에 난 틈을 발견했지만, 턱을 움직여서 높아지는 압력에 귀를 적응시키며 더 깊이 내려갔다. 손목에 찬 다이브 컴퓨터에 불빛을 비췄다.

9미터 부근에서 탁 트인 공간이 나왔고, 천장에 송곳니처럼 매달린 돌출된 부위를 붙잡아 겨우 동굴의 윤곽을 비출 수 있었다. 아무도 본

적 없는 곳으로 간다고 생각하자 아드레날린이 솟구쳐 손발 끝으로 빠르게 퍼졌고, 흥분이 고조되면서 정신이 또렷해졌다. 나는 되도록 많은 정보를 흡수하려고 노력하며 동굴 곳곳을 모조리 머릿속에 담았다. 동굴 벽은 물결 모양의 곡선으로 조각되어 있었고, 천장에 매달린 채 흘러내린 돌기둥으로 중간중간 끊겨 있었다.

나는 돌아갈 시간이라고 알람이 울릴 때까지 오랫동안 들어왔던 동굴 입구에 머물렀다. 그러다가 잡고 있던 바위 돌출부를 놓고 근육을 이완하여 몸이 수면으로 떠오르게 했다. 고약한 냄새가 풍기는 물을 뚫고 나와 크게 공기를 들이마시며 소리를 질렀다.

"좋았어! 해냈어!"

처음으로 수중 동굴을 발견한 것이다.

그로부터 몇 주후, 폴과 나는 돌뿌리와 소똥 위로 넘어져 가며 목마른 소들이 닦아놓은 좁은 길을 다시 찾았다. 나보다 12살이 많은 폴은 넓은 어깨에 무거운 다이빙 장비를 너끈히 짊어졌다. 폴은 플로리다대학 재학 중에 레슬러로 활약한 덕인지 가슴이 떡 벌어졌으며, 운영중인 스쿠버다이빙 용품점에서 무거운 장비를 다루기 때문인지 무척 힘이 세고 다부졌다.

마침내 작은 연못에 도착했을 때, 땀에 젖은 폴의 얼굴은 실망감으로 가득했다. 폴이 프랑스 억양으로 말했다.

"질, 물 상태가 형편없는걸. 아래에 물이 흐르는 동굴이 있다면 이보다는 맑을 거야."

질퍽질퍽하고 배설물로 가득한 연못을 보며 그가 의심하는 이유를 이해했지만, 연못 아래에 무엇이 있는지 나는 알고 있었다.

"형편없어 보인다는 건 알고 있어, 폴. 하지만 믿어야 해. 여기에서 방해석(화학 성분이 $CaCO_3$인 백색 또는 무색의 탄산염 광물-옮긴이)이 형성한 지형과 동굴을 봤어."

폴은 알겠다는 듯 미소 지은 후, 숨을 크게 들이마시고 내가 뒤에서 따라오는 동안 앞장서서 동굴 안쪽에 가이드라인을 연결하겠다고 했다.

처음에 여기 왔을 때도 그랬지만, 물속에 보기 좋은 모양새로 들어갈 수는 없었다. 무거운 스쿠버다이빙 장비를 걸친 채 흘러드는 진흙을 휘젓자 물은 더욱 진득해졌다. 나는 무릎을 꿇고 얼굴을 먼저 물속에 집어넣으면서 그다지 우아하지 않은 모습으로 다이빙을 시작했다.

진득한 진흙이 다리에서 떨어져 나가며 뒤로 흔적을 남겼다. 랜턴을 켰지만 수면 바로 아래에서 비치는 희미한 빛 말고는 아무것도 보이지 않았다. 나는 중앙으로 헤엄쳐 가서 숨을 내뱉으며 다이빙핀이 시야를 가리지 않도록 했다. 공기가 폐에서 빠져나가면서 몸이 천천히 가라앉기 시작했다. 유황과 타닌이 섞인 물 때문에 랜턴 불은 여전히 어슴푸레했지만, 귀에 가해지는 압력으로 계속 흐린 물속을 하강하고 있다는 사실을 알 수 있었다.

귀의 압력 평형을 맞추면서 삐걱거리는 소리가 났다. 나는 침전물을 최대한 건드리지 않으려 발목을 살살 움직이며 발차기를 했다. 그리고 연못 더 깊은 아래를 향해 나아갔다. 갑자기 어둠이 걷히며 한층 맑은 물이 나타났다. 좋은 조짐이었다. 그러자 폴은 돌아가는 길을 인도해 줄 흰색 가이드라인을 다이브릴(다이빙할 때 쓰는 줄을 감아두는 감개-옮긴이)

에서 풀어내며 나를 스쳐 지나갔다. 천장에 매달린 종유석으로 장식된 좁은 통로를 지나칠 때 호흡기를 통해 폴의 작은 감탄사가 들렸다. 미지의 장소를 처음으로 발견했을 때 탐험가가 느끼는 전율 같은 것이 느껴졌다.

동굴은 원시 그대로 보존된 타임캡슐이었다. 누구도 이곳에 와본 적이 없었던 게 분명했다. 투명한 물은 흐르는 시간에도 변하지 않은 듯했다. 고요함이 깨진 흔적도, 쓰레기도 없었다. 내가 처음 탐험한 곳 너머로는 가이드라인도 없었다. 온전히 우리만의 발견이었다.

우리는 내가 혼자 동굴을 발견했을 때 사용한 줄이 있는 지점을 빠르게 지나쳤다. 함께 동굴 안에 있으니 지난번과는 상황이 달랐다. 우리는 가이드라인을 조심스레 묶고 단단히 고정하는 데 더 오랜 시간을 투자했다. 그런데 한곳에 오래 머무르자 우리가 내뿜은 공기 방울 때문에 두껍게 쌓인 침전물이 제자리에서 부옇게 떠올랐다. 엉겨 붙은 흙과 박테리아 덩어리가 우리 쪽으로 후드득 떨어져 내렸다.

탐사한 적이 없는 원시의 동굴은 첫 외부인의 방문에 많은 양의 침전물을 쏟아낸다. 다이빙핀과 공기 방울은 동굴을 엉망으로 만든다. 동굴에 지각 능력이 있어서 짓궂은 장난으로 첫 방문자들을 저지하며 자신이 간직한 비밀을 쉽게 발견하지 못하도록 저항하는 듯했다. 동굴은 맑은 물로 사람들을 꾀어 들이고, 방문객은 뒤돌아보고 나서야 자신이 그 장소를 엉망으로 만들었음을 알게 된다.

폴과 나는 숨을 쉴 때마다 동굴 천장에서 쉴 새 없이 쏟아지는 흙더미에 시달렸다. 큰 덩어리 몇 개가 천장에서 떨어져 부스러지면서 시야를 더욱 흐리게 만들었다. 흙과 진흙의 집중 포화 때문에 동굴의 벽과 바닥은 정말 잠깐씩만 볼 수 있었다. 폴이 들고 있는 전등도 서로를 희미하게 보이게 해줄 뿐이었다. 폴과 나 사이의 거리가 사람 몸 하나가 들어갈 정도밖에 안 되었는데도 말이다.

떨리는 손으로 가이드라인을 꼭 쥐어 잡으며 아무도 탐사한 적이 없는 동굴에 둘이서 같이 들어온 게 과연 좋은 생각이었는지 자문했다. 처음으로 불안감이 느껴졌다. 그간의 훈련이나 경험을 넘어섰기 때문이었을 것이다. 나는 심호흡하며 폴이 전문가이니 우리 둘 다 안전할 것이라고 나 자신을 진정시켰다.

아래로 계속 내려가자 물이 더 맑아졌다. 폴이 알지 못하는 곳으로 줄을 풀며 나아가는 동안, 흐린 물 사이로 하얀 성 같은 돌구조가 보였다. 수심 40미터 지점에 이르러 바닥에 있는 막대 모양의 바위에 가이드라인을 설치했다. 동굴이 이 너머로 계속 뻗어 있다면 탐사하는 데 적어도 하루는 더 잡아야 하겠지만, 어느새 철수할 시간이 되어버렸다.

우리는 되돌아 나가기 위해 조심스럽게 몸을 틀었고, 오케이 신호와 함께 각자의 한쪽 손을 설치한 가이드라인에서 떼었다. 가이드라인이 당겨지거나 느슨하게 설치되지 않도록 가능한 한 중성부력(물에서 뜨지도 가라앉지도 않는 중립상태로, 다이버의 무게와 부력이 균형을 이룬 상태-옮긴이)을 유지해야 했다. 가이드라인이 느슨하거나 몸이 빠져나오지 못하게 설치가 되는것을 '라인트랩'이라고 하는데, 빠져나갈 입구를 찾지 못한다면 가이드라인은 죽음의 덫이 될 수도 있다.

수중 동굴은 더 깊숙한 곳으로 오라고 유혹하는, 위험하고 매혹적인 요부였다. 그리고 폴도 수중 동굴처럼 내 마음을 사로잡았다. 숲에서 폴과 함께한 하이킹은 내가 평소 생각하던 완벽한 하루였다. 나에게 위대한 탐험과 함께 땀과 진흙 범벅이 되는 것만큼 좋아 보이는 건 없었다. 그 후로 나는 폴과 다시 만나 탐험을 하길 꿈꿨다.

얼마 지나지 않아 나는 월급을 모아 카메라와 장비들을 샀고, 비행기로 2시간 거리인 탬파Tampa행 항공권도 샀다. 폴의 스쿠버다이빙 용품점은 탬파에서 가까운 허드슨Hudson에 있었고, 그곳에서 나는 제대로 된 동굴 다이버 훈련을 받을 예정이었다.

우리는 서로에 대한 감정은 뒤로한 채 우정을 쌓아갔다. 북쪽의 동굴 지대로 다이빙하기 위해 폴이 나를 태우고 갈 때마다 나는 솟아오르는 감정을 애써 감췄다.

동굴 지대
1993

　대개 플로리다를 떠올릴 때는 동굴 지대와 연관지어 생각하지 않는다. 플로리다 게인즈빌Gainesville 북서쪽 지역의 동굴 지대는 매우 독특하며 세계 최고의 동굴 지대 중 한 곳이다. 또한 지구에서 가장 풍부한 지하수 자원을 지닌 지역이기도 하다.

　이곳은 선샤인 스테이트Sunshine State(플로리다주를 가르킴. 1년 내내 햇볕이 따스하게 내리쬐어 붙은 별명—옮긴이)에서 보리라고 기대했던 모습과는 정반대의 모습을 하고 있다. 상점도 없고 신호등도 몇 개 없으며, 사람보다 소가 더 많다. 여기는 기독교의 영향력이 큰 바이블 벨트Bible Belt(미국 중남부, 동남부를 중심으로 개신교의 영향이 큰 지역—옮긴이) 중에서도 가장 중심이 되는 지역으로, 독사 만지기를 하는 목사들이 있으며(마가복음에서 예수가 참된 신도라면 뱀을 만지고 독을 마셔도 해가 없다고 한 말을 믿고 뱀을 만지는 행위를 하는 사람들이 있는데, 이를 권한 목자는 성직에서 쫓겨나거나 목숨을 잃기도 한다-옮긴이), 여성 신도를 대상으로 남편에게 복종하고 신의 진노를 두려워하라고 설교하는 급진적인 개신교가 영향을 미치고 있는 곳이다. 하지만 교회가 아닌 다른 곳에서 에덴동산을 찾고 싶다면 하이스프링스High Springs와 마리아나Marianna 사이에 있는 산책로에서 발견할 수 있을 것이다. 플로리다의 수정처럼 맑은 수백 개의 샘물이 땅 깊숙이 있는 수원에서 솟구치며 청정한 강의 상류로 흘러든다. 샘물이 만들어 낸 세계 곳곳의 경이로운 풍경 가운데에서도 플로리다의 샘물이 독특한 이유는 눈에 보이지 않는 데서 찾을 수 있다.

이 지역에 있는 샘물은, 대부분 어두컴컴하고 지도에도 없으며 여전히 지질학이 개척하지 못한 땅속 통로를 따라 흐른다. 사라진 샘물은 예상치 못한 곳에서 솟아 흐르다가 또 어떤 장소에 이르면 사라진다. 샘물이 흘러드는 호수와 싱크홀은 어떤 해에는 가득 차 있다가 신기하게도 다음 해가 되면 말라버리기도 한다. 이런 샘물이 만들어 낸 강은 탐험가에게는 꿈만 같은 장소이다.

1만 3,000년 전 초기 아메리카 원주민은 건조한 초원 지대를 질주하는 거대한 마스토돈mastodon(태고적 코끼리 비슷하게 생긴 동물-옮긴이)을 쫓다가, 물로 가득한 웅덩이를 발견하고 이곳에 이끌렸고 이곳이 특별한 장소임을 알았을 것이다.

그 당시 북쪽에 있는 빙하는 녹기 시작했고 플로리다반도는 지금보다 훨씬 크고 건조했다. 지표면에 물이 부족했기에 초기 원주민은 물을 찾아 옮겨 다니다 땅에서 솟아나는 풍요로운 물 근처에 정착하면서 살아남았을 것이다. 사막의 오아시스처럼 이곳에 있는 샘은 안식처였고, 너그러이 베풀며 인간들과 동물들을 끌어모았다.

　이곳의 샘은 동굴 다이버들에게 인기 있는 곳 중 하나여서 많은 다이버가 다이빙을 하기 위해 1만 3,000년 전과 마찬가지로 세계 전역에서 모여든다.

　플로리다의 샘과 동굴에 흐르는 담수는 '플로리다 대수층'이라 불리는 지하 깊은 곳의 거대한 물 저장고에서 발원한다. 플로리다주 거주민의 60퍼센트 이상이 이 수원에서 물을 공급받는다.

　조지아주Georgia state, 사우스캐롤라이나주South Carolina state, 앨라배마주Alabama state 남부와 플로리다주에 걸쳐 26만 제곱미터 넓이의 대지 아래에 있는 플로리다 대수층은 하루에 340억 리터의 물을 방출한다. 물은 땅속에서 스펀지처럼 생긴 석회암 구멍과 작은 모래알 사이를 통과하며 흐른다. 완만한 경사를 지닌 지형을 따라 내려가면서 천천히 흐르고, 경사가 급할 때는 지하 강의 유속이 세지며 서서히 침식 작용이 일어나 물로 가득 찬 거대한 공간과 통로를 만들어 내기도 한다.

　나는 이제 경험 많은 스쿠버다이빙 상근 강사이자 젊은 탐험가였기에, 동굴 다이빙 강습을 생초보반부터 시작해야 하리라고는 생각지 못했다. 하지만 폴은 내가 입문자들과 함께 캐번 다이빙Cavern Diving 수업부터 들어야 한다고 고집했다.

　캐번 다이빙은 다이버가 언제나 햇빛이 드는 동굴 근처에 머물러야 한다는 점에서 동굴 다이빙과 다르다. 들어갈 수 있는 영역이 제한되어 있고, 출구가 얼마 떨어지지 않은 곳에 있어야 한다. 나는 이미 여러 곳에서 캐번 다이빙을 해봤기에 새롭게 배울 만한 지식이 없을 거라고 생각했지만, 캐번 다이빙 첫 번째 수업이 끝나기도 전에 동굴 다이빙에 필요한 기술에 굉장히 무지하다는 사실을 깨달았다.

첫 번째 교육 중 하나는 지니 스프링스Ginnie Springs라 불리는 풀로 덮인 피크닉 장소에서 가이드라인을 연결하는 것이었다. 푸른 강이 바로 근처에서 나를 부르고 있었지만, 플로리다의 강한 햇볕 아래 땀을 줄줄 흘리며 오전 내내 반복 훈련을 하는 건 무척 힘들었다.

우리는 돌아가면서 플라스틱 다이브릴에서 가이드라인을 풀고, 나무와 바비큐용 그릴, 울타리 기둥, 피크닉 탁자 등에 단단히 묶어서 동굴 통로와 비슷한 환경을 지닌 거미줄 같은 미로를 만들었다. 불개미 언덕을 걸어서 통과하고 따끔거리는 풀씨가 발목에 들러붙자, 플로리다가 정말 살기 좋은 곳인지 의문스러워졌다.

눈을 뜬 상태에서 다이브릴을 쓰는 요령을 터득하고 나니, 눈을 감은 채 가이드라인과 팀원을 놓치지 않고 줄을 따라 시작 지점으로 돌아가라고 지시받았다. '장님 인도하기' 놀이처럼 우리는 서로를 만져가며 의사소통하고 팀으로 함께 움직이는 법을 배웠다. 정해진 길을 따라 천천히 한 바퀴를 도는 동안 누군가가 어려운 구간을 넘을 때 발을 헛디디거나 멈추면 협동력이 가장 중요하다는 게 분명해졌다.

출구를 향해 연결되어 있는 이 얇은 줄은 우리를 안전한 곳으로 이끌어 줄 길라잡이였고, 동굴 밖과 다이버를 연결하는 가장 중요한 물건이었다.

폴과 함께 이스트엔드에서 동굴 다이빙을 하며 시야가 흐려진 경험이 자연스레 떠올랐고, 그때 어두운 물속에서 가이드라인을 놓쳤다면 길을 잃었을 것이라는 생각이 들었다.

플로리다 동굴에서 가이드라인을 제대로 연결해 보는 첫 임무는 데블스아이Devil's Eye라는 동굴 입구에서 이루어졌다. 나는 몸을 따뜻하게 만들어 줄 브룩스사Brooks의 드라이슈트를 입었다. 두께가 7밀리미터인 분홍색과 검정색 조합의 네오프렌 잠수복은 미지근한 물에서 입기에는 지나친 감이 있었지만, 열대 바다용 웨트슈트(습식 잠수복이라 불리며, 몸은 젖지만 잠수복 안으로 들어간 물이 체온으로 따뜻해지는 보온 효과가 있다-옮긴이) 말고는 이것뿐이라 다른 선택지가 없었다.

동굴 다이빙을 하려고 옷을 입을 때는 여러 가지를 고려해야 한다. 먼저 몸을 따뜻하고 건조하게 유지하기 위해 두꺼운 보온용 내피를 입고 그 위에 드라이슈트를 입어야 한다. 이 복장은 땅 위에서는 숨 막히도록 덥지만, 체온을 따뜻하게 하고 오래 잠수하려면 필수다. 잠수복은 몸을 물에 뜨게 하므로 심해로 끌어당길 듯이 무거운 중량 납도 차야 한다.

물속에서 하강하는 동안에는 수심에 따라 증가하는 수압 때문에 드라이슈트와 부양 장치 역할을 하는 부력 조절기의 부피가 수축한다. 이 현상을 없애려면 부력 조절기의 윙(공기가 들어가는 주머니 또는 가방-옮긴이)과 드라이슈트 안에 조금씩 공기를 주입해야 주어야 한다. 이러한 장비들이 없다면 음성부력(다이버의 무게가 부력보다 커서 아래로 가라앉는 상태로, 이 반대인 떠오르는 상태는 양성부력이라고 한다-옮긴이)이 증가해서 다이버는 끝없이 밑으로 가라앉고 말 것이다. 장비의 무게와 윙의 부력이 평형을 유지하는 데는 요령이 필요했다. 그 결과, 육중하게 껴입은 다이버는 우주 비행사처럼 보이며 네안데르탈인처럼 손을 땅에 끌며 걷게 된다.

드라이슈트의 부력을 상쇄하려고 등에 멘 공기통 2개 사이에 4킬로그램짜리 중량 납을 끼워 넣었다. 땀에 흠뻑 젖은 몸을 식히고 싶어 재빨리 공기주머니와 나일론 끈을 부착했다. 9킬로그램에 달하는 묵직한 전등을 공기통 아래에 고정하고, 예비 조명을 어깨끈에 있는 스테인리스 스틸 고리에 달자, 장비 전체의 무게는 70킬로그램을 훌쩍 넘겼다.

진입로와 계단을 따라 샘 입구로 가는 동안 양 무릎이 후들거렸다. 젊은 수영 선수 2명이 진입로 계단 아래에 앉아있었다. 나는 그들에게 옆으로 비켜달라고 말하고는 나를 해방시켜 줄 물로 비틀거리며 뛰어들었다. 그제야 해방감이 느껴졌다.

팀원 2명이 나와 합류했고, 우리는 팀을 이루어 반복하여 안전 훈련을 복습했다. 우리는 입수한 뒤 'S-드릴'이라고 불리는 안전 점검을 하며 다이빙 준비를 했다. 서로의 장비를 머리부터 발끝까지 살펴보고 점검 목록에 있는 항목을 하나씩 지목하며 제대로 작동하는지 확인했다.

"마스크?"

"확인 완료. 얼굴에 밀착했어."

"호흡기?"

"두 개 다 입에 물고 호흡해 봤어."

"나도 완료. 산소 농도는 32퍼센트. 최대 허용 수심은 36미터."

우리는 목록을 따라 내려가며 하나하나 확인했다.

"공기 주입 버튼은?"

"확인 완료."

플라스틱 단추를 누르자 공기주머니가 쉬익하고 부풀어 오르며 제대로 작동하는 게 확인되었다.

"공기 배출 버튼은?"

"탱크 밸브는?"

우리는 점검 목록에 따라 천천히 장비들을 점검해 내려갔고, 마지막으로 몇 개의 항목을 앞두고 있었다.

"나이프?"

"손목에 하나, 어깨끈에 하나 있어."

둘 다 있는 걸 손으로 만져서 확인했다. 팀원들이 고개를 끄덕였다. 계단에 앉아있던 수영 선수 중 한 명이 가까이에서 우리의 이야기를 호기심에 가득차 엿듣고 있었다.

"이제 가이드라인을 확인할 차례야. 나는 기본용이랑 비상용, 예비용을 갖고 있어."

우리는 모두 가이드라인이 무사히 매달려 있는지, 고정 장치가 단단히 채워졌는지 확인했다.

"쿠키랑 방향 표시 마커는?"

옆에서 엿듣고 있던 수영 선수가 웃기 시작했다.

"쿠키라고요? 물속에 음식을 가져간단 말이에요?"

나는 미소를 짓고 쿠키와 방향 표시 마커를 집어 들었다.

"얼마나 깊게 들어가나요?"

한 젊은 수영 선수가 물었다.

우리는 수심 30미터까지 갈 계획이지만, 그들에게는 지구 속으로 몇 킬로미터 헤엄쳐 갈거라고 대답했다.

"거기는 어두운가요?"

수영 선수의 물음에 조명이 생각났고, 사전 점검 중이었다는 사실이 떠올라 다시 집중했다.

"모두 예비 조명은 챙겼어?"

우리는 예비 조명 2개가 모두 작동하는지 확인했고, 수월하게 사용할 수 있도록 몸에 고정된 끈에 부착했다.

"기본 조명은?"

기본 조명은 긴 전선으로 공기통 아래 있는 납 축전지와 연결되어 있었고, 우리는 차례로 기본 조명을 켜 확인했다.

"좋아. 이제 매니폴드manifold(다이버가 공기통 2개를 이용해서 호흡할 수 있도록 해주는 장비-옮긴이)를 살펴보고 공기가 새는 부분은 없는지 확인하자."

한 명씩 등 뒤에 손이 닿을 정도로 몸을 수그린 후에 공기통에 있는 밸브에 손이 닿는지, 장치에서 새는 부분은 없는지 살펴보았다.

"되돌아갈 때 압력(공기통에 남아 있는 공기량을 압력으로 측정한다-옮긴이)은?"

우리는 수중 잔압계를 점검하고 피브이시PVC 소재의 하얀 손목 메모판에 공기량을 적었다. 되돌아갈 때와 비상시에 쓸 공기량이 남아 있도록 돌아갈 시점을 항상 파악하고 있어야 했다.

"잠수표(수심별로 안전하게 머물 수 있는 시간을 계산해 놓은 표-옮긴이)랑 타이머는 챙겼어? 모두 다이빙 계획에 동의하자."

부샤Beuchat에서 만든 투박한 회색 다이브 컴퓨터가 삐 소리를 내며 켜졌다. 그 당시에는 다이브 컴퓨터가 흔하지 않았고 서로 일치하는 결과를 내놓는 경우도 드물었다. 그래서 우리는 모두 잠수표를 가지고 다니면서 잠수한 최대 깊이와 시간을 가지고 직접 계산했고, 필요한 경우에는 수면으로 올라오기 전에 감압 정지(다이빙 중에 체내에 쌓인 질소를 배출하기 위해서 수면으로 상승하는 중간에 일정 수심에서 정지해 있는 것. 감압 정지가 필요한데도 무시하고 수면으로 올라오면 잠수병에 걸릴 수 있다-옮긴이)를 했다.

마침내 하강해서 팀원끼리 공기를 공유하는 연습까지 하며 안전 훈련을 마쳤다. 수면 아래로 내려가자 익숙한 서늘함이 네오프렌 후드 안으로 스며드는 게 느껴졌다. 물은 하늘보다 맑고 투명했다.

나는 팀원 한 명에게 헤엄쳐 가서 목을 손으로 그어 공기가 다 떨어졌다고 신호를 보냈다. 팀원이 입에 물고 있던 호흡기를 내게 건넸고 감겨 있던 2미터 길이의 공기 공급 호스를 풀었다. 그 후에 보조 호흡기를 찾아서 되물었다. 우리는 나란히 자리 잡고 배운 대로 연습했다. 그리고 역할을 바꾼 뒤 이번에는 내가 팀원에게 주 호흡기를 건넸다.

다이빙핀이 바닥을 살짝 스치기만 했는데도 가벼운 점토와 모래가 일어났다. 때 묻지 않은 아름다움이, 침전물 때문에 잠시 바랬다. 티 없이 맑은 물이 순식간에 흙탕물로 변함에 놀랐다. 다이빙이 끝나고 폴과 검토해 보는 시간에 아마 이 일에 관해서 지적받게 될 것이라는 생각이 들어 다이빙핀을 더 신중히 사용해야겠다고 다짐했다.

모든 걸 제대로 확인한 후, 우리는 얕은 물길을 따라 데블스아이로 향했다. 우리가 위로 헤엄치자 동전만한 담수 가자미가 모래에 숨어있다가 쏜살같이 튀어나왔다. 사향거북도 통통한 물갈퀴를 최대한 빨리 놀리며 강둑으로 허둥지둥 나아갔다. 높이 솟은 편백나무가 수면에 비쳐서 원통형으로 된 거울 속을 헤엄치는 듯한 착각이 들었다.

밝은 핑크빛의 튜브 아래를 유유히 떠다니며 호흡기에서 공기 방울을 제거했다. 물위에서는 10대 아이들의 뗏목에 매달린 발이 뗏목을 밀어내는 것이 보였다.

우리는 굴뚝 가장자리처럼 생긴 데블스아이 입구에 도착해서 안을 들여다보았다. 푹 팬 바닥에는 얕게 쌓인 잔가지 더미와 작고 하얀 조개 껍데기가 있었는데, 땅속에서 물이 흘러들어 올 때마다 밀려서 들썩거렸다. 그 당시 나는 하루에 3억 리터가 방출되며 만들어 내는 거센 물살이 어떤 느낌인지 알지 못했다. 그저 플로리다에서 처음으로 동굴 다이빙을 한다는 생각에 신이 나서 어쩔 줄 몰랐다.

나는 6미터 아래로 내려가서 동굴 초입부에 있는 굵은 나뭇가지에 가이드라인을 고정했다. 나뭇가지는 이미 여러 다이버의 손을 거친 터라 매끄럽게 닳아있었다. 먼저 다이브릴의 잠금 장치를 풀고 첫 번째 매듭을 지은 뒤, 동굴 속 첫 번째 공간으로 들어갔다. 그리고 물이 흘러오는 곳을 전등으로 비추다가 커다란 표지판에 그려진 낫을 든 사신 그림을 보고는 심장이 덜컹했다. 훈련받지 않은 다이버가 그 너머로 진입하지 못하도록 세워진 표지판에는 「300명이 넘는 다이버가 이런 동굴에서 목숨을 잃었습니다」라는 문구가 적혀 있었다.

심호흡을 하면서 생존에 이 강습이 얼마나 중요한지 확실히 이해했다. 이미 훈련받지 않고 동굴을 탐사하면서 생명을 기만했었다. 이제 동굴 다이빙에 능숙해져야 했다. 사신의 발아래 그려진 뼈 무더기의 대열에 동참하고 싶지는 않았다.

폴이 가까이에서 지켜보는 가운데 나는 줄로 두 번째 안전 매듭을 짓고 물살을 거슬러서 동굴의 다음 공간으로 들어갔다. 단단한 동굴 벽과 바닥면이 좁아졌다. 다이버들이 수십 년에 걸쳐 쓸고 지나가면서 닳아 있었기에 바위 위로 뻗은 공간이 길인 것은 확실했다.

18리터짜리 공기통 2개가 끼익 하며 천장에 긁혔고, 폐소공포증을 일으킬 듯한 통로에서 모래로 뒤덮인 좁은 길로 내려갈 때는 가슴이 내려앉아 바닥에 스쳤다. 천장에 부딪히는 공기통 때문에 잠깐이지만 옴짝달싹 못 하게 되어서 몸을 앞뒤로 흔들고 턱을 당긴 후에야 겨우 빠져나올 수 있었다. 그 과정에서 바위에 손끝이 긁혀서 살갗이 벗겨졌다. 심장이 두근거렸고 동굴 다이빙이 계속 이런 좁은 장소에서만 이루어지는지 궁금했다. 아직 캐번 다이빙 구역을 벗어나지도 않았고, 동굴은 이후로도 10킬로미터나 뻗어 있었다.

나는 가이드라인을 따라가다 오른쪽으로 틀기 전에 가이드라인을 묶을 곳을 찾았다. 그런데 그때 강력한 물줄기가 밀려들어 얼굴을 철썩 때렸다. 석회석 덩어리를 움켜잡았지만 잡는 순간 돌이 바닥에서 들렸고, 내 다리는 바람 부는 날의 풍향계처럼 휘청거렸다. 돌로 된 바닥을 손으로 긁었으나 아무것도 손에 잡히지 않았다. 미끈해서 잡히지 않는 바위 그 아래로 가이드라인을 잡은 손과 팔꿈치를 쑤셔 넣었다. 집게손가락에서는 피가 흘렀다. 앞으로 가려고 발을 차면서 몸을 당겼으나 간신히 몇 센티미터 나아갔을 뿐이었다. 나머지 손가락도 까졌다.

이번 주가 지나기 전, 동굴 다이빙 훈련생의 용기를 증명하는 것은 피나는 손가락 끝 마디마디에 붙인 밴드일 것이다. 나는 거대한 폭풍을 뚫고 수영하는 느낌이었고, 내 허세는 거센 물살에 씻겨 떠내려갔다.

숨은 가빠졌고 수온 22도의 차가운 물속에 있었지만 몸은 계속 뜨거워졌다. 드라이슈트 안은 땀으로 흠뻑 젖었고, 거추장스러운 복장 탓에 효율적으로 움직이기가 힘들었다. 내가 과연 해낼 수 있을까 의심이 들기 시작했다.

동굴 다이버는 '누구든, 어떤 이유에서건 다이빙을 중단할 수 있다'라는 말을 좌우명으로 삼는다. 언제든 동굴을 나가고 싶다면 팀원에게 엄지손가락을 들어 올리면 된다. 누구도 이유를 묻지 않는다. 다른 다이버도 같은 수신호로 응답할 테고, 그 후 모두 몸을 돌려 철수한다.

우리 팀은 '입술'이라고 불리는 지점에 도착했다. 그곳은 수직의 거대한 공간에서 오른쪽으로 낮은 수평의 구멍이 나 있는 곳이었는데, 그 구멍에서 나오는 물살이 급히 바뀌었다. 뒤에서 따라오던 파트너가 내 주의를 끌기 위해 전등을 앞뒤로 비추었다. 나는 땅속의 경이로운 풍경이 선사하는 아름다움을 잠시 즐기고 있었지만 무척 덥고 피곤한 상태였다. 그때 마침 파트너가 엄지손가락을 들어 올리자 말할 수 없이 기뻤다. 나는 안도하며 뒤돌아서 급류의 꽁무니를 따라 출구를 향해 쏜살같이 나아갔다.

옆에서 헤엄치는 폴을 보니 물살에 몸을 맡긴 채 힘을 뺀 상태로 떠가고 있었다. 폴이 발목을 펴고 저으니 다이빙핀이 원 모양을 그렸고 몸이 방향을 틀었다. 그는 반짝이는 눈으로 주변을 훑어보았고, 지구의 혈관을 따라 유영하면서 느끼는 희열이 그의 얼굴에 보였다.

그 순간 동굴 다이빙에 품었던 의심이 눈 녹듯 사라졌고, 고요히 동굴을 따라 떠가면서 나의 도전 의식은 다시 고취되었다. 동굴의 경이롭고 찬란한 아름다움에 넋을 잃었고, 이 지구 속 우아한 동굴에 완전히 매료되었다.

1년 이상 케이맨제도와 플로리다를 비행기로 오가며 폴에게 꾸준한 지도와 훈련을 받은 끝에, 나는 '풀 케이브 다이버Full Cave Diver(동굴 다이빙 교육 과정을 모두 수료한 다이버를 일컫는다-옮긴이)' 자격을 얻었다. 폴과 나는 여전히 연인 사이로 발전하지는 않았지만, 좋은 친구이자 신뢰하는 다이빙 동료가 되었다.

폴과 있으면 우스꽝스러울 정도로 내 덩치가 커 보이긴 했지만, 나는 폴이 지닌 강인한 매력과 호감 가는 미소에 끌렸다. 폴에게서 다정하지만 필요할 때는 강하고 듬직한 남자라는 인상을 받았고, 이런 점이 내 마음을 끌었다. 폴은 탐험을 향한 막연한 흥미를 구체화하게끔 돕는 기폭제 역할을 하기도 했다. 그와 다이빙할 때마다 그가 오랫동안 쌓아온 경험을 배웠다. 우리는 통화도 자주 했다. 하지만 우리의 대화는 언제나 그렇듯 다이빙에 대한 것이었다.

그러는 동안 수중 사진 촬영에 쏟은 나의 노력이 성과를 내기 시작했다. 다이버 전용 숙소 광고에 필요한 사진 촬영 제안을 받았고, 형형색색의 바다와 호기심 가득해 보이는 거북 사진을 잡지사에 판매했다. 또 인기 있는 월간지에 처음으로 글을 싣기도 했다. 매년 열리는 다이빙 산업 무역 전시회에서는, 케이맨제도의 다이버 대표단을 이끌고 28개 전시 부스와 자선 경매, 산호초 보호 행사를 조직했다. 그렇게 나는 이 분야에서 나름의 명성을 얻기 시작했다.

1994년 가을, 나는 인생을 바꿀 전화 한 통을 받았다. 당시 이미 플로리다로 이주한 대니는 여전히 폴과 나를 주선하는 데 열심이었다. 대니는 폴에게 내가 다이빙 분야의 일을 찾고 있다고 말했고, 그 이야기를 들은 폴은 내게 전화를 걸었다.

"질, 두 달 정도만 나 대신 스쿠버웨스트를 봐줄 수 있을까?"

폴은 빌 스톤Bill Stone 박사에게서 멕시코 중부 탐험에 참여해 달라는 요청을 받아 자신이 운영하는 스쿠버다이빙 용품점인 '스쿠버웨스트'를 대신 맡아줄 믿을 만한 사람이 필요하다고 말했다.

"내가 없는 동안 가게 뒤에 있는 이동식 주택에서 지내도 돼."

빌 박사는 동굴 탐험과 관련 공학 분야의 상징 같은 존재였고, 실험실과 현장에 모두 익숙한 뛰어난 인물이었다. 나는 그가 쓴 책을 읽으며 탐험에 기술을 접목하여 혼합기체 다이빙이라는 영역을 개척했던 프로젝트에 대해 알게 되었다. 이런 종류의 다이빙을 하려면 재호흡기라고 불리는 복잡한 전자 제어 생명 유지 장치가 필요하고, 헬륨과 질소, 산소의 배합 비율이 변화하는 혼합기체를 사용해야 하며, 장시간 감압 정지를 해야 한다.

빌 박사는 자신이 사용할 재호흡기를 만들어서 탐사하기 어렵다고 알려진 동굴에서 직접 시험해 보았고, 자신이 개발한 장비를 우주로 가져갈 계획도 세웠다. 동굴은 성능 시험장이고 탐사 동료들은 일종의 시험

비행사였다. 나는 그가 이룩한 일과 꿈꾸는 미래에 전율을 느꼈다.

이 탐사로 폴이 명성을 얻게 되리라는 사실을 알고 있었기에 전폭적으로 그를 지원하고 응원했다. 모두에게 득이 되는 상황이었다. 나의 창의적인 디자인 경력과 다이빙 분야의 일을 결합해서 수익을 낼 방법을 찾아야만 했는데, 마침 폴의 제안은 정신적인 여유와 시간을 벌게 해줄 게 분명했다.

케이맨제도에서는 더 이상 내가 발전할 수 없을 것이라는 걸 알고 있었다. 플로리다로 이주하면 홍보 이력서를 보내고, 남는 시간에는 동굴 다이빙을 하고, 사진을 찍고, 인생의 다음 단계를 계획할 수 있을 것이다. 가게를 봐준다고 큰 보상을 얻지는 않겠지만, 지출을 걱정할 필요도 없을 것이다. 나는 망설임 없이 대답했다.

"그래, 알았어!"

동굴 다이빙에서도, 삶에서도, 불확실이라는 어둠은 나에게 손짓했다. 겁이 나긴 했지만 용기를 내서 어둠의 경계를 넘어서고 나면 눈이 암흑에 적응하듯 새로운 가능성은 모습을 드러냈다.

이미 새로운 나라로 이주해 보았기에 다시 이주하는 건 그리 어렵지 않게 느껴졌다.

가장 깊은 곳

1995

때아니게 더웠던 1월의 어느 날 오후, 나는 폴이 운영하는 스쿠버웨스트를 봐 줄 준비를 마치고 다이빙 장비와 옷 몇 벌로 채운 커다란 더플백 3개를 짊어진 채 땀을 뻘뻘 흘리면서 탬파 국제공항에 도착했다. 챙기지 않은 물건들은 필요한 사람이 가져갈 수 있도록 이스트엔드에 남겨두었다.

오랜 세월을 함께한 자전거와 두꺼운 이불, 자질구레한 가재도구 등 섬 생활의 흔적이 밴 물품들은 곧 같은 동네 친구들 차지가 되었다. 나는 새롭고 신나는 일을 시작할 참이었고 기대감에서 비롯된 설렘과 두근거림을 다시 느꼈다. 인생을 바꿀 변화를 마주하려 하자 짜릿한 한편 긴장도 되었다.

나는 옛날에 몰았던 소형 토요타 자동차와 두꺼운 옷 몇 벌을 가지러 캐나다로 돌아갔다. 동행을 요청하지도 않았는데 폴이 함께해 주었다.

나흘간의 자동차 여행은 우리의 관계를 더욱 진전시킬 기회였지만, 나는 더 이상의 진전이 망설여졌다. 나이 차도 걸림돌이었지만 폴은 미국 국적, 나는 캐나다 국적의 여행객인 것도 이유 중 하나였다. 호텔방을 같이 쓰고 한 침대에서 잤음에도 폴과 나 사이에는 여전히 보이지 않는 장벽 같은 것이 있었다. 폴이 정말 좋았지만 깨질 수도 있는 관계를 시작하기가 겁이 났다. 그에게 아들이 하나 있다는 사실도 마음에 걸렸다. 내가 10대 초반의 남자아이를 양육하도록 도울 준비가 되었는지 확신이 없었다. 폴이 전처와 전처의 새 남편과 친구로 지내는 듯했지만, 오히려 그런 상황이 문제를 더 복잡하게 만들까 봐 걱정도 되었다.

캐나다에서 다시 남쪽으로 가는 길에 미국 메릴랜드주 게이더스버그 Gaithersburg, Maryland에 들러서 빌 스톤 박사를 포함해 폴의 탐험 동료들을 만났다. 우리는 탐사단이 멕시코로 가져갈 장비를 준비하는 일을 도왔다. 나에겐 정해진 일정도, 돌아갈 집도 없었기에 폴과 탐사단에 도움이 필요할 때마다 기꺼이 따라다녔다.

그리고 워싱턴 D.C.의 소박한 교외에 자리한 빌의 집에 도착했다. 빌의 우선순위가 집 가꾸기는 아니라는 건 확실해 보였다. 잔디는 깎지 않은 지 오래였고 집안 내부는 단출했다.

키가 크고 깡마른 얼굴을 지닌 빌과 있으면 내 집에 온 듯 편안했다. 우리는 죽이 잘 맞았다. 빌은 자신의 동굴 탐험 동료인 바버라 암 엔데 Barbara am Ende 박사와 동거하고 있었는데, 그녀는 무척 강인하고 재치 있는 사람이었고 나는 그녀와 빠르게 친해졌다. 바버라도 이번 탐험에 참여하는 것이 분명해 보였다. 나는 바버라가 탐험에 대한 열정과 지질학자로서 훌륭한 연구 경력을 쌓는 것, 두 영역 사이의 균형을 맞춰나가는 모습에 감탄했다. 그간 동굴 다이빙을 하면서 여성을 많이 만나보지 못했기에 나는 바버라에 관해 더 많이 알고 싶어졌다.

빌의 내밀한 공간인 다이빙 장비가 그득한 차고를 둘러보면서 야영장의 모닥불과 말라가는 진흙을 연상케 하는 냄새를 맡았다. 그리고 지난번 탐사 때 들러붙은 뻑뻑한 갈색 진흙이 여전히 호흡기 몇 개에 두텁게 붙어있는 게 보였다. 나는 엉켜있는 호스와 호흡기를 들어올리며 물었다.

"이 호흡기들 정비해 드릴까요? 기꺼이 세척해 드리죠."

빌은 흡족해하며 고개를 끄덕였다.

저녁이 되어 우리는 파스타를 만들어 먹었고, 정치와 국제적 이슈를 주제로 이야기를 나눴다. 내가 접이식 캠핑 의자에 앉아있는 동안 빌은 빈티지 일렉기타로 유명한 록 멜로디를 연주했다. 빌과 바버라의 소비 우선순위는 등반이나 다이빙 장비이며, 가구는 여기에 끼지 못한다는 것을 증명하듯 우리 주변은 텅 비어있다시피 했다.

나는 몇 주 후에 개시할 프로젝트에 대해 자세히 알려달라고 빌에게 부탁했다.

빌의 주름진 얼굴에서는 첨단기술의 선구자이자 탐험가로 살아온 20년간의 결의가 엿보였다.

그를 유혹하는 요부는 멕시코 중부의 산맥 아래 어딘가에 존재했다. 어쩌면 세계에서 가장 깊은 동굴일지도 모르는 곳이었다. 빌에게 시에라 마사테카Sierra Mazateca 산악 지역은 우주에서 활용될 수도 있는, 획기적인 생명 유지 장치의 성능을 시험할 장소였다.

빌과 바버라를 비롯한 동굴 탐험가들은 고층 빌딩만큼 높은 폭포가 쏟아져 내리는 산의 입구를 따라 동굴로 내려갔고, 이곳에서 미로처럼 복잡한 통로를 조사하려고 시간과 돈을 쏟아부었다. 지하 강이 바위 속 어두컴컴한 공간을 흐르며 협곡과 수로를 깎아냈고, 탐험가들은 수 킬로미터에 달하는 로프를 활용하고 때로는 다이빙 장비도 써 가며 지하 강을 내려갔다.

〈아웃사이드Outside〉 잡지에서 이들의 최근 탐사에 관해 읽어보았기에 혹시 괜찮다면 탐사에 얽힌 이야기를 자세히 들려줄 수 있는지 물었다. 내가 읽었던 기사는 비난조였고, 빌을 탐사단에 위험한 임무를 과도하게 밀어붙이는 사람처럼 그려놓았다.

1년 전, 빌과 바버라는 〈내셔널지오그래픽〉이 후원한 탐사를 이끌었다. 이들은 산꼭대기에서 출발한 뒤, 자연이 형성한 지구 속 배관을 타고 내려가서 과거에 그 누구도 가보지 못한 땅속 깊숙한 지점에 다다랐다. 물이 없는 구간과 물에 완전히 잠긴 구간이 번갈아 나타나는 이런 지형에서의 다이빙을 섬프sump(동굴 내부에 물이 차있는 구간-옮긴이) 다이빙이라고 하는데, 이런 위험한 다이빙을 동반하는 탐사에서는 강력한 통솔력과 완벽한 장비가 필수다. 소규모 탐사단은 가파른 경사와 바위투성이의 어둠 속에서 최첨단 장비를 활용해 가며 3개월 동안 길을 찾는 작업을 했다. 전등을 켜지 않고는 손조차 보이지 않고 퀴퀴하고 곰팡이 핀 지하 공간에서 말이다.

마른 통로와 아래로 향하는 길을 찾겠다는 일념 하나로 위험할지도 모를 한 번의 다이빙 시도를 위해 몇 주 동안 준비하며 동굴 속 간이 잠자리에서 잠을 청하기도 했다. 그곳에서의 고된 다이빙은 탐사 단원들을 신체적, 심리적 극한 상태로 몰아붙였다.

이렇게 깊고 위험한 곳에서 탐사를 할 때 가장 어렵지만 중요한 일은, 다시 되돌아 나올 때를 위해 필요한 장비와 자원을 아껴두고 처음의 굳은 의지를 잃지 않는 것이다.

그 당시 가이드라인이 3킬로미터가 넘을 정도로 깊숙이 들어간 지점에서 탐사 단원인 이언 롤랜드Ian Rolland가 당뇨병으로 응급 상황에 빠져 사망했다. 섬프에서 다이빙한 뒤 혼자 수면으로 나왔던 이언은 모든 힘이 고갈되어 얕은 물에서 의식을 잃었다. 그리고 턱에 힘이 풀려 입에서 호흡기가 빠지면서 익사했다. 빌과 바버라, 나머지 탐사 단원은 친구의 시신을 찾기 위해 지옥 같은 어둠 속에서 12일 동안 힘들게 수색했다. 이언은 사랑하는 아내와 젖먹이 아들을 남기고 세상을 떠났다(성인이 되자 이언의 아들은 아버지의 발자취를 따라 그가 사망했던 동굴에서 다이빙 기록을 세웠다).

그리고 얼마 후 빌과 바버라에게 더 끔찍한 소식이 들려왔다. 이언의 시신을 찾은 뒤, 친한 친구인 쉑 엑슬리가 사망했다는 사실을 전해 들은 것이다. 쉑은 동굴 다이빙 분야에서 중추적 인물이었고 안전한 동굴 다이빙을 위한 수칙을 정한, 누구나 인정하는 권위자였다. 그러나 그는 멕시코 북부에서 딥다이빙 기록을 깨려고 시도하다가 허무하게 세상을 떠났다.

이언을 위해 간단히 추도식을 치른 후 빌과 탐사단은 다시 나아갔고, 조사 작업을 마무리하기 위해 땅속으로 더 깊숙이 들어갔다. 몇몇 기자들은 죽음을 부른 사고 이후로도 프로젝트를 재개한다며 비난했지만, 남은 탐사 단원은 자발적으로 작업을 선택했다. 이언을 위해서라도 집으로 돌아가기 전에 작업을 끝마치고 산 내부에 있는 장비와 수 킬로미터에 달하는 밧줄을 도로 거둬야 했다. 밧줄과 장비를 그대로 놓고 가는 건 눈살을 찌푸리게 할 만한 무책임한 행동이다. 어둠 속에 무엇이 도사리는지 상상도 못 하는 초보 동굴 탐험가를 유혹해서 위험한 상황에 빠지게 만들 수도 있기 때문이다.

빌과 바버라는 여전히 생생한 슬픔을 안고 있었지만, 멕시코 우아우틀라Huautla로 돌아갈 준비가 되어있었다. 이번에 그들은 새로운 동굴 통로를 찾아서 이전 기록을 깨고 세계에서 가장 깊은 곳, 즉 입구부터 끝지점까지의 수직 거리가 가장 긴 장소를 찾았다고 공표할 수 있기를 바랐다. 하지만 이번에는 산 위 입구로 들어가는 대신, 아래에서 시작해 위로 올라가고 싶어 했다. 그들의 이야기를 들으면서 마음이 설렜고, 커다란 무언가의 일부가 되고픈 열망을 느꼈다.

나는 이들처럼 탐사단의 일원이 되고 싶었다.

다음 날 아침 식사 준비를 하던 중, 빌이 나에게 프로젝트에 합류하고 싶지 않냐고 물었다.

나는 바로 "네! 네! 네! 물론이죠!"라고 외치고 싶었지만, 내가 잘할 수 있을지, 탐사단에 도움은 될지 걱정이 되어 쉽게 대답할 수 없었다. 게다가 나는 폴이 운영하는 스쿠버다이빙 용품점을 봐주기로 한 상태였다. 약속을 저버릴 수는 없었다. 내가 주저하며 제안을 거절하려는 순간 폴이 끼어들더니 말했다.

"우리랑 함께 가자."

그 말 한마디가 내 인생을 완전히 바꿔놓았다. 폴은 나의 다이빙 파트너로서의 가능성을 알아보고 그 길을 활짝 열어주었다. 이번 프로젝트는 진정한 의미에서 첫 탐험이 될 것이다. 믿을 수 없을 만큼 엄청난 기회였다. 폴은 내게 믿음을 주었고, 나를 진심으로 살피고 있다는 것을 보여주었다. 나는 천장까지 뛰어올라 춤을 출 수도 있을 것 같았다.

산간 소도시인 우아우틀라로 향하는 여정은 새가슴을 가진 사람에게는 절대 추천하지 않는다.

1995년 봄, 어느 따뜻한 날 저녁에 폴과 나는 15년 된 폴의 폭스바겐 바나곤(1980년대 캠핑카으로 많이 쓰였던 폭스바겐 승합차-옮긴이) 안에 다이빙 장비를 꽉꽉 싣고서 플로리다주 허드슨에서 출발했다. 우리는 교대로 운전했고, 기름을 채우거나 음식을 사거나 길가에 차를 세우고 잠깐 눈을 붙일 때를 제외하고는 멈추지 않았다.

24시간이 지났을 때, 앞으로 한 달간은 보지 못할 깨끗하고 기분 좋아지는 빳빳한 이불에 몸을 눕혔다. 해가 후텁지근하게 공기를 덥히는 동안 우리는 국경 수비대원을 만나기 위해 샤워를 한 후 단정하게 차려입었다. 우리를 실은 낡은 승합차는 검문소로 가는 동안 덜컹거리며 힘겨워했고, 운행기록계는 26만 킬로미터를 가리켰다.

국경을 넘자마자 우리는 차를 세워 현지 안내인을 섭외했다.

"영어 할 줄 아나요?"

"Sí(그럼요)."

나는 10달러 지폐를 그의 손에 쥐여주며 부탁했다.

"우리를 마타모로스Matamoros 밖으로 안내해 주세요."

이 국경 도시는 위험하기로 악명 높았다. 폴은 스페인어를 할 줄 아는 현지 안내인을 데려가면 수많은 군 검문소를 통과하는 데 도움을 줄 테니 한결 편할 것이라고 했다. 긴장되었지만 현지 안내인의 느긋한 미소를 보자 한결 편해졌다. 내가 폴 쪽으로 자리를 옮겨 가자 현지 안내인이 조수석에 탔다. 나는 좌석 사이에 끼워놓은 장비 상자 위에 걸터앉았고, 도로의 요철을 만날 때마다 머리를 천장에 찧었다.

마타모로스에서는 버스나 트럭 뒤를 따라가는 방법이 최선이었다. 그들은 우리보다 길을 훨씬 잘 알 뿐 아니라, '토페스'라고 부르는 과속방지턱이 나타나면 알아서 속도를 줄였다. 도로가 망가져 있거나 비에 유실되어 있더라도 마타모로스의 경험 많은 운전자는 이를 즉각 알아차렸다.

우리는 장장 14시간 동안 달리고 있었고, 나는 뒷자리에서 작은 냉장고에 있는 간식을 먹었고 있을 때였다. 어느 순간 폴이 운전대를 잡고 졸기 시작했다. 폴은 기진맥진한 상태에도 자신이 운전하겠다고 고집을 부리는 끔찍한 습관이 있었다. 깨우려고 말을 걸고 노래를 부르고 지직거리는 라디오 음량을 키워 멕시코 포크 음악이 쩌렁쩌렁 울리게도 해보았다. 보다 못해 팔뚝을 세게 내리쳤는데도 폴은 운전대를 놓으려 하지 않았다.

폴은 승객이 되어 차에 타기를 싫어했고, 그러면 멀미가 난다고 주장했다. 나도 속이 울렁거렸지만, 이는 멀미가 아니라 폴이 눈을 연신 끔뻑

거리고 고개를 꾸벅거리는 모습으로 인한 두려움 때문이었다. 결국 폴을 설득해서 차를 대고 하룻밤 야영을 하기로 했다. 우리는 농업용 차량 2대가 주차된 길 가장자리에 있는 조용한 쉼터에 자리를 잡았다.

열대기후 특유의 찌는 듯한 컴컴한 밤이었다. 우거진 초목의 내음과 이 지역에 즐비한 원유 채굴장에서 흘러나온 옅은 석유 냄새가 뒤섞여 났다. 우리가 모는 작은 승합차에는 지붕 텐트가 있었고, 뜨거운 태양이 떠오르기 전에 몇 시간이나마 잠을 청하러 텐트로 기어들어 갔다.

다음 날, 시우다드 멘도사Ciudad Mendoza에서 산을 넘어서 테우아칸 Tehuacán으로 내려오는 길은 우리를 최고조로 긴장하게 했다. 경사지고 좁은 꼬부랑길이 구름을 향해 솟은 채 1킬로미터가량 이어졌다. 달팽이 처럼 느릿한 속도로 가다 보니 험준한 고개 하나를 넘는데도 2시간이 나 걸렸다. 힘들게 고개를 겨우 넘었다 생각하면, 금세 길은 더 험난해 졌다.

가드레일도 없이 바퀴자국이 깊이 팬 좁은 도로는, 갑자기 꺾이는 도 로에 대처하지 못한 트럭들의 끔찍한 최후를 적나라하게 보여주었다. 타 버린 차체와 고무가 뒤엉켜 덩어리로 변한 채 산비탈 곳곳에 흩어져 있 었다. 이따금 반대 방향에서 차가 오면 차를 길가로 바싹 붙여야 했다. 차창 밖으로 아찔한 낭떠러지가 내려다보이고, 바퀴가 도로 가장자리에 위태롭게 걸쳐져 있는 게 보였다. 그럴 때면 목적지에는 가보지도 못하 고 이대로 도로에서 추락하고 말 거라는 생각이 들었다.

우아우틀라에 도착하는 데는 그로부터 4시간이 더 걸렸다. 도로가 너무 굽어있어 차가 회전을 할 때면 안 그래도 삐걱거리는 차에 더욱 무리를 주었다. 그때마다 오래된 차체의 이음새들이 덜거덕거렸다. 너무 심하게 굽이진 곳에서는 차를 앞뒤로 조금씩 왔다 갔다 하며 차의 방향을 조금씩 틀어 회전해야 했다. 한번은 브레이크가 고장 나기 직전까지 과열되어 역한 냄새가 풍겨 속이 울렁거릴 정도였다. 나는 숨을 참으며 브레이크가 식기까지 정차해 둘 만한 안전한 장소를 물색하기도 했다. 목적지에 거의 다다랐을 때는 타이어가 찢어지는 바람에 반대 방향에서 오는 차가 우리를 보지 못하고 부딪칠까 봐 급히 수리도 해야 했다. 내 머리 위에 있는 도로 표지판에는 'Curvas Peligrosas(위험 급커브)'라고 적혀 있었다. 나는 쭈그리고 앉아 렌치로 자동차 바퀴 나사를 잡고 온 힘을 다해 풀었다. 내 팔의 모든 힘줄이 피아노 현처럼 팽팽해졌다.

플로리다를 떠난 지 4일이 지나고, 마침내 우아우틀라 데 히메네스 Huautla de Jiménez에 도착했다. 우거진 밀림 지대로 뻗은 굽이진 길을 따라 산비탈 마을이 펼쳐져 있었다. 고온다습한 이곳은 노래하는 아름다운 새들과 과일나무로 가득한 천국이었다.

해가 지자 마을은 습기를 머금은 저녁 안개 속에서 활기를 띠었다. 길가 작은 가판대의 아이들은 빨리 팔아치우려는 듯 껍질 벗긴 오렌지 봉지를 연신 들어 보였다. 공터 옆에는 십자가에 못 박힌 예수를 그린 2층 높이의 멋진 벽화가 있었다. 예수의 손바닥에는 보라색 버섯이 자라고 있었고, 발밑에는 야생화와 이 지역에서 나는 환각 버섯이 융단처럼 깔려있었다.

연기가 자욱한 골목을 걷다 보니 코팔 향(나무에서 나오는 수지로 만든

향으로, 멕시코 등 중미에서 주로 의식을 치를 때 태운다-옮긴이)과 토르티야, 그릴에 구운 고기 냄새가 섞여 코끝을 자극했다. 골목의 상점 출입구에는 작은 텔레비전이 걸려 있었다. 2명의 남자가 부러진 하얀 플라스틱 의자에 앉아 텔레비전을 보고 있었고, 동네 꼬마들이 모여 텔레비전에 나오는 장 클로드 반담을 보려고 서로를 타고 올랐다. 여인들은 빳빳한 하얀 천에 자수를 놓은 전통 복장을 입고 바닐라빈과 꿀을 사라며 손짓했다.

마침내 친구들의 모습이 눈에 들어왔다. 마사텍족보다 키가 훌쩍 큰 바버라와 빌이 구경꾼들의 시선을 끌었다. 아직 환영 인사 겸 포옹도 하지 않았는데, 동굴 다이버이자 탐사 단원의 건강을 책임지는 의사 노엘 슬론Noel Sloan 박사가 대뜸 밤중에 겪은 총격에 관해 이야기했다.

어젯밤 그들 3명은 총소리가 크게 울리자 베이스캠프를 떠나 어둠을 헤치며 다급하게 밀림으로 대피했는데, 몇 시간이 지나 베이스캠프로 돌아오니 등산용 밧줄 하나만 사라져 있었다고 한다. 이 지역에서 좋은 밧줄은 금만큼이나 귀했다.

탐사를 이끄는 빌은 현지 시장과 공무원에게 전날 밤에 있었던 총격에 관해 온종일 이야기했다. 순조로운 탐사를 위해선 그들의 허가와 가호가 꼭 필요했다. 베이스캠프는 산을 따라 하루를 내려가야 있었고, 먼 베이스캠프로 내려가기 전에 그들이 우리에게 우호적이라는 것을 확인해야 했다.

다음에 들려온 나쁜 소식은 산사태였는데, 나머지 탐사 단원이 폴과 나를 만나러 산토도밍고Santo Domingo 협곡에서 올라오는 동안 벌어졌다. 일찍 찾아온 계절성 호우가 진흙을 실은 급류를 쏟아내서 동굴 용천(지층의 틈새를 통해 물이 지표로 솟아나는 물을 말하나, 본문에서는 동굴로 솟아나는 샘을 말한다-옮긴이) 주변의 물을 잔뜩 흐려놓았다. 이 일로 동굴 용천으로의 다이빙은 거의 불가능해졌다. 바뀐 상황에 맞춰 계획을 바꾸어야 했다. 다이빙 장비와 공기 압축기, 전등으로 가득한 차가 2대나 있었지만 모두 무용지물이었다. 열심히 준비하고 꾸렸는데 손도 대보지 못한 채 탐사가 끝날 수도 있었다. 나의 생애 첫 동굴 다이빙 탐사가 시작하기도 전에 끝날지도 몰랐다.

우리는 기다리는 2주 동안 협곡과 그곳에 있을지도 모르는 동굴들을 샅샅이 탐사하기 위해 장비를 손질하기로 했다. 운이 따른다면 그사이 물이 맑아져 다이빙이 가능해지겠지만, 또 다른 대비를 위해 바위에 있는 모든 틈들을 살펴보기로 했다.

우리의 목표는 이전 탐사 때 산 내부에서 가장 깊게 도달했던 지점과 협곡 아래의 입구를 단번에 잇는 경로를 발견하는 것이었다. 그리고 가능하다면 그 경로가 순탄하고 안전한 우회로이길 바랐다. 행운이 따른다면 산꼭대기에서 위태롭게 줄에 의지해 수직으로 하강하고, 기어서 좁은 곳을 통과하고, 중간중간에 다이빙을 해야 하는 험난한 경로를 피할 수 있을 것이다. 산속에 베이스캠프를 차리고 밧줄을 설치하려면 몇 주가 걸렸고, 물이 넘치거나 쏟아져 내려 탐사단이 오도 가도 못 하게 될 위험은 언제나 도사리고 있었다. 하지만 이것이 아래에서 위로 향하는 탐사가 매력적인 이유였다.

우리의 계획은 차들을 리오 투에르토Rio Tuerto라는 작은 마을에 주차한 뒤, 1,800미터 정도를 걸어 내려가 동굴 밖으로 흘러나온 지하의 강 근처에 새로운 베이스캠프를 세우는 것이었다. 당나귀 14마리에 줄을 채우고 현지 남성 3명을 고용하면 하루 만에 모든 장비를 옮길 수 있을 것이다. 폴이 정찰 다이빙을 할 수 있도록 스쿠버 장비도 충분히 챙겼고 혹시 몰라 여분으로 한 세트를 더 챙겼다. 구조용으로 쓰일 여분의 장비를 짐꾸러미에 넣으며, 탐사가 얼마나 위험할지 새삼 실감되자 등골이 오싹했다. 동굴 다이빙에서 구조되는 경우는 손에 꼽을 정도로 적다.

내가 가진 장비는 산 위에 남겨둘 작정이었다. 아직 구조하거나 시신을 찾는 작업에 참여할 만큼 준비가 되지 않았기 때문이었다. 내 임무는 필요할 때마다 어떤 방식으로든 탐사를 지원하는 일로 대략 정의되었다. 따라서 베이스캠프를 지키고, 마실 물을 마련하고, 요리하고 장작을 모을 것이다. 모든 일이 잘 풀린다면 외줄로 등반하는 기술을 훈련받아 익힐 수 있을 테고, 마른 동굴 통로를 조사하는 일을 도울 수도 있을 것이다. 나는 기대에 부풀었고 어떤 일이건 기꺼이 할 준비가 되어있었다. 세계 최고의 전문가들이 이끄는 과학 탐사의 일원으로 말이다.

다음 날 아침, 우리는 토르티야 공장에 1년간 보관되어 있던 엄청난 양의 장비를 가지고서 리오 투에르토로 향했다. 거리는 몇 킬로미터에 불과했지만 험난한 길을 달려온 자동차는 결국 브레이크 로터가 과열되고 말았다.

커다란 바위들과 움푹 팬 도로는 차를 부술 듯 위협했고, 그때마다 차는 튀어 오르고 우리는 휘청였다. 엎친 데 덮친 격으로 목적지를 200미터를 남겨두었을 때, 타이어를 빼고 콘크리트 블록으로 받쳐놓은 트럭이 앞을 막고 있었다. 트럭을 둘러서 돌아갈 수가 없었다. 우리는 하는 수 없이 장비를 꺼내 들고 남은 길을 걸어갔다. 막힌 길 반대편에 있던 사람들이 궁금한지 우리에게 다가왔다.

그들은 결혼식 축하연의 하객들이었다. 바버라와 나는 왁자지껄한 무리에 같이 휩쓸려 비포장도로를 걸었다. 장난기 많아 보이는 한 노인이 활짝 웃으며 마사텍족 언어로 같이 춤을 추자고 권했다. 어찌해야 할지 망설인 것도 잠시, 축하연에는 그 나름의 마력이 있었던 게 분명했다. 어느새 남자 단원들은 맥주를 건네받고 있었고, 잠시 후 우리는 모두 하객들과 춤을 추며 즐기고 있었다. 몇 번씩 돌아가며 춤추고 한참을 웃고, 여러 사람과 악수로 마지막 인사까지 하고 나서야 우리는 장비를 챙겨 다시 길을 떠났다. 축하연에서 만난 사람 중 몇몇은 헛간으로 장비를 옮기는 일을 거들어 주기도 했다. 이 헛간은 우리가 마지막으로 쉴 곳이자, 최소한의 장비들로 추릴 장소이기도 했다.

헛간의 나무 바닥은 가축 똥이 얇게 말라붙어 옅은 광택이 돌았다. 똥보다 더 심각해 보이는 것은 거대한 쥐였다. 우리가 있음에도 겁 없이 주변을 잰걸음으로 돌아다녔다. 우리는 이곳에 사는 생물과 그들이 옮길 수도 있는 전염병을 피하기 위해 다락에 텐트를 치기로 했다.

여행을 시작한 지 5일이 지났으나 아직 충분히 잠을 잔 적이 없었다. 텐트 속에 들어가자 내 생애 가장 편안한 잠자리에 누운 기분이었다. 그렇게 정신이 흐릿해지며 잠이 들던 찰나, 날카로운 소리에 모두 깜짝 놀라 깼다. 범인은 우리와 같이 헛간을 공유하는 당나귀 찰리였다. 텐트 바로 아래에서 백파이프 악단처럼 우렁차게 울어댔다. 나는 찰리의 울음

소리로 밤새 잠을 자지 못했고, 해가 뜰 무렵이 되자 수탉까지 가세했다. 푹 쉬려던 나의 밤은 그렇게 지나갔다.

　새벽녘이 되자 근육질의 짐꾼들과 당나귀 한 무리가 장비 일부를 산 아래로 가져갈 채비를 한 채 헛간 옆에서 대기했다. 공기통 2개를 당나귀들의 양쪽에 균형을 맞춰 얹고, 작은 휴대용 압축기는 다른 당나귀 등에 끈으로 단단히 묶었다. 플라스틱 바구니 안에는 몇 가지 신선한 채소와 음식을 동결 건조한 가루가 담긴 통이 있었다. 부피는 최소화하고 효율은 최대화하려고 치킨 스튜, 쇠고기 야채수프, 으깬 감자를 동결건조한 뒤 가루를 냈다. 온종일 걸릴 하이킹에 대비해서 개인 배낭도 최소한으로 줄였다. 날씨는 더울 테고 산길은 험난할 테니, 외딴곳에서 더위로 탈진하거나 탈수에 빠지면 곤란했다.

　나는 하이킹에 관해서는 베테랑이라 자부했지만, 배낭이 너무 무거워 들어 올리지도 못했다. 하지만 새로운 일원으로서 강인하고 유능해 보이고 싶어서 땅에 앉아 팔을 어깨끈 사이로 넣고 쭈그린 자세에서 안간힘을 써서 일어섰다. 휴식 시간을 위해 앉으면 두 번 다시 일어나지 못할 것 같아 온종일 짐을 지고 있어야겠다고 결심했다. 꼭 쉬어야 한다면 짐을 받치면서 똑바로 앉을 만한 장소를 찾아야 할 것이다.

　협곡 아래에 도착할 무렵, 시간은 더디게 흘렀고 짐은 점점 더 무겁게 느껴졌다. 꼭 맞는 부츠 끝에 짓눌린 발톱이 이미 대가를 치른 후였다. 발톱엔 이내 멍이 들더니 결국 빠져 버렸다. 극심한 통증이 느껴졌지만 약해 보이고 싶지 않아서 일절 내색하지 않았다.

내가 탐사단에 짐이 되고 맡은 역할을 다하지 못하면 앞으로 프로젝트를 권유받는 일은 없을 것 같았다. 탐사 단원 누구도 성차별적인 성향은 보이지 않았지만, 나는 체력과 강인함에서도 남자에게 뒤처지지 않겠다고 다짐했다.

길은 좁았으나 경치는 숨이 멎을 듯 아름다웠다. 산을 타고 내려오는 동안 기후는 습한 우림에서 타는 듯이 덥고 건조한 먼지 이는 땅으로 변했다. 우리는 험난한 경사의 자갈길을 통과하며 4시간을 걸었고, 마침내 폴이 지쳐서 얼굴이 새빨개진 채 더는 힘이 없다고 말했다.

가져온 물은 이미 모두 마셨고, 작은 시내에 도착하자마자 폴은 주저앉아 돌 사이의 물을 홀짝였다. 동물들의 똥이나 세균으로 오염되어 마시면 복통을 일으킬 수도 있으니 마시지 말라고 경고했지만 지치고 목마른 폴을 막을 수는 없었다. 폴은 아예 물속에 누운 채 뜨거워진 머리에 찰박거리며 물을 끼얹었다.

나는 앉으면 다시 일어나지 못할까 봐 나무에 기대어 서 있었다. 지치고 힘든 상황임에도 나는 여전히 폴과 다른 단원들에게 좋은 인상을 주고자 애쓰고 있었다.

기운을 회복하자 폴은 곱슬머리에서 물을 뚝뚝 떨구며 다시 일어섰고, 우리는 남은 길을 마저 가기 위해 출발했다. 계획보다 1시간이 지난 후에야 협곡 아래에 도착했다. 얕고 빠른 급류 위로 수직 암벽이 우뚝 솟은 산토도밍고 강둑을 천천히 나아갔다. 가끔 높은 암벽에서 돌이 떨어져 내려서 거센 물소리를 끊었다. 우리는 판판한 돌과 바위를 이리저리 디뎌가며 강을 거슬러 올라갔지만, 발이 젖지 않을 수는 없었다.

웨트슈트 부츠를 신은 채 장시간 잠수를 하면 발에 염증이나 궤양이 생긴다. 그러나 아직 다이빙을 시작도 하지 않았는데 벌써 내 발은 염증으로 피부가 벗겨지고 있었다. 부츠 안으로 들어온 차가운 물은 바늘처럼 찔러대는 듯했고 물집이 생겼다가 터지는 게 느껴졌다.

마침내 우리는 빌과 바버라 일행이 예전에 베이스캠프를 세웠던 모래사장에 도착했다. 내가 강둑에서 처음 본 평지였다. 팀원들은 끈질기게 달려드는 모기와 파리떼를 쫓기 위해 나무로 불을 활활 피우고서 둘러앉아 쉬고 있었다. 폴과 나도 텐트 칠 곳을 골라 침낭을 편 후에 쪼글쪼글해지고 벌게진 발에 항생제를 바르고 반창고로 감았다.

해가 졌는데도 저녁 공기는 사우나처럼 후텁지근했다. 나는 곧 깊은 잠에 빠져들었지만, 폴은 강물에 다리를 반쯤 물에 담근 채 밖에서 잤다. 폴에게는 견디기 힘든 더위였다.

다음 날이 되자 우리에게 오랫동안 사라졌던 웃음과 여유가 생겼고, 쓰라린 발과 근육통은 탐사를 향한 열정으로 덮여 버렸다.

우리는 우아우틀라 동굴 아래에 있는 입구를 찾으려 협곡에서 상류로 120미터를 거슬러 올라갔고, 드디어 동굴 입구에 다다랐다. 강에서 5미터 정도 위에 있는 구멍이 하늘을 향해 쩍 벌어져 있었다. 초라한 나무 한 그루가 동굴에서 흐르는 샘 위로 고개를 삐죽 내밀고 있었다.

예전에 빌이 동굴 용천에 관해 설명해 주긴 했지만 이렇게 평범해 보일 줄은 몰랐다. 산 전체가 품은 물이 하나의 구멍에서 쏟아져 나오고 있었다. 나는 큰 차고 정도의 크기를 가진 이 입구가 세계에서 가장 깊은 동굴의 뒷문이라는게 믿기지 않았다. 다이빙할 장소에 어떤 기대를 품었는지는 모르겠지만, 적어도 이건 아니었다.

폴과 나를 제외한 탐사 단원들은 내로우스 케이브Narrows Cave라는 곳으로 올라가 탐사와 측량을 했다. 최대 30시간이 걸리는 탐사와 측량 작업은 아직 기록된 적 없는 장소에 대한 지질학적 과학 지식을 발견하게 해줄 것이었다. 그동안 나는 폴을 도와 장비를 동굴 안으로 나르고 폴이 다이빙하는 동안 그를 기다리기로 했다. 만약 폴에게 비상 상황이 벌어진다면, 나 혼자서 대처해야 한다. 도와줄 팀원들도 없는데 나는 뭘 어떻게 해야 할까?

동굴 다이빙을 오랫동안 해오면 필연적으로 친구의 죽음과 마주하는 일이 생긴다. 더 끔찍한 경우는 친구의 시신을 찾지 못하거나 서서히 죽어가는 친구를 부둥켜안고 있어야 할 수도 있다는 것이다. 이런 순간은 삶을 완전히 바꿔놓는다. 그때까지 나는 그런 경험을 한 적은 없지만, 직감적으로 그런 끔찍한 경험을 하는 날이 오리라는 것을 어슴푸레 직감했다.

폴이 호흡기를 공기통에 연결하고 측량용으로 방수 메모장을 준비하는 동안, 나는 여러 차례 샘을 왔다 갔다 하며 탐사단이 마실 물을 모았다. 손목의 통증도 참고, 몇 시간 동안 펌프질을 해서 물을 정수했다. 물을 길러 갈 때마다 얕은 강을 두 번 건너고 젖은 바위를 기어오르고 120미터 떨어진 상류까지 걸어야 했다. 피부는 고운 모래로 뒤덮여 건조했으며 목구멍은 사포처럼 까끌거렸다. 물 긷는 일이 끝날 때쯤, 폴은 다이빙할 준비를 끝마치고 있었다.

나는 동굴 안 물가에 쪼그리고 앉아서 폴에게 행운을 빌었다. 물안경을 쓴 폴의 얼굴과 90킬로그램이 넘는 다이빙 장비가 탁한 물속으로 사라졌다. 그리고 나는 혼자가 되었다. 처음에는 모든 게 괜찮다고 느껴졌고 평화로워 보였다. 편안히 앉아 동굴의 서늘함을 즐기던 중, 흐르는 물줄기가 차츰 줄어들더니 이내 멈추는 것이 보였다. 발 근처에 있던 부서진 돌 사이에 아까는 보이지 않던 커다란 나뭇가지가 끼어있는 게 눈에 들어왔다. 수위를 알아볼 수 있는 벽의 물자국이 아까보다 내려가 있었다. 무엇이 물줄기를 갑자기 멈추게 했을까? 갑자기 불안했다.

몇 분이 지난 후 동굴 밖에서 강이 굉음을 내기 시작했다. 나는 걸터앉아 있던 곳에서 벌떡 일어나 동굴 밖으로 뛰쳐나갔다. 흙탕물이 협곡 아래로 흐르고 있었고, 강물은 온통 커피색으로 변해 있었다. 강 수위가 몇 분 만에 30센티미터나 상승하면서 유속이 엄청 빨라졌다. 잔잔하던 강이 급변하더니 빠르게 나뭇가지와 잔해들을 쓸고 내려갔다. 이제껏 이런 장면은 본 적이 없었다. 산이 장엄하게 힘을 과시하는 모습을 보고 겁을 먹어 제대로 된 판단을 할 수 없었다. 두려움으로 인해 메스꺼워졌고, 폴이 돌아오기를 바라며 어두운 동굴로 머리를 들이밀고 폴을 불러보았지만 응답은 없었다. 자연이 순식간에 친구에서 적으로 바뀔 수 있다는 사실을 실감했다. 폴이 돌아오기를 기다리며 무력하게 강 옆에 앉아있다 보니 다시 유속이 느려지면서 조금 진정이 되었다. 산사태가 일어났던 건지, 비가 쏟아져 내렸던 건지 알 수 없었지만, 어쨌든 폴은 카푸치노처럼 흐린 물을 뚫고 돌아와야 했다.

1시간 후, 폴은 마침내 수면 위로 올라왔다.

"괜찮아? 걱정했어. 무사한거지?"

나는 떨리는 목소리로 물었다.

폴의 매력인 동시에 나를 화나게 하는 점이 있다면 그것은 그가 난관에 직면했을 때 보이는 침착함이었다. 그 순간도 그랬다.

"시야가 끔찍하게 혼탁했어. 근데 별일은 아니었어."

폴은 대수롭지 않다는듯 말했다.

밤이 되자 탐험에 나갔던 대원들 전부가 진흙투성이로 의기양양하게 베이스캠프에 돌아왔다. 노엘과 나머지 단원들은 진흙으로 막힌 작은 구멍을 파다가 새로운 통로를 발견했다. 노엘은 조그만 틈새로 비집고 들어갔고, 그곳에서 강한 바람을 느꼈다고 확신에 차서 말했다. 그 말은 동굴의 연결 통로가 그 너머로도 이어져 있다는 뜻이었다.

나도 강에서 커다란 널빤지를 발견해서 베이스캠프까지 가져왔고, 소박한 식탁을 만들어 나름대로 팀에 안락함을 기여했다. 그날 저녁 모든 사람이 고단했던 일과를 마치고 씻는 동안 나는 동굴 통로를 측량할 때 쓸 매듭 줄을 준비했고, 마실 물을 만들기 위해 샘으로 한 번 더 다녀왔다. 물살이 세지고 수위가 높아져서 왕복하는 데 1시간이 넘게 걸렸고, 오는 길에는 물 20리터를 짊어져야 했다. 힘들기는 했지만 탐사단을 지원하기 위해서 매일 해야 하는 일이었다.

다음 날 새벽, 나는 강가의 모래 위에 앉아 있었다. 강 건너편에는 암벽이 물속에서부터 솟아 있었고, 암벽 표면의 무성한 덤불과 덩굴들은 동물들에게 쉼터가 되어주고 있었다.

폴이 텐트 안에서 나오더니 몸에 윤활유라도 발라야 할 것처럼 구부정한 자세로 끙끙대며 걸었다. 리오 투에르토에서 내리막길을 타고 내려온 후유증이 이제 나타나고 있었다. 반면 나는 말짱했지만 발만큼은 90살 노인처럼 보였다.

우리는 아침 식사로 오트밀과 건포도를 먹으며 폴이 전날 한 다이빙 이야기를 했다. 폴은 공기로 가득한 반구형 천장이 있는 270미터 길이의 통로를 탐사했고, 시작 지점은 비좁았지만, 더 나아가 넓은 지점에 이르자 물이 한층 맑아졌다고 했다. 폴은 전날의 탐사되지 않은 곳으로 더 나아갈 수 있는지 확인하고 싶어 했다. 그래서 나는 폴을 돕기로 했다. 팀원들이 다른 동굴을 탐사하기 위해 떠나 있을 동안, 나는 폴의 장비와 공기통을 동굴로 날랐다. 노엘과 그의 여자 친구는 베이스캠프의 그물 침대에 몸을 눕히고 휴식을 취했다.

폴은 다이빙을 계획하며 바텀 타임bottom time(다이버가 잠수를 시작해서 올라오기 시작할 때까지의 잠수 시간-옮긴이)을 90분으로 잡았다.

폴이 떠나자 나는 동굴을 안전하게 만들기 위한 청소 작업에 몰두했다. 수월하게 동굴을 지나다닐 수 있도록 흔들거리는 돌을 옮겨놓았고, 알아보기 쉽게 길을 냈다. 또 매번 다이빙핀과 장비들을 베이스캠프로 옮기는 작업이 무의미해 보여, 폴이 다이빙 장비를 놓아둘 수 있도록 선반으로 쓸 수 있는 넓적한 바위를 옮겨 놓았다. 그러고 나서 동굴 안에서 옷을 벗고 목욕을 했다. 기분은 좋았지만, 한편으로 쓸데없는 짓이라는 생각도 들었다. 옷은 언제나 땀에 절어 있었고 퀴퀴한 악취마저 났다. 집으로 돌아가기 전에 이 옷은 버릴 생각이었다.

90분은 쏜살같이 지나갔지만, 그 후의 시간은 더디게 흘러갔다.

2시간이 지났을 때는 슬슬 초조해지기 시작했다. 계획했던 시간보다 30분이 지체되었지만, 중간에 공기로 찬 공간이 있어 수면으로 올라와 호흡할 수 있다는 사실을 떠올리며 걱정을 잠재우려 했다. 하지만 흐르는 시간만큼 심장박동도 빨라졌다. 무엇을 해야 할까? 얼마나 여기서 기다려야 할까? 누군가 플로리다 동굴에서 다이빙하다 30분이 지체되었다면, 나는 그 즉시 긴급 구조를 요청했을 것이다. 하지만 상황이 다르다. 누군가를 부른다고 해도 나와 함께 걱정하는 것 말고는 할 수 있는 일은 없다. 동굴을 떠나는 것이 옳지 않다는 생각이 들었지만 베이스캠프에 가서 노엘에게 폴이 돌아올 시간이 훌쩍 지났고 그에게 큰일이 생겼음을 알려야겠다고 결심했다. 노엘은 경험이 많으니 어떻게 대처해야 할지 잘 알 것이다. 자갈이 박힌 강바닥을 비틀대며 뛰어가면서 물 색깔이 전보다 혼탁해지고 물살이 점점 거세지고 있다는 걸 알아차렸다. 나는 숨이 턱끝까지 찬 상태로 겨우 베이스캠프에 도착했고, 노엘과 여자 친구는 여전히 그물 침대에 누워 있었다. 둘은 벗고 있었기에 재빨리 돌아서서 옷 입을 시간을 주고는 노엘에게 숨을 헐떡대며 말했다.

"폴에게 큰일이 생긴 게 틀림없어요! 폴을 수색해야 할 때를 대비해 장비를 동굴로 더 옮겨야 할 것 같아요!"

놀랍도록 침착하게 내 말을 듣던 노엘은 내 말을 듣고는 웃었다.

"1시간 지체되었다고? 질, 나는 빌이 다이빙을 마치고 다시 나타날 때까지 4일을 기다린 적도 있어. 진정해."

나는 몹시 당황스러웠다. 노엘의 사생활을 방해한 데다가 내가 완전 초짜라는 사실마저 공개한 셈이었다. 나는 폴이 다시 물 밖으로 나왔기를 바라며 바위로 뒤덮인 강을 헤치며 동굴로 돌아왔다. 실망스럽게도 동굴은 여전히 적막했다. 2시간째였다.

그 순간, 나는 주변이 고요해졌음을 알아챘다. 매미 떼가 잠잠해졌고 나무 위의 새들도 숨을 죽였다. 동굴 입구에서 흐르는 물조차 잠잠했다. 나는 동굴 어귀로 기어 올라가서 골짜기에서 무슨 일이 벌어지고 있는지 보려고 했다. 마치 지구가 자전을 멈춘 듯한 느낌에 등골이 오싹했다. 그리고 희미하게 우르릉거리는 진동을 감지했다. 처음에는 발바닥으로 느껴졌지만 차츰 강해지면서 온몸에 진동이 느껴졌다. 멀리서부터 천둥 치는 소리가 들리더니 점차 커지고 있었다. 그다음에는 흙탕물이 굉음을 내며 골짜기를 타고 내 쪽으로 몰려 내려오는 것이 보였다. 흙탕물이 산사태가 되어 거세게 다가오고 있었다. 동굴 밖에 조용히 흐르던 강물은 순식간에 나뭇가지와 잔해로 가득한 흙탕물로 변해 있었다. 나는 동굴 안으로 다시 기어들어 와 폴이 잠수하기 전에 인사했던 지점에 무기력하게 섰다. 동굴 안의 수위도 상승하면서 내가 서 있는 곳까지 서서히 물이 차올랐다. 무언가 해야만 했다. 새롭게 전개되는 상황을 노엘에게 보고할 필요가 있었다.

나는 기어서 동굴을 빠져나간 뒤, 강물로 뛰어들었다. 발목까지 잠겼던 물은 불과 몇 분 만에 무릎 위로 올라오고 있었다. 물살이 내 다리를 끌어당기더니 순식간에 나를 하류로 휩쓸고 내려갔다. 나는 붙잡을 것을 찾아 손을 뻗으며 강 하류를 향해 비스듬히 헤엄쳤다. 무릎이 강바닥에 있는 자갈에 쓸리는 게 느껴지자 발을 내딛고 강기슭을 향해 뛰었다. 중간중간에 기침을 하고 물을 뱉어내면서 간신히 숨을 쉬었지만, 몸을 가누기가 힘들었다. 힘들게 씨름한 끝에 마침내 얕은 물가로 빠져나올 수 있었다.

베이스캠프에 도착하려면 강을 한번 더 건너야 했다. 베이스캠프가 가까운 기슭에 닿기를 바라며 급류 속으로 뛰어들었다. 토사물과 더러운 물이 입안에 차서 숨이 막혔다. 베이스캠프에 가까이 갔을 때쯤 내가 친 허술한 나일론 텐트가 기울어지더니 모랫바닥에 헐겁게 박혀 있던 말뚝에서 풀리는 것이 보였다. 그리고 강기슭으로 막 올라오려던 순간에 텐트는 하류로 떠내려갔다.

"노엘, 큰 문제가 생겼어요!"

나는 급류가 내는 소음을 뚫고 크게 소리쳤다.

노엘은 그제야 낮잠에서 깨어나서는 베이스캠프가 엉망이 된 걸 보고 깜짝 놀랐다. 수심이 3미터 정도 올라온 듯 보였고 모닥불 자리는 흔적도 없이 사라졌다.

"폴이 아직까지 돌아오지 않았어요! 강 상류에서 큰일이 벌어진 것 같아요! 아무래도 산사태인 것 같아요!"

노엘은 번개같이 빠른 속도로 다이빙 장비를 챙겼다. 나도 바로 장비가 든 배낭을 들쳐 메고 용천이 있는 상류로 향했다. 배낭에 있는 가슴 끈을 묶지 말라고 한 빌의 조언이 떠올랐다. 가슴 끈을 매면 20킬로그램이 넘는 짐을 운반하기는 쉬워지겠지만, 물속에서 넘어졌을 때 가방을 풀지 못하면 익사할 수도 있다고 했다. 불과 20분 전에 불어나는 강을 헤엄쳐 건넌 나의 행동은 정말 위험했다. 다행히도 그사이에 수심이 종아리 정도의 깊이로 줄기는 했지만, 흙탕물의 유속은 여전히 빨랐다. 몸속에서 아드레날린이 솟구치는 것이 느껴졌다.

얼마 후 나는 동굴 안으로 뛰어 들어가서 다이빙 장비로 가득 찬 배낭을 떨군 뒤 폴의 흔적이 있는지 찾아보았다. 수면에 공기 방울이 떠오른다면 폴이 안전 정지(다이빙을 마치고 수면으로 상승하기 전에 질소를 배출하기 위해 수심 5미터 정도에서 3분간 머무르는 절차를 일컬으며, 감압 정지와 달리 가벼운 다이빙에도 권장된다-옮긴이)를 하고 있다는 뜻이다. 아래에서 희미하게 삐 하는 소리를 감지했다. 아래를 내려다보니 탁한 물속에서 수면 밖으로 나오는 손이 보였다. 폴의 손이었다. 순간 폴의 시신이 동굴 속 물의 흐름을 타고 밖으로 내뱉어진 건 아닌가 싶어 가슴이 철렁했다. 그런데 그때 팔이 움직이더니 수면 아래로 다시 미끄러져 내려갔다. 폴은 입구로 돌아왔지만 감압을 하려면 아주 천천히 수면으로 올라와야 했다. 물이 혼탁해서 다이브 컴퓨터 화면을 볼 수 없고 수면으로 즉각 올라올 수도 없어서, 올라오는 동안 언제 정지해야 할지 알기 위해 손목에 찬 다이브 컴퓨터의 소리 알림 기능을 사용하고 있었다. 폴이 얼마나 오래 수중에 머물러야 하는지는 알 수 없었지만, 적어도 그가 살아있다는 사실은 알았다.

그 순간 폴과 나는 영원히 맺어졌다. 나는 누군가를 그토록 걱정해 본 적이 없었다. 폴을 잃을지도 모른다고 생각하자 폴을 향한 감정이 달라진 것이다. 폴을 잃는다면 내 인생에서 가장 큰 상실이 될 것이다. 내가 그를 얼마나 아끼는지 깨달았다. 폴은 내 인생에서 새로운 장을 열어주었고, 나는 사랑에 빠졌다.

폴이 수면 아래서 감압을 마치는 동안, 나는 경보를 해제해야 했다. 강물이 평소 수위와 빠르기로 되돌아왔기에 나는 울퉁불퉁한 바위 위를 휙휙 뛰어다닐 수 있었다. 골짜기 중간 지점에서 노엘을 만났다. 노엘은 공기통 2개를 들고 있었다.

"폴은 괜찮아요!"

나는 기뻐하며 소리쳤고 이 말이 협곡 벽에 메아리쳤다. 내 눈에 깃든 걱정을 보았던 노엘은 다 안다는 듯한 미소를 지으며 나를 안아 주었다.

동굴 탐사를 오래하며 얻은 경험 덕분인지, 의사로서의 경력 덕분인지 모르겠지만, 노엘은 긴박한 상황에서도 평정심을 잃지 않았다. 나는 이 모습을 마음에 새겼고, 집에 도둑이 들었을 때 배운 교훈을 다시 돌아보았다. 감정은 비상사태에서는 도움이 되지 않으며, 다른 때를 위해 아껴야 한다. 심장박동이 다시 차분해졌고, 나는 이러한 스트레스가 동굴 탐험이라는 영역에 입문하며 치러야 할 대가임을 깨달았다.

폴은 혼탁한 물속에서 침착하게 나왔고, 조금 전 위험을 겪었음에도 여유로워 보였다. 폴이 바위를 기어오르는 동안 나는 안도감을 감출 수 없었다. 나는 추위에 떠는 폴을 두 팔로 안았다. 하지만 그는 이런 경험을 겪고도 지독하게 추위를 느끼는 것 말고는 아무렇지 않은 듯했다. 골짜기에서 벌어진 일들을 보지 못하기는 했지만 말이다.

"당신이 없는 동안 무슨 일이 있었는지 상상도 못할거야."

폴의 눈을 바라보며 말했다.

"글쎄, 앞을 거의 볼 수 없긴 했지. 그것만은 확실해."

폴은 가벼운 농담을 하며 내 어깨를 두드렸다.

"많이 걱정했어."

나는 목이 멨고 눈물이 고였다.

"에이, 걱정 마. 앞으로도 별일 없을 테니까."

우리는 죽음이 항상 도사리고 있는 깊은 낭떠러지 끝에 서 있었고 분명 폴도 그 사실을 알고 있었다.

베이스캠프에서의 프로젝트는 계속 진행되었다. 나머지 팀원이 산 위로 향하는 새로운 경로를 찾으며 마른 동굴을 측량하는 동안, 나는 폴과 새로 다이빙에 합류한 노엘을 지원했다. 진흙이 여전히 동굴로 흘러들었기에, 다이빙 시야를 확보하려고 물길을 전환할 둑과 돌로 된 차단벽을 쌓았다. 하지만 이러한 노력에도 불구하고 여전히 시야를 확보하는 데는 문제가 있었다. 다이빙을 여러 차례 시도한 끝에, 노엘은 이 임무가 너무 고되며 여태껏 자신이 경험한 다이빙과 다른 차원이라 느꼈고 마른 동굴에서 새로운 경로를 탐색하는 탐사 팀에 합류했다.

나는 물속에 들어가고 싶은 마음이 간절했고 노엘의 빈자리를 기회로 받아들였다. 일주일 넘게 협곡에 머무는 동안 다른 사람들이 강도 높은 다이빙을 해내는 걸 보면서 차차 그 모습에 익숙해졌다. 내 장비는 산 위에 있었지만, 노엘의 장비가 나에게 맞을 것 같았고 시도해 보고 싶었다.

폴과의 관계도 전환점을 맞았다. 어려운 고비를 같이 넘기자 우리는 더욱 가까워졌고 깊은 대화를 나누었다. 그리고 폴은 나에게 사랑한다고 고백했다. 나는 놀랐고 또 감동했지만, 폴에 대한 내 마음을 적극적으로 표현하지는 않았다.

그날 저녁 활활 타는 모닥불 앞에서 나는 팀원들에게 불쑥 말했다.
"노엘 대신 내가 다이빙하면 안될까?"
폴이 잠시 눈썹이 추켜올렸다가 금세 다시 미소를 지으며 말했다.

"난 좋아."

하지만 탐사는 팀원 간의 의견 일치로 이루어졌기 때문에 나와 폴의 의견만으로 다이빙을 할 수는 없었다. 왜냐하면 위험은 한 명의 몫이지만 결과는 모두에게 돌아오기 때문이다.

낫을 든 사신은 항상 가까이 있다. 다이빙 중 발목이 부러지면 죽을 수도 있다. 구조 팀이 도착하기까지 시간이 너무 오래 걸려서 그사이에 다이버가 저체온증에 걸리기도 한다. 다이버가 죽으면 결손 가정만 남기는 게 아니다. 구조 팀은 시신을 되찾기 위해 엄청난 위험을 감수해야 하며, 공동체 전체가 상실감에 빠진다. 탐사하다가 사망 사고가 나면 탐사단의 평판이 떨어질 뿐 아니라 후원자와의 관계도 끊어질 수 있다. 「세상에서 가장 위험한 스포츠가 또 하나의 목숨을 앗아가다」라는 제목으로 기사가 실리고, 동굴이 봉쇄되며, 지방정부는 조례를 제정하고, 사람들은 스포츠가 무익하고 인생을 낭비하는 짓이라며 고개를 젓는다. 탐험에 뛰어들려면 나는 이 모든 일에 책임감을 느껴야 했고, 자신만을 위한 경솔한 행동 대신 다른 사람들을 먼저 생각해야 했다. 따라서 다른 팀원들의 생각도 들어봐야 했다.

빌이 솔직하게 터놓고 물었다.

"경험 많은 노엘도 한계라 생각하는 일을 맡고 싶은 이유가 뭐지? 흐린 시야는 어떻게 할 거고? 저 흙탕물 속에서는 전방 5센티미터만 보여도 운이 좋은 거라고. 질, 네가 이 일을 해낼 수 있다고 나를 설득해 봐. 나는 또 한명의 친구를 짊어지고 동굴 밖으로 나가고 싶지 않고, 그럴 수도 없어."

나는 크게 심호흡을 한 후 대답했다.

"빌, 난 도전해 보고 싶어요. 캐나다에서 다이빙하는 법을 배웠을 때, 물속이 흐려서 아무것도 볼 수 없었어요. 다이빙 강사님도 볼 수가 없었죠. 그래서 강사님이 다가와서 배운 기술을 보여달라고 할 때까지 기다렸어요. 나에게 흐린 물은 친구나 마찬가지예요."

그때 나는 정말 순진했다. 물속에서 나를 죽일 수도 있는 위험 요소는 흐린 물뿐만이 아니었고 내가 아는 것보다 훨씬 많았다.

나는 빌과 단원들을 설득하지 못했고, 긴긴밤을 모닥불을 에워싸고 서로의 경험담을 나누었다. 탐사 단원들은 다이빙과 탐험하는 개인적 동기를 물었고, 나는 단원들에게 도둑과 마주친 일을 이야기하며 그 일이 두려움에 어떻게 반응해야 하는지 가르쳐 주었다고 말했다. 무언가 잘못된 느낌이 들었을 때 다이빙을 중단한 일에 관해서도 털어놓았고, 혼자 다이빙할 때보다 두 사람이 함께할 때가 훨씬 안전하다고 생각한다는 의견도 피력했다.

다음 날 아침, 결국 다른 팀원들에게 다이빙 허가를 받아냈고, 나는 폴과 함께 산책하며 동굴의 다른 입구를 찾으면서 다이빙 계획을 세웠다. 우리 둘을 다 만족시킬 다이빙 계획을 짜야 했다. 우리는 관목을 뚫고 산등성이를 오르다가 생명체로 가득한 작고 멋진 동굴을 발견했다.

박쥐 떼가 천장에서 내려와 머리 주위의 서늘한 공기를 휘저어 놓았다. 바닥에 깔린 구아노(바닷새나 박쥐 등의 배설물이 쌓여서 만들어진 광물질-옮긴이) 더미는 푹신푹신한 융단이 되어주었고, 그 위를 지네와 딱정벌레, 거미가 덮고 있었다. 어떤 이에게는 할로윈의 악몽같은 장면이겠지만, 나에겐 불쾌감을 가시게 해줄 시원한 바람이 나오는 아늑한 곳이었다.

우리는 더 깊숙이 들어갈 수 있게 중간에 기체를 보충해 줄 여분의 공기통을 미리 설치하기로 했다. 그리고 깊은 굴에 맞닥뜨릴 상황에 대비해 86퍼센트 헬륨과 14퍼센트 산소로 찬 공기통을 사용하기로 했다. 지금까지 발견한 통로는 60미터 아래까지 가파르게 이어졌는데, 헬륨과 산소가 섞인 공기를 이용하면 30미터 아래에서도 질소 마취를 경험하지 않고 판단력을 유지하는 데 도움이 될 것이다.

폴이 전날 탐사를 마쳤던 곳에서부터 동굴은 부메랑 모양으로 휘며 가파르게 내려가는 듯했다. 동굴 다이빙을 하는 사람들에게는 낙원 같은 곳이었지만, 수심이 깊어질수록 위험도 덩달아 커지기 마련이었다. 더 오래 그리고 깊게 다이빙하려면 공기가 더 필요했고, 수면으로 올라올 때도 신중하게 천천히 움직여야 했다. 흐르는 물의 양도 많았고 바닥에 자갈이 깔린 데다가, 시야에서 사라지며 아래로 향하는 커다란 통로도 있었다. 지하의 강은 세차게 흐르고 있었다.

우리는 다이빙 계획의 모든 사항을 세세하게 논의했고 가능한 한 모든 비상 상황에 대한 대책을 세웠다. 그리고 캠프로 돌아와서 나머지 탐사 단원들에게 우리의 계획을 설명했다. 나는 폴과 함께 일하는 데다가 최선의 방침에 대해서도 의견이 서로 일치한다는 점이 마냥 기뻤다.

"우리는 시야 확보가 전혀 안 되는 구간을 먼저 통과할 겁니다. 그리고 작은 폭포를 타고 올라가서 반대편에 있는 웅덩이로 갈 예정이죠. 물에 다시 들어갈 때는 여분으로 준비한 공기통을 가져갈 거고 잠수하기 전에 장비를 다시 확인할 생각이에요."

폴이 말했다.

우리는 줄을 이용해서 짧고 가파른 비탈을 내려갔다. 폴이 먼저 내려가서 잎이 무성한 밀림 바닥에 착지했고, 내가 내려가는 동안 옆으로 비켜섰다. 밧줄이 바닥까지 닿지 않았기 때문에 바닥에서 약간 거리를 남겨두고 뛰려는데 폴이 외쳤다.

"멈춰!"

강하고 단호한 말투였기에 나는 그 자리에서 얼어붙었다.

"한 발짝도 움직이지 마. 바로 아래 엄청나게 큰 뱀이 있어."

나는 아래를 내려다보았다. 아니나 다를까, 1미터 아래 나뭇잎 속에 섬뜩한 형체가 보였다. 그 뱀은 2미터가 넘어 보였고 베이지색과 갈색의 다이아몬드 무늬를 지녔으며 머리에는 붉은빛이 돌았다. 뱀이 어서 지나가길 바라며 위태롭게 매달려 있는 동안 바위에 머리를 기댔다.

미국을 떠나기 전에 이 뱀의 생김새를 사진으로 자세히 살펴보았기에 이것이 가장 위험한 독사로 알려진 창날살모사라는 것을 알고 있었다. 이곳의 토박이들은 이 뱀을 '아홉 발자국'이라고 부르는데, 물리면 아홉 발자국 만에 죽기 때문에 붙인 이름이라고 했다. 더는 기다릴 수 없어 뱀 너머로 뛰기를 결심했다. 나는 되도록 천천히 움직이면서 몸을 최대로 웅크렸다 온 힘을 다해 절벽을 딛고 뛰었다. 착지할 때 뱀이 꿈틀댔지만 다행히도 뱀은 계속 휴식을 취했다.

탐험은 결코 예측할 수 없다. 사전에 모든 상황에 대한 대비를 했다고 생각했지만 막상 부딪치면 상상을 초월했다. 이보다 더 더워질 수는 없다고 생각했지만 기온은 더 오르고, 자연이 이미 최악의 상황을 선사했다고 생각하고 안도할 때 다시금 예기치 않은 일이 터진다. 이건 우리에게도 해당하는 이야기였다. 엄청난 규모의 모래 폭풍이 베이스캠프를 휩쓸더니 홍수가 잇따랐다.

그날 저녁은 덥고 고요했다. 모기들이 몸 구석구석을 다 물어서 피부는 조그맣고 붉은 점과 부푼 자국으로 얼룩덜룩했다. 우리는 모기를 피해서 잠들기 위해 망가진 좁은 텐트 속에서 잠을 청했고, 땀을 줄줄 흘리며 뒤척거리다 겨우 잠자리에 들려던 참이었다.

그때였다. 갑자기 돌풍이 무겁고 거친 모래를 몰고 굉음을 내며 협곡을 타고 내려왔다. 엄청난 양의 모래가 모기장을 통과해 들어왔고 땀에 젖어있던 몸을 때렸다. 텐트의 말뚝이 땅에서 뽑혔고, 이어서 폴대가 부러지는 소리가 들리더니 나일론 천이 우리를 덮쳤다.

폴은 텐트 입구를 열고 잽싸게 탈출한 뒤, 커다란 돌을 모아 텐트를 눌렀다. 나도 텐트가 바람에 날아가지 않도록, 텐트 안에서 몸을 대자로 펼쳤다. 우리는 몇 분간 텐트를 지키기 위해 바람과 싸웠지만 소용없었다. 만신창이가 된 우리는 텐트를 포기하기로 하고 강물에 몸을 반쯤 담근 채 누웠다. 나는 모기를 피할 생각으로 부드러운 진흙을 피부에 두텁게 발랐다. 하지만 예상과는 달리 진흙은 마르면서 피부를 팽팽히 당겼고 이미 바싹 마른 피부에서 수분기를 앗아갔다. 더는 즐겁지 않았다. 불편함과 예측 불허의 날씨로 스트레스가 계속되자 우리 모두 한계에 다다랐다. 집에 돌아가고 싶었다. 바람도 모기도 없는 곳에서 푹신한 침대에 눕고 싶었다.

마침내 해가 산골짜기 사이로 모습을 드러냈다. 하지만 그 누구도 간밤에 눈을 붙이진 못했다. 악천후와 싸우느라 지쳐서 다이빙이나 등반을 할 상태가 아니었다. 그래서 그날 하루는 탐사 활동을 중지하고 쉬기로 했다. 하지만 불행은 여기서 끝이 아니었다.

아침 식사를 하고 얼마 지나지 않았을 때, 난데없이 큰 나뭇가지가 노엘의 머리 위로 떨어졌다. 노엘은 탐사단에 하나밖에 없는 의사였기 때문에 그가 구역질을 하고 경미한 뇌진탕을 앓고 있을 때도 우리는 쉬라고 말하는 것 말고는 해줄 수 있는 게 없었다. 곁에서 지켜보면서 몇 시간마다 한 번씩 깨워 상태가 더 나빠지지는 않는지 확인했다.

노엘은 휴식을 취하고, 폴과 나는 동굴 용천으로 장비를 끌고 갔다. 곧바로 우리는 동굴 물이 전과 달리 맑아졌다는 사실을 알아차렸다. 불운을 연달아 겪은 후에야 비로소 자연이 우리에게 너그럽게 굴기로 작정한 것 같았다. 우리는 쉴 게 아니라 즉시 다이빙해야 한다는 걸 알았다.

바로 입수 준비를 시작했다. 공기통 밸브와 전등 3개, 나이프 2개, 가이드라인과 다이브 컴퓨터 2대의 상태를 재차 확인했다. 바위 위로 미끄러지듯 내려와 입수한 뒤, 몸에 두른 끈에 여분의 공기통을 고정하는 동안 차가운 물이 웨트슈트 안으로 스며들게 했다. 문득 느껴지는 한기와 흥분감 그리고 긴장감이 한데 섞이면서 롤러코스터에 올라탄 듯한 기분이 들었다. 두꺼운 네오프렌 후드를 머리에 쓰고 김 서림을 방지하려고 잠수 마스크 안에 침을 뱉었다. 나는 차근차근 점검 목록을 살피고 장비를 각각 검사했다. 그런데 바로 그때 동굴이 또다시 변덕을 부렸다. 동굴 용천에서 물이 빠지더니 물이 빠지는 속도만큼이나 빠르게 물살의 방향이 바뀌어서 동굴 안쪽으로 향했다. 불어나는 골짜기 물이 진흙을 싣고 흘러들어왔다. 협곡에 또 한 번 진흙이 쏟아져 내리는지, 밖에서 희미하게 우르릉거리는 소리가 들려왔다. 이 순간을 놓쳐서는 안 된다는 사실을 깨닫고 폴이 외쳤다.

"다이빙 해! 바로 지금!"

그 찰나의 순간 우리는 선택해야 했다. 다이빙해서 동굴 안으로 세차게 흘러드는 흙탕물보다 빨리 나아가든지, 망설이다가 기회를 영영 놓쳐버리든지, 고민하거나 상의할 시간은 없다. 진흙이 산에서 쏟아져 내리고 있었고, 폴의 결정은 빨랐다. 그는 내가 함께 가든 가지 않든 상관하지 않고 곧바로 다이빙했다. 나도 바로 폴의 뒤를 쫓았다.

이번 다이빙은 통제할 수 없는 힘에 대항한 경주였다. 하지만 빌과 바버라가 산 위에서부터 시작했던 이전 탐험과 이어지는 새로운 통로, 즉 빠진 고리를 찾아내겠다고 결심했다. 중요한 연결 지점을 찾아내는 일은 탐사에서 최고의 업적으로 여겨지지만, 특히 이번 발견에는 세계에서 가장 깊은 동굴에서 거둔 쾌거라는 자랑스러운 꼬리표가 따라붙을 것이다. 동굴의 다락과 지하실을 실제로 연결하는 구간을 발견하면 탐사단이 산속에서 수십 년간 고생하며 해온 작업이 비로소 하나로 합쳐질 것이다.

시야가 1미터 정도는 되었기에 나는 흐린 물속을 헤치며 폴의 파란 다이빙핀을 따라갔다. 우리는 뒤에서 밀려오는 흙탕물에 따라잡히지 않도록 겨우 간격을 유지하며 동굴 첫 번째 구간을 맹렬하게 헤엄쳐 지나갔다. 바위벽이 바싹 좁아진 게 느껴졌고, 때로는 벽이 팔꿈치에 스쳤다.

나는 팔을 앞으로 뻗어 갈고리처럼 생긴 뾰족한 돌을 붙들었고, 손으로 잡을 만한 다음 물체를 향해 앞으로 몸을 밀어냈다. 하지만 좁은 공간에서 부대끼면서 벨트에 붙은 고리가 가이드라인에 걸렸고 빠져나오느라 시간이 지연되어 어두운 흙탕물에 에워싸이고 말았다. 전등이 켜져있었지만 소용이 없었다. 물안경 바로 앞에 대고 전등을 비췄지만 아무것도 보이지 않았다. 방향을 잡기 위해 조심스럽게 가이드라인을 움켜잡고 앞으로 계속 나아갔다. 줄의 팽팽함이 손에 느껴지니 어느 정도 안심이 되었다. 다른 손을 앞으로 뻗고 바위를 피해 나아가는 동안 여기저기 부딪치고 걸렸다.

25분이 지난 뒤, 마침내 폴과 나는 반구형 천장 아래에서 수면 위로 떠올랐고 앞으로 어떻게 나아갈지 이야기할 수 있었다. 우리는 다시 잠수했다. 그리고 흐린 물을 뚫고 90미터 더 전진하자 시야를 가리던 베일이 걷히면서 전방으로 10미터쯤 시야가 트였다.

동굴 안으로 진흙을 쏟아 넣던 손바닥만한 작은 구멍을 지나면서부터 상황이 나아졌고, 그 후로는 물로 조각된 단단한 암벽이 선사하는 아름다운 풍경을 감상할 수 있었다. 천장에는 종유석 여러 개가 샹들리에처럼 매달려 있었고, 거센 물살로 인해 움푹 팬 가리비 모양의 바위는 가늠할 수도 없을 만큼 긴 시간을 살아온 것 같았다. 또 다른 곳에서는 돌이 아름다운 곡선을 그리며 구불구불하게 뻗어 있는 장관은, 마치 흐르는 물 그 자체 같았다.

우리는 폭포의 방이라 이름 붙인 장소에서 수면으로 떠오른 뒤, 낮은 웅덩이 쪽으로 가서 1미터 높이의 작은 폭포를 올려다보았다. 물소리 때문에 귀청이 터질 듯했지만, 그곳의 웅장함과 경외감에 사로잡혀 숨이 멎을 것 같았다. 폴은 장비를 벗고 조심스레 위쪽 웅덩이로 기어 올라갔다. 거대한 물소리 때문에 폴이 하는 말을 알아듣기 힘들었지만, 손짓으로 신호를 주고 받았고 충분히 알아들을 수 있었다.

나는 여분의 공기통을 위에 있던 폴에게 건네주었고, 폴은 우리가 다다를 수 있는 가장 높은 장소에 공기통을 고정했다. 물이 불어나서 이곳이 잠기더라도 공기통은 무사히 남아 있을 것이다. 여분의 공기통 4개를 안전하게 보관해 두자 우리의 임무는 끝이 났다.

다음번 다이빙 때 탐사되지 않은 구역으로 들어가는 데 필요한 추가 공기통이 동굴 안에 저장되어 있으니, 이제 어두운 물을 지나서 입구로 되돌아가야 했다.

우리는 다시 밖으로 향했다. 시야가 흐려서 전등 빛이 도움이 되지는 않았다. 하지만 다시 한번 왔던 길을 되돌아 나가니, 다음번에 나올 길잡이가 되는 장애물들이 그려지고 예측되기 시작했다.

나는 1분마다 한 번씩 폴을 따라잡아 정강이를 툭치며 앞으로 가라고 신호를 주었다. 내가 꿈틀거리며 좁은 틈을 통과할 때마다 쉽게 따라잡을 수 있도록 폴은 그 너머에서 기다려 주었다. 간신히 마지막 틈새를 거쳐서 휑하게 뚫린 동굴 입구의 수면으로 올라와서야 간밤에 덮친 홍수의 규모가 어땠는지 제대로 볼 수 있었다.

나는 물에서 기어 나왔고, 햇살이 눈부셔 눈을 가늘게 떴다. 베이스캠프로 돌아가기 위해 강을 건너기에는 수위가 매우 높아져서 아슬아슬해 보였다. 장비를 짊어지고 가는 건 위험했기에 공기통을 다시 채우는 일은 다음으로 미뤄야 했다. 우리는 높은 지대에 장비를 놓아두고 가슴께까지 차오른 물을 헤치며 걸었다. 수위가 높아 발을 디디기가 힘들었다.

우리가 베이스캠프에 겨우 도착했을 때, 베이스캠프는 모래로 잠겨 있었다. 망가진 텐트는 처량한 모습으로 반쯤 물에 잠겨있었지만, 다행히 간밤에 폴이 모아놓은 커다란 돌들 덕분에 제자리는 지키고 있었다. 소지품이 물에 젖어 더러워지긴 했지만 떠내려간 물품이 많지는 않았다. 물이 불고 빠지는 과정을 몇 번 경험했기에 이제 흙탕물 정도로는 걱정하지 않았다. 위험하다고 생각하는 상황을 겪고 살아남으면 경계태세를 발동하는 기준이 높아지기 마련이라 강물의 범람은 이제 위험이라기보다 골칫거리로 여겨졌다. 어쨌든 나는 이 문제를 마음에 담아두지 않았다. 성공적으로 다이빙을 마친 데 도취되어 황홀했기 때문이다.

내가 탐험한 곳을 다녀간 사람보다 달에 다녀간 사람 수가 더 많았다. 그 사실이 자신감과 자랑스러움으로 나를 가득 채웠다. 다음번도 역시 아무도 탐사한 적 없는 장소가 나를 이끌 것이다.

그 후 며칠간, 폴과 나는 흙탕물이 동굴로 흘러들지 않게끔 방향을 바꿀 방법을 찾으려 애썼다. 강물이 동굴로 흘러드는 부분에 돌과 점토를 쌓아 임시로 둑을 만들었다. 올해는 우기가 이르게 올 듯하여 우기가 오기 전에 탐사를 마치려면 서둘러야 했다.

마른 동굴을 탐험하는 팀원들이 동굴을 오르며 측량하는 동안, 폴과 나는 이미 설치해 놓은 가이드라인 너머로 탐험하기 위해 용천에서 공기통을 되찾아 와서 채우고 장비들을 준비했다. 우리는 동굴 안 750미터 지점에 여분의 공기통을 놓기 위해 한번 더 다이빙했다. 공기통이 추가로 6개가 있으니 모든 걸 마무리 짓는 다이빙에서는 공기통에서 공기통으로 이동하며 새로운 영역으로 더 깊이 들어갈 수 있을 것이다.

마지막으로 동굴에 진입하기로 한 날 아침, 베이스캠프 바닥이 다시 드러났다. 밤새 모래가 날리고 빗방울이 떨어졌지만, 새벽이 밝아올 무렵에는 잠잠해지더니 그새 평화로워졌다. 밤중에 수위가 내려갔고, 며칠간 진흙에 묻혀있던 소지품 몇 개가 나타났다. 우리는 채비를 마쳤고 정오가 되기 전에 출발할 준비가 되었다. 나는 출발선에 선 그레이하운드가 된 기분이었다.

우리는 물속으로 조심스레 들어갔고, 왕복 6시간이 걸릴 지구 속 여행을 시작했다. 최근의 조사로 우리가 옳은 방향으로 향하고 있다는 것을 확신했기에 긴장감으로 심장이 터질 듯했다. 온통 단단한 바위가 둘러싼 곳에서 나는 물속에 둥둥 떠 있었다. 전방으로 적어도 1.8미터는 시야가 트여있어서 움푹움푹 팬 바위의 아름다움을 충분히 감상할 수 있었다. 폭포의 방에 다가가자 옮겨둔 공기통들이 보였다.

나는 머릿속으로 시뮬레이션해 보았던 대로, 오른손을 뻗어서 커다란 스테인리스 볼트 스냅을 누르고 가이드라인에 고정되어 있던 공기통을 멋들어지게 빼냈다. 11리터짜리 알루미늄 공기통 윗부분을 가슴 쪽에 연결하고 아랫부분은 허리끈에 달린 고리에 이었다. 그러는 동안 공기통은 물속에서 가볍게 흔들렸다.

나는 호흡기를 교체한 뒤, 동굴에서 나갈 때를 대비해 원래 가지고 있었던 통의 공기는 남겨두고 새로운 통을 사용해 호흡하기 시작했다. 폴이 돌 사이의 조그만 구멍으로 앞장서서 지나가려 했지만, 공기통을 추가로 더 짊어지고 있었기에 구멍에 몸이 걸려 공기주머니가 3센티미터 정도 찢어져 버렸고 찢어진 곳에서 공기 방울이 뿜어져 나왔다. 나는 전등을 앞뒤로 흔들면서 폴의 주의를 끌었다.

"돌아갈까?"

나는 빠른 손짓으로 물었다. 폴은 고개를 젓고 앞을 가리켰다. 이런 일로 폴이 멈출 리 없었다.

폭포의 방에서 떨어져 내리는 물줄기를 조심스레 타고 올라가 그 위에 있는 웅덩이 속으로 미끄러졌다. 그러자 면도날처럼 날카로운 돌 조각이 손에 잡히더니 장갑을 파고들어 손바닥을 깊이 베였다. 지혈하려고 주먹을 쥐고 가운뎃손가락을 엄지 쪽에 대고 꽉 눌렀지만, 파란 물속으로 붉은 피가 솟구쳐 나왔다. 상처를 치료하는 일은 다이빙을 마친 뒤로 미뤄야 했다.

며칠 전에 다다랐던 가장 깊숙한 지점에 도착하자마자 우리는 가이드라인을 새로 묶었고, 이 여정에서 본 물 중 가장 맑은 물속을 헤엄치며 나아갔다.

가파른 비탈을 타고 내려가다가 수심 45미터 지점에 이르렀을 때 헬륨과 산소가 섞인 공기통으로 바꾸었다. 나는 그 어느 때보다 집중하고 있었다. 수심 55미터에서의 실수는 용납되지 않았다. 그 깊이에서 숨을 들이마시면 수면에서 호흡할 때보다 일곱 배나 큰 부피의 공기를 소모한다. 힘을 아끼고 차분함을 유지하는 것이 무엇보다 중요했다. 모든 촉각,

청각, 시각적 자극이 머릿속에 강렬히 새겨졌다. 날숨에서 나온 공기 방울은 경사진 천장을 따라 올라가며 선로를 달리는 화물열차처럼 굉음을 냈다. 뇌 속의 쾌감 중추가 살아서 춤추었다. 탐사하며 경험하는 격렬한 흥분감은 탐험가에게는 마약과 같다. 내 앞에 펼쳐진 기울어진 통로의 세세한 면면이 모두 눈에 들어왔다. 동굴은 위로 6미터에서 9미터까지 뻗은 채 아치 모양으로 구부러져 있었고 폭은 15미터에 다다랐다. 나는 희열에 차서 끊임없이 휜히 트인 굴을 따라 폴을 뒤쫓았다.

때로는 벽이 어둠에 삼켜져 시야에서 사라졌고, 굴이 가파르게 아래로 향하면서 잔압계 바늘도 급격히 기울었다. 수심이 깊어질 때마다 굶주린 폐를 채우느라 더 많은 공기가 필요했다. 공기통에 압력이 점점 줄어드는 것을 보고 이제는 돌아서서 집에 가야 할 때임을 알았다. 동굴이 우리를 강하게 유혹하며 끌어당겼지만, 이 지점 너머로 나아가면 되돌아오지 못할 수도 있었다. 깊은 곳에서 오랫동안 잠수했기 때문에 폭포의 방 수면으로 곧장 나올 수 없었다. 수면의 압력에 적응하기 위해 천천히 경사를 올라가면서 단계별로 멈춰 감압 정지를 해야 했다.

수심 55미터에서 우리 몸은 1제곱센티미터당 7킬로그램의 압력을 받는다. 내부 압력이 높은 탄산음료 병의 뚜껑을 너무 빨리 열면 쉭 하고 거품이 일듯이, 다이빙하다가 너무 빨리 상승하면 체내에 기포가 형성된다. 그 결과 신체가 쇠약해지고 심지어는 죽음에 이를 수도 있다. 이를 잠수병 또는 감압병이라고 부른다.

폭포가 천둥 같은 소리를 내며 쏟아지는 가운데 우리는 어둠 속에서 휴식을 취했다. 수온과 점점 줄어드는 헬륨 혼합기체 때문에 몸이 추위로 떨렸다. 따뜻한 베이스캠프로 돌아가고 싶은 마음이 간절했지만, 잠수병을 예방하기 위해 몸이 압력에 적응하도록 하는 게 훨씬 중요했다. 우리는 배터리를 아끼기 위해 전등을 껐다. 폴이 추위로 몸을 떠는 게 느껴졌고 체력이 고갈된 상태임을 알 수 있었다. 몸은 부족한 잠, 피로, 벌레 물림, 물집, 축축한 환경 등 탐사에 따른 고단함으로 쇠약해졌다. 나는 주머니에서 그래놀라바를 꺼내 반으로 갈라 폴과 나눴다. 온몸에 달콤함이 급속도로 짜릿하게 퍼져나갔다.

폴과 나는 구깃구깃한 비상용 은박 담요를 함께 덮고서 몸을 옹송그렸다. 쏟아지는 폭포 사이로 서로의 목소리를 듣기 위해 입술을 각자의 귀에 가까이 대고 나중에 함께 탐험할 계획에 관해, 우리에게 앞으로 벌어질 일에 관해 이야기했다. 폴과 함께 있던 그 순간, 말로 형용할 수 없을 정도로 깊은 친밀감과 충족감을 느꼈다. 우리는 지금 달의 뒷면 같은 낯선 곳의 지도를 그렸다. 앞으로 인생에서 어떤 곳을 향하든, 함께했던 이 경험은 언제나 곁에 있을 것이다.

마침내 느지막한 시각이 되어 동굴 입구로 머리를 내밀어 보니 빌이 어미 닭처럼 물가에 쭈그리고 있는 모습이 보였다. 우리를 얼마나 오래 기다렸는지는 모르지만 우리를 보고 안심했다는 사실은 확실히 알 수 있었다. 폴과 내가 말을 꺼내기도 전에 빌이 우리를 축하해 주었다.

"임무 완수! 자네들이 나에게 금메달을 준 날이로구만."

빌은 아직 우리가 새로운 동굴을 찾았다는 사실을 몰랐지만, 그에게 가장 성공적인 다이빙이란 팀원이 무사히 돌아오는 것이었기에 뛸 듯이 기뻐하고 있었다. 빌의 말과 함께 내 인생의 모든 게 변했고 상상 속에 존재하던 장벽이 드디어 사라진 듯했다. 그렇다. 나는 지구상의 다른 모든 생명체처럼 탐험가로 태어났지만 이제야 진정한 탐험가로 거듭난 기분이었다.

비록 산 위에서 시작한 이전 탐험과 연결된 통로를 찾고 지도를 그리겠다는 바람을 이루지는 못했지만, 우리가 성취한 일에도 큰 의미는 있었다. 우리가 방금 다이빙했던 동굴은 산 위에 있는 입구에서 수직으로 1,684미터 떨어져 있다고 표시되어 있었다. 전 세계에서 가장 깊은 곳이었다. 하지만 동굴 통로 하나가 다른 통로로 연결되어 있다고 주장하려면 추정만으로는 부족했다. 위쪽 동굴에 부은 염료의 흔적이 산 아래 용천에 있는 물에서 발견되었다고 하더라도 충분치 않았다.

위와 아래에 나있는 길이 같은 동굴에 속한다고 확신했지만, 세계 기록을 세우려면 탐험가가 연결 통로를 지나고 완전한 지도를 그려내야 했다. 우아우틀라 용천이 생각보다 더 깊게 뻗어 있다는 사실을 알아냈지만, 아직 연결 고리는 찾지 못했다.

이곳을 세상에서 가장 깊은 동굴로 만드는 일은 어쩌면 10년 뒤로 미뤄질 것이다. 동굴은 교활하다. 성공에 다가갔다고 생각하는 순간, 훼방을 놓고 다른 방향으로 몰아낸다.

가장 긴 곳
1995

동굴 다이빙 공동체는 각자 다른 목표를 가진 사람들로 구성된 복합적인 집단이다. 휴가 때 가볍게 즐기려는 여행자도 있고, 평생 다이빙과 함께하는 사람도 있으며, 자랑하기 위해 기록을 하나씩 세우는 데 열심인 사람도 있다. 마음에 품은 목표와 가고자 하는 장소가 있다는 점에서는 모두가 똑같지만, 이때 사소한 경쟁심이 고개를 들기 시작한다. 이전에 측량된 지점 너머로 더 많은 장비를 가지고 야심 차게 다이빙하는 것처럼 말이다.

종종 경쟁심 때문에 파벌이나 집단으로 나뉘어서 특정 동굴을 탐사했다거나 누구나 탐내는 장비를 협찬 받았다고 자랑하기도 한다. 동굴 다이버들은 기록에 주안점을 둔다. 그건 위대한 쉑 엑슬리도 마찬가지였다. 동굴 다이빙 공동체를 위해 사고 통계를 내는 작업뿐 아니라, 새로운 다이빙 기록들도 파악했다. 가장 긴 바다 동굴과 가장 긴 섬프, 두 동굴을 가로지르는 가장 긴 통로 등 여러 분야의 신기록을 자세히 적어 놓았다. 따라서 쉘 엑슬리가 1994년에 수심 300미터 이상으로 다이빙을 시도하다 사망했을 때, 사람들은 충격을 받긴 했지만 의외라고 생각하진 않았다. 동굴 다이빙의 상징 같은 인물이 더는 우리와 함께하지 않는다는 사실은 충격이었지만, 그가 극도의 신체적 한계를 시험했다는 사실을 생각하면 충분히 예상할 수 있는 일이었다.

쉘 엑슬리가 죽고 2년 동안 동굴 탐험가들은 누가 더 깊은 곳까지 가는지 기록을 세우는 데 흥미를 잃은 듯 보였다. 관심은 수직에서 수평으로 옮겨갔다. 수직 동굴에서 바닥을 향해 뛰어드는 대신, 세상에서 가장 길게 뻗은 동굴의 가지 중에서도 가장 먼 곳을 탐험하는 데 몰두했다. 우아우틀라처럼 한 동굴에서 다른 동굴로 이어지는 길을 찾는 것도 기록에 이름을 올리는 방법 중 하나였다. 이러한 프로젝트들은 동굴 탐험 공동체에 새로운 목적의식을 부여했다. 탐사는 고난과 개인의 희생으로 점철되어 있지만, 탐험가와 후원자, 불굴의 정신 등 관련된 모든 것과 모든 사람을 프로젝트란 이름 아래 하나로 결속시킨다.

1995년, 우아우틀라에서 돌아온 후 폴과 나는 몇 달 동안 망설이다 결국 연인이 되었다. 게다가 플로리다에 있는 폴의 스쿠버다이빙 용품점을 그와 함께 운영하느라 정신없이 바빴다. 여름이 왔고 탱크, 호흡기, 부력조절 장치 등 반경 80킬로미터 내에 있는 모든 다이빙 장비가 가게에 도착했다. 여름철을 맞이하여 탐험가들은 모두 장비를 점검받기 원했고, 부모들은 근방에서 가장 저렴하면서도 신나는 경험을 제공하는 돌봄 서비스를 이용하려고 어린 스쿠버다이버들을 맡겼다. 나는 폴과 함께 9시부터 5시까지는 아이들을 상대했고, 저녁에는 성인반을 운영했다. 그리고 지쳐서 눈이 감길 때까지 호흡기를 수리했다.

나는 미국에서 공식적으로 거주자 신분이 아니었기 때문에, 임금을 받을 수 없었지만 최선을 다해 그를 도왔다. 은행 잔고는 줄어들었지만, 전투를 함께 겪어낸 두 사람이 전우애로 영원히 맺어지듯 폴과 나의 관계는 어느 때보다 끈끈했다. 우리는 24시간 내내 붙어있었다. 다이빙을 하든 일을 하든 침대에서 껴안고 있든 간에, 우리는 떨어지지 않았다. 나는 좋아하는 일에 집중하면서 행복했고 만족스러웠다.

하지만 스쿠버다이빙 용품점을 운영하는 것은 만만치 않다는 걸 금세 깨달았다. 우리는 균형을 찾기 위해 씨름했다. 내가 돕기 전에 폴은 어떻게 가게를 유지했던 걸까? 가게에는 다른 직원들도 있었지만, 모두 힘을 합해도 일이 벅찼다. 게다가 스쿠버다이빙 용품점에서 일하는 건 내가 이 분야에서 꿈꾸는 미래와는 거리가 멀었다. 조용히 알 수 없는 감정들이 고개를 들고 있었지만, 그것을 알아채기에는 우아우틀라에서 싹튼 유대감은 무척이나 강력했다.

1996년이 이제 시간이 얼마 남지 않았고 내가 최근에 받은 6개월 관광 비자가 곧 만료되리라는 사실을 안 폴은 내게 청혼하고는 플로리다주 파스코 카운티Pasco County 청사에 마련된 수수한 단상으로 나를 데려갔다. 가게를 보는 일이 너무 바빠서 제대로 된 결혼식을 계획할 시간이 없었다. 그는 아침형 인간이 아니었지만 일찌감치 일어났고, 우리는 판사 앞에서 결혼을 서약한 뒤 돌아왔다. 그리고 어김없이 9시에 스쿠버다이빙 용품점을 열었다. 결혼을 축하하고 신혼여행을 가는 건 나중에

할 테고, 언젠가는 캐나다에서 전통적인 방식으로 결혼식을 다시 치를 계획이었다.

우리의 신혼여행은 멕시코의 리비에라 마야Riviera Maya에서 펼쳐질 동굴 다이빙 프로젝트였다. 엄밀히 말하자면, 이때는 아직 리비에라 마야란 이름이 붙기 전이었다. 이 지역은 여행객들에게 알려지지 않았었다. 유카탄반도(중앙아메리카에서 대서양을 향하여 돌출한 반도로, 고대 마야 문명이 번성했던 곳-옮긴이)에 있는 아름다운 해안 지대로, 하얀 모래사장이 둥지를 틀러 온 거북을 맞이했고 정글 안은 아름답고 환상적인 동굴로 이어지는 수정처럼 맑은 청록빛 물웅덩이로 가득했다.

비포장도로 하나만이 플라야 델 카르멘Playa del Carmen 마을로 이어져 있었다. 소도시인 툴룸Tulum은 먼지투성이에다가 상점 몇 개가 늘어선 게 전부였다. 칸쿤Cancún은 술에 취한 사람들을 해변으로 끌어모으는 호텔이 길게 늘어선 유일한 장소였다. 우리는 아쿠말Akumal 근방의 사람의 손길이 닿지 않은 바닷가에서 자유롭게 야영했는데, 그 어디서도 불빛이라고는 찾아볼 수 없었다. 머리 위로는 유성우가 벨벳 같은 밤하늘을 가로지르면서 반짝였다.

우리는 정글을 칼로 헤치며 들어가서 바닥에서 새로운 블루홀, 즉 동굴 입구를 찾아냈다. 현지인에게 접근해서 "세노테(마야 문명 지역의 석회암 암반이 함몰되어 드러난 천연 샘-옮긴이)가 어디 있나요?"라고 물었고, 그 현지인은 숲속에 있는 푸른빛을 띠는 보물로 우리를 인도해 주었다. 세노테는 마야 신화에 나오는 지하 세계인 시발바Xibalba(마야 신화에서 죽음의 신들과 조력자들이 통치하는 명계를 의미한다-옮긴이)로 가는 수중 입구이기도 하다.

우리의 신혼여행은 신혼부부를 위한 보편적인 휴가와는 달랐지만, 우리에게는 완벽했다. 여유롭게 운전하면서 때묻지 않은 해변에서 야영을 하고, 마야 유적을 탐험하고, 울창한 치아파스Chiapas 정글에서 새들의 노랫소리를 들으며 하이킹했다. 길 옆에 있는 형형색색의 가판대에서 군침 돌게 하는 아레파(주로 남미에서 먹는 옥수숫가루로 만든 빵-옮긴이)와 과일로 피크닉을 즐겼고, 숯불에 구운 짭조름한 닭고기와 절인 양파, 살사 베르데(녹색 토마토, 양파, 고추, 마늘, 고수 등을 넣고 만든 초록색 소스-옮긴이)를 타코에 곁들여 먹었다. 그리고 오래된 폭스바겐 승합차 지붕의 텐트에서 서로 끌어안은 채 꿈꿔온 장소에 관해 이야기했다.

최근의 탐험으로 나는 빠르게 성공 가도를 달렸고, 이제는 멕시코에 거주하는 스티브 제라드Steve Gerrard, 버디 쿼틀바움Buddy Quattlebaum과 함께 대담한 프로젝트를 이끌고 있었다. 우아우틀라 탐사 때처럼 기회가 저절로 굴러드는 경우는 없다는 사실을 깨달았기 때문에, 기다리는 대신 우리가 직접 기획하기로 했다.

나는 '에히도 하신토 파트Ejido Jacinto Pat'라고 이름 붙인 새로운 탐사 프로젝트를 위해 후원금을 모으고 준비하는 일을 맡았다. 우아우틀라에서 그랬던 것처럼 산악지대에 있는 수직 동굴을 탐험하는 대신, 도스 오호스Dos Ojos 동굴계가 세계에서 가장 긴 수중 동굴이라고 발표하기 위해 알려지지 않은 구간을 측량할 계획이었다. 게다가 이 프로젝트를 진행하면서 나는 처음으로 이 외진 장소를 사진으로 남길 기회도 얻게 될 것이다.

나와 폴 그리고 버디는 몇 주간의 짧은 기간에 집중해서 아직 발견되지 않은 구간에 최대한 길게 새로운 가이드라인을 이을 계획이었고, 이 작업에 동원할 탐험가 35명을 초청했다. 도스 오호스 동굴계와 이어져 있을 법한 유력한 작은 동굴이 여럿 있었고, 우리는 이 작은 동굴들을 '시스테마 도스 오호스Sistema Dos Ojos'라고 불렀다. 우리는 정글 깊숙한 곳에 기지를 세웠고, 해안에 이르기까지 지하로 이어져 있을 수도 있는 출입이 제한된 작은 동굴들도 목표로 삼았다.

다이버와 지도 제작자, 자원한 짐꾼으로 이루어진 탐사 단원은 대부분 에어컨이 있는 해변의 콘도에서 머물렀지만, 나와 폴, 브라이언 케이커크Brian Kakuk, 개리 렘Gary Lemme으로 구성된 소규모 팀은 정글에서 야영하며 도스 오호스 동굴계의 서쪽 끝에 해당하는 먼 지역을 탐사했다. 우리는 이 탐사에 완전히 몰입해서 두 배로 많은 일을 해냈다. 이렇게 나는 신혼여행의 마지막을 마코스 마블스Macco's Marvels 또는 M1이라고 불리는 쿰쿰한 동굴에서 내가 제일 좋아하는 다이빙 동료 3명과 옹기종기 야영을 하며 보냈다. 당시에는 흥미진진한 동굴 탐험이 신혼의 밤보다 훨씬 짜릿했다. 마야 현지인의 이름을 따서 마코스 마블스라고 불리는 이곳은, 인간의 손이 닿지 않은 정글 속 깊숙이 있었고 땅이 연달아 푹 꺼져있는 지형이었다.

정글의 나뭇가지가 우거진 높은 곳에서는 용골부리벌잡이새사촌이 짝짓기를 하려고 고운 색의 시계추 같은 꼬리를 내보이며 아름다운 노래를 불렀다. 가끔 여우도 먹이를 찾으려고 수풀을 헤치며 지나갔다. 하지만 가장 많은 건 모기, 진드기, 털진드기 그리고 박쥐였다. 나는 박쥐가 좋았다. 박쥐 한 마리는 시간당 모기 1,000마리 정도를 먹어 치우기 때문이다. 유카탄반도에는 55종 이상의 박쥐가 서식하는데, 그중 17종이 이 동굴에 거주했다. 땅거미가 지면 박쥐 떼 1만 마리가 동굴 천장을 떠나 먹이를 찾으러 가는 장관을 자주 볼 수 있었다. 박쥐가 동굴을 택했듯, 나도 동굴을 선택했다. 베이스캠프를 세우기 위한 최적의 장소라는 사실을 알았기 때문이다.

동굴 밖의 무자비한 모기떼에 시달리면서 비를 맞는 그물침대를 선택하거나, 박쥐와 거미와 전갈이 득실거리는 동굴 안을 선택하거나, 둘 중하나를 택해야 했고 결국 두 번째를 택했다.

정글 바닥의 썩어가는 잎으로 된 지상의 아래에는, 카르스트 지형(석회암 대지에 발달한 침식 지형—옮긴이)에서 흔히 볼 수 있는 날카로운 석회암 동굴이 있었다. 동굴 안에서는 에어컨을 켠 듯이 시원하게 잠을 청할수 있었고, 또 자리를 잘 고르기만 한다면 천장의 틈새로 떨어져 내리는 빗방울을 피하면서 모기장도 없이 잘 수 있었다. 동굴 바닥은 바위들을 따라 동굴 진주로 장식되어 있었다. 스위트룸은 아니었지만 꽤 마음에 들었다.

탐사 단원 버디는 탐사해 보지 않은 곳을 머릿속에 그릴 수 있는 예지력을 지닌 듯했는데, 그의 경험에 의하면 동굴 입구에서부터의 통로는 다른 통로로 분리되는 경우가 거의 없다고 했다. 그리고 대부분이 1.6킬로미터도 채 안 된다고 했다. 그 말인즉 땅 위에서 수중 통로를 따라가다 보면 새로운 입구가 드러난다는 뜻이었다. 버디는 성공적인 편도 다이빙을 기대하며 폴에게 준비를 시작하자고 했다.

우리의 계획은 이러했다. 공기통에 있는 공기가 3분의 1쯤 소진되기 전에 땅으로 통하는 입구를 찾는다면, 폴이 수면으로 올라와 정글에서 우리에게 소리칠 것이다.

우리는 폴이 출발한 후 90분 뒤부터 정글에서 폴의 고함에 귀 기울일 것이고, 그런 다음 2시간 동안 폴을 찾을 예정이었다.

우리는 정글에서 몇 분마다 멈춰서 폴에게 소리를 치고 돌아오는 대답을 들을 것이고, 폴을 찾은 뒤에는 새로운 베이스캠프를 만들 계획을 세웠다. 만약 폴의 위치를 찾는 데 실패한다면, 폴은 찾아낸 장소에 최대한 눈에 띄는 표식을 남기고, 왔던 길을 통해 베이스캠프로 헤엄쳐 돌아올 예정이었다. 그다지 치밀한 계획은 아니었지만 충분히 실행 가능했다.

도스 오호스 동굴의 서쪽에 있는 세노테를 찾기 위해 폴은 마코스 마블스에서 다이빙을 시작했다. 그는 프로펠러가 달린 소형 수중 스쿠터를 잡고 동굴 입구로 빠르게 사라졌다. 버디와 나는 그동안 정글 칼을 날카롭게 갈았고, 폴을 따라잡기 위해 나섰다.

우거진 정글 속 습기가 무겁게 짓누르는 게 느껴졌다. 동굴 물은 고도가 높은 내륙에서 발원하기 때문에 우리는 북서쪽으로 출발했다.

앞장서 가는 버디는 청바지를 잘라서 만든 반바지를 입고 있었는데, 버디의 깡마른 허리께에 간신히 걸쳐 있었다. 그의 등가죽은 튀어나온 갈비뼈 위로 팽팽하게 당겨져 있었다. 버디의 마른 몸은 마치 의학용 뼈 모형 같았다. 하지만 그가 면도날처럼 날카로운 정글 칼을 휘두르며 덤불을 헤치는 모습을 보면 《오즈의 마법사》에 나오는 비상한 머리의 허수아비처럼 듬직해 보였다. 게다가 그는 다루기 힘든 정글 칼을 손쉽게 휘둘렀다.

서쪽으로 걷는 동안, 나는 어린 나무들을 베어냈고 피부를 녹이는 수액을 흘리는 체첸나무에 주황색 테이프를 묶어 고정시켰다. 체첸나무 수액은 피부에 몇 방울만 떨어져도 피부가 두꺼운 치즈 피자처럼 변하고 미칠 듯한 가려움에 시달리게 되어 그간 알아온 덩굴옻나무쯤은 별것 아니라고 여기게 되는 무시무시한 나무이다.

다이빙 시계가 울리며 폴이 내려간 지 90분이 지났다고 알렸다.

"아야이-아이이이. 웁, 웁!"

버디가 용맹한 전사처럼 외쳤다.

수많은 새와 원숭이를 비롯해 여러 동물이 짖으며 화답했지만, 폴만은 응답이 없었다. 우리는 새신랑 폴을 만날 수 있을만한 곳을 찾아, 버디의 동물적 감각이 이끄는 대로 서쪽을 향해 계속해서 나아갔다.

그러나 우리의 시도에 의구심이 일기 시작했다. 뚫고 가기가 불가능할 정도로 우거진 수풀을 헤치며 어디에 있는지도 모르는 구멍을 찾아 헤매는 일은 부질없어 보였다. 2시간이 다 되어 간다는 점 역시 실패로 끝날 가능성을 높였다. 정글은 새들과 원숭이들의 울음소리로 귀청이 떨어질 듯 시끄러웠다. 폴이 외치는 소리를 들을 수나 있을까? 빽빽한 이파리로 덮인 정글 중앙 어딘가에 세노테가 있으리라고 짐작했지만, 나침반도 없고 태양 말고는 방향을 찾을 다른 도구도 없이 2킬로미터 정도를 정글 칼로 헤치며 걷고 있었다.

그때 갑자기 풀썩하고 발아래 땅이 꺼졌다. 놀라서 보니 오른쪽 다리가 숲 바닥을 뚫고 아래로 빠져 있었다. 구부러진 왼쪽 무릎만이 지하세계인 시발바로 내가 곧장 떨어지지 않도록 지탱하고 있었다. 제발 뼈만 부러지지 않았기를 빌었다. 버디가 내민 손을 잡고 겨우 시발바에서 벗어났다. 입고 있던 바지가 찢어지면서 여러 군데 상처와 피가 보였다. 나는 조심스레 앞으로 내디디며 만신창이가 된 다리로 걸어보았다. 다행히 뼈는 부러지지 않은 듯했고, 체첸나무를 피해 지저분하게 붙은 이파리와 흙을 털어냈다. 그리고 고개를 숙여 방금 빠진 곳을 살펴보다가 그 부분의 땅이 고르지 않으며 벌집 모양으로 작은 구멍들이 나있다는 사실을 알아차렸다. 며칠 전에 사진 찍으러 갔던 동굴에서 헤엄치면서 천장에서 뻗어내린 나무뿌리의 그물 사이로 다닌 일이 기억났다. 주변 모든 나무의 뿌리가 물을 찾아서 바위를 뚫고 있었다. 그래서 약해진 지반 때문에 정글 바닥을 잘 살피고 걸어야 했다. 그렇지 않으면 다시 빠지고 말 것이다.

예정했던 2시간이 넘어가자, 폴을 못 찾으면 어쩌나 점점 걱정되기 시작했다. 곧 해가 지려 해서 수색 작업을 포기해야 했다.

버디가 말했다.

"이해할 수 없군. 여기 어디쯤 일텐데……."

그 순간 폴이 고함치는 소리가 꽤 크게 들렸다.

"폴, 우리 여기 있어! 계속해서 소리쳐!"

나도 소리쳐 응답했다. 버디와 나는 폴의 목소리를 따라 방향을 틀어 10분이 채 되지 않아서 폴을 찾아냈다. 폴은 커다란 세이바나무의 8미터 되는 지점에 올라가 있었다. 나무는 동굴로 통하는 좁은 수직 통로를 내려다보고 있었다. 마야인들은 세이바나무를 생명의 나무라고 여기며, 하늘 세계와 지하 세계를 이어준다고 믿어 신성하다고 여긴다. 폴은 잠수복을 입고 지하 세계에서 하늘 세계를 잇고 오른 셈이다.

우리가 찾은 새로운 입구는 베이스캠프를 세운 후, 서쪽으로 더 탐사할 수 있다는 걸 뜻했다. 폴은 탐사 단원이자 소중한 친구인 브라이언과 함께 탐험했던 바하마Bahamas의 동굴을 추억하며 이곳을 '콘치 호프Conch Hope'라고 이름 붙였다.

"버디와 나랑 함께 걸어서 돌아갈래?"

나무에서 내려온 폴에게 내가 물었다. 그러자 폴은 무릎이 까지고, 피투성이에, 지저분한 우리를 머리부터 발끝까지 훑어보고 말했다.

"고맙지만 사양할게. 헤엄쳐서 돌아가겠어."

그 후로 8일간 나랑 폴, 브라이언은 콘치 호프의 세운 베이스캠프에서 다이빙했다. 매일 함께 출발했지만, 또 다른 새로운 곳으로 이끌어줄 만한 단서를 찾아 각각 흩어졌다. 동굴은 여러 갈래로 뻗어 있었고, 뻗어난 길들은 좁아서 홀로 다이빙하기 안성맞춤이었다. 나는 부쩍 자신감이 붙은 상태였고, 탐사에서 새로운 가이드라인을 연결하거나 측량 노트를 수석 지도 제작자에게 넘길 때마다 기분이 들떴다. 탐사단이 발견한 새로운 동굴 통로를 합산하면 수 킬로미터에 달했다.

이러한 성과들은 나 자신에게 엄청나게 발전했다는 확신과 자신감을 주었고, 폴이란 명성을 붙이지 않고도 탐험가로서 오롯이 내 자신의 몫을 해냈다고 처음으로 느꼈다.

한번은 폭이 식탁 높이 정도인 몸이 꽉 끼는 동굴로 혼자 탐험을 하러 갔다. 동굴 통로는 잘 부스러지는 하얀 바위로 되어있어서 가이드라인을 설치할 만한 단단한 곳을 찾기가 힘들었다. 그리고 난 내 이름이 새겨진 방향 표시 마커를 설치할 때면 만족감이 들었다. 그런데 다이브릴이 나를 멈춰 세웠다. 가이드라인이 다 떨어진 것이다. 공기는 더 나아갈 수 있을 만큼 많이 남아 있었지만 어쩔 수 없이 돌아서야 했다. 하지만 아직 시간이 있었기에 멈춰서 주변을 천천히 감상했다.

앞에 흐르는 맑은 물은 알려지지 않은 용천에서 흘러나오고 있었다. 호흡기를 느슨하게 물자 물이 천천히 입가로 흘러들어 왔다. 호흡기에서 물을 빼내고 다시 숨을 들이마시기 전, 상쾌한 물을 한 모금 들이키자 완벽하고 달콤한 맛의 물이 느껴졌다. 나는 눈을 감고 얼굴을 간지럽히며 지나가는 물줄기를 느꼈다. 마치 지구의 혈관 안에 있는 기분이었다. 하지만 이제 정말 가야 할 시간이었다. 나는 뒤돌아서 왔던 길을 되짚어 갔다. 앞이 전혀 보이지 않는 구간에서는 가이드라인을 따라 조심스레 움직이며 3미터마다 표시된 매듭을 세었다. 가이드라인이 방향을 바꿀 때마다 나침반을 확인했고, 다이빙 메모장에 방향을 기록해 놓았다. 수심을 적고, 통로의 모양을 스케치했다. 통로는 점점 동맥과 정맥으로 된 거대한 망처럼 보였다.

다이빙을 마친 후면, 나는 뿌듯한 마음으로 측량 기록과 메모를 검토했다. 이번에 동굴 안에 새로 설치한 줄은 300미터가 넘었다. 혼자 탐험을 나서서 이렇게 멀리 갔던 적은 없었다. 게다가 지도에 숫자를 적어 넣자 모두 들어맞았다. 동굴을 측량할 때 하나라도 잘못된 정보가 있으면 모든 게 미궁으로 빠질 수 있다. 정교함이 중요한 작업이기에 나침반을 잘못 읽거나 치수를 알아볼 수 없게 적어놓으면 기울인 노력이 전부 물거품이 될 수도 있다. 이번 경험으로 나의 탐험 역량과 정확성이 또 한 단계 발전했다고 생각되어 자신감이 샘솟았다.

그렇게 몇 주 동안 우리끼리만 지냈는데, 어느 날 아침 웬 하이커가 나타나더니 동굴 입구에 있던 나랑 폴에게 인사를 했다.

"여기에서 만나게 되네요!"

내가 가장 좋아하는 다이빙 매거진 〈아쿠아코어aquaCorps〉의 편집자인 마이클 멘두노Michael Menduno였다. 마이클이 우리 프로젝트에 관해 기사를 쓰고 있다는 건 알고 있었지만, 우리의 작업을 직접 보려고 이렇게 구석진 곳까지 애써 찾아오리라고는 예상하지 못했다.

폴이랑 나는 먼 전진기지에서 하던 작업을 마무리 짓고, 이곳에서 사용했던 여분의 장비를 수거하기 위해 1.6킬로미터를 헤엄쳐 가려고 준비하던 중이었다. 헤엄쳐서 많이 가져갈수록 험난한 정글로 운반하는 짐이 줄어든다고 판단했기 때문이었다. 각자 공기통 여섯 개에다가 수중 스쿠터와 장비 가방, 카메라 장비까지 챙겼다.

리비에라 마야에서 우리가 이뤄낸 쾌거는 한편으로 지구상의 다른 동굴에는 암울한 소식이었다. 에히도 하신토 파트 프로젝트로 인해 도스 오호스 동굴은 이제 전 세계에 존재하는 측량된 수중 동굴 가운데 가장 긴 연결망을 자랑했고, 그건 바로 우리 모두의 노력 그리고 내가 기여한 덕분이었다. 기록이 다시 경신되기까지 오래 걸리지 않으리라는 사실을 알았지만, 그래도 이 일은 내게 엄청난 성취감을 주었다.

그날 밤에 우리는 푸에르토 아벤투라스Puerto Aventuras의 해변이 내려다보이는 옥상에서 파티를 열어 기념했다. 나는 동굴 다이빙 공동체 안에서 내 자리를 진정으로 찾은 느낌이었다.

세계 곳곳에서 온 탐험가 35명은 맞춤 티셔츠를 입고 탐사단의 성공을 자축하는 자랑스러운 미소를 지으며 단체 사진을 찍기 위해 포즈를 취했다.

두 달 후, 나는 커다란 봉투의 우편물을 받았다. 봉투 안에는 「세계에서 가장 긴 수중 동굴을 정복하다」라는 마이클의 기사가 실린 잡지가 들어있었다. 기사에는 탐사 중에 찍었던 사진이 한쪽을 가득 채우고 있었다. 또 동굴 다이빙 사진으로 수익금도 들어왔다. 서로 수풀에서 만난 일을 설명하는 기사 첫 문단에 내 이름도 등장했다. 마이클은 기사의 끝 문단을 다음과 같이 마쳤다.

「에히도 하신토 파트 프로젝트에 참여한 동굴 다이버들은 1월부터 시작해서 26킬로미터가 넘는 구간을 측량하며 가이드라인을 설치했고, 그 과정에서 56킬로미터 이상의 수중 통로를 이어서 에히도 하신토 파트 동굴계를 세계에서 가장 긴 수중 동굴계로 만들었다」

나는 기뻐서 어찌할 줄 모르며 잡지를 끌어안았다. 동굴 다이빙 역사에 각주로나 들어갈 법한 사건이었지만, 인쇄 매체로 보니 한층 더 실감이 났다. 외부에서 확인해 주는 게 한편으로는 비현실적으로 느껴졌지만, 기사와 사진 설명에 적힌 내 이름은 내가 탐험가이자 수중 사진작가라는 걸 분명하게 알려주었다. 서서히 나 자신도 그 사실을 믿기 시작했다.

나와 함께 탐사를 이끈 동료가 기네스 세계 기록원에 연락을 취해 우리가 세계에서 가장 긴 수중 동굴 탐사 기록을 경신했다고 알렸다. 잠깐일지도 모르지만 우리는 성공과 무사 귀환을 다시 한번 축하했다.

그리고 나에겐 또 다른 중요한 일이 있었는데, 바로 유카탄반도에 있는 섬세한 석회동굴계와 거대한 담수 저장고들이 서로 연결되어 있을지도 모른다는 사실을 세상에 알리는 것이었다. 급속한 도시 개발로 이 모든 게 위험에 처할 수 있기 때문이었다. 내가 처음 방문했을 때 이용했던 비포장도로는 곧 6차선 도로가 될 예정이었다.

리비에라 마야 근방에 인구가 급격하게 늘어나고 거대한 리조트와 골프장이 들어서고 관광 기반 시설이 확충되면서, 사람들이 여행하며 즐기는 바로 그 장소들이 오염될 것이다. 이곳이 돌이킬 수 없게 훼손될 수 있다는 것에 겁이 났다. 그래서 나는 경력을 쌓아나가면서 사진을 찍고 글을 쓰는 능력을 활용해 내 눈으로 직접 목격한, 전 세계에서 펼쳐지고 있는 일들을 이야기할 생각이었다. 지구의 물 공급원에 일어나는 변화를 직접 본 목격자로서, 나는 수질을 보호하고 물을 옹호하기 위해 계속해서 강력하게 목소리를 낼 것이다.

우리가 세운 세계기록은 금세 경신되었지만, 나는 여전히 자부심으로 가득했다. 그 당시는 동굴 다이빙 탐험가가 되기에 최적의 시기였다. 동굴은 광적인 속도로 측량되고 연결되었고, 탐험가들은 쉴 새 없이 기록을 세웠으며, 새로운 기술들을 개발하고 발전시켰다. 재호흡기, 장거리 수중 스쿠터, 개선된 잠수복 등은 동굴 다이빙 역사에 새로운 지평을 열어주었다.

새로운 동굴 입구를 찾는 것은 세계에서 가장 높은 산을 정복한 사람이 되는 것과 마찬가지의 명예를 주었다. 하지만 개척해야 할 곳을 확장하면서 몇몇 영역을 두고 다툼이 일었다. 소위 '멕시코 동굴 전쟁'이 벌어졌고, 동굴 다이버가 땅 주인의 허락 없이 사유지에 무단 침입하여 총구를 사이에 두고 만나는 일도 생겼다. '도둑 다이빙'은 흔해졌고, 어떤 다이버들은 폭력을 행사해서라도 발견한 입구 근처에 아무도 접근할 수 없게 했다. 비밀과 속임수는 보편적인 것이 되어버렸고, 사람들은 새로운 발견들을 인터넷 포럼과 게시판에서 자랑해 댔다.

나는 성공과 사명감에 잠시 취해 내 자리를 찾았다고 안도했으나, 그 내면엔 불안함과 망설임도 같이 자라고 있었다. 남성 중심의 다이버 세계의 마초 기질이 피어오르고 있었기 때문이었다. 사람들은 내게 폴의 조수라느니, 결혼으로 결합한 탐험 파트너라느니 하는 꼬리표를 붙였다. 그들은 폴에게 몰려들어 프로젝트의 성공을 축하해 줬지만, 나는 뒷전이었다. 우리는 둘 다 탐험가로서 임무를 수행했지만, 나는 그 임무 말고도 몇 달 동안 프로젝트의 준비 작업을 하고 후원금을 모았다. 동등한 위치에서 다이빙에 참여했고 프로젝트를 공동 기획했다는 사실에 뿌듯함을 느껴야 했지만, 공개적인 자리에서도 이런 사실이 간과되어 화가 났고 가슴속에는 의구심이 들어찼다. 게다가 나에 대한 비난이 인터넷으로 흘러들어 가서 끊임없이 유언비어를 만들어 낼 때는 견딜 수가 없었다. 나를 폴의 '최근 여자 친구'라고 일컫는 글을 읽으면 내가 폴과 잠자리를 하기 때문에 폴이 함께 다이빙하도록 해준다는 뜻으로 읽혔다.

이런 말들이 내게 큰 상처를 주었지만, 더 힘든 점은 폴이 내가 이런 문제로 얼마나 괴로워하는지 모른다는 것이었다. 나는 남편이 나를 옹호하며 내가 지닌 장점이나 성과를 언급해 주기를 바랐다. 하지만 폴은 내가 자신의 영역을 내가 침범한다고 생각하는 것 같았다.

나는 폴의 생각과 내가 몸담고 있는 공동체가 나를 지지하는지 알고 싶었다. 하지만 그 문제를 꺼내려고 할 때마다 내가 으스대는 것처럼 들릴 것 같아 스스로 그만두었다.

결국 나는 전 세계의 몇 명 되지 않는 여성 테크니컬 다이버들에게 연락을 취했다. 그리고 그들은 나만 이러한 경험을 하는 게 아니라는 사실을 이해하도록 도와주었다.

몇 달 후, 폴의 절친한 친구이자 공동으로 탐사를 이끌었던 스티브와 저녁 식사를 하던 중 이 문제가 불거졌다. 폴과 나는 의뢰를 받고서 지역 동굴을 홍보하기 위해 사진을 찍으려고 여행하던 중이었다. 스티브의 아파트에 저녁 식사를 하러 갔을 때, 나는 민감한 화제를 입에 올렸다.

스티브는 이 지역의 동굴에서 탐험가의 이름이 적힌 방향 표시 마커를 제거하고, 그가 일하는 사업체의 이름이 새겨진 밝은 주황색 마커로 교체하는 작업을 하고 있었다. 전통적으로 방향 표시 마커는 탐험가의 이름을 담고 있다. 다이빙할 때 방향을 알아보기 위해 사용하는 단서이기도 하지만, 탐험가의 탐험 범위를 표시하기도 한다. 나는 그런 상징적 표시를 광고로 대체한다는 사실에 화가 났다. 방향 표시 마커에서 쉑 엑슬리처럼 역사적인 이름을 발견하는 일은 기쁜 일이었으며, 이는 나를 포함한 다이버들의 노력과 결과를 보여주는 상징이기 때문이다. 게다가 안전을 위한 방향 표시 마커를 상업적으로 활용하는 행위는 신성모독으로 보였다. 쉑 엑슬리나 내 이름이 동굴에서 없어진다는 것은 생각만으로도 불쾌했다. 내가 이 점을 스티브에게 설명하자, 그는 자신이 새로 표시하는 방향 표시 마커가 더 선명하고 밝기 때문에 더 안전하다고 주장했다. 논쟁은 점차 격해졌고, 마침내 스티브는 내게 소리를 질렀다.

"동굴에서 네 이름이 간판급으로 홍보되는 걸 꼭 봐야 할 만큼 네 생각만 하는 거야?"

스티브는 다이빙 공동체에서 원로급 인사이자 베테랑 탐험가였다. 하지만 그냥 넘어갈 수 없었다.

"그건 역사예요, 스티브. 그리고 분명 나만 이렇게 느끼는 것도 아닐 거예요!"

이렇게 그에게 내 의견을 말하는 데는 큰 용기가 필요했다. 몸이 떨려 왔고 속이 울렁거렸다. 하지만 방향 표시 마커는 열심히 탐사하고 위험을 감수했음을 보여주는 증거라는 사실이 더 중요했다. 방향 표시 마커는 사소하지 않다. 거기에는 나와 다이버들의 희생이 담겨있었다.

나는 폴이 나를 지지해 주기를 바라며 그를 바라보았지만, 폴은 가장 오랜 친구와 논쟁하길 원하지 않았다. 스티브와 나는 몇 분간 서로에게 고함을 쳤다. 스티브가 내가 분노하는 모습을 보고 비웃자, 나는 폴에게 자리를 뜨고 싶고 스티브의 언행이 무례하다고 말했다. 그의 우상인 쉑 엑슬리가 나와 같은 주장을 해도 스티브가 과연 지금처럼 비웃고 공격 적일지 의심스러웠다.

나는 찬사에 걸맞지 않은 사람으로 비치는 것은 끔찍이도 싫다. 나는 진정한 성공을 중시했기에 내가 이룬 일에 좀처럼 만족하지 않았다. 그리고 성공하기 위해 모든 노력을 했다. 하지만 자아실현을 한 성공한 여성임에도 확신을 하지 못하고 괴로워했고, 내가 이룬 성취가 보잘것없다고 느끼기도 했다. 그래서 스티브와의 일 이후에 나는 투지를 다지고 노력을 더 쏟아부었다. 동굴 다이빙으로 이뤄낸 것들이 내 힘으로 얻은 것이란 사실을 의심의 여지 없이 증명하고 싶었다.

나는 인터넷에 도는 악의적인 말을 무시하고 동굴 다이빙 강사가 되는 목표를 이루려고 노력했다. 노련한 전문가들 밑에서 수습생으로 일하면서 시험을 준비했다. 평가는 주말에 진행되었는데, 여러 동굴 다이빙 강사 앞에서 시험을 치르고 기술 실연을 통과해야 했다.

나는 동료 동굴 다이빙 강사들이 나에 대해 "여자 동굴 다이빙 강사는 필요 없어"라든지, "지가 대단한 사람인 양 착각하는 거 아냐?"와 같은 평가들을 친구들이 귀띔해 주었을 때 그 평가들을 무시하려고 노력했다. 나는 성차별적인 발언을 무시하고, 그 대신 내 역량을 명확히 증명해 보이기로 했다.

매년 진행되는 워크숍 또한 남자 테크니컬 다이빙Technical diving(폐쇄된 환경과 감압을 동반하는 고도의 기술을 필요한 다이빙으로 동굴 다이빙이 이에 속한다–옮긴이) 강사들이 대부분인데, 나는 그곳에서도 리더 역할에 제외되는 일 등을 겪으며 외로움을 느꼈다. 그저 단순히 다이빙 파트너를 '아내'라고 칭하는 것을 보며 슬퍼졌다. 동굴 다이빙 강사 자격 시험이 객관적인 평가라기보다 대학의 신입생 신고식에 가깝다는 사실에도 실망했다.

내게는 폴의 전 부인인 섀넌 말고는 내가 겪은 일들을 이해해 줄 동성 친구도 없었다. 그 당시 섀넌은 내게 든든한 지원군이었다. 그녀는 화려

했던 과거를 뒤로하고, 부모로서의 역할에 충실하고자 동굴 다이빙을 그만두었다. 섀넌은 내가 어떤 일을 경험하고 있는지 잘 알았다. 자신도 전에 동굴 다이빙 탐험가였기에 폴의 그늘에 가려져 사는 게 힘들 수 있다는 사실을 알았다. 나는 섀넌이 전에 겪었듯이, 남성 중심적인 영역을 개척해 나가는 여성으로서 진지하게 받아들여지려면 평균적인 남성보다 더 뛰어나게 해내야만 한다고 느꼈다.

어쩌면 성차별을 마주했던 경험이 인생에서 이루어야 할 목표를 정하는 데 영향을 미쳤던 것 같기도 하다. 나는 '뛰어난 여성 탐험가'가 아니라 그저 '뛰어난 탐험가'로 받아들여지고 싶었다.

또한 여성들이 성별이라는 장벽을 뛰어넘어 자신의 꿈을 성취해 내도록 고무하고 싶었다. 여성들에게 과감히 도전하고, 그 성공은 축하할 가치가 충분하다는 사실을 알리고 싶었다.

이 길에서 혼자이고 싶지 않았다.

목적

1996~1999

　가장 '긴 곳'과 '깊은 곳'을 탐험하고 마침내 바라던 동굴 다이빙 강사 자격을 얻고 나자, 이른바 탐사 후 우울감에 깊이 빠져들었다. 몇 년 동안 동굴 탐험가이자 사진작가가 되겠다는 남다른 목표를 향해 노력해왔다. 하지만 막상 바라던 대로 이룬 후, 마트의 무인 계산대나 혼잡한 고속도로 같은 평범한 일상에서 의미를 찾는 것이 어려워졌다.

　자연에서 삶과 죽음을 날것 상태로 마주하고 나니, 일상생활에 목적이 없는 듯한 느낌을 받았다. 하루의 순간순간이 임무를 위주로 짜여 있었는데, 이제는 수행해야 할 임무가 없었다. 일어나 조깅을 하는 대신, 침대에 누워서 케이티 쿠릭Katie Couric이 진행하는 〈투데이〉를 시청했다. 왜 사람들이 치아 미백제나 유명 인사의 열애, 마이크 타이슨Mike Tyson이 에반더 홀리필드Evander Holyfield의 귀를 물어뜯었다는 등의 이슈에 관심을 갖는지 의문이었다.

그리고 내가 지닌 동기에도 의혹이 생기기 시작했다. 왜 내가 목숨을 위태롭게 하면서까지 물속의 바위들을 지도로 그리는지 사람들은 알까? 남자, 여자 할 것 없이 친구들은 모두 아이를 낳고, 아이의 성공을 위해 모든 것을 쏟아붓는 것에서 삶의 목적을 찾은 듯했다. 나도 어린 조 하이너스Joe Heinerth에게 엄마 노릇을 하려고 노력하긴 했지만, 가정을 일구는 것은 영 맞지 않는다고 느꼈다. 반면 무언가 의미있는 일을 해낼 수 있기를 간절히 원했다. 내가 하는 일이 세상을 더 나은 곳으로 만들 것이라는 강한 확신이 들길 바랐다.

우아우틀라를 다루는 잡지 기사에 쓰려고 사진을 정리하던 중 문득 빌과 함께할 만한 일이 있을지 궁금해졌다. 빌의 탐사는 언제나 큰 목적을 가지고 새로운 장소를 정복하는 데서 끝나지 않았다. 그의 작업은 과학적인 목표를 추구했고 새로운 공학 기술을 시험했다. 동굴은 그가 발명해 낸 장비의 성능을 시험해 볼 좋은 장소였다.

1년 전에 우리는 협곡 베이스캠프 모닥불에 둘러앉아 앞으로 할 탐사와 새롭게 탐사할 지역에 관해 자유롭게 다양한 이야기를 나누었다. 빌은 오렌지주스 가루와 발효 주정을 섞어 만든 칵테일을 홀짝이면서 어려운 프로젝트를 사고 없이 끝마친 데 대한 안도감을 만끽하고 있었다.
그러다 빌이 갑자기 우리에게 물었다.
"만약 아무것도 볼 수 없다면, 동굴을 어떻게 측량하고 지도로 그려낼까?"
불가능한 일처럼 들리겠지만, 그맘때는 이미 빌을 잘 알고 있었기에 그의 머리 속에 기발한 생각이 뿌리를 내리고 있다고 생각했다.

"계속 이야기해 봐요, 빌."

나는 대답했다.

"동굴 안에서 우리 대신 지도를 그려주는 어떤 장치를 조종한다고 상상해 봐. 우리는 눈으로 볼 필요도 없어. 그 장치로 3D에 가까운 지도를 만들고 나면, 지도를 이용해 가상 세계를 만들고 비디오게임처럼 조이스틱으로 조종해 다닐 수도 있지. 2년의 시간과 75만 달러가 있으면 그런 걸 만들 수 있다고."

빌이 자신 있게 말했다.

그로부터 1년 뒤에 그 대화를 다시 떠올리며 이 일이 나의 다음 과제가 되리라는 것을 짐작했다. 이 프로젝트의 실현은 기술을 접목한 동굴 다이빙을 한 단계 도약시킬 것이다. 게다가 정밀한 3D 지도의 도움을 받으면, 과학자들은 지구 표면 아래 물이 흐르는 통로가 어디 있는지 찾아낼 수도 있다. 수자원 보호는 정책적으로도 중요한 데다 깨끗한 물에 접근하고 보호하는 건 필수적인 일이다. 다이빙 역량을 향상하는 데도 도움이 되고, 진정한 목적의식을 가지고 프로젝트의 일원이 될 수 있을 것이다. 나는 대수층(지하수를 함유한 지층-옮긴이)을 늘 접하는 동굴 다이버로서, 이 프로젝트가 인류의 미래를 위해 담수 보존이 얼마나 중요한지 세계에 보여줄 수 있는 기회라 생각했다.

폴과 나는 멕시코에서 인생에서 가장 강렬한 경험을 함께했다. 지금은 평범한 삶을 살고 있지만, 평범하게 사는 것이 우리에겐 쉽지 않았다.

우리는 스쿠버다이빙 용품점을 운영하고 생계를 꾸려야 했지만, 탐험에 대한 의욕 또한 치밀어 올랐다. 그리고 풍족하게 돈을 벌기보다 풍부한 경험을 하며 인생을 사는 게 더 중요하다고 여겼다. 가게를 봐 줄 상근 직원을 구하면 수입은 다소 줄더라도 빌이 새로 계획하는 동굴 지도 제작 프로젝트에 참여할 수 있을 것이다.

프로젝트에는 '와쿨라 2'라는 이름이 붙었다. 플로리다주의 '에드워드 볼 와쿨라 스프링스 주립공원Edward Ball Wakulla Springs State Park'에 있는 동굴계의 이름을 따서 붙힌 이름이었다. 스쿠버다이빙 용품점을 운영하는 일과 와쿨라 2의 탐사 병행은 쉽지 않을 테지만, 우리는 현장에서 열심히 일할 때가 가장 행복했으므로 가족 모임이나 사교 행사에 불참할 각오도 되어있었다.

프로젝트를 처음으로 발표하는 날은 플로리다주 게인스빌Gainesville에서 열리는 연례 워크숍으로 잡았다. 이는 국립동굴학협회 소속의 동굴 다이빙 단체가 주최하는 행사였다.

빌이 자신의 비전을 군중에게 발표하는 동안, 나는 지원하고 싶은 관심 있는 탐험가들의 이름을 모으려고 클립보드를 돌렸다. 그러나 관심을 두는 사람이 없었기에 클립보드는 금세 치워졌다.

와쿨라 스프링스는 동굴 다이빙계의 에베레스트라고 불렸다. 그리고 여기서 다이빙을 하려면 과학적인 목적을 위한 특별 허가를 받아야만 했다. 동굴이 깊었기에 새로운 탐사를 하려면 기존과는 다른 방식의 접근이 필요했고, 빌이 청중에게 제안하는 내용은 걸음마를 배우는 아기에게 문워크를 알려주는 것과 마찬가지였다. 나는 광신도처럼 빌의 설명을 들었고, 그가 설계하는 새로운 생명 유지 장치와 장거리 수중 스쿠터에 관한 세세한 정보를 흡수했다. 이번 프로젝트는 한계를 뛰어넘는 도전이었고, 수심 깊은 곳에서의 다이빙 시간으로 종전의 기록들을 깰 것이다. 그러나 그로 인해 우리 몸에 어떤 일이 생길지는 알 수 없었다.

프로젝트가 성공하려면 극도로 낮은 수심에서 사용하기 위한 새로운 배합의 혼합기체와 새로운 생명 유지 기술 그리고 20시간 이상 지속되는 임무를 가능케 할 팀워크가 필요할 것이다. 그것도 우리가 점진적으로, 다이버로서 역량을 향상하고 다재다능해야 가능할 것이다. 우리는 새로운 장비를 설계하고 현장에서 시험해 봐야 했고, 더욱 세세한 다이빙 안전 점검 목록을 만들어야 했다. 신체를 마비시키는 잠수병, 발작을 일으키는 산소 중독이나 장비 고장 및 결함으로 쉽게 죽음에 이를 수 있었기에 위험이 컸다.

빌이 프로젝트에 다이빙의 범위를 설명하는 동안 심장이 뛰는 소리가 들릴 정도로 장내는 조용했다. 이제까지의 다이빙은 일반적인 공기통을 썼다. 더 길고 깊게 잠수할 때는 더 많은 공기통을 가져갔을 뿐이고, 일부는 중간에 미리 설치해 두었다. 필요한 공기통의 숫자는 말도 안되게 늘어났고, 위태롭기도 한 시점에 다다랐다. 공기통과 연결된 호흡기 가운데 하나만 제대로 작동하지 않아도 팀 전체가 동굴 밖으로 나가지 못하는 상황이 벌어질 수 있었다.

24시간 동안 임무를 지속하려면 헬륨, 질소, 산소가 정확한 비율로 혼합되어 들어있는 공기통이 다이버 1명당 35개 이상 필요했다. 혹시 모를 실패에 대비해서 여유분을 챙긴다면 그보다 많이 필요할 것이다. 하지만 이제 이 방식은 통하지 않았다. 그래서 프로젝트를 성공시키려면 빌이 새로 개발한 재호흡기를 시험해 보고 사용해야 했다. 재호흡기는 배낭 모양으로 생긴 무거운 생명 유지 장치로, 혼합기체를 바로바로 재활용해서 필요한 비율대로 섞어주었다.

일반적으로 다이버가 호흡하는 공기통에는 대략 21퍼센트의 산소가 들어있고 나머지는 불활성기체로 채워지는데, 대부분이 질소이다. 불활성기체는 인간의 몸에서 어떠한 역할도 하지 않는다. 몸이 산소를 연료로 사용해서 대사 작용을 하는 동안, 불활성기체는 몸이 천천히 수면으로 향하면서 수압이 낮아질 때까지 조직에 쌓여있다. 너무 빨리 헤엄쳐 올라가거나 조직에 불활성기체가 너무 많이 쌓여있을 때 수면 위로 올라가면, 우리 몸은 흔든 콜라 병을 갑자기 여는 것과 같아진다. 조직에 녹아있던 공기 방울은 혈액의 흐름을 막으면서 극심한 관절 통증을 일으키거나, 피부 아래 있는 조직을 손상해 멍들게 할 수 있다. 뇌와 척수 부위에서 이러한 과정이 일어난다면, 다이버는 마비되거나 사망할 수도 있다.

또 공기통의 산소와 불활성기체의 비율을 조절하는 게 전부는 아니다. 인간은 적당한 양의 산소를 공급받아야 살아갈 수 있는데, 산소가 너무 적으면 의식을 잃고, 너무 많으면 발작이 일어나 익사할 수 있다. 깊이 잠수하는 다이버의 공기통 안의 산소는 더욱 농축되는데, 불 속에 휘발유를 들이부을 때처럼 몸속에 산소가 걷잡을 수 없이 많아지면, 몸이 결국 견디지 못해서 시각장애, 귀울림, 메스꺼움과 발작이 일어날 수 있다. 산소 중독에 의한 발작이 일어나면 대개 경련을 일으키다가 익사한다.

이를 개선한 장비가 다이버들이 등에 메는 재호흡기인데, 이는 개개인에 맞춰 기체들을 혼합해 주는 장치이자 재활용 기계이다. 재호흡기는 다이버가 내쉰 모든 공기를 모아서 이산화탄소 정화통으로 보낸다. 그 후 기체에 산소가 더해져서 다이버가 대사 작용을 하느라 사용한 산소 분자 수만큼 메꿔준다. 다이버가 있는 수심에 따라 기체가 적절하게 혼합되도록 헬륨과 질소 비율은 계속 바뀐다. 재호흡기의 전자 제어 장치가 이를 조절하기는 하지만 다이버는 상황을 항상 주시해야 하며, 필요한 경우 재호흡기를 직접 조작할 줄도 알아야 한다. 조금이라도 실수하면 죽을 수 있다.

당시 원리는 모두 이해가 갔지만 새로운 장비를 능숙하게 다루려면 수백 시간이 필요할 터였다. 동굴 속 더 멀리, 더 깊이 들어갈 가능성에 흥분되었지만, 한편으로는 해내야 할 일이 벅차 보였다.

빌이 칠판에 메모를 쓰는 동안, 대부분은 놀라움에 입을 벌린 채 앉아있었다. 일부는 좋은 방안을 제시하기도 했지만, 나머지는 야유를 퍼부으며 위험한 패거리라고 비아냥대면서 자리를 떴다. 비관주의자나 반대론자들에게는 아무 소용없는 일이다. 나는 빌을 선구자라고 생각했고, 빌의 생각에 대한 내 직감을 믿었기에 나와 동료들은 그와 함께할 수 있었다. 그와 함께라면 꿈을 실현할 수 있다는 생각이 나를 휩쓸고 지나갔다.

계획의 규모는 어마어마했다. 다이버들은 모두 두드러진 역할을 맡고 싶어 했다. 하지만 이 프로젝트가 실행되려면 다이버뿐만 아니라 후원금을 모집하기 위한 자료를 만들어 내는 디자이너, 재호흡기에 입력할 코드를 작성할 소프트웨어 엔지니어, 주방장, 짐꾼, 장비를 보수할 정비공, 후원할 기업과 후원금 모집자, 협력 제조 업체, 허가 서류를 발급할 담당

151

자 등의 인력이 필요했다. 또 프로젝트를 발전시키는 데는 2년이 걸릴 것으로 예상되었다. 나는 나의 다이빙 숙련도가 미숙하다 생각해 처음에는 관리와 홍보 역할을 맡았다.

폴과 나는 다이버들이 재호흡기를 사용하는 방법을 익히는 훈련 장소로 우리가 운영하는 스쿠버다이빙 용품점을 활용하기로 했다. 나는 훈련도 참가하고, 후원금을 모으고 허가증을 받기 위한 자료도 만들 예정이었다. 가야 할 길은 멀었지만 꿈을 이루기 위해 우리 모두 헌신할 준비가 되어 있었다.

그 후 2년은 정신없이 지나갔다. 폴과 나는 기념일 같은 건 그냥 넘겨 버렸고, 프로젝트를 위해 개인적인 시간들을 희생했다. 저축해 놓았던 5만 달러가 넘는 돈은 프로젝트를 위한 장비에 모두 썼다.

탐험가들은 세계 곳곳에서 모여들었고, 폴이 70년대 후반에 사들여 가게 뒤에 설치한 낡고 작은 이동식 주택에 묵었다. 그들의 끊임없이 방문에 사생활도 포기해야 했다. 와쿨라 2 프로젝트를 준비하면서 가게가 원활하게 돌아가게 하는 데는 엄청난 희생과 노력이 필요했고, 그 프로젝트 준비가 폴과 나의 관계보다 우선순위를 차지하는 듯했다.

폴은 프로젝트와 가게 운영의 균형이 기울자, 내가 프로젝트보다 가게에 더 많은 관심을 기울여 주기를 바랐다. 나는 이 프로젝트를 계획하는 데 많은 노력과 공을 들였기에 폴이 그렇게 생각하는 게 원망스러웠다. 나는 폴과 결혼하고 싶었지, 스쿠버다이빙 용품점과 결혼하려던 게 아니었다. 게다가 테크니컬 다이버이자 사진작가로서 명성을 쌓고자 온갖 노력을 쏟아 부었는데 이런 식으로 기회를 놓치고 싶지는 않았다.

다이빙과 관련된 모든 일이 우리의 관계보다 우선순위를 차지하고 있었다. 우리는 레스토랑에서 낭만적인 저녁 식사를 하는 대신 자정까지 장비를 수리했다. 새해 전날도 친구들과 어울리지 않고 다이빙을 했다. 일부러 선택한 일은 아니었지만, 어쩌다 보니 그렇게 되었다. 우리는 둘 다 다이빙을 좋아했고, 어쩌면 다이빙을 향한 마음이 서로를 아끼는 마음보다 더 큰 것 같기도 했다. 와쿨라 2 프로젝트는 우리를 유혹하고 중독시켰다. 프로젝트는 남는 시간과 여태까지 모은 돈을 모두 집어삼켰고 우리의 관계도 망쳤다.

와쿨라 2 프로젝트가 점점 다가오면서 나는 개인 훈련을 강화하고 재호흡기를 이용한 다이빙을 하는 데 많은 시간을 보내는 한편, 다른 다이버들이 장비에 익숙해지도록 도왔다. 우리는 몇 주에 걸친 집중 훈련을 계획했고, 내가 맡은 역할은 점차 다이버로 전환되었다. 프로젝트를 기획하는 일도 이전과 다름없이 계속했다. 그리고 이때쯤 많은 경험과 시간이 더해져 나의 모든 잠재력이 발현되기 시작하고 있다고 느꼈다. 나는 팀의 핵심 일원임이 분명했지만, 한편으로는 최고의 다이빙 기술과 이력을 지닌 마초적 남성들 틈바구니에 낀 젊은 여성으로 느껴져 씁쓸한 생각도 들었다.

오랜 기간에 걸쳐 훈련과 준비를 하고, 허리케인 때문에 일정에 차질도 일어나고, 허가증을 받기 위해 회의를 하고, 자원봉사자와 언쟁도 벌이고, 끊임없이 몰려오는 다이버들을 맞이했다. 그리고 마침내 에드워드 볼 와쿨라 스프링스 주립공원에서 3D 지도 제작기를 실험할 준비를 마쳤다.

우리를 경계하던 다이버들은 허가증 발급을 막으려고 주 공무원들에게 여러 차례 이의를 제기했다. 경쟁자들은 우리의 기술이 사기극에 불과하다고 주장했다. 그 결과, 주정부는 우리의 장비와 절차에 실현성이 있는지 증명하라고 요구했다. 주어진 48시간 안에 3D 지도 제작기가 작동한다는 사실을 증명하면 다음 해에 3개월짜리 허가증을 받을 수 있었다. 3D 지도 제작기가 작동하지 않으면 동굴 접근 허가를 받지 못할 테고, 몇 년 동안 해온 준비는 전부 물거품이 되어버릴 것이다.

공원에서 시연하기 전, 프로젝트는 극도로 분주하게 진행되었다. 메릴랜드에서 기술 팀이 왔고 자원봉사자들이 모여들었으며, 열의에 찬 다이버들이 탐사단에 참여하기 위해 경쟁을 벌였다. 허가증이 성공적으로 나올지 말지는 모든 요소가 매끄럽게 하나가 되어 돌아가는지 여부에 달려있었으므로, 나는 각 분야를 지휘하는 역할을 맡기로 했다. 입수 다이버는 단 2명이 필요했는데, 폴과 래리 그린Larry Green이 입수 다이버로 뽑혔다.

빌이 어뢰 모양의 3D 지도 제작기를 공개했다.

"이 손잡이는 장치의 수평을 유지하거나 좁은 통로에서 방향을 돌리는 날개를 제어합니다. 억지로 힘을 줘서 움직이면 고장 날 위험이 있으니 주의하셔야 합니다."

빌이 경고했다.

그러고는 1.8미터 길이의 원통 주변의 검고 둥근 물체를 가리켰다.

"이 동그란 발신기가 물속에서 32군데 방향으로 음파 신호를 쏩니다. 신호가 장치에서 벽으로 향했다가 다시 돌아오면서 정확하게 거리를 잽니다. 3D 지도 제작기와 벽 사이에 끼어들지 않도록 하세요. 아니면 측정 결과에 당신 몸도 반영될 테니까요!"

빌이 웃었다.

프로젝트 엔지니어인 브라이언 피즈Brian Pease는 무선 신호기를 보여주었다. 이 장치는 바위를 통과해서 신호를 보내며, 지상에서 기다리고 있는 팀에게 다이버의 위치를 알려준다. 지상에 있는 팀은 신호를 따라 주변의 거친 수풀을 통과하여 동굴 속 다이버의 정확한 위치를 찾아낼 것이다. 다이버가 들판과 강, 늪지 아래를 헤엄치는 동안, 지상 팀은 다이버보다 90미터 높은 곳에서 진행 상황을 추적할 것이다.

지상 팀은 땅에 깃발로 표시한 뒤, GPS를 활용한 측량 기구를 설치하여 정확한 위치를 알아낸다. 오늘날 대부분의 사람이 GPS 장치를 들고 다니긴 하지만, 땅속에서 위치를 알린다는 건 1997년의 그날도 그랬지만 지금도 놀랄만한 일이다.

허가증을 확실하게 받아내려면 모든 일이 제대로 풀려야 했다. 사전 준비와 타이밍이 절대적으로 중요했기에 실험 전날 밤에 모여서 각자 맡은 일을 제대로 알고 있는지 확인하기로 했다. 현장 관리자인 크리스 브라운Chris Brown 집의 거실에는 열정적인 탐험가들로 가득 찼다. 내가 각자의 맡은 역할을 검토하는 동안 모두 바비큐 립으로 배를 채웠다.

"이 냄새 뭐죠?"

누군가 내가 하던 일을 중간에 끊더니 물었다.

"바비큐 냄새요? 아니면 땀 냄새요?"

내가 물었다.

며칠간 구태여 샤워한 사람이 없었음을 인정하는 웃음소리가 들렸다. 그런데 우리가 맡은 건 땀 냄새가 아닌, 불길함을 풍기는 악취였다.

엔지니어인 나이젤 존스Nigel Jones는 충전 중이던 3D 지도 제작기가 있는 헛간 작업대를 향해 뛰쳐나갔다. 1만 달러짜리 배터리는 불에 타 과열되어 녹아내리기 시작했다. 불은 금세 꺼졌지만, 소프트웨어의 작은 결함으로 크리스의 집을 포함해서 모든 게 날아갈 뻔했다. 이것은 두 번째로 생긴 심각한 실패였으며 커다란 재정적 손실을 안겼다.

첫 번째 심각한 실패는, 몇 주 전에 미 해군 잠수함 시험 시설에서 첫 번째 모델이었던 '슈퍼 스쿠터' 테스트였다. 스쿠터의 원통형 보호틀이 과열로 파열되었다. 단순한 기계 가공 실수 때문에 일어난 고장으로 3만 2,000달러짜리 장비가 파손되었다. 이러한 실패는 모두를 겁먹게 했고, 어떤 세부 사항도 간과해서는 안 된다는 사실을 새삼 깨우쳐 주었다. 프로젝트의 성공은 엄격한 수칙하에 참여자가 자기 몫의 역할로 최신 기술이 제대로 작동하게 만드는 데 달려있었다. 하지만 그런 일은 벌어지지 않았다.

다음 날, 우리는 첫 다이빙 임무를 성공적으로 마쳤다고 생각하고 소프트웨어 설계자인 프레드 웨퍼Fred Wefer 주위로 몰려들어 첫 번째 지도 제작 결과가 어떤지 확인하려 했다. 기대감으로 방 안에 있는 모두가 흥분해 있었다. 프로젝트의 성공에 많은 것이 걸려있었기에 모두들 결과를 간절히 보고 싶어 했다.

"자, 이제 시작합니다!"

빌이 외치더니 케이블을 꽂고 다운로드를 시작했다. 하지만 아무 일도 일어나지 않았다. 텅 빈 컴퓨터 화면에서 커서가 느리게 깜빡였다.

갑자기 방 안의 모든 공기가 빨려 나간 듯했다. 모두 실망해서 어깨가 축 늘어졌다. 무엇이 잘못되었는지는 모르지만 3D 지도 제작기는 데이터도, 그 어떤 정보도 보내지 않았다. 그래서 지도도 생성할 수 없었다. 우리는 충격에 빠졌다. 많은 것을 준비해 왔지만 실패에는 무기력했다. 기기를 시험해 볼 시간은 이제 하루밖에 남지 않았는데, 그사이에 문제점을 찾아내고 처음부터 모든 과정을 다시 검토할 수 있을까?

곧 인솔 다이버가 다이빙 중 무심코 3D 지도 제작기에 설치된 컴퓨터의 작동을 정지시켰고, 그 때문에 수집된 데이터가 없었다는 사실을 알아냈다. 기계는 문제없이 작동했다. 다이버가 물속에서 음파 장치를 껐을 뿐이었다. 다이빙 과정의 복잡성을 고려하면 그가 알아채지 못했다 하더라도 이해할 만했다.

다이빙 장비들과 3D 지도 제작기를 동시에 신경 쓰려면 빠른 머리 회전과 엄청난 체력이 필요했다. 비난하고 싶은 마음도, 이미 늦은 밤인데다가 그럴 시간도 없었다. 배터리를 다시 충전하고, 공기통의 혼합기체를 다시 혼합하고, 수중 스쿠터를 준비해 놓고, 다음 날 아침에 탐사 팀이 다시 다이빙할 수 있게끔 하려면 엄청난 노력을 쏟아부어야 했다. 두 번 다이빙하리라고는 예상하지 못했지만, 허가증을 받고 싶다면 어떠한 일이라도 해야 했다.

여기까지 오는 데 썼던 힘을 다시 끌어모았다. 음식과 휴식은 나중을 위해 미뤄도 괜찮았다. 누구도 여기서 포기하길 원하지 않았다. 침수된 개미집에서 개미가 빠져나가듯이 자동차 행렬이 서둘러 주차장을 빠져

나가 흩어졌다. 자원봉사자들은 공기통에 산호와 질소, 헬륨을 정확한 양으로 채워 넣었다. 엔지니어인 나이젤은 남아 있는 귀중한 배터리를 충전하느라 바빴고, 이 작업에는 꼬박 하룻밤이 걸렸다. 모두가 해야 할 일에 대비하며 카페인으로 잔뜩 무장했지만, 소프트웨어 전문가인 프레드는 말기 암 환자였기 때문에 거실 소파에서 잠을 청했다.

나는 그날 밤 잠을 자지 않았다. 그간 탐사 다이버들을 충분히 지원했고, 이제는 물속에 들어가지 않을 이유가 없다는 생각이 들었다. 실제로 프로젝트의 진행 과정을 지켜보니 이유가 더욱 선명해졌다. 나는 와쿨라 동굴 안을 보고 싶었고, 내게도 다른 사람들 못지않게 임무를 완수해 낼 능력이 있다는 확신이 들었다.

새벽 빛이 안개로 자욱한 강 위를 비출 때쯤, 우리는 물가로 나가 장비를 다시 조립했다. 먼저 공기통을 분석하고 정보를 적은 뒤 한 번 더 확인했다. 호흡기를 시험하고 3D 지도 제작기도 다시 조립했다. 입수 팀이 다시 다이빙을 하기 위해 입수 준비를 하는 동안, 우리는 마른침을 삼켰다. 실험은 전날처럼 순조롭게 진행되었다.

우리는 입수 팀이 수면으로 올라오기 전 몇 시간의 감압이 필요했기에 입수 팀에게서 3D 지도 제작기를 회수하기 위해 폴과 래리를 내려보냈다. 우리는 폴과 래리를 다시 볼 순간을 학수고대했다. 프로젝트가 실행 가능하다고 증명하는 데는 12시간도 채 남지 않았다.

얼마 후, 빌이 수면으로 나와 크게 외쳤다.

"데이터가 왔어!"

우리는 성공에 한발 더 다가가 있었다. 손에 작은 하드드라이브를 들고 빌은 크리스의 집으로 돌아갔다. 그곳에선 프레드가 데이터가 오길 기다리고 있었다. 그가 만든 소프트웨어는 음파 신호를 시각 자료로 변형해 줄 테고, 이 자료는 세상을 놀래킬 것이다. 적어도 우리의 바람은 그랬다.

말기 암 환자인 프레드는 지쳐있었지만, 몸을 일으켜 의자에 앉았다. 프레드는 수개월 동안 화학요법과 방사선 치료를 받으며 쇠약해져 있었고 큰 고통에 시달렸으며, 우리와 함께할 날이 얼마 남지 않은 상태였다. 불안에 떨며 모두가 그의 어깨너머로 지켜보는 가운데, 프레드는 케이블을 연결했다. 하지만 그의 여윈 얼굴에는 당황스러움이 가득했다. 프레드는 혼란스럽고 어리둥절해했다. 데이터가 들쑥날쑥했기 때문이다. 빌은 쇼파에 풀썩 주저앉았고, 프레드는 남은 힘을 몽땅 쥐어짜며 데이터에서 의미있는 수치를 끌어내려 했다. 우리는 결국 항복을 선언하고 프레드에게 그만 쉬라고 말했다.

집 안은 고요했고 시계는 아침을 향해 쉬지도 않고 움직였다. 날이 밝아오면 담당 공무원이 실패를 확인하고, 와쿨라 동굴의 탐사를 거부할 것이다. 빌과 나이절이 어디가 잘못되었는지 알아내기 위해 밤새 속삭이는 소리가 들렸다. 우리 중 그 누구도 잠들지 못했다. 그간 쌓은 명성과 돈을 전부 이 프로젝트에 걸었다. 나의 세 번째 기회는 오지 않을 것이다. 나는 비난에 맞서거나 지난 2년간의 결과를 마주할 자신이 없었다. 이 프로젝트에 모든 노력을 쏟아붓느라 남편과 사이도 멀어졌다. 모든 걸 걸었는데 결과는 좋지 않았다. 기계가 만들어 내는 무작위 숫자 행렬과 함께 모든 게 사라졌다.

그 순간 갑자기 프레드가 일어나 우울감에 취해있던 모두를 향해 소리쳤다.

"뭘 어떻게 해야 할지 알겠어!"

프레드는 온 힘을 다해 키보드를 두드렸다. 모두 자리에서 벌떡 일어나서 프레드를 지켜보았다. 알고 보니 소프트웨어가 3D 지도 제작기의 수치를 역순으로 기록하고 있었던 것이다. 프레드의 작은 추측 하나가 의미 없던 데이터를 되돌렸다.

데이터가 제대로 읽히자, 지도가 컴퓨터 화면에 색색의 점들로 보이기 시작했다. 넓게 뚫린 웅덩이가 깔대기 모양의 첫 번째 좁은 통로로 이어지는 모습이 나타났다. 그 너머에는 그랜드캐니언Grand Canyon이라 이름 붙인 높다랗고 굽은 천장으로 된 공간이 우리 눈앞에서 형체를 드러내고 있었고, 우아한 종 모양의 천장이 드디어 모습을 드러냈다. 그러더니 알려지지 않았던 여러 갈래 길 중 가운데의 구불구불한 통로의 모습이 나타났다. 팔에 소름이 돋았다. 무수한 점이 화면을 채우고 동굴이 3D로 형태를 갖추는 경이로운 장면이 눈앞에 펼쳐졌다.

"작동했다! 3D 지도 제작기가 드디어 작동했어!"

모두 자축하며 즐거워하는 동안, 나는 화면의 지도를 보며 경계 너머에 펼쳐진 영역을 처음으로 탐험하는 사람이 되리라는 걸 직감했다.

해가 뜨고 허가증을 받아낼 시간이 얼마 남지 않자, 빌은 지도를 공무원들과 공유하기 위해 와쿨라 스프링스로 급히 돌아갔다.

이 3D 지도는 동굴 통로가 어디에 있는지 알려줄 뿐만 아니라, 지면의 지형지물과 완벽하게 동기화해서 보여줄 것이다. 역사상 처음으로 마실 물이 흐르는 통로 바로 위를 확인할 수 있다. 이 정보를 활용해서 미래의 소중한 자원인 담수를 보호하면서 토지를 활용할 방안을 찾아낼 수 있을 것이다. 와쿨라의 물은 플로리다의 주도主都뿐만 아니라 주 전체의 식수를 제공하기 때문에 이런 과학적 연구는 아주 중요했다.

곧 우리는 공식적인 탐사 허가증을 받았다. 나는 성공에 의기양양해지고 자신감이 차올랐으며, 이에 힘입어 더 넓게 보기 시작했다. 이 임무는 개인을 넘어서 큰 공익의 목적으로 나아가게 만들 것이다. 여기서 모인 데이터는 수자원 보호에 대한 논의에 틀을 제공할 것이고, 우리는 그것을 대변하는 사람들이 될 것이다.

1998년 12월 1일, 3개월간 와쿨라 동굴에서 진행될 프로젝트가 시작되었다. 미국 딥케이빙 팀Deep Caving Team에서는 폴과 나를 8명의 국제 탐사 다이버 중 2명으로 공식 지정했다. 나는 탐사를 이끄는 다이버 가운데 유일한 여자이기도 했다. 앞으로 펼쳐질 일에 내가 충분히 해낼 수 있으리라고 확신했기에 기분이 들떴다.

햇빛이 숲 사이를 비추고, 나는 조깅을 하기 위해 일찍 일어났다. 숨 쉴 때마다 상쾌한 공기를 마시며 활기를 북돋웠고, 숨을 내쉴 때마다 쌓인 스트레스를 몸 밖으로 내보냈다. 스쿠버웨스트는 먼 나라 이야기로 느껴졌다. 이후 3개월간 벌어질 일을 생각하면 신이 났고 초긍정주의자가 되었다. 내 능력을 의심하게 만들던 것들을 떨쳐낸 뒤, 앞으로 펼쳐질 흥미진진한 발견에 몰두할 것이다.

그날 늦게 거대한 평상형 트럭이 다이버 전용 숙소의 뒤편으로 향했다. 트럭은 거대한 원통형의 감압 체임버(압축된 공기를 내부에 주입해 다이버가 잠수했을 때와 비슷한 압력의 공기를 흡입할 수 있도록 천천히 압력을 조절하는 장치-옮긴이)와 제어장치실, 플로리다에 있는 동굴보다 달 표면에 더 어울릴 듯한 다이빙벨diving bell(해중에서 관찰이나 조사, 잠수 작업자의 이동 따위에 사용되는 둥근 공이나 종 모양의 잠수 장치. 추진 장치가 없고 모선에서 줄을 매달아 내리는 형태로 운영된다-옮긴이) 등의 장비들을 가득 싣고 있었다.

다음 날 아침에는 커다란 기중기가 도착했고, 부피가 큰 파란 바지선 세 척을 거뜬히 들어 물로 옮겼다. 우리가 바지선 위에 놓을 물건들을 정리하고 있을 때 내셔널지오그래픽 팀이 도착했다. 카메라와 장대 마이크가 바지선 위에 재빠르게 설치되었다.

나는 녹슨 강철봉을 사용해서 기수가 바지선을 제자리에 고정시키는 일을 돕고 있었다. 왼쪽을 보니 친구인 짐 슐레진저Jim Schlesinger가 얼굴이 빨개진 채 바지선에 타려 끙끙대는 게 보였다. 나는 봉 앞으로 간 뒤 몸무게를 지렛대로 이용하면서 그 거대한 쇠막대를 내 쪽으로 잡아당겼다. 그러자 갑자기 막대가 쓰러지더니 대형 망치처럼 이마를 때렸다. 별이 보였지만 재빨리 손바닥으로 상처를 누르며 짐에게 몸을 돌렸다. 그리고 이마를 짐에게 보여주며 물었다.

"내 상태 어때?"

짐의 얼굴이 하얗게 질렸다. 이 장면을 놓치지 않고 내셔널지오그래픽의 프로듀서가 내게 몸을 돌렸다. 나는 공원을 가로질러 화장실로 뛰어갔다. '피는 시청률과 비례한다'라는 말이 방송 업계에 있다는 걸 알았고, 프로듀서라면 프로젝트에서 처음으로 피를 본 이 사건을 기회로 활용할 터였다. 프로젝트가 시작하기도 전에 부상 입은 다이버로 예고편을 장식하고 싶지 않았기에 화장실로 대피한 나는 다친 이마를 살펴보았다. 짐이 피부 봉합 테이프와 붕대를 가지고 화장실로 따라왔다. 어쩌면 상처를 꿰매야 했을지도 모르지만, 붕대로 상처를 감는 것으로 대체했다. 30분 후, 나는 화려한 색의 면 두건을 쓰고, 피 묻은 붕대와 욱신대는 두통을 숨긴 채 생애 첫 인터뷰를 했다.

그 당시 인터넷은 여전히 새로운 매체로 여겨졌지만, 우리는 그 인터넷을 최대한 활용해 교육을 지원하고 더 많은 자원봉사자를 끌어모으기로 결심했다. 우리는 프로젝트를 홍보하는 블로그도 운영하기 시작했지만 인터넷에 대해 무지했다. '악성 댓글', '사이버 폭력' 같은 단어가 없던 시기였고, 블로그 다이빙 포럼의 악플러들의 댓글은 우리 안에 의심의 씨앗을 뿌렸다.

우리는 '광대'나 '따라쟁이'라고 부르는 댓글을 보고 상처받았고, 댓글들이 경쟁심이나 질투에서 나아가 선을 넘기 시작하자 걱정이 되었다. 누군가 우리에게 시체를 담으라며 자루를 보냈고, 서명까지 한 쪽지를 첨부했다. 쪽지에는 「프로젝트가 끝나면 너희가 어지른 건 직접 치워!」라고 적혀 있었다. 온라인 게시글들은 우리가 실패할 것이라 예견했고 사고가 나기를 기원했다. 어떤 사람은 우리가 현장에서 작업을 시작하기도 전에 동굴 한 구역의 가이드라인을 뜯어내고는 「시간 낭비하지 않는 게 좋을거야. 우리가 다 점령해 버렸거든! -미국 동굴 탐사 팀에게」라고 적힌 쪽지를 남겼다.

이런 고의적인 파손 행위 때문에 없어진 가이드라인을 재설치하려고 추가로 다이빙을 해야만 했고, 프로젝트의 진행 속도는 느려졌다. 이후

163

우리는 동굴 안에서 더 많은 쪽지를 발견했다. 한 쪽지에는 「이 지점을 넘어가려면 아이큐가 100 이상이어야 해」라고 적혀 있었고, 「이곳 너머로는 더 탐험할 게 없다!」라고 쓰여진 또 다른 쪽지는 가이드라인에 묶인 죽은 메기의 입속에 쑤셔 넣어져 있었다.

나는 불안해졌다. 대체 무엇 때문에 우리가 죽기를 바라는 걸까? 와쿨라에서 감당할 위험이 많을 것이라 생각했지만, 그중 하나가 소시오패스를 상대하는 것이라고는 전혀 예상하지 못했다.

어느 날 오후, 수심 80미터에서 다이빙하는 팀을 실시간 영상으로 보여주던 통신 시스템이 작동이 중단되어 다이빙 팀이 괜찮은지 확인하기 위해 다른 다이버들을 급히 내려보내야 했다. 몇 분 뒤, 통신 시스템의 전선을 자른 한 젊은 남성이 숲에서 붙잡혔다. 그 사건 이후로 나는 스트레스 때문에 속이 쓰릴 지경이었다. 우리를 시기하는 건 이해할 수 있었지만, 이건 위험한 파손 행위였다. 우리는 이 프로젝트로 좋은 일을 하고자 한 것인데 도대체 왜 이러는 건지 이해가 되지 않았다.

내가 속상해하고 있을 때 이를 지켜보던 친구 한명이 나에게 말했다.

"상황을 주도해. 아니면 그만두든가. 네 마음이 혼란스럽다면 그 문제들이 너를 주도하고 있기 때문이야."

나는 선택해야 했다. 포기할 수도 있었고, 더 강해질 수도 있었다. 대학시절 룸메이트였던 킴의 말이 귀에 들려오는 듯했다.

"극복해 내야지."

이 문제들은 나를 무력하게 만들 수도 있고, 온갖 훼방들도 계속되겠지만, 중요한 건 내가 프로젝트에 계속 참여할 수 있다는 것이다.

기반 시설을 설치하고 일주일이 지났을 때, 다이빙 모의훈련을 할 준비를 마쳤다. 다이빙 파트너인 마크 메도스Mark Meadows와 함께 본격적인 임무에 대비하기 위해 리허설을 하기로 했다. 우리의 목표 중 하나는 20시간 이상 이어질 임무에서 얼만큼 피로를 느낄지 미리 경험해 보는 것이었다. 리허설에 할애된 시간 중 5시간은 힘들게 헤엄쳐야 했기에 체력 유지에 신경을 썼다. 우리는 장비를 조립하고 상태를 확인하는 데도 많은 공을 들였다.

모의훈련 당일 아침, 안전 담당자들이 물속으로 장비를 옮기는 작업을 도왔다. 우리는 와쿨라 동굴에서 계속해서 원을 그리며 헤엄치기 시작했다. 안전 담당자들은 3시간 동안 우리가 마주할지도 모르는 상황을 적은 카드를 보여주었다.

첫 번째 카드에는 「2번 산소 감지기가 오프라인 상태」라고 적혀 있었다. 마크와 나는 빠르게 문제를 해결했다. 그다음에는 더 심각한 상황이 제시됐다.

「수심 6미터 지점. 질, 네 수중 스쿠터가 방금 작동을 멈췄어」 나는 뒤에 있는 고리에 고정한 예비용 스쿠터를 풀어 꺼내고, 마크에게 다이빙을 중단하자는 신호를 보냈다. 우리는 다이빙을 중단하는 상황을 가정하며 몸을 돌리고 반대 방향으로 헤엄치기 시작했다. 그다음으로는 더 어려운 과제가 기다리고 있었다.

수중 스쿠터 4개 중의 3개가 고장 난 상황이었다. 나는 여전히 작동한다고 가정하는 스쿠터를 이용해서 마크를 끌었다.

이런 모의훈련은 실제 임무와 동일하게 정신적, 신체적으로 우리를 기진맥진하게 만들었지만, 팀워크와 자신감을 길러주는 역할을 했기에 매우 중요했다. 게다가 연습을 해보니 동굴에서 임무를 시작하고 싶은 열의가 더욱 끓어올랐다. 리허설을 마친 후, 안전 담당자들은 우리의 모습이 마치 아이들이 하는 트위스터(네 가지 색깔 원이 그려진 매트 위에서 하는 게임으로, 룰렛을 돌려서 나온 색깔 위에 정해진 손이나 발을 올려놓아야 한다-옮긴이) 게임 같았다고 말했고, 우리는 다 함께 웃었다.

어마어마한 무게의 장비를 몸에 매단 상태에서 긴급 상황을 가정하여 훈련하는 모습은 그다지 고상할 수 없다. 그러나 생존에서 겉으로 보이는 모습은 중요하지 않다. 실제로 효과가 있는지만이 중요했다.

매번 모의훈련 때마다 장비를 준비하느라 하루를 다 썼다. 공기통을 채우고, 호흡기를 확인하고, 유사시를 대비한 계획을 세운 뒤 승인받고, 다음 날의 고된 일정을 소화하기 위해 몸을 충전했다. 나는 장비를 동굴의 진입 지점에 순서대로 가져다 놓고, 나만의 의식에 따라 장비를 준비하고 분석한 후 그 내용을 붙여놓았다. 나는 강박적으로 모든 장비를 제자리에 놓고 안전 담당자에게 한 번 더 확인해 보게 했다.

장비가 전부 준비되고 자원봉사자들이 각자 맡을 역할에 대한 설명을 듣고 나면 나는 그제야 조심스레 잠수복을 입었다. 모든 과정이 한 치의 오차 없이 이루어져야 했다. 양말이 접혀있으면 발에 물집이 생겨서 아플 수 있다. 보온 내피가 뭉쳐있으면 혈액 순환을 방해해 잠수병을 일으킬 수 있다.

먼저 나는 일회용으로 된 성인용 기저귀를 찼다. 전에 가장 오래했던 수중 탐험보다 두 배는 긴, 12시간 이상 물속에 있어야 하기 때문이다. 다음으로는 피부 위에 땀을 흡수하는 소재의 긴 속옷을 입고 두 켤레

166

의 울 양말을 신은 뒤, 방한복 같은 형태와 감촉을 지닌 두꺼운 보온 내피를 입었다. 겉은 드라이슈트와 밑창이 무거운 부츠, 7밀리미터 두께의 네오프렌 후드로 감쌌다. 다이버에게 적당한 온도라고 하는 섭씨 20도에서도 물은 몸에서 열을 빼앗아가기에 끊임없이 싸움을 벌여야 했다.

나는 몇 시간이나 장비를 조립하고 확인한 뒤, 50미터 정도 떨어져 있는 동굴의 진입 지점까지 뒤뚱거리며 걸어갔다. 강철로 된 16리터짜리 공기통 2개, 잠수복에 부착되어 있는 부력 조절기와 장비로 가득한 배낭 그리고 재호흡기를 문 상태였다. 총 무게는 대략 90킬로그램이었다. 이 상태로 앉으면 일어나지 못하기 때문에 허리께까지 오는 물속으로 조심조심 들어갔다.

물속에서 무릎을 꿇자 마법같이 짓눌러 오던 무게가 사라지고 중성부력에 가까운 상태로 바뀌었다. 그다음으로는 안전 담당자들이 3D 지도 제작기와 스쿠터, 공기통, 무선 신호기 등의 보조 장비를 물속에 있는 우리에게 차례대로 건넸다. 각 장비를 몸에 부착하고 종합 안전 점검 항목에 표시해 나갔다. 보통 이 단계에서 시간이 많이 걸려서 다이빙을 시작하기도 전에 소변을 누기도 했다.

진입 지점을 떠나 동굴로 내려간 뒤 모의훈련은 보통 20시간이 넘었다. 그사이 시간이 길었기에 많은 사람이 귀가하거나 교대를 했다. 임무를 완료한 후 한두 시간 동안은 신체적 변화를 살폈고, 그 후 몇 시간은 장비를 관리하고 청소했다.

동굴에 처음으로 다이빙한 날은 1년 전에 3D 지도로 그렸던 길을 따라가는 훈련 임무의 형태였다. 나는 이중 재호흡기를 이용해서 연습 다이빙을 하고 있었다. 이중 재호흡기는 동굴 입구에서 3,000미터 이상 떨어진 곳에서도 다이빙이 가능하도록 했다. 등에 35킬로그램 이상을 더 짊어져야 했지만 종전의 최고 기록에 근접할 정도로 동굴 속 깊이 들어가고 있었기에, 두 번째 생명 유지 장치를 달고 있다는 사실은 마음에 평안을 주었다.

나는 호스와 부품이 여기저기서 삐져나온 거대한 트랜스포머 로봇 같은 모습을 하고 물속 깊은 곳으로 향했다. 하강하면서 축구장만큼이나 큰 동굴을 보고 경이로움을 느꼈다. 동굴은 바위로 된 비좁은 통로로 가파르게 이어졌다. 그 좁은 구간을 간신히 지나고 나면 그랜드캐니언이라고 불리는 공간으로 통했다. 웅장한 공간 안으로 들어서자 안전 담당자인 짐 브라운Jim Brown이 나보다 한참 위에서 맴돌면서 내 시야 바로 앞을 전등으로 비추었다.

매머드mammoth나 마스토돈mastodon으로 보이는 생물의 커다란 대퇴골이 드러났다. 가까이 놓인 거대한 엄니와 뼈도 보였다. 아마도 마지막 빙하기가 끝나갈 무렵 물을 찾아 이 공간으로 들어왔을 것으로 추정된다. 그땐 수위가 지금보다 낮았을 것이다.

이중 재호흡기의 산소 주입 밸브에서 딸깍, 쉭 하는 익숙한 소리가 주기적으로 들려왔다. 반면 한참 위에서는 지속해서 공기 방울이 흘러나오는 소리가 들렸다. 짐이 사용하는 일반적인 스쿠버다이빙 장비에서 나오는 정상적이지만 시끄러운 소리였다. 1시간 가까이 다이빙하며 수심 80미터 근처에 도착했을 때, 짐의 전등이 앞뒤로 움직이며 내 주의를 끌었다. 위를 보니 짐이 엄지손가락을 들어 올려 수면으로 향해야 한다는 신호를 보냈다. 짐의 손이 떨리는 것이 보였다. 무언가가 잘못되고 있는 것 같았다.

나는 서둘러 짐에게 헤엄쳐 갔다. 잠수복의 허벅지에 달린 주머니에서 메모장을 꺼내 급히 휘갈겨 적었다.

「괜찮아?」

짐도 메모장에 적었다.

「잠수복에 물이 들어갔어!」

이런 세상에! 수온은 섭씨 20도에 불과했고, 수면으로 가기 전에 신중하게 단계별로 감압 정지를 하려면 수중에서 2시간을 더 보내야 했지만, 짐의 잠수복이 물로 가득 차버린 것이다. 짐은 부들부들 떨고 있었다. 하지만 짐이 지금 겪는 추위보다 더 큰 걱정거리가 있었다. 바로 잠수병이다. 저체온증은 잠수병이 발생할 확률을 높인다.

동굴 경사를 따라 천천히 조금씩 올라가는 동안 짐이 걱정되었지만, 내가 할 수 있는 일이 없었다. 운 좋게도 감압 정지는 빨리 끝났고, 짐은 동굴을 계속 헤엄쳤지만, 여전히 몸을 떨었다. 수심 45미터 지점에 다다랐을 때는 동굴 입구가 환해서 우리는 전등을 껐다.

짐과 나는 45미터 지점에서 2분을 보내고 3미터 위로 올라갔고, 다시 2분이 지나 39미터 지점까지 올라갔다. 하지만 수면에 천천히 다가갈수록 감압 정지 시간이 길어졌다. 12미터에 이르렀을 때는 20분간 멈추어야 했고, 9미터로 올라갔을 때는 27분을 기다려야 했다.

마지막 두 번의 감압 정지는 영원히 끝나지 않을 만큼 길게 느껴졌고, 짐에게는 극도로 고통스러운 순간이었다. 짐은 몸이 떨리는 걸 멈출 수 없었다. 가만히 앉은 채 전구의 온기라도 얻으려 전등을 손으로 감쌌다. 그러다가 헤엄치면서 몸에서 열을 내기로 하고, 나도 짐을 따라서 물속을 빙빙 돌며 유리 바닥 보트를 탄 관광객들의 즐거움을 위해 모아놓은 마스토돈 뼈 위를 헤엄쳐 다녔다.

마지막 감압 정지는 1시간 가까이 이어졌다. 진입 지점으로 나오기까지 우리는 물속에서 4시간 가까이 있었다. 짐은 몸이 너무 떨려서 잠수복을 벗기도 힘들어했다. 그리고 급히 베이스캠프로 뛰어가서 침낭 안으로 기어 들어갔다. 추운 12월이었기 때문에 그게 최선이었다.

짐은 위기를 간신히 모면했고, 잠수병에 걸리지 않고 무사히 넘어갔다. 하지만 아슬아슬했던 그날 이후, 나는 다이빙 시간이 4시간보다 훨씬 길 것이라는 사실에 관해 다시금 생각해 보게 되었다.

작은 구멍이 나거나 잠수복에 물이 들어오는 것과 같은 문제는 치명적이다. 카드에 적힌 문제를 능숙하게 해결하는 것과 동굴 안에서 진짜 비상 상황에 대처하는 것은 완전히 다른 차원의 일이었다. 나는 많은 계획과 준비가 위험을 예방하거나 제어할 수 있다는 것을 알고 있다. 안전 점검 목록을 철저히 체크해서 재호흡기를 준비하고 드라이슈트의 밀봉 부위가 손상되지 않았는지 주의 깊게 살펴볼 수도 있지만, 그만큼 중요한 것은 예상치 못한 문제에 닥치면 빠르게 상황을 인지하고 대처법을 몸에 충분히 익혀서 머리로 생각하기 전에 행동하는 것이다. 그러기 위해서는 모의훈련과 반복연습이 필요했다.

전자 재호흡기는 고장을 알아채기 힘들 만큼 사소하게 고장 나기 시작해 나중에는 완전히 망가져 버릴 수도 있기 때문에 리튬 배터리가 폭발하거나 치명적인 기계 고장까지 모든 상황에 대응하는 법을 배워야 했다. 파트너와 함께 다이빙할 테지만, 나의 안전은 스스로 책임져야 했다. 문제에 바로 대처할 준비가 되어있지 않으면 둘 다 죽을 수도 있다.

나는 안전 수칙과 안전 점검 목록에 예전보다 더 신경을 썼고, 잘못될

만한 모든 경우를 가정하고 시각화하여 연습했다. 다이빙하기 전 눈을 감고 죽음으로 몰고 갈만한 상황을 하나하나씩 떠올리고는, 마음속으로 스위치와 밸브에 손을 가져다 대가며 비상 모의훈련을 했다. 머릿속으로 비상 모의훈련을 할 때는 각각의 비상사태에서 특정한 소리, 심지어 맛까지 느낄 수 있었다.

산소가 과다할 때는 상쾌한 봄날의 아침 같은 맛이 났고, 헬륨은 고음의 휘파람 소리를 냈고, 나이트록스(다이빙할 때 쓰는 혼합기체 중 하나로, 질소와 산소가 섞여있으며 대개 산소 함량이 21퍼센트보다 높다–옮긴이)는 따뜻하고 밀도가 높았다. 산소 주입 밸브는 박자에 맞춰 딸깍거렸고, 순환 회로로 들어가는 쉬 하는 소리가 함께 들렸다.

재호흡기는 내 몸에서 일어나는 생리작용의 일부가 되었다. 나는 이상한 소리가 나거나 이상한 느낌이 들면 무엇을 실행해야 할지 바로 알아차렸다. 머릿속으로 한 비상 모의훈련 덕분에 어떤 일이 닥치든 대처할 수 있다는 자신감과 함께 수면 아래로 내려갈 수 있었다.

크리스마스 연휴가 찾아오자 프로젝트의 핵심 팀원들만 남았다.

폴의 전 부인 섀넌과 아들 조가 연휴를 즐기기 위해 프로젝트가 진행되는 공원으로 왔다. 우리는 베이스캠프 주방에서 함께 식사를 즐겼다. 나는 섀넌, 조와 가까운 사이로 지냈고 그 둘도 탐사단에 금세 섞여 들었다. 나는 팀원들의 가족을 모두 알고 있었고, 우리 모두는 서로의 걱정이 많은 가족들에게 자주 안부를 건넸다. 우리는 캠프에서 모두 모여 건배를 들고 함께 눈물을 흘렸다. 탐사 단원들은 더 친밀해졌고 가족들 간의 유대도 돈독해졌다.

다이빙 프로젝트는 순조롭게 진행되며 눈에 띄는 성과를 내고 있었다. 세상을 다 가진 기분이었다. 나는 탐사 다이버로서의 역할에 익숙해졌고, 탐사단 전체의 성공에 중요한 역할을 하고 있다고 느꼈다. 자원봉사자들을 관리하고 방문객을 안내하고 대중매체를 상대했으며, 그 와중에도 기회가 있을 때마다 적극적으로 다이빙했다.

크리스마스 다음 날, 내가 캠프에 머무는 동안 폴은 전통 퀘벡식 가족 모임을 위해 조와 플로리다주 허드슨에 있는 집으로 갔다.

몇 시간 후, 폴은 내게 전화를 걸어 나쁜 소식을 전했다. 폴과 조는 가게 뒤에 있는 이동식 주택의 현관문이 약간 열려있는 걸 발견했다. 안에 들어가 보니 집은 텅텅 비어있었다. 가족의 소중한 물건들을 보관했던 나무 보석 상자가 사라졌다. 오디오와 텔레비전도 없어졌다. 작은 주방 기기와 지갑, 시계, 약간의 옷가지와 자그만 장식품들까지 모두 없어져버렸다. 조가 내게 준 유리 촛대, 우리가 조에게 주려고 포장해 둔 크리스마스 선물까지도 훔쳐갔다.

우리는 와쿨라 탐험을 위해 이미 많은 것을 포기했지만, 이번 일로 한 가지를 더 포기하게 됐다. 허술한 이동식 주택을 보호해 줄 보험 회사는 없었다. 머릿속엔 '빌어먹을 메리 크리스마스!'란 말만 머리속에 맴돌았다. 폴과 통화하면서 수화기에 대고 흐느껴 우는 동안, 나는 대학 시절에 방구석에서 도둑과 대치하던 순간으로 휩쓸려 갔다. 도둑질은 피해자의 사적인 공간을 침해하고 물건을 훔쳐갈 뿐이지만, 피해자는 오래도록 평화를 빼앗긴다. 나는 그때의 일에서 벗어났다고 믿었지만, 그 기억은 깊숙한 곳에서 여전히 나를 지배하고 있었다. 이번에 이동식 주택에서 일어난 사건은 수년 전의 충격적인 기억을 다시 파헤쳐 냈다.

1월의 기온이 급격하게 떨어지는 가운데, 친한 친구인 브라이언 케이커크와 함께 다이빙하기 위해 대기했다. 우리는 훌라후프 크기의 무선 신호기를 처음으로 배치하는 임무를 맡았다. 이 신호기는 지하의 동굴에서 지표면으로 신호를 쏘아 올렸다. 지표면에서 신호를 추적하는 일에는 상당한 기술력이 필요했지만, 무선 신호기의 발명가인 브라이언 피즈는 위치를 언제나 빨리 찾아낼 만반의 준비가 되어있었다. 피즈는 햇빛 차단용 모자와 모기장, 노란 헤드폰, 신호 감지용 안테나와 정글 칼을 들고 다녔다. 신호를 찾기 위해 험한 길을 뛰다가 넘어져 피가 나거나 덩굴옻나무 때문에 물집이 생기곤 했지만, 그는 언제나 미소를 띠었다.

케이커크와 내가 설치한 무선 신호기에는 근본적인 문제가 있었다.

비컨, 즉 발신기와 배터리로 이루어진 기기를 2대 가져가서 동굴 안에 설치를 하고, 설치되어 있던 비컨을 다시 가지고 돌아와 캠프에서 12~14 시간 동안 기기를 충전하고 다시 가져다 놓는 과정을 반복해야 하는 문제였다. 한두 개의 수신기만 가져다 놓는 일은 엄청난 시간과 자원의 낭비로 보였다. 그래서 케이커크와 나는 더 적극적인 접근 방식을 시도해 보기로 했다. 우리는 비컨을 1대만 가져간 뒤, 동굴 안 여기저기로 옮겨 다니며 설치해서 한 번 다이빙할 때 여러 군데 위치를 잡아내는 방식을 제안했다. 지상의 피즈에게는 신호의 위치로 이동할 수 있는 카누를 포함한 운송수단이 있었기 때문에 그는 그 계획에 전적으로 찬성했다. 케이커크와 내가 다이빙을 하러 들어갈 때, 피즈는 노란 헤드폰을 끼고 하이킹 부츠를 신은 채 신호를 추적할 만반의 태세를 갖추고 있었다.

다이빙 시작 직후부터 첫 번째 지점에 도착할 때까지 30분의 시간이 주어졌다. 우리는 수중식물이 빽빽하게 자란 입구를 떠나 경사지고 바위투성이인 구간을 빠르게 내려가서 통과한 뒤, 높다란 그랜드캐니언 안으로 들어섰다.

순식간에 90미터 깊이에 다다른 데다가 90퍼센트 헬륨과 10퍼센트 산소로 이루어진 혼합기체를 들이마셔서인지 손이 떨리는 게 느껴졌다. 우리는 그랜드캐니언에서 B터널로 가기 위해 왼쪽으로 방향을 급격하게 틀었고 격렬한 물살에 휩싸였다. 나는 잠시 멈춰서 숨을 돌리려고 튀어나온 바위를 붙잡았다. 케이커크의 손도 초조한 듯 떨리고 있었다. 우리 둘 다 카페인을 쭉 들이킨 듯한 느낌이었다. 케이커크가 호흡기를 낀 채 외쳤다.

"무슨 일이 벌어지는 거지?"

헬륨 때문에 케이커크의 목소리가 대피 덕Daffy Duck(애니메이션 〈루니툰〉에 등장하는 오리 캐릭터-옮긴이)처럼 들려 나는 웃음을 터뜨렸다. 그런데 헬륨이 영향을 준 건 목소리뿐만이 아니었다. 급격한 수압 변화와 헬륨 사용이 겹치며 몸이 떨리기 시작했다. 하지만 그로 인한 영향은 다행히도 곧 사라졌고, 우리는 수중 스쿠터를 전속력으로 운전하며 앞으로 나아갔다.

물살이 강풍처럼 세게 덮쳐와 앞으로 가기 위해 최대한 세게 발차기를 해야 했다. 숨을 몰아쉬며 첫 번째 장소에 도착했고 발신기를 평평하게 놓았다. 재호흡기를 전자파로부터 보호하기 위해 배터리팩은 최대한 멀리 떨어진 곳으로 옮겼다. 전자파 때문에 생명 유지 장치에 달린 컴퓨터에 영향이 가지 않도록 막기 위함이었다.

우리가 고른 작은 공간은 통로 중간에 툭 튀어나온 곳에 불과했기에 발신기를 켜면서 기기에 지나치게 가까이 다가가는 건 아닌지 걱정되었다. 고무로 감싼 스위치를 흔들자, 투명한 배터리팩에서 불빛이 번쩍이면서 비컨이 켜졌고, 보이지 않지만 신호를 내보내고 있음을 나타냈다. 이제 발신기가 신호를 다 보내고 끌 때까지 20분간 기다려야 했다. 운이 좋으면 같은 과정을 반복하기 전에 피즈가 덤불을 헤치고 우리의 위치를 찾을 수 있을 것이다. 우리의 계획은 4군데의 장소에서 작업을 진행하고, 비컨을 가지고 헤엄쳐 돌아가는 것이었다. 이로써 장비를 반만 쓰고도 생산성은 두 배로 올라갈 테고, 비컨을 되가지러 한 번 더 다이빙할 필요도 없을 것이다.

비컨의 배터리에 달린 스위치를 작동시킨 후, 나는 최대한 뒤로 멀리 동굴 벽에 몸을 들이밀고 발신기를 주시하고 있었다. 그런데 갑자기 어딘가에서 귀에 거슬리는 소리가 들려왔다. 나는 케이커크에게 헬륨 목소리로 물었다.

"케이커크, 저 소리 들었어?"

"응, 대체 뭐지?"

케이커크가 대답했다.

우리는 모든 기기가 제대로 작동하는지 확인하려고 급히 다이브 컴퓨터를 살펴보았다. 그때 이상한 소리가 다시 들렸다.

윙. 드르륵. ⋯⋯.

윙. 드르륵. ⋯⋯. 윙.

갑자기 무언가 떠올랐다.

"변속기 소리야!"

내가 불쑥 내뱉었다.

케이커크는 어리둥절한 눈으로 나를 바라보았다. 나는 다이버들의 수신호를 이용해서 '보트'라고 말했다.

우리는 와쿨라강에서 유리 바닥으로 된 관광 보트가 정박한 부두 바로 아래 있었다. 우리 귀에 들려온 건 부둣가에서 후진하고 회전하는 배의 삐걱대는 변속기 소리였다. 나는 공원에서 그 소리를 들어 익숙했지만, 수중에서 들어본 적은 없었다. 우리는 지구에 물을 공급하는 90미터 아래의 지하 강 속을 헤엄치고 있었지만, 위에서 벌어지는 일을 들을 수도 있었고 때때로 볼 수도 있었다.

우리는 수중 스쿠터를 잡고 굽어진 동굴 통로를 달렸고, 기기를 설치하는 속도도 빨라졌다. 지상의 피즈가 조금 전 내보낸 신호를 받았기를 바라며 동굴 속 더 깊은 곳으로 이동했다.

이동 통로는 황갈색 석회암으로 구불구불 이어지고 있었으며, 곳곳에는 바위가 예술 작품처럼 튀어나와 있었다. 침전물로 덮인 바닥은 푹신해 보였고, 홈이나 자국이라고는 없어서 아무도 이곳에 온 적이 없다는 사실을 보여주었다. 우리는 추가로 두 군데에서 무선으로 위치를 알렸고, 우리를 괴롭히던 사람들이 보낸 「이곳 너머로는 더 탐험할 게 없다」라는 쪽지의 말대로 우리는 B터널이 끝나는 지점에 있었다.

나는 주머니에서 방향 표시 마커를 꺼내서 가이드라인 끝에 설치했다. 기존에 설치된 마커보다 30센티미터 뒤였다. 동굴 다이버는 전통적으로 자기가 탐험한 가장 먼 지점에 이름이 새겨진 방향 표시 마커를 설치한다. 그러나 나는 존경하는 동료의 이름이 적힌 마커를 설치했다. 그는 내 멘토였고, 내 인생에 중요한 교훈을 주었다. 이후에 누군가가 이 가이드라인의 끝에 이른다면 내 이름이 아니라 죽어도 동굴에는 오지 않을 리처드 파일Richard Pyle 박사의 이름을 보게 될 것이다.

잠시 후 손목에 찬 다이브 컴퓨터를 보니, 출구로 향하기 전까지 1시간이나 남아 있었다. 그 시점에 나는 이미 수심 90미터에서 가장 길게 보낸 시간보다 네 배 이상 더 머물고 있었다.

어깨너머로 보니 케이커크는 물이 흘러나오는 벽의 작은 틈으로 파고들고 있었다. 그가 가장 좋아하는 일이었다. 케이커크가 흥분해서 낮은 소리로 환호하며 새롭게 탐험할 수 있는 장소를 가리켰다. 동굴의 이 구간은 막다른 길이 아니었다. 커다란 바위 뒤 어두운 공간으로, 몸이 간신히 통과할 정도의 크기였다. 작은 공간에 낄 위험이 있었으나, 강한 물살이 구멍에서 나오고 있었기에 새로운 가이드라인을 설치할 수 있을 가능성이 컸다. 케이커크가 다이브릴을 주며 먼저 가라고 했지만, 이 장소를 찾아낸 건 그였기에 내가 외쳤다.

"먼저 가, 어서!"

케이커크는 가이드라인을 꺼내 들고 이미 설치된 가이드라인에 연결한 뒤, 피어오르는 침전물 속 좁은 틈새로 몸을 밀어 넣으며 어둠 속으로 사라졌다. 아무도 보지 못한 장소를 향해 더 깊이 파고드는 것만큼 설레는 일은 없다. 틈새를 통과하며 그의 몸이 눌렸고 재호흡기를 감싼 유리섬유가 긁혔다. 케이커크가 낑낑대며 씨름하는 동안 옆에 달린 공기통이 서로 부딪쳤다. 나는 뿌연 침전물 속 좁은 틈새로 그를 따라갔고, 그가 욕을 퍼붓는 소리를 들었다. 케이커크는 다이브릴에 엉킨 가이드라인을 풀려 애쓰고 있었다. 당황스럽기도 하지만 안전에 필수적인 장비를 못 쓰게 될 수도 있었다. 가이드라인은 침전물이 시야를 가릴 때 길을 되밟아 안전한 곳으로 돌아가게 해주는 생명줄이었다. 그는 줄을 곧 풀었고 곧이어 "야호!"라고 되치더니 앞으로 나아갔다.

3미터 더 가서 다시 줄이 엉키자, 그는 다시 욕지거리를 퍼부었다. 다시 줄을 풀며 앞으로 나가긴 했지만, 무선 수신기, 비상용 공기통 4개, 예비용 스쿠터 등 좁은 공간에 가이드라인을 까는 작업에 어울리지 않게 너무 많은 장비를 끌고 다니고 있었다. 나는 당장 필요하지 않은 장비를 그에게서 떨궈냈고, 전진하면서 장비들을 가이드라인에 클립으로 고정해 놓았다. 돌아가는 길에 다시 장비를 집어가기만 하면 되었다. 그가 새로운 경계를 향해 나아가는 동안, 나도 당장 필요하지 않은 장비들을 떨구어 고정해 놓았다. 30분간 우리는 고동치는 심장을 안고 전속력으로 헤엄쳤다. 그리고 마침내 가이드라인을 다 사용했을 때 쯤 작고 아름다운 공간에 도착했다.

우리는 청록빛 물로 가득한 높은 반구형 천장 아래 우뚝 솟은 황갈색 바위 더미를 따라 위로 올라갔다. 하얀색, 금색, 갈색의 줄무늬가 방을 빙 둘러싸며 번갈아 등장했다. 분명 수백만 년은 되었을 퇴적물이었다. 벽에 튀어나온 방패연잎성게의 화석은 이곳이 옛날에 해저였음을 알려주었다. 석회암층이 오랜 시간에 걸쳐 퇴적한 후 다시 침식되어 화석화된 과거를 드러냈다.

나는 케이커크가 이 아름다운 장소에 자신의 딸의 이름을 따서 '모건의 방'이라고 이름 붙이는 것을 보고 미소 지었다. 그리고 인류의 발길이 닿지 않은 이곳에서 방금 이뤄낸 일을 생각하며 경이감을 만끽했다. 이렇게 충만한 감정을 다시 느낄 수 있을까. 나는 가능한 한 오래 머물면서 모든 것을 느끼고 만끽하고 싶었다.

그런데 그때 빠르게 딸깍이는 산소 밸브가 정적을 깨며 시간이 얼마 남지 않았다는 사실을 알렸다. 그리고 그와 동시에 갑자기 그의 눈이 휘둥그레졌다.

"내 장비들이 어디 갔지?"

나는 웃음을 터뜨렸고 괜찮다는 수신호를 보냈다. 그는 너무 집중한 나머지, 내가 그의 장비를 떼어낸 것도 몰랐던 것이다. 우리는 동굴에서 나가면서 나침반으로 간단히 측량하고 떨구어 둔 장비를 집어 들었다.

수심 80미터에 도달했을 때, 제어장치실과 연결된 카메라를 향해 손을 흔들었다. 다이빙을 시작한 지 정확히 5시간이 지났고, 우리는 신체적, 정신적으로 고갈된 상태였다.

내 시선은 80미터 위에 보이는 쇠구슬 모양의 다이빙벨로 향했다. 우리의 피신처가 되어줄 저 장치는, 무거운 케이블에 묶인 채 수심 33미터 지점에 매달려 있었다. 강철로 된 다이빙벨은 엘리베이터가 되어 우리를 물위에 떠 있는 바지선의 감압 체임버로 안전하게 데려다줄 것이다.

감압을 위해 물기 없는 감압 체임버에서 10시간도 넘게 보내는 것이, 물속에 있는 것보다는 훨씬 나았다. 물속에서는 여러 문제가 생길 가능성이 있는데, 그 문제 중 하나는 긴 임무 시 산소 중독에 의한 발작이다. 감압 체임버를 이용하면 적어도 익사는 방지할 수 있다. 하지만 장치의

문이나 밀폐 부위에 문제가 있어 돌발적으로 압력이 내려가면 안에 있는 사람이 사망할 위험은 있다.

감압 체임버로 가려면 아직 멀었고, 다이빙벨 안에서 4시간의 감압을 해야 한다. 이를 위해 45미터를 헤엄쳐 올라갔고, 재호흡기와 공기통을 벗어 우리를 기다리던 안전 담당 다이버에게 넘겨주었다. 그리고는 지친 몸을 이끌고 다이빙벨 안으로 들어갔다.

나는 이 광경을 잊지 못할 것이다. 달 착륙선으로 천천히 향하는 우주 비행사가 된 기분이었다. 조금 전까지 달의 뒷면에 있었고 본부로 돌아가는 중 같았다. 말로 다 표현할 수 없을 만큼 행복했다.

'이런 경험을 해보는 사람이 몇이나 될까?'

케이커크와 나의 다이빙 작업은 순조롭게 완료되었고, 9시간이 넘는 임무를 마친 뒤였지만 우리는 여전히 힘이 넘쳤다. 우리는 서로를 끌어안고 기뻐했다. 아직 12시간 정도 더 감압을 해야 했기에 임무를 완수하려면 한참 더 있어야 했다. 창문으로 안전 담당 다이버들이 우리가 쓴 재호흡기와 모두 사용한 다이브릴을 가지고 수면으로 헤엄쳐 올라가는 모습이 보였다.

"움직일 준비가 되었나요?"

스피커에서 나온 목소리가 나를 놀래켰다.

"네, 감압되었고 지금 보급되는 공기로 숨 쉬고 있어요."

내가 보고했다.

장치 조작자가 다이빙벨을 수면으로 이동시키려고 하자, 끼익 하는 커다란 소음과 함께 쿵하는 소리가 났다. 다이빙벨이 갑자기 시계추처럼 흔들리며 위로 향하기 시작했고, 나는 중심을 잃었다.

잠수복을 벗는 동안 치직거리는 목소리가 외쳤다.

"30미터…… 25미터…… 20미터."

다이빙벨이 천천히 수면으로 향했지만, 몸은 여전히 1제곱센티미터당 4.5킬로그램의 압력을 받고 있었다.

마침내 눈부신 햇살이 창문을 통해 들어왔고, 무거운 장치가 양옆으로 흔들리면서 벽에 응결된 물방울이 축축한 잠수복 내피로 떨어졌다. 다이빙벨은 다리 모양 구조물을 따라 옆으로 미끄러졌고, 끼익 소리를 내며 감압 체임버에 도달했다. 그곳에서 다이빙벨이 출입구에 밀착되었다. 귀청이 떨어질 듯 쉭 소리가 나고, 여전히 문이 닫혀있는 감압 체임버 안으로 압축된 공기가 주입되면서 우리의 몸과 압력이 같아졌다. 마침내 소리가 멈추자, 우리는 5센티미터 두께의 동그란 문을 열고 감압 체임버 안으로 기어 들어갈 수 있었다.

재호흡기 컴퓨터에 있는 정보는 비행기의 블랙박스처럼 노트북 컴퓨터로 다운로드되었고, 우리가 12시간 동안 머물 곳으로 축하를 위한 피자가 배달되었다. 배가 고파 죽을 지경이었다. 5분간의 휴식 시간 동안만 산소 마스크를 벗을 수 있어서 빨리 먹어야 했다. 휴식 시간마다 한 조각 반을 욱여넣을 수 있었고, 다음 휴식이 시작될 때까지 매번 25분을 기다려야 했다. 피자는 그사이 식어 버렸지만 그래도 맛은 환상적이었다.

케이커크와 내가 감압하는 동안 탐사단은 장비에서 정보를 다운로드하고, 공책과 측량 메모장을 살펴보았다. 한 안전 담당자가 메시지를 적더니 감압 체임버 창문에 메모지를 가져다 댔다.

「다이빙 기록 경신!」

"저게 무슨 말이야?"

나는 마스크 사이로 중얼거렸다.

안전 담당자는 나에게 무전으로 '역사상 가장 깊숙한 동굴로 들어간 여성'이라고 알려왔다. 나는 그간 기록을 세우는 데 크게 관심이 없었다. 쉑 엑슬리처럼 위대한 탐험가를 그로 인해 잃었기 때문이다. 하지만 기록에 놀라고 흥분되는 건 나도 어쩔 수 없었다. 나는 머리부터 발끝까지 새빨개졌다. 그때까지 내가 어떤 기록을 세울 수 있다고 생각해 보지 않았으나, 어느 순간 나는 '동굴 다이빙'이란 스포츠의 정점에 있었다. 전문적인 동굴 다이버들이 속한 모임의 일부가 되었고, 선두에 선 여성이었다.

다시는 이 기분을 경험하지 못할지도 모르니 지금 이 순간을 음미해야 했다.

"덕분에 나는 세계 여성 신기록의 공동 보유자가 되는 셈이군."

케이커크가 우스갯소리를 했다. 나는 너무 웃은 나머지 피자에 목이 막힐 뻔했다.

안전 담당자는 다른 소식도 전해주었다. 조금 전 자신이 우리를 괴롭혔던 악플러들이 모여있는 인터넷 게시판에 「너희는 여자한테 졌다」라는 제목의 글이 올렸다고 자랑스럽게 말해주었다.

나는 나를 멈춰 세우려던 악플러들과 동굴에 남겨놓은 B터널의 쪽지를 무색하게 만들고 그 너머를 탐험했지만, 끝없는 괴롭힘과 인터넷에 게시된 악의적인 글 때문에 불안해했다. 우리 팀의 누군가가 그 사람들

182

을 들쑤셔 놓았다는 사실에 기분이 좋지 않았다. 게다가 「너희는 여자한테 졌다」는 제목도 모욕적이었다.

나는 동등한 일원이 아닌가? 그저 성이 다른 참가자일 뿐이었나?

누군가와 이 문제에 관해 이야기하기 전까지 감압 체임버에서 몇 시간을 더 보내야 하는 게 다행이라는 생각이 들었다. 그사이 마음을 가라앉히고 이 문제를 흘려보낼 수 있을 것이다. 나는 다이빙 성과를 축하하고 싶었지, 언쟁을 하고 싶지는 않았다.

케이커크나 다른 동료들과 하는 다이빙은 별 문제가 없었지만, 시간이 지날수록 폴과의 다이빙은 힘들어졌다. 우리가 함께했던 다이빙은 와쿨라에서가 마지막이었다. 함께하는 다이빙은 즐거워야 했지만, 즐겁기는커녕 이루 말할 수 없을 정도로 스트레스를 받았다. 폴은 여러 면에서 나를 걱정시켰다. 물속에서의 타고난 노련함은 그 누구도 따라갈 수 없었으나, 위험에 대해선 무감각했다. 폴의 태도는 언제나 '걱정하지 마'였다. 하지만 이곳에서 지금껏 상상해 보지 못한, 가장 위험천만한 동굴 다이빙을 하고 있었다.

나는 다이빙 전에 꼼꼼하게 계획을 세우고 모의훈련을 하고 체계적으로 준비하는 걸 좋아했다. 그러나 폴은 항상 제일 먼저 준비를 마쳤고, 나는 매번 그가 무언가를 깜박하지는 않았을지 걱정스러웠다. 우리는 번갈아 가며 스쿠버웨스트를 운영했지만, 폴은 내가 가게 운영보다 다이빙에 더 비중을 두고 있다고 생각하는 것 같았고, 그 점이 불만스러운 듯했다. 그리고 우리는 자주 말다툼도 했다.

얼마 전, 다툼 중에 폴은 나에게 "난 그저 아내를 원할 뿐"이라고 말했다. 이 결혼에서 두 명의 탐험가를 위한 자리는 없는 듯 보였다.

　내 생일날, 폴과 나는 지도 제작 임무를 위해 다이빙을 하러 출발했다. 나는 오랜만에 폴과 함께 다이빙한다는 사실에 설렜다. 가게 운영과 서로 맡은 일들을 하느라 함께 다이빙할 시간이 없었는데, 마침내 함께 할 수 있게 된 것이다.

　우리의 과제는 'A/O터널'이라고 불리는 거대한 주요 통로를 따라가는 일이었다. 이곳은 시야가 흐려서 케이커크와 B터널을 다이빙했을 때처럼 놀랄만한 장관을 볼 수는 없을 것이다. 나는 앞장서서 정찰하는 역할을 맡았고, 폴은 크고 무거운 3D 지도 제작기를 들고 따라오기로 했다. 나는 폴이 뒤따라오도록 길을 밝히면서도, 신호가 지나가는 범위에서 벗어나 있으려면 폴과 꽤 멀리 떨어져야 했다. 게다가 시야가 흐려서 위치를 가늠하기 쉽지 않았다.

　기기가 쏘는 신호 범위에서 벗어났을 때, 나는 폴의 시야가 미치는 곳을 벗어나 있었고 폴도 보이지 않았다. 어디선가 3D 지도 제작기의 프로펠러가 윙윙거리는 소리가 들렸다. 지도 제작기에는 비상 제동 장치가 있어서 작동하는 사람에게 문제가 생기면 멈추었기 때문에 윙윙 소리가 난다면 폴이 여전히 움직이고 있는 것이라고 여겼다.

　우리는 완전한 어둠에 둘러싸인 채 금색으로 된 굵은 가이드라인을 따라갔다. A/O터널은 굉장히 넓어서 전등으로 벽이나 바닥, 천장을 비추어 봐도 동굴을 드문드문 볼 수 있을 뿐이었다.

　그날따라 내 스쿠터가 폴의 스쿠터보다 기운이 넘쳤는지 내가 계속 앞서나갔다. 폴이 흙탕물에서 번번이 나를 놓쳐서 나는 폴이 따라잡을 수 있도록 계속 멈추었고, 한 번은 뒤돌아가서 폴을 데리고 오기도 했다. 그런데 내가 앞서갈 때마다 폴은 점차 화를 내기 시작했고, 결국 재호흡기 너머로 목청껏 소리를 질렀다. 무슨 말을 하는지는 알아들을 수 없었지만, 심장에 비수가 꽂히는 기분이었다.

나는 폴이 3D 지도 제작기와 흐린 시야로 씨름하느라 화가 난 게 아니라 내게 가진 불만이 폭발한 것으로 받아들였다. 케이커크가 가이드라인이 엉켜서 화냈을 때는 나와 연관이 있다고 생각하지 않았지만, 폴이 소리를 지르자 나는 문제가 무엇이건 나 때문에 화를 내는 게 틀림없다는 생각이 들었다. 폴과 적당한 거리에 머물려고 노력했지만 내가 계속해서 앞서나갔다. 수많은 장비를 끌고 다니며 가이드라인에 붙어있는데는 엄청난 집중력이 필요했다.

폴을 데리러 두 번째로 길을 되돌아갔을 때, 폴은 몹시 화가 난 상태였다. 헬륨 때문에 목소리가 고음으로 바뀌어서 전혀 알아들을 수 없었지만, 물속에서 모든 갈등이 밀려들어 나를 덮쳤다. 나는 거부당한 기분이 들었고 눈물이 마스크 안으로 쏟아졌다. 수심 90미터 지점에서 위험하게도 주체할 수 없는 감정이 나를 압도하고 있었다.

그때 나는 폴과 함께하는 다이빙은 이번이 마지막이라고 결정지었다. 눈물과 감정이 이성을 마비시키고 있었다.

폴은 이전에도 다이빙 중에 내게 소리를 지른 적이 있었다. 멕시코의 얕은 물속에서 사진을 찍으려 다이빙했을 때도 자신이 시범을 보이며 설명해 준 것을 이해하지 못하자 화를 냈다. 연안에 있는 난파선 다이빙 중에도 내가 일찍 수면으로 나가고 싶어 했을 때도 폴은 언짢아했다. 하지만 이건 다르다. 수심 90미터에서 화내는 건 훨씬 위험하다. 신체적으로 한계를 경험하는 다이빙을 하면서 화를 내거나 감정이 동요하는 것은 금물이었다.

나는 혼자만의 잘못이라고 생각하지는 않았다. 우리는 모두 어려운 작업을 해내려고 열심히 노력하고 있었다. 하지만 나는 남편과 함께 다이빙을 하면 너무 감정적으로 반응한다는 사실을 그날 깨달았다.

이후에 나는 폴에게 와쿨라에서 임무를 수행할 때 더는 당신과 함께 다이빙하지 않겠다고 말했고, 폴은 몹시 화를 내며 소리쳤다.

"나랑 다이빙하고 싶지 않다고? 당신은 내 아내잖아!"

하지만 나는 이미 마음을 굳혔다. 우리의 안전과 순탄한 결혼 생활은 다른 동료와 다이빙을 함으로써 지켜질 수 있었다. 이 사건은 우리 관계에서 불거지고 있던 더 큰 문제를 드러냈다. 폴과 나는 서로를 탐험 파트너로 여겨 결혼했다.

'나는 그에게 아내였을까, 다이빙 파트너였을까? 과연 둘 다일 수 있을까?'

함께 다이빙만 하지 않는다면 폴과의 결혼 생활을 유지할 수 있으리라는 생각이 들었다. 폴은 나에게 탐험에 도전할 수 있게 도와 주었지만, 내가 그 세계에 머무는 건 좋아하지 않았다. 그 사실이 우리 미래에 시사하는 바는 무엇일까?

힘든 다이빙은 심리적인 스트레스를 주는 동시에 몸에도 무리를 주었다. 때로는 탈진하기 직전까지 갔고, 처음 보는 신체 증상이 내게 경고를 해 주기도 했다. 우리는 연구로 알려진 한계 이상으로 잠수하며 사실상 인간 실험용 쥐가 될 것이라는 사실을 알면서도 이 프로젝트에 참여했다. 그게 어떤 느낌인지 점점 알아가고 있었다.

임무를 끝내고 침낭에 들어갈 때까지, 35시간 이상 깨어있어 수면 부족은 큰 문제였다. 35시간이란 시간은 평범한 사람들의 일주일간 근무하는 시간이었다. 그러나 우리는 사흘이나 나흘 정도 쉬고는, 같은 방식을 반복했다. 이런 일정은 다이버의 몸에 무리를 주었고, 완전히 기진맥진했다. 자원봉사자들도 지쳐서 수가 줄었고, 탐사 단원 중 몇몇은 불만을 터트리기 시작했다. 그리고 산소 중독도 다이버들의 몸에 무리를 주었기에 이것 또한 큰 문제였다.

프로젝트가 끝나갈 무렵, 48미터 지점에서 감압 정지 중에 메스꺼움을 느꼈다. 다이빙벨에 들어가기 전까지 몇 차례 더 감압 정지를 해야 했다. 나는 배고픈 건지, 피곤한 건지, 아니면 아픈 건지 확신하지 못했다. 구토하지 않으려고 애쓰는 동안 질문들이 머리를 스쳤다. 지나치게 무리했나? 발작이 시작되려는 건가?

우리는 허용된 산소 노출 한계를 한참 넘어섰다. 다이빙이 끝날 무렵의 양을 계산해 보면 허용된 양의 400~500퍼센트 정도 초과할 것이다. 깊은 수심에서 산소를 지나치게 들이마시는 행동은 너무 많은 연료를 불에 쏟아붓는 것과 마찬가지였다. 연료는 혼합기체에 들어있는 산소였고, 불은 내 세포 안에 있었다. 몸이 손상을 입지 않고는 그렇게 많은 산소를 처리할 수는 없었다. 감압을 끝마치려면 어느 정도의 산소는 필요하지만, 이미 장시간 다이빙하며 산소에 많이 노출되어 아슬아슬한 상태였다.

안전 담당 다이버가 내 상태를 확인하려 급히 내려오자, 나는 손목 메모장에 쪽지를 적어서 무슨 일이 벌어지는지 알렸다. 나는 산소 중독 증상을 막기 위해 재호흡기에서 산소 농도를 낮추었다. 그러면 감압하기 위해 물속에서 더 오래 머물러야 했다. 산소는 감압하는 다이버의 몸에 쌓인 불활성기체를 몰아내는 데 도움을 주지만, 과다하게 들이마시면 발작을 일으킬 수 있다.

나는 재호흡기 대신 공기통에 있는 순수한 공기를 들이마시는 등 다른 해결책을 시도해 보았지만 어떤 것도 도움이 되지 않았다. 메스꺼움이 심해지자 더 걱정스러워졌다. 나는 안전 담당 다이버에게 같이 있어 달라고 부탁했다. 산소가 풍부한 혼합기체를 오래 들이마실수록 증상이 더 심해지고, 그다음에는 산소 중독으로 인한 발작이 일어나리라는 사실을 알고 있었다. 감압 체임버에 빨리 들어가는 게 최선이었다. 그곳에서 경련이 일어나면 팀이 도와줄 수 있었다.

물속에 있을 때 경련이 일어나면 익사하고 말 것이다. 나는 마지막 6미터를 서둘러 올라가서 다이빙벨에 들어가고 싶었지만, 그건 너무 위험한 행동이었다. 나는 산소 중독과 잠수병에 걸릴 가능성 사이에서 선택해야만 했지만, 그 어떤 것도 선택할 수 없었다. 그저 안전 담당 다이버가 내 옆에 있어 주기를 바랐다.

고통의 시간이 지나 마침내 감압 체임버에 들어가자 그제야 안심이 되었다. 안전 담당 다이버는 얼른 내게서 재호흡기와 공기통을 떼어냈다. 나는 긴 호스로 공기를 들이마시며 위로 손을 뻗어서 입구에 있는 손잡이를 붙잡았다. 구멍을 통해 몸을 끌어 올린 뒤 몸을 돌려서 가장자리에 엉덩이를 붙였다. 무릎을 가슴으로 끌어 올리고 다이빙핀과 마스크를 벗어 던진 후 숨을 쉬었다. 구토감이 들었지만, 안전해졌다는 생각에 점차 잦아들었다.

그 후로 9시간 동안은 자거나 먹을 수 없었다. 할 수 있는 일이라고는 물을 마시고 토하지 않으려고 노력하는 정도였다. 장치 조작자는 산소 마스크를 쓰는 중간중간에 2번가량 긴 휴식 시간을 주었지만, 나는 그저 이 시련이 끝나기만을 바랐다. 휴식은 감압 체임버에 있어야 할 시간을 늘리기만 할 뿐이었다.

마침내 감압 체임버에서 나와 바로 앞의 덤불 쪽으로 달려가서 10분간 구토를 했다. 한결 나아졌지만 궁금했다.

'몸을 한계까지 몰아붙인 걸까? 체력이 문제였을까, 아니면 다이빙을 한 후에 더 긴 회복 시간이 필요한 걸까?'

가슴 쪽에 화끈거림이 느껴졌고, 동료인 리처드 박사와 이메일로 연락을 주고받은 후에 '폐산소 중독증'이라고 결론 내렸다. 이 경우 고농도의 산소로 인해 폐활량이 감소한다. 몇 개월 후면 완전히 회복되긴 하지만, 오랜 시간 진행되는 임무는 내게 위험해졌다.

다이빙이 끝나고 회의하던 중에 나는 동료들에게 물었다.

"혹시 이런 증상을 느끼는 사람이 나말고 또 있나요?"

다이빙할 기회가 없어질 수 있었기 때문에 나는 이 일을 공유하면서도 불안했다. 안전위원회는 내 몸이 위태로운 상태라고 결론지을지도 몰랐다. 다른 사람들은 누군가가 먼저 말을 꺼내기를 바라는 듯 서로 시선을 교환했다. 어색한 침묵이 잠깐 이어지더니, 다이버 한명이 손끝이 뜨겁고 빨갛다고 밝혔다. 다른 사람들도 비슷한 증상을 겪었고 다이빙 후 이상한 병을 앓는다고 말했다. 다이빙 파트너인 마크는 이미 큰 통증을 느낀다고 고백했고, 특히 예전에 다친 부위가 심하다고 이야기했다. 내 고백을 시작으로 모두 자신의 증상을 고백했다. 피로가 탐사단을 서서히 잠식하고 있었고, 탐험 다이버와 자원봉사자 모두 쉬면서 몸을 회복하고 마음을 가다듬도록 하루의 휴가를 갖기로 했다.

그날은 웨슬리 스카일스가 프로젝트를 촬영하는 내셔널지오그래픽 촬영 팀을 이끌었다. 촬영 팀은 하얀 승합차에서 카메라와 부피가 커다란 조명 등 촬영 장비들을 내리고 있었다. 간절히 합류하고 싶었지만, 너무 지쳐서 아무 말도 할 수 없었다. 나는 베이스캠프로 돌아갔고, 승합차 뒤편에 있는 침낭에 바로 쓰러졌다.

웨슬리와 그가 이끄는 팀원들은 우리가 쉬는 날을 기회로 삼아 다음 탐사 다이빙 때 쓸 조명을 설치하려 했다. 그래서 다이버 4명이 동굴 입구 근처에 조명을 설치하려고 10분간 잠수하기로 계획했다.

다이버인 제이슨 리처즈Jason Richards는 조명 케이블을 가지고 씨름하느라 집중한 나머지, 산소만 들어있는 산소통으로 숨을 쉬며 30미터 지점까지 내려갔다. 100퍼센트 산소로만 호흡할 수 있는 수심보다 다섯 배나 더 깊은 수심이었다. 대략 8분 후에 제이슨은 의식을 잃고 몸이 뒤집혔고 경련을 일으키며 바닥을 향해 떨어졌다.

동료 다이버인 마크 롱Mark Long이 처음 제이슨을 발견했고, 얼굴이 새파랗게 질린 제이슨을 수면으로 끌어 올려다 놓는 데, 다이버 3명이 매달려야 했다. 응급의료 요원이 드라이슈트를 잘라서 벗겨내는 동안, 제이슨은 격렬하게 발작을 일으키며 구토했다.

누군가가 베이스캠프로 급히 뛰어들어와 비상사태라고 외쳤을 때, 나는 다이빙 후 잠에서 막 깨어난 상태였다. 누가 방금 죽은 줄 알고 서둘러 뛰어갔고 제이슨이 팔다리를 축 늘어진 채 들것에 누워있는 모습이 보였다. 그가 살아있어서 기뻤다. 군용 헬기 조종사 제이슨은 죽을 뻔했다. 이번에는 그에게 일어난 일이었지만, 누구에게나 일어날 수 있는 일이었다.

제이슨은 그날 밤을 병원에서 보냈고, 다음 날 건강증명서를 받아들고 퇴원했다. 우리는 웨슬리가 이끄는 팀이 촬영을 마치도록 도왔지만, 우리에게는 휴식이 필요했다. 그래서 사고 후 닷새가 지난 뒤, 절차를 보강하고 앞으로 나아갈 길을 명확하게 하기 위해 탐사를 잠시 중단했다. 나는 이동식 사무실에서 빌과 함께 그동안 못 한 컴퓨터 작업을 하며 하루를 시작했다.

하지만 잠시 후, 웨슬리가 문짝이 떨어질 듯 세게 문을 열더니 "물가에 119가 와있어!"라고 다급히 소리쳤다. 평화는 금세 깨졌다. 웨슬리는 다른 문들도 열어 젖혀가며 소리쳤다.

빌과 나는 벌떡 일어나 물가로 달려갔다. 다이버 한명이 노란 재호흡기를 매고 축 늘어진 다른 다이버를 물 밖으로 꺼내고 있었다. 물가로 달려가면서 빌이 외쳤다.

"안 돼! 안 돼! 안 돼!"

1990년, 헨리 켄들Henry Kendall 박사는 원자보다 작은 입자인 쿼크quark 가 존재한다는 사실을 처음으로 증명한 공로를 인정받아 다른 과학자 2명과 함께 노벨 물리학상을 수상했다. 헨리는 뛰어난 수학자이자 물리학자였을 뿐 아니라 진정한 모험가이기도 했다.

등산가이자 경험이 풍부한 다이버였던 헨리는 젊은 빌 스톤에게서 자신과 닮은 점을 발견하고 친한 친구이자 멘토가 되었다. 헨리는 빌의 회사와 탐험에 후원을 했고, 빌이 초기에 만든 재호흡기를 사들인 몇 안 되는 사람이기도 했다. 와쿨라 2 프로젝트가 시작됐을 때 헨리는 이곳에 방문하고 싶어 했다. 73세의 나이에도 건강해 보였고, 동굴 진입 지점에서 가볍게 다이빙해 볼 수 있기를 바라는 듯했다. 빌은 우리가 쉬는 날, 안전 담당 다이버 1명을 동행시켜 헨리가 가볍게 다이빙하도록 허가했다.

나중에 몇몇 사람은 헨리가 그날 아침 좀 이상했다고 말했다. 그는 친하게 지내던 종업원의 이름을 잊어버렸고, 다이빙 장비를 서투르게 만지작거리기도 했다. 헨리가 물가로 걸어갈 때 다이빙 파트너가 말했다.

"아직 준비가 안 됐어요. 금방 갈게요."

하지만 헨리는 장비를 갖추고 잔뜩 흥분한 상태여서 무릎 깊이의 물에 선 채 다이빙핀을 끼웠다. 재호흡기로 숨을 들이마시고 있었지만 산소 공급 스위치를 켜지는 않았다. 그는 아마 펠리컨처럼 한 다리로 서서 다이빙핀을 끼우려고 애쓰다가 어지러움을 느끼고 60센티미터도 채 안 되는 물로 넘어졌을 것이다. 그런 뒤 물속에서 의식을 잃고 익사했다.

닷새 전에는 제이슨이 산소 중독으로 죽을 뻔했고, 헨리 박사는 산소 부족으로 죽었다.

나는 장비를 맨 헨리를 물가로 끌어 올리는 일을 도왔다. 젖은 모래 때문에 더욱 무겁게 느껴졌다. 빌과 나는 재호흡기 장비 위로 헨리를 눕히

고 마스크를 벗었다. 입에서 물이 흘러나오고 있었지만 인공호흡을 시
작했다. 옆에서 바쁘게 돕던 사람들이 헨리의 장비를 벗기는 동안, 나는
심폐 소생술을 시작했다. 빌이 절규했다.

"어서, 헨리! 숨 쉬어!"

"산소를 가져다주세요!"

내가 소리쳤다.

나는 계속 흉골을 압박했고, 압력에 갈비뼈가 똑 하고 부러지는 게
느껴졌다. 눈물이 앞을 가렸지만, 나는 인공호흡을 하는 빌의 속도에 맞
춰 계속해서 헨리의 가슴을 압박했다. 누를 때마다 나는 가슴속으로
외쳤다.

'살아 줘. 살아 줘. 제발 살아 줘.'

그런데 갑자기 팔을 타고 오싹함이 느껴졌고, 불현듯 나를 에워싸는
헨리의 존재가 느껴지는 듯했다. 마치 그가 내 머리 위에서 내려다보는
것 같았다. 갑자기 내 손 아래에 아무것도 없고 모든 건 머리 위에 존재
하는 듯이 느껴졌다. 나는 갑자기 평화로운 안개에 휩싸였고, 마치 헨리
가 괜찮다고 말하는 것 같은 기분이 들었다.

바로 도착한 구조대원이 헨리의 가슴에 전극을 부착했다. 나는 간절
히 그가 일어나길 바랐다. 제세동기가 철컥거리며 작동했지만, 헨리의
몸은 세게 흔들리기만 할 뿐 아무 일도 일어나지 않았다. 하지만 구조대
원은 포기하지 않았다. 구조대원은 우리에게 심폐 소생술을 다시 시작하
라고 하더니 응급의료 장비들을 가져왔다. 장비들로 차가운 헨리에게 온
힘을 쏟아붓는 동안 나는 계속 그의 가슴을 압박했다.

그날의 나머지 기억은 희미하다. 구조대원은 헨리를 헬기로 데려갔고,

모두 잠시 희망을 가졌다. 빌은 무슨 일이 벌어졌는지 알아내기 위해 헨리의 다이빙 장비를 확인하고 싶어 했지만, 내가 말렸다.

"빌, 기기에서 물러나요. 장비를 만져서는 안 돼요. 헨리는 죽을지도 모르고, 장비는 증거물 연계성 원칙(증거물이 법적 증거 능력을 확보할 수 있도록 증거물을 수집하는 단계부터 재판 때까지 매 단계에서 이력이 관리되어야 한다는 원칙-옮긴이)을 지켜야 해요. 영상으로 촬영하고 경찰에 넘길게요."

나는 웨슬리에게 촬영을 부탁했다. 우리는 장비를 물에서 꺼내 옮겼고, 기기에는 함부로 손대지 않았다. 웨슬리는 모든 세부 사항을 촬영했다. 무엇이 문제였는지 바로 보였다. 산소 주입 스위치가 꺼져 있었다. 헨리의 공기통은 열려있었을지 몰라도, 산소는 순환 회로로 들어가지 않았던 것이다.

헨리는 늘 꼼꼼하게 확인했었다. 그런 그가 그렇게나 간단한 일을 수행하지 않았다는 사실은 믿기 힘들었다. 수칙을 꼼꼼히 확인했더라면 일어나지 않았을 일이었다. 검토를 끝내기도 전에 헨리가 죽었다는 소식이 전해져 왔다. 그 순간까지 강인함을 유지했지만, 소식을 듣자마자 나는 바닥에 쓰러져서 얼굴을 묻은 채 아무 말 없이 울기만 했다. 그리고 다이빙대로 올라가서 홀로 앉았다. 햇살은 여전히 푸른 깊은 물을 파고들었고, 악어는 물가에 느긋하게 누워있었다. 아무것도 바뀌지 않았지만, 모든 게 바뀌었다.

나중에 우리는 헨리가 심각한 질환을 앓고 있었다는 사실을 알게 되었다. 그것이 그날 그가 산소 주입 스위치를 켜지 않은 이유일 것이다. 헨리는 다이빙을 위해 장비를 준비하기 전부터 죽어가고 있었다.

우리는 슬픔에 빠졌다. 빌은 절친한 친구를 또 한명 잃었고, 세상은 뛰어난 탐험가이자 과학자를 잃었다. 우리는 소중한 것을 잃었으나, 그만큼 현명해졌다. 죽어가는 사람을 안으면 삶이 뒤바뀐다. 당신이 믿든 믿지 않든, 모든 것이 달라졌다는 것을 부정할수 없었다.

안전을 위해 프로젝트를 잠시 중단했다. 공원 측의 조사 후, 우리는 프로젝트의 마지막 주에 활동을 재개하도록 허가받았다.

두 건의 사고가 일어난 뒤 주립공원 측의 우려를 불식시키는 데는 자신감이 필요했고, 강한 정신력으로 무장해야 했다. 무슨 일이 벌어졌는지 솔직하게 이야기했고, 더는 사고가 일어나지 않도록 하겠다고 공무원을 설득해야 했다. 고맙게도 케이커크가 탐험 다이빙을 그만두고 상근 안전 담당자를 자청했다. 나는 더 크고 적극적으로 목소리를 냈고, 다이빙의 모든 것을 관리하는 데 만전을 기했다.

프로젝트의 마지막 다이빙을 지휘할 적임자가 누구인지 내 생각을 밝혔고, 더 많이 탐험하고 싶다는 개인적인 욕망을 일부 누른 채 공동의 작업을 마치는 데 중점을 두었다. 우리는 헨리를 구하지는 못했지만, 또 다른 비극이 벌어지지 않게 해야 했다.

기자이자 유명한 앵커인 보이드 매트슨Boyd Matson이 탐사 현장에 왔다. 그는 우리의 프로젝트를 특집으로 다루는 내셔널지오그래픽의 다큐멘터리에 잠깐이나마 참여하고자 하는 열의에 차 있었다. 그는 와쿨라 스프링스 주립공원에 있는 샐리 워드 스프링Sally Ward Spring에서 짧게 다이빙을 하려고 몇 달간 동굴 다이빙 훈련을 받았다. 우리는 늦가에 모여서 준비를 마치고, 물에 들어가는 것이 허가되는 시간인 자정이 되기를 기다렸다. 프로젝트를 마무리하는 귀중한 날에 영향이 가지 않도록 그 어떤 규칙이든 어기지 않을 생각이었다.

샐리 워드 스프링의 입구는 수중식물이 드리워진 지붕 아래에 있었는데, 그곳에는 거대한 악어가 서식했다. 그날 밤도 예외가 아니었다. 우리를 보면 악어가 흩어질 것이라는 말을 들었지만, 이 무서운 악어는 자리를 지켰다.

보이드는 약간 긴장한 채로 말했다.

"와! 여기에서 이 시간에 다이빙하는 건 제가 처음일 테죠."

동굴 다이빙 팀이 웃음을 터뜨렸다.

샐리 워드 스프링스는 플로리다주에서 몰래 하는 다이빙으로 가장 인기 있는 장소였다. 다이빙 허가를 받기가 어려워서 많은 동굴 다이버가 장비를 착용하고 늪지에 무단 출입했고, 어둠 속에서 조용히 동굴을 탐사했다. 아침에 공원 문이 열리기 전에 장소를 뜨기만 되니, 대개는 걸리지 않았다. 어떤 다이버는 우수관(빗물을 배수하는 시설-옮긴이)을 타고 늪 입구로 오기도 하지만, 이빨을 드러낸 악어를 만날 가능성을 생각해 볼 때 좋은 생각은 아니었다.

우리는 보이드와 성공적으로 다이빙을 해낸 뒤 다이빙벨로 들어갔고, 새벽녘의 물속을 보여주기 위해 공원 관리인인 샌디 쿡Sandy Cook도 초대했다. 물속에 들어가 보는 건 처음인 데다가 자신이 관리하는 공원의 다른 면을 보게 되자 샌디는 무척 흥분했다.

웨슬리는 촬영을 마쳐야 할 장면이 남아 있었다. 그는 여러 차례 잠수병을 겪은 뒤 수심 깊은 곳까지 잠수하지는 않아서, 나는 그가 갈 수 없는 곳에서 3D 지도 제작기를 운행하고 카메라를 조작하겠다고 제안했다. 나는 사진작가로서 열의에 차 있었기 때문에 내가 할 수 있는 촬영 업무에는 모두 자원했다. 웨슬리에게서 많은 것을 배울 수 있는 좋은 기회였다.

프로젝트가 끝나갈 무렵의 어느 날 밤, 나는 베이스캠프에 피운 모닥불 옆에 서서 헨리의 죽음에 관해 웨슬리와 이야기를 나눴다. 웨슬리는 지난 몇 년간 동료의 죽음을 겪은 적이 있어 나에게 공감해 주었고 그 덕분에 마음껏 슬퍼할 수 있었다. 그는 슬퍼하는 감정을 존중했고, 이야기하기를 두려워하지 말라고 용기를 북돋아 주었다.

소중한 친구를 잃은 것뿐만이 아니었다. 모두가 겪은 집단 공황, 헨리를 물 밖으로 끌어낼 때의 소리와 감촉, 죽어가는 헨리의 몸에서 나던 냄새. 이 전부가 기억으로 남아 마음속에 생생하게 새겨졌다. 비슷한 소리나 냄새만 나도 관련 없는 과거의 트라우마를 비롯해 나를 괴롭히던 기억이 머릿속을 휩쓸었다. 때로는 마음이 무거워 집중하기 힘들었다. 나는 웨슬리에게 이런 반응이 정상인지 물었다. 그가 답했다.

"정상이냐고? 질, 그런 면이 바로 너를 인간으로 만드는 거야. 누구나 살면서 어려운 일을 겪어. 중요한 건 그런 일을 겪은 뒤에 어떻게 변화하느냐지."

생각이 복잡했지만 웨슬리는 다른 주제로 넘어가 이야기했다.

"질, 너는 내 사업에 필요한 재능을 가지고 있어. 디자인도 하고, 조직 관리도 하면서 유능한 다이버이기도 하잖아. 난 프로듀서가 필요해. 어떻게 생각해?"

나는 솔깃해 자신 있게 대답했다.

"멋진데! 그래, 할게. 그런데 프로듀서가 뭐야?"

우린 마주 보고 웃었다. 그 대화로 나는 한 단계 발전했다. 웨슬리와 함께 일한다면, 탐험을 그만두지 않고도 나의 창의적인 기술을 모두 활용할 수 있을 것 같았다. 경력을 쌓으려면 다양한 능력이 있어야 했다. 글쓰기, 조직 관리, 다이빙, 사진 찍기와 영상 촬영 기술 전부 중요하다. 카메라 앞에서도 편해져야 했다. 특정 분야의 전문가는 많지만, 여러 재능을 가진 사람은 찾기 힘들다. 나는 적절한 시간과 장소에 있었다. 빌과 폴이 내 탐험 멘토라면, 웨슬리는 수중 촬영의 멘토가 될 것이다. 그는 나를 잘 아는 친구로서 내가 발전하도록 도와줄 것이다.

나는 허가가 끝나기 전 마지막 며칠간 수심 깊은 곳에서 웨슬리 대신 촬영을 했다. 새로운 일을 맡고 내셔널지오그래픽의 영상 제작을 거들 기회를 얻어서 좋았다. 내 이름이 탐험가 명단뿐 아니라 제작 참여자 명단에 포함되어 엔딩 크레딧에 뜰 것이라고 생각하니 무척이나 설렜다.

프로젝트가 끝났을 때, 미국 딥케이빙 팀은 와쿨라 스프링스 주립공원 아래의 12킬로미터에 달하는 통로를 정밀하게 그린 3D 지도를 내놓았다. 이 데이터는 공학자와 지리학자, 컴퓨터 전문가들의 관심을 관심을 받았으며 사회에도 큰 파장을 일으켰다. 와쿨라 2 프로젝트는 재호흡기를 혁신적으로 사용해서 테크니컬 다이빙에 변화를 불러왔고, 공학과 기술을 다루는 잡지에서도 앞다투어 중요하게 다뤄졌다.

나는 인생의 다른 영역에서도 자신감을 얻었고 자존감도 늘었다. 나는 폴에게 미래에 무엇을 하고 싶은지 정확히 이야기했다. 웨슬리와 함께 일하게 된 건 무척이나 설레는 일이었다. 내 능력에 새롭게 자신감을 느끼면서 보람 있는 일을 추구하는 게 얼마나 중요한지 깨달았다. 사회나 폴의 기대에 맞추려고만 하면 절대 행복해지지 않을 것이다. 나는 탐험 후 자아도취에 빠져 있었다. 내가 원하는 일이 전부 실현 가능해 보였고 낙관적이었다. 반면 폴에 대해서는 확신이 없었다. 폴도 그런 인생에 흥미를 느꼈지만, 스쿠버웨스트에 훨씬 큰 애착을 가지고 있었다. 그는 내가 여러 시도를 하는 데 딱히 반대를 하지는 않았지만, 내가 성공하리라고는 생각하지 않는 듯했다.

와쿨라 2 프로젝트가 마무리되고 일주일 후, 나는 빌의 회사인 시스루너CisLunar 개발 연구소의 직원들과 플로리다 동부 해안에서 보트를 탔다. 나는 회사에서 생산하는 재호흡기를 홍보하기 위해 마케팅 자료를 준비하고, 영상과 사진을 찍었다. 믿을 수 없을 만큼 자유롭고 가벼워진 듯한 기분이었다. 와쿨라에서 썼던 무겁디 무거운 추가 장비를 벗어던지고 훨씬 간단한 다이빙을 했다. 느긋하게 작업을 하고 다이버들과 배 위에서 즐거운 시간을 보냈다. 시간의 압박이 없었기 때문에 다이빙하는 중간중간에 갑판에 느긋하게 앉아서 와쿨라에서 이뤄낸 성공에 관해 대화를 나누었다. 스트레스가 녹아 없어지고 다시 나아갈 힘을 얻은 첫날이었다.

그날도 천천히 다이빙 장비를 준비하며, 일상의 즐거움을 느끼고 있었다. 아마도 활짝 미소 짓고 있었을 것이다.

동료 강사 한명이 뱃고물 밖에 쳐놓은 줄에 매달린 채 수강생이 다이빙 사전 점검을 마치기를 기다리고 있었다. 수강생이 다이빙핀을 끼우는 동안 호흡기가 빠지지 않게 조심하는 장면을 곁눈질로 지켜보았다.

그리고 별안간 첨벙 소리가 나는 듯하더니 수강생이 물속에서 강사쪽으로 헤엄치는 모습이 보였다. 나는 다시 내 재호흡기로 관심을 돌리고 전자 장치 확인을 마쳤다.

잠시 후 멀리서 도움을 요청하는 소리가 들렸다. 돌아보니 배보다 한참 뒤에서 강사가 새파랗게 질린 학생을 안은 채 파도를 맞으며 떠 있으려 애쓰는 모습이 보였다. 조금 전까지만 해도 수강생은 갑판에 서 있었는데…….

나는 다시 한번 죽어가는 사람과 마주하게 됐다. 행복은 한순간에 감당하기 힘든 스트레스로 돌아왔다. 나는 배에서 뛰어내려서 강사 쪽으로 급히 헤엄쳤다.

"대체 빌어먹을 심폐 소생술을 이 달에만 몇 번을 하는 거야!"라는 말이 불쑥 튀어나왔다.

나는 여전히 헨리의 사고를 곱씹고 있었다. 몇 주간 헨리를 끌어안고 사는 기분이었다. 마음속에서 그를 떨쳐낼 수 없었다. 죽음의 냄새에서 벗어나지 못했다. 흉골을 누르다가 갈비뼈가 부러지던 느낌을 잊을 수 없었다. 이제 그 일은 끝났다고 생각했다. 내가 괜찮아진 줄 알았다. 그런데 또 다른 일이 벌어졌다. 잠시 전까지 느끼던 행복과 기쁨은 순식간에 사라져 버렸다.

강사가 있는 곳에 도착한 후 학생을 급히 수영 플랫폼 쪽으로 끌고 왔다. 다른 사람들은 학생을 배 위로 끌어 올리려고 준비하고 있었다. 학생이 재호흡기와 비상용 공기통을 맨 상태라 무거웠지만 수영 플랫폼에 간신히 머리를 올려놓을 수 있었다. 물안경을 벗긴 뒤에 기도를 열고 입안으로 숨을 2번 불어 넣었다. 나는 점점 더 깊은 어둠 속으로 떨어지는 것 같아 화가 치밀었다. 그런데 잠시 후 그가 기침을 하더니 마법처럼 일어나 숨을 쉬었다. 인공호흡이 통했다! 두 번 숨을 불어 넣었더니 살아났다! 사람들이 그를 배 위로 끌어 올렸고 그는 곧 앉아있을 수 있었다.

내가 하고 싶은 일을 찾기는 했지만, 자꾸만 끔찍한 사고와 죽음이 따랐다. 꿈을 좇는 대가일까? 생명을 구한 기쁨으로 춤이라도 추어야 했지만, 나는 다이버란 직업을 가짐으로써 감내해야 하는 현실을 또 마주했다.

나중에 그 수강생이 헨리와 비슷한 실수를 저질렀다는 사실이 밝혀졌다. 그는 사전 점검을 하면서 재호흡기 화면을 보지 않았고, 산소 공급을 활성화하지 않았다. 정말이지 살아있는 게 행운이었다. 안전 수칙을 철저히 지키지 않는 것이 어떠한 엄청난 결과를 보여주는지 뼈저리게 느끼고 더욱 신중해졌다. 여전히 어렵고 까다로운 다이빙을 수행하겠지만, 안전 수칙을 지키는 데 한 치의 빈틈도 없어야 했다.

나는 와쿨라 스프링스의 깊은 곳에서 세계 기록을 보유한 다이버가 되었지만, 프로젝트는 씁쓸한 기억을 남겼다. 상상하던 것 이상을 해낼 수 있다는 사실을 배웠지만, 최선을 다해도 여성으로서 충분치 않다는 점도 알았다. 경력을 쌓으려는 많은 여성 다이버의 열의를 꺾는 유리 천장에 간신히 흠집 정도만 냈을 뿐이다. 와쿨라에서 성공을 맛본 뒤, 자신과 다른 여성들을 위해 이런 현실을 바꾸기로 결심했다.

난 나의 힘과 의지를 총동원해도 생사 여부를 바꿀 수 없다는 사실과 더불어 여성 다이버의 기록이 일부 적대심 가득한 남성들도 바꿀 수 없다는 사실을 깨달았다. 하지만 나는 선택할 수 있다. 직업도, 관계도, 행복도, 선택할 수 있다.

와쿨라 2 프로젝트 후에 나는 인생을 내 뜻대로 만들어 나가기로 했다. 과거에 겪은 무섭거나 부정적인 경험을 바꿀 수는 없었다. 다른 사람의 행동이나 결정을 바꿀 수도 없고, 그에 대한 책임도 없었다. 하지만 쓴 인생 경험은 어떤 면에서는 도움이 되었다. 변화를 일으켰고, 지금의 내가 되도록 도왔다. 따라서 과거를 후회하거나 슬퍼하거나 두려워할 필요도 없었다.

피트

2000

와쿨라 2 프로젝트가 끝나고 1년 후, 나는 의사로부터 전혀 예상치 못한 말을 들었다.

"다시 물속에 들어간다면 어떤 일이 벌어질지 장담 못 합니다. 절대 다이빙하지 마세요."

심장이 철렁했다. 동료들의 죽음을 마주하기는 했지만 나 또한 죽을 수도 있다는 사실은 잊고 있었다. 잠수병을 일으킨 작은 기체 방울이 내 몸을 무력하게 만드는 동안, 내 결혼 생활도 위태로워지고 있었다.

폴과 함께 와쿨라에서 돌아온 후, 무기력감이 비집고 들어올 틈도 없이 바쁜 나날이 계속됐다. 우리는 가게에서 긴 시간 일했고 끊임없이 손님들의 요구에 맞추느라 정작 우리 자신은 돌보지 못했다.

나는 웨슬리와 함께 영상을 제작하고, 시스루너 개발 연구소에서 의

뢰받은 마케팅 업무도 하고, 다이빙 수업과 각종 자문 업무, 보도사진 촬영, 텔레비전 출연도 했다. 또 최근에 첫 제정된 '여성 다이버 명예의 전당'에 입성하기도 했다. 내 커리어는 고공 행진했다. 그런 와중에도 폴과의 관계를 회복하려 집을 가꾸고 정성스레 식사를 준비하는 등 가정을 위한 노력도 했지만, 한편으로 이런 노력들이 가면을 쓰고 있는 듯한 느낌도 들었다. 캠핑을 하거나 덤불을 헤치며 하이킹하는 것이 더 편안하게 느껴졌다.

2000년 봄, 폴과 나는 멕시코 유카탄반도에 있는 '피트Pit(구덩이라는 뜻. 수중 동굴 입구를 말한다─옮긴이)'라는 싱크홀을 시간이 조금 더 지나 탐험하기로 했었다. 3년 전에 이곳에서 깊은 동굴 지대를 발견했지만, 탐험하기에 좋은 틈들이 더 생길 때까지 비밀로 간직해 왔었다. 그러나 우리는 지금이 기회라 생각하고 그곳으로 돌아가기로 했다. 정글 '에히도 하신토 파트' 지역의 정글 깊은 곳의 베이스캠프로 다시 돌아가기 위해 돈을 모으고 필요한 장비를 마련하는 데 3년이 걸린 셈이다.

한편 우리가 와쿨라에서 함께 다이빙했을 때를 생각하면 걱정이 앞섰다. 폴과 다이빙하는 건 낡고 편한 신발을 신는 것과 같았다. 발을 감싸는 순간에는 익숙해서 편안하지만, 낡은 신을 신고는 험한 길을 오래 헤쳐나갈 수 없다. 그러나 폴과 처음 탐사하며 느꼈던 감정을 다시금 느끼고 싶었다. 예전 이곳에서 바람이 폴의 곱슬거리는 갈색 머리를 흐트러뜨리는 걸 바라보며 그에게 반했던 일이 떠올랐다. 어쩌면 모든 게 시작된 이곳에서 다시 사랑을 되찾을 수 있지 않을까?

우리는 이번 탐험도 역사에 남을 만한 다이빙을 할 기회라고 생각했다. 간략하게 그려본 지도에 따르면 이웃하는 2개의 거대한 동굴계가 서로 겹쳐있는 것처럼 보였고, 뒤얽힌 동굴 미로 어딘가에서 그 둘을 잇는 연결 통로를 찾아낼 수 있을 것 같았다. 당시에 이 두 동굴계는 세상에서 가장 긴 수중 동굴로서 1, 2위를 다투었다. 둘이 연결되어 있다는 것은 주목할 만한 일이 될 터였다. 더군다나 수심 120미터에 있는 연결 통로로 이어져 있다면 동굴 다이빙 공동체가 발칵 뒤집힐 것이다.

유카탄반도에서 수중 동굴 탐험을 하는 사람이 급속도로 늘어나고 있었고, 세상에서 가장 긴 두 동굴계를 잇는 첫 탐험가가 되기 위한 경쟁은 갈수록 치열해졌다. 카리브해안을 따라 늘어선 다이빙 업체들은 근방에 세계에서 가장 긴 수중 동굴이 있다고 홍보하며 돈을 버느라 열심이었다. 그들은 자기들이 유치한 팀이 유리하도록 정보를 꼭꼭 숨겼다. 다이버들은 두 동굴계를 잇는 연결 통로를 찾기 위해 몰래 수 킬로미터씩 정글로 들어가서 탐험을 하곤 했다. 매달 새로 찾은 동굴들이 탐험되고 경계가 확장되었다. 탐험 경쟁은 점점 과열되었고, 폴과 나도 이 열기에 휩쓸렸다.

우리는 두 동굴계를 잇는 연결 통로가 존재한다면, 여태껏 발견한 통로보다 더 깊은 곳에 있을 것이라고 믿었다. 유카탄반도 해안을 따라 형성된 동굴은 상대적으로 얕아서 대부분 깊이가 25미터가 채 안 된다. 우리는 숨겨진 통로가 대략 100~120미터 깊이의 오래된 지질에 있으리라 추측했다. 그 깊이에서 탐험할 수 있을 만큼 경험이나 적합한 장비를 갖춘 다이버는 많지 않았기 때문에, 조용히 멕시코로 돌아와 몇 년 전에 발견한 경로를 탐사해 보기로 했다. 나는 이번 탐사가 소중한 시간을 함께 보내며 관계를 개선할 좋은 기회가 될 거라고 생각했다.

오늘날 다이버들은 피트까지 편리하게 연결된 도로를 타고 모여들지만, 우리가 이곳을 탐사할 때는 그렇지 않았다. 그 당시에 장비를 가지고 피트까지 가려면, 고된 하이킹과 임시변통으로 만든 당나귀 수레, 정글 칼을 휘두르는 건장한 현지 짐꾼 등은 필수였다. 이번에도 현지 소규모 지원 팀의 도움을 받을 수 있으리라고 생각했지만, 도착한 뒤에 보니 다이빙 지원 팀은 모두 새롭게 번창하는 관광사업에 투입되고 있었다.

버디 쿼틀바움이 운영하는 스쿠버다이빙 용품점도 너무 바빠서 우리를 도울 만한 직원을 보낼 수 없었다. 나는 예상치 못한 소식에 약간 불안했지만 큰 규모로 탐사단을 만들지 않고 다이빙을 하기로 했다. 폴과 내게는 장비가 넉넉했고 탐사에 필요한 물자도 충분했으며, 문제가 생길 시에 긴급하게 재가압할 계획도 확실히 세워 놓았다. 버디가 정글에 베이스캠프를 세우도록 도와주었고, 긴급하게 지원이 필요할 때를 대비해 버디의 가게 직원인 가브리엘이 비상 연락책으로 대기하기로 했다. 우리는 위험한 상황에 처하면 버디나 가브리엘에게 무전으로 연락할 수 있었다.

멕시코로 되돌아오면서 폴과 나는 일에 방해받지 않고 소음에서 벗어난 채 함께 시간을 보낼 기회가 생겨 신이 났다. 하지만 이번 탐사는 피트의 바닥에서 연결 통로를 찾는 데 초점이 맞춰져 있었고, 다른 다이버들이 이를 찾아내는 건 시간문제였다.

우리는 세노테의 가장자리에서 위태롭게 뻗어난 나무에 사다리를 고정시키고 수면으로 6미터를 타고 내려갔다. 물은 놀랍도록 맑았고 석회암으로 가로로 띠를 두르고 있는 스타디움 모양의 거대한 수중 동굴이 보였다. 30미터 아래에는 안개처럼 자욱한 황화수소 연기가 층을 이루고 있었고, 하얀 유황 가스 기둥이 물살을 타고 솟아올랐다. 부글부글 끓는 마녀의 가마솥 같았다. 폴과 함께 담수와 해수가 만나는 반짝이는 염분약층을 지났고, 내 눈은 아지랑이가 피어오르는 듯한 아른아른한 물속에서 초점을 맞추려고 애썼다. 더 지나 썩은 달걀 냄새가 나는 5미터 두께의 희뿌연 황화수소층으로 내려갔다. 그 층을 지나자 이번엔 담청빛의 맑은 바닷물 속에 웅장한 동굴이 모습을 드러냈다.

수심 55미터 지점에서 우리는 커다란 원뿔 모양의 언덕 아래에 다다랐다. 지상과 연결된 구멍에서 떨어져 내린 돌과 침전물, 썩은 나무와 나뭇잎 등이 쌓여 만들어진 언덕이었다. 그곳에서 우리는 이 부근을 처음 탐사한 케이 월튼Kay Walten과 댄 린스Dan Lins가 5년 전에 탐사를 마친 지점을 찾았다. 나는 케이가 설치한 가이드라인이 끝나는 곳에 끼운 삼각형의 방향 표시 마커를 찾았다. 그곳부터는 우리가 3년 전에 남긴 가이드라인을 따라갔다. 약간 얼룩지기는 했지만 그사이 누군가가 이곳을 왔다 간 흔적은 없었다.

헬륨이 섞인 혼합기체가 날카로운 소리를 내며 재호흡기 안으로 서서히 들어왔다. 나는 수중 스쿠터를 작동시켜 '카르데아Cardea 통로'라 이름 붙인 통로 안으로 속력을 높였다. 어둠에 싸인 알지 못하는 곳으로 내려가며 마치 인생의 전환점에 다가가는 듯한 기분이 들었다.

수중 스쿠터를 몰아 전에 탐사를 마친 곳을 향해 빠르게 나아가는 동안 마지막 햇살은 뒤로 사라져 갔다. 주위를 둘러싼 광대한 공간을 보고 있자니 놀라웠다. 전에 탐사했을 때는 일반 공기를 활용하여 질소 마취를 겪었다. 이번에는 헬륨 덕분에 정신이 또렷해 바닥에 깔린 거대한 석회암 바위들을 비롯해 아치형 천장에 덮인 공간의 세세한 부분까지 전부 눈에 들어왔다. 폴은 수심 95미터 지점에서 이전에 설치한 가이드라인 끝부분에 새 가이드라인을 연결하며 침전물이 많은, 좁은 구간으로 나아갔다. 수중 동굴 탐험을 할 때 새로운 곳에 가이드라인을 연결하는 것은, 다이버에게 궁극의 짜릿함을 준다. 이는 아주 특별한 경험으로, 많은 다이버가 온갖 위험을 기꺼이 감수하는 이유이기도 하다.

이제 우리는 이전에 본 어떤 동굴의 내부보다 크고 거대한 공간에 들어섰다. 가장자리도 보이지 않는 어둠뿐인 공간이었다. 조명은 어슴푸레한 빛만 낼 뿐, 아무것도 보이지 않았다. 흥분으로 심장이 고동쳤다. 이곳은 발견해야 할 것들이 넘쳐났다! 우리는 그 누구도 와보지 않은, 티 없이 깨끗한 공간에 있었다. 폴이 재호흡기 사이로 "와!" 하고 외치는 소리가 들렸고, 전율이 몸을 타고 흐르며 세포들을 깨웠다. 오랜만에 폴과 완벽하게 하나가 된 기분이었다.

폴이 새롭게 줄을 이어나가는 동안, 나는 3미터마다 묶여있는 매듭을 세며 거리를 재고 신중하게 기록했다. 몇 분마다 한 번씩 나침반으로 방위를 쟀고 특이한 모양의 바위, 침식된 작은 공간, 나중에 조사해볼 수직 통로 등 주변 지형에 관한 설명을 적었다. 폴이 빠르게 나아갔기에 시야에서 놓치지 않도록 주의하며 측량 세부 사항을 빠르게 채워 넣었다.

예전에 그린 간략한 지도에 따르면, 우리는 다른 동굴계인 블루 어비스Blue Abyss에서 멀지 않은 곳에 있었다. 블루 어비스는 바닥이 갑자기 80미터 아래까지 푹 꺼진 곳으로, 우리가 이곳에서 블루 어비스와 연결된 통로를 찾는다면 세계에서 가장 긴 2개의 수중 동굴을 연결한 사람이 될 것이다. 거대한 공간의 벽은 차츰 좁은 통로로 좁혀졌다. 수중 스쿠터의 전원을 끄고 막다른 지점에 이르렀는지 보기 위해 좁은 구멍을 살펴보았다. 틈이 좁아 보이기는 했지만 동굴 다이버가 폐소공포증으로 물러서는 건 있을 수 없는 일이다. 비집고 들어갈 수 있는지, 끼이지 않고 돌아올 수 있는지만 알아내려 폴이 먼저 작은 틈새로 몸과 장비를 밀어 넣었다. 폴은 물러서지 않고 침전물과 부스러지는 돌 사이를 뚫고 나아갔고, 다시 거대한 공간이 나왔다. 가이드라인을 이어나가면서 공간이 끝나는 지점까지 갔고, 그곳에서 또 협소한 틈을 만났다. 이제 우리는 수심 120미터 지점에 있었다. 유카탄반도에서 알려진 지점 중 가장 깊은 곳이었다. 직감이었는지 자신감이었는지 잘 모르겠지만 우리는 연결 통로가 분명 근처에 있다고 확신했다.

1시간 뒤, 다이빙을 끝낼 시간이 되어, 연결 통로를 찾는 일은 다음으로 미뤄야 했다. 폴은 칼로 가이드라인을 자르고 조심스레 줄 끝을 바위에 매어두었다.

다이버가 마지막으로 묶는 매듭을 '씁쓸한 결말bitter end(다이버가 묶는 마지막 매듭이라는 뜻이 있다—옮긴이)'이라고 부르는 데는 이유가 있다. 다이버에게는 언제나 불만족스러운 순간이기 때문이다.

동굴은 여전히 우리를 유혹하고 있었지만, 돌아가려면 4시간 정도의 감압 정지가 필요했다. 그날의 모험은 끝이 났다. 휴식을 취하고 나면 다시 한번 도전할 수 있을 것이다.

우리는 거대한 공간과 좁은 통로가 번갈아 나오는 연속된 구간을 통과하며 왔던 길을 똑같이 되돌아 나왔다. 수심 80미터에서 감압 정지를 시작했고, 수면에 다다를 때까지 3미터마다 한 번씩 멈출 계획이었다. 매 단계에서 동굴 벽 근처에서 참을성 있게 기다리면서 몸에서 헬륨과 질소가 빠져나가게끔 충분한 시간을 두었다. 수면에서 18미터 지점에 이르자, 해기둥이 수면을 통과해 쏟아지는 장면이 보였다. 나는 전등을 끄고 이 광경을 감상했다. 그 순간만큼은 모든 게 평온하고 아름다웠다.

바로 그때였다.

나는 언제나 내 몸에 일어나는 작은 변화에도 주의를 기울인다는 점에 자부심이 있었다. 스스로 가능한 한 모든 위험을 경계하는 사람이라고 생각하고 싶었다. 처음에는 그저 이상한 감각이 느껴졌고, 무언가가 좀 잘못된 듯한 느낌이 들었다. 작은 개미가 줄지어 행진하는 것처럼 허벅지 안쪽이 따끔거렸다. 진짜 벌레일 수도 있지 않을까? 알아차리지 못한 사이에 작은 벌레가 잠수복 안으로 들어온 걸까? 과거에 의도치 않게 잠수복 안에 전갈과 바퀴벌레가 들어온 적이 있었다. 아니면 독성이 있는 나무와 접촉해서 그런 걸까? 슬그머니 부정하고 싶은 생각이 들었다. 하지만 그렇다고 보기에는 허벅지의 가려운 감각이 양쪽에 동시에 나타나는 게 너무 이상했다. 이상한 감각을 떨쳐버리려 했지만, 시간이 지날수록 더욱 강력해졌다.

다리를 만져보려고 몸을 숙였다. 드라이슈트가 좀 꽉 끼는 느낌이 들었지만 다리는 정상으로 보였다. 잠시 안심했다. 하지만 이내 따끔따끔한 감각이 갑자기 더 심해졌다. 개미는 떼를 지어 무릎부터 허리께까지 점령하고 피부와 근육 사이로 파고들었다. 개미들은 날 집어삼키고 있었다. 이제 한 가지 이유밖에는 이 증상을 설명할 길이 없었다.

잠수병이었다!

잠수병에 대한 공포가 얼마나 큰지 이루 말할 수 없다. 모든 다이버가 알고 있고 읽어보거나 들어본 적이 있지만, 보통 다른 나라 이야기처럼 자신과는 관련 없는 일이라고 생각한다. 나는 잠수병이 대개 사소한 증상으로 시작하여 갑자기 심각한 상태로 변한다는 사실을 알고 있었다. 어느 순간 손끝에 감각이 잘 느껴지지 않다가 갑자기 팔을 움직일 수 없고 다음 순간에는 걸을 수 없다. 어느 날 예기치 못하게 경력을 끝장낼 수 있고, 심지어는 생명을 앗아갈 수도 있다.

이런 감각은 느껴본 적 없었다. 다이버 수백 명에게 잠수병의 증상을 가르쳤지만, 내게 그 일이 벌어지고 있음을 인지했을 때 뒤따르는 공포감에는 대비책이 없었다. 헬륨과 질소로 이루어진 불활성기체들이 체내 조직을 갈가리 찢는 장면이 머릿속에 그려졌다. 몸에 수압이 가해진 동안 체내 조직은 스펀지가 물을 빨아들이듯이 기체를 흡수했다. 그리고 흡수되었던 작은 공기 방울이 수면으로 상승하는 동안 내 몸속에서 팽창하고 있었다. 상황을 수습하지 못하면 나는 걸어 다니는 시한폭탄 정도가 아니라 잔뜩 흔들어 내용물이 뿜어져 나올 듯 위태로운 콜라병 신세가 될 것이다.

나는 급히 물속에서 더 오래 있어야겠다고 결정을 내렸다. 수압을 받는 물속에 더 오래 머물면 몸속의 불활성기체들이 다시 흡수되어 날숨과 함께 밖으로 나갈 시간을 벌어줄 것이다. 하지만 물속에 머무는 시간이 늘어나니 몸이 으슬으슬했다. 폴이 체온을 유지하기 위해 동굴 주변을 빙빙 도는 동안, 나는 가만히 앉아서 스스로 내린 진단과 내가 느끼는 감각이 일치하는지 하나하나 따져보았다. 몸을 움직이면 체온을 유지하고 잠식해 오는 불활성기체에 대처하는 데 도움이 될 수도 있지만, 혈액 순환이 활발해지면 불활성기체들이 더 활발히 몸속을 순환할 수도 있다.

이게 바로 이 잠수병이 무서운 이유다. 어떤 다이버는 피부 발진만 겪고 넘어가지만, 운이 나쁘면 순환하던 가스가 척수나 뇌처럼 치명적인 곳에 갇히기도 한다. 초기 증상은 가볍지만 점차 악화되기 시작하면 끔찍한 일이 벌어진다.

머릿속은 온갖 생각으로 가득했다. 나는 이번 다이빙이 어땠는지 하나하나 곱씹으며 무엇이 잘못되었는지 알아내려 했다. 대부분 수면에 다다르거나 물에서 완전히 나온 뒤에야 잠수병에 걸렸다는 사실을 알아차린다. 증상은 1시간 내에 서서히 나타나거나 때로는 몇 시간이 지난 후에 발생한다. 어떤 사람들은 다이빙하며 즐거운 하루를 보내고 집에 돌아간 뒤에 밤에 통증으로 잠을 이루지 못할 때가 되어서야 큰 문제가 있다는 사실을 알아챈다. 아직 물속에 있는데 증상이 있다면 꽤 심각한 잠수병인 게 분명했다.

다이버가 잠수병을 앓는 건 동굴 다이빙 공동체에서 수치스러운 일로 통한다. 꽤 많은 다이버가 잠수병은 아마추어나 변변찮은 다이버에게만 일어나는 일이라고 여긴다. 누군가 잠수병에 걸렸다는 사실을 알면 사람들은 그 사람이 한 다이빙을 조목조목 비판하고, 그가 물속에서 한 선택을 평가한다. 그러면서 그 사람의 다이빙 계획이나 선택한 혼합기체 또는 장비가 잘못되었다고 비난한다. 감압 계획을 계산한 방식을 두고 토론을 벌이거나 장비를 생산한 브랜드에서 문제점을 찾기도 한다. 다이빙 사고로 사람이 죽었는데 가족들이 사망 통지를 받기도 전에 인터넷에서 그가 잠수하며 저지른 실수를 분석하는 글도 본 적이 있다.

고통스러운 다리로 싱크홀 속을 부유하던 그 순간, 나는 다가오는 비난을 벌써 느낄 수 있었다. 지금까지는 신체와 기술력의 한계를 넓히는 용감하고 자부심 강한 다이버였을지 모르나, 순식간에 비난이나 조롱의 대상이 될 수 있었다. 마구잡이 가스의 공격이 모든 것을 앗아가려 하고 있었다. 다이빙을 하지 못하게 되면 나에게는 공허함만 남을 것이다. 잠수복을 찢어버리고 허벅지를 긁고 싶었다. 잠수복을 벗으면 한결 나아질 것 같다는 생각이 들었다. 그러면 멍이나 홍반, 발진처럼 통증을 일으키는 원인을 볼 수 있을 것이고, 징후를 내 눈으로 보면 적어도 상황을 수습할 수 있을 것 같았다.

버디는 동굴 초입부에 다이빙벨로 쓸 커다란 통을 설치해 놓았다. 그 통은 뒤집힌 채 수심 6미터에 있는 평평한 동굴 아래에 놓여 있었고, 다이버가 안에 있는 널빤지에 앉아서 물속에 다리를 넣을 수 있을 정도로 공간이 넉넉했다. 임시변통으로 만든 다이빙벨에서 몸을 건조시키고 덥힐 수 있었고, 감압 정지가 길어질 때를 대비해 음식과 물이 저장되어 있었다. 폴이 계속해서 헤엄치며 동굴을 빙빙 도는 동안 나는 통 안에서 감압했다. 그때는 내가 겪는 문제를 폴에게 알리려는 생각조차 할 수 없었다. 그저 고통이 사라지기를 바랐고, 나 자신 외에는 아무것도 신경 쓸 수 없었다.

가지고 다니던 비상용 보조 공기탱크 여러 개를 떼어내서 끈으로 된 고리에 고정했다. 그런 뒤 재호흡기를 벗고 부력 조절기에 공기를 주입해서 통 안으로 떠올랐다. 나는 무거운 몸을 들어 올려서 통 안에 있는 널빤지 위로 올라갔다. 생각할 시간이 많지 않다는 건 알고 있었다. 숨을 내쉴 때마다 좁은 공간 속 이산화탄소 농도가 올라갈 테고 너무 높아지면 의식을 잃을 위험이 있다. 힘겹게 재호흡기를 들어 올려서 내가 앉아있는 널빤지 옆으로 옮겼고, 상체를 돌려서 널빤지에 앉은 채 재호흡기로 숨을 쉬려고 했다. 위험한 시도이기는 했다. 균형을 잃으면 물속에 빠질 테고 감압 과정을 처음부터 다시 시작해야 했다. 잠수복 윗부분을 벗어 보려 했지만 몸이 따라주지 않았다. 게다가 체온이 통 속의 온도를 불쾌한 수준으로까지 올리고 있었다. 가벼운 운동은 감압하는 데 도움이 되었지만, 장비를 정리하고 효율적으로 숨 쉬느라고 무리하고 있었다. 나는 물을 마시고 다시 물로 뛰어들었다. 폴의 도움이 필요하다는 사실을 알았지만, 폴을 부를 만한 힘도 없었다. 모든 생각은 내 몸의 이상한 감각에 쏠려 있었다. 겁이 났다.

허벅지에 느껴지는 통증은 사라지지 않았고, 몸 상태가 점점 더 안 좋아지기 시작했다. 내게 무슨 일이 일어나는지 알고 있었지만 스스로를 돌볼 만한 상태가 아니었다. 폴이 내 옆으로 가까이 왔을 때 온 힘을 다해 폴을 잡을 수도 있었지만 무언가가 그러지 못하도록 막았다. 그 시기에 우리 사이를 막던 장벽은 말로 설명하기 힘들다. 나는 폴이 내 문제를 알아채고 와 주었으면 했지만, 폴은 알아차리지 못하는 듯했다. 어쩌면 그도 그 사실을 부인하고 있었을지 모르겠다.

나는 드라이슈트를 비행선처럼 부풀린 후에 수심 6미터 지점의 천장에 꼼짝하지 않고 붙어있었다. 감압 정지하는 시간을 늘려 수압을 받는 시간이 늘었으니 증상이 완화되기를 바랐다. 물 밖으로 나가서 다이빙을 끝내라고 외치는 원초적인 본능을 무시하려고 애썼다.

감압 정지를 연장해서 마치고 극도로 천천히 올라온 뒤, 알루미늄 사다리 아래에 도착하니 5시간 이상이 흘러있었다. 그때 느낀 안도감에는 두려움도 포함되어 있었다. 폴은 이미 장비를 가지고 사다리를 올라갔지만 나는 장비를 하나씩 벗고 나서 수면 위에 내버려 두었다. 사다리 위로 올라갈 때가 아니었다. 조심스럽게 사다리를 밟고 올라가는 동안 심한 피로감이 몰려왔다. 여태껏 이렇게 피곤했던 적은 없었다. 한 칸씩 올라갈 때마다 피로감과 두려움이 다리 근육을 타고 번지는 게 느껴졌다. 몰려드는 극심한 두려움을 누르고 올라가는 데 집중하려고 노력했다.

마지막 칸에 간신히 올라섰다. 사다리의 마지막 칸에서 나는 옆으로 굴러 쓰러졌다. 잠수복을 벗을 힘이 없었다. 손가락조차 움직일 수 없었기 때문에 폴에게 지퍼를 열고 잠수복을 벗겨 달라고 부탁했다. 그리고 침낭 위에 풀썩 누워 증상이 사라지기만을 바랐다. 여전히 겁은 났다. 이번 일로 다이빙을 못 하게 될 수도 있고, 상황이 더 심각해지면 목숨조차 위험했다.

불활성기체를 몰아내기 위해 스쿠버다이빙용 호흡기로 산소가 많이 든 공기를 들이마셨고, 탈수를 막기 위해 물을 많이 마셨다. 그리고 눈을 감은 뒤에 조용히 고통을 견뎠다. 잠시 호흡기를 떼고 소변을 누러 다녀와서 보니 허벅지와 팔에 멍이 얼룩덜룩한 이상한 모양으로 생겨나고 있었다. 배도 간지럽고 화끈거렸다. 공기통에 있는 기체를 들이마실 때는 증상이 완화되었지만, 멈추자마자 멍은 더 심해졌다. 멍든 부위가 넓어졌고 색깔은 얼룩진 보라색으로 짙어졌다.

'세상에, 내가 대체 무슨 짓을 한 거지?'

몸이 안에서 밖으로 멍들어 가는 것처럼 보였고 야구방망이로 두들겨 맞은 듯 뻐근했다. 나는 여전히 폴과 대화하기에 너무 지쳐 있었다.

폴은 5미터 떨어진 곳에서 불을 쬐며 앉아있었다. 모든 고통이 사라질 수 있도록 그가 어루만져 주기를 바랐다. 내게 무슨 문제가 있는지 물어보지 못할 정도로 우리 사이의 유대가 약했었나? 자고 싶었지만 눈을 감고 고통을 감내하는 수밖에 없었다. 낙엽도 헤치고 나가지 못할 정도로 힘이 없었다. 나는 포기하고 있었다.

공기통을 다 비운 후에 모기장 아래 조용히 누워서 정글에서 들리는 새소리와 동물의 울음소리를 들었다. 1시간 동안 산소를 들이마셨다. 한결 나아진 듯했고 잠이 들 수도 있다고 생각했지만, 섬뜩한 방문객 때문에 놀라서 정신이 번쩍 들었다. 손바닥만한 통통한 검은 전갈이 모기장 안에 매달려서 위협적인 꼬리를 휘두르며 내 얼굴 가까이로 다가오고 있었다. 전갈 덕택에 나는 폴이 앉아있는 모닥불로 걸어갈 힘을 얻었다.

늦은 오후의 햇살이 나무 사이로 들어와 모닥불에서 피어오르는 연기를 비추었다.

"잠수병에 걸렸어."

내가 폴에게 말한 건 그게 다였다.

"그럴 줄 알았어."

폴이 대답했다.

"내가 어떻게 해주길 바라는데?"

일부러 상처를 주려고 한 말이었다고는 생각하지 않지만 망연자실한 기분이 들었다. 누군가 위로해 주고 안심시켜 줄 사람이 필요했다. 남편이 나를 안아주고 살펴주었으면 했다. 모든 것이 끝날 수 있는 심각한 상황이었다는 사실을 알아주었으면 했다. 하지만 어쩌면 폴도 다이빙만이 우리 사이를 이어주고 있다는 사실을 깨닫고 이미 마음을 정리하고 있는지도 몰랐다. 폴은 두려움에 찬 나를 위로해 주기보다는 불가에 혼자 있고 싶은 듯 보였다.

'그럴 줄 알았어'라는 간단한 말은 우리 관계에 관해 모든 것을 명확히 알려주었다. 폴은 다이빙 파트너였지, 내가 바라는 인생의 동반자는 아니었다. 누워서 울고 싶었다. 나는 혼자다.

나는 폴에게 차갑게 대답했다.

"사진을 찍어. 이게 탐험가가 마주하는 현실이라면 기록해야지. 그리고 가브리엘에게 무전을 쳐서 내가 아프다고 말해줘. 감압 체임버에 가야겠지만, 지금 상태로 걷는 건 생각조차 할 수 없어. 내일 아침에 물속에서 나 혼자 치료해 볼 거야."

정글 깊숙이 있으면 구급차를 부를 수 없다. 철수가 신속히 이루어지지 못하거나 불가능하면, 다이버는 응급처치로 수중 재가압을 시도하기도 한다. 그럴 경우 다시 물로 들어가서 수압을 받으면서 산소 함유량이 많은 공기를 들이마신다. 재호흡기는 그런 용도로서 완벽했다.

일반적으로 다이버는 높은 농도의 산소를 들이마시는 위험을 감수하지 않지만, 상황을 고려했을 때 손상된 체내 조직을 치료하는 것이 산소 중독을 겪을 위험보다 더 나았다. 도움 없이 혼자 하기에는 위험했지만, 정글에서 빠져나갈 만큼 기력을 되찾을 수 있는 유일한 방법이었다. 일찍 실행할수록 더 좋은 결과를 얻을 수 있지만, 정신적으로 지쳐있는 상태라 당장은 시도할 엄두가 안 났다.

폴은 내가 버디와 가브리엘에게 이야기할 수 있도록 무전기를 건네주었다.

"버디, 난 물에 들어가 바로 재가압을 시도할 거예요. 해가 뜨면 날 대신할 사람을 불러줘요. 폴이 나머지 일정 동안 다이빙하는 걸 도울 사람이요. 탐사를 나 때문에 망치고 싶지는 않아요."

이 모든 문제가 왠지 내 탓이라는 생각에 창피스러웠다. 폴에게 도움을 청해야 했지만, 그가 내게 탐사를 망쳐버렸다고 화를 내지는 않을지 걱정되는 마음이 더 컸다. 나는 누가 봐도 심하게 아픈 상태였지만, 폴은 도와줄 마음이 없는 듯했다. 나는 다른 다이빙 파트너를 도움을 요청했고, 폴은 그걸로 됐다고 여겼다. 폴이 나보다 다이빙 탐사를 중요하게 여긴다고밖에는 생각할 수 없었다.

밤새 자다 깨기를 반복했다. 새들이 아침을 열며 정글이 활기를 띠자 조금 기운이 나는 걸 느꼈다. 여전히 허벅지와 팔 위쪽으로 염증과 쓰라림이 남아 있었다. 팔은 불룩해져서 뽀빠이 팔처럼 보였다. 온몸이 부었고 마치 순식간에 10킬로그램 정도 몸이 불은 것 같았다. 달덩이처럼 부풀어 오른 얼굴은 처져서 슬퍼 보였고, 머리카락에는 모닥불 연기의 그을음과 모기퇴치제가 엉겨붙어 있었다. 길고 더러운 티셔츠를 입고 슬리퍼를 신은 채 잔불 옆에 있는 캠핑용 의자 위에 풀썩 주저앉았다.

우리는 탐사에 필요한 계획을 의논하는 것 말고는 거의 말을 하지 않았다. 즉석 오트밀을 한 그릇 먹었고, 폴은 재호흡기를 점검했다.

나는 천천히 쿰쿰한 냄새가 나는 잠수복을 입은 뒤, 휘청이며 알루미늄 사다리를 타고 내려가서 물속으로 들어갔다. 이제 수심 15미터 지점에서 산소를 들이마시며 2시간을 보낼 예정이었다. 재가압해서 가스를 내보내기에는 늦었을지 몰라도, 적어도 수압을 받는 환경에서 응급처치를 함으로써 손상된 체내 조직에 적절한 양의 농축된 산소를 보낼 수 있을 것이다. 이런 식으로 지상에서보다 많은 산소를 들이마실 수 있었다. 탐사용 혼합기체는 쓰고 싶지 않았기 때문에 응급처치가 역효과를 낼 경우를 대비해 폴이 스노클링을 하면서 대기했다.

나는 남편이 물속에 있는 나와 마주 보고 잠수하며 안심시켜 주기를 바랐다. 나는 겁에 질렸고 완전히 혼자가 된 기분이었다. 수면에 떠 있는 폴의 실루엣을 올려다보는 건 별로 위안이 되지 않았다. 자꾸만 제이슨 리처즈가 와쿨라 스프링스에서 산소 중독으로 발작을 일으킨 일이 떠올랐다. 다이빙 파트너들이 서둘러 돕지 않았다면 그는 아마 익사했을 것이다. 제이슨이 구급차로 옮겨지는 동안, 들것 밖으로 삐져나온 푸른 발가락을 보았던 기억이 났다. 나는 그런 식으로 세상을 떠나고 싶지 않았다.

2시간이 지나고 임시방편의 치료를 끝냈다. 기운이 많이 회복된 느낌이었지만, 나를 데리러 올 사람을 기다리는 동안 폴은 홀로 탐사 다이빙을 하러 떠나기로 했다. 캠핑용 의자에 혼자 앉아있을 때였다. 절망이 포위해 오듯 하늘이 점차 어두워지고 있었다. 그러더니 말 그대로 하늘에 구멍이 났다. 내가 부엌의 방수포 아래로 피신하는 동안, 폭풍우는 양동이로 쏟아붓듯이 비를 쏟아부었다. 결국 지붕이 무너지면서 남아 있던 약간의 용기마저 앗아갔다.

조금 더 지나니 폭우가 가랑비로 변했고, 가브리엘과 버디가 오래된 지프차를 타고 울퉁불퉁한 길을 따라 숲 깊숙이까지 들어왔다. 버디가 차를 태워주겠다고 했지만, 온몸이 쑤셔서 지프차에서 들썩이며 가는 게 바위투성이 길을 천천히 걷는 것보다 고통스러울 것 같다는 생각이 들었다. 버디가 먼저 차를 타고 가는 동안, 가브리엘과 함께 길을 따라 조심스럽게 걸어갔다. 반쯤 걸어갔을 때 버디가 비포장도로로 바뀌는 지점에 트럭을 남겨둔 것을 발견했다. 기진맥진 했던 나는 허겁지겁 차에 몸을 실었고, 가브리엘이 천장이 뚫린 차를 운전하는 동안 옆자리에 앉아서 거대한 타이어가 튀긴 진흙을 머리부터 발끝까지 뒤집어썼다. 전날 나는 폴과 함께 놀라운 발견을 했고 가브리엘이 수호천사처럼 나를 도우면서 친절하고 사려 깊게 대해주긴 했지만, 지금 느껴지는 감정은 버림받았다는 배신감과 수치스러움, 패배감뿐이었다.

가브리엘은 곧장 나를 플라야 델 카르멘Playa del Carmen에 있는 고압 산소 치료 시설로 데려가 주었고, 그곳에서 의사인 안드레스 메디나Andrés Medina를 만났다. 나는 이제 곧 시련이 끝나리라고 생각했지만, 감압 체임버 안에는 이미 치료 중인 환자가 2명 있었고 치료는 6시간에 걸쳐 이루어질 예정이었다. 안드레스 선생님은 내가 잠수한 깊이와 시간을 듣더니 충격을 받았고, 수중 재가압을 실행했다는 이야기를 듣고는 더 놀랐다. 의사가 물었다.

"아니, 대체 뭐 하는 분이세요?"

안드레스 선생님은 휴가철에 다이빙을 즐기러 온 사람들을 치료하는 데 익숙했지만, 테크니컬 다이빙에 관해서는 배경지식이 없었다. 나는 공책을 꺼내며 내가 해온 다이빙에 관해 알려주었다. 여태까지 다이빙 수심과 시간, 혼합기체 선택을 상세히 표로 정리해서 적어왔고, 이 자료는 손목 컴퓨터에 저장된 데이터와도 거의 일치했다. 재호흡기가 어떻게 작동하는지, 그걸로 어떻게 응급처치를 실행했는지도 설명했다. 모든 이야기를 들은 안드레스 선생님은 더 즉각적으로 치료를 받을 수 있도록 멀리 떨어진 코수멜Cozumel이나 칸쿤에 있는 고압 산소 치료 시설로 보내주겠다고 제안했다. 하지만 이미 여기까지 오느라 힘들었던 나는 더 먼 곳으로 가는 건 상상도 할 수 없었다. 눈물을 글썽이며 감압 체임버가 빌 때까지 기다리겠다고 말했다.

그날 저녁 늦게서야 감압 체임버에 들어갈 수 있었다. 작은 잠수함처럼 생긴 감압 체임버의 거대한 강철 튜브 끝에는 두껍고 동그란 금속제 문이 달려있었고, 무거운 회전형 잠금장치로 밀폐되었다. 나는 환자복으로 갈아입고 오랫동안 이어질 치료에 대비해 커다란 게토레이 2병을 챙겼다. 그리고 출입구를 기어서 통과한 뒤 2번째 문을 쭈그려서 통과했다. 내부의 방은 내 키보다도 짧았다. 고압실 간호사가 비행사가 쓸법한 마스크를 씌워주는 동안, 나는 접이식 침대의 차가운 비닐 매트리스 위에 몸을 비스듬히 기댔다. 간호사가 혈압과 맥박을 쟀는데, 긴장해서인지 수치가 높게 나와 몸을 뻗고 편안히 있으려 했다. 귀 보호용 헤드폰을 건넨 후에 간호사는 무거운 강철 문을 쿵 하고 닫았다.

와쿨라에서 감압 체임버를 운영하는 일을 돕기도 했고 그 안에서 오랫동안 있어 보기도 했지만, 침대에 무력하게 환자로 누워있는 건 또 다른 경험이었다. 감압 체임버에서 할 총 3번의 치료 중 첫 번째는 가압된 상태에서 5시간을 보내며 수심 18미터와 동일한 압력으로 산소를 들이마시는 것이었다. 산소 농축도가 다이빙할 때 권고되는 최대 산소 노출양보다 두 배 이상 많았기 때문에 문제가 생길 때를 대비해서 보조해 줄 사람이 필요했다. 게다가 발작과 고막 파열, 화재 등 감압 체임버에 수반되는 또 다른 위험도 있었다.

"이제 압력을 가할 테니 귀의 압력 평형을 맞출 준비를 하세요."

가스가 쉭 하는 소리를 내며 내 주변을 채우는 동안 간호사가 말했다.

나는 코를 잡고 턱을 움직이며 귀의 압력 평형을 맞췄다. 만약 실패하면 더 위험한 상황을 막기 위해 고막을 절개해야 할 것이다. 고압 체임버 안은 매우 더워졌다. 내가 긴장해서인지, 가압하면서 발생한 열기 때문인지 확신이 서지 않았다. 감압 체임버의 압력이 올라가면서 간호사가 지직거리는 스피커를 통해 수심을 알렸다.

"6미터…… 9미터……."

귀청이 터질 듯한 소음 때문에 간호사는 손바닥으로 헤드폰을 눌렀다. 재가압 치료는 기술자나 간호사가 환자와 같은 치료를 받는 유일무이한 의학적 치료법일 것이다. 증가하는 압력이 몸에 남아 있는 기체를 축소하고 있었다. 하지만 간호사에게는 물 밖에서 다이빙하는 것이나 마찬가지였다. 우리는 재빨리 압력 평형을 맞추려 시도했다. 힘줄과 고막으로 심장 고동이 느껴졌다.

"12미터…… 15미터. 이제 3미터만 더 가면 됩니다."

그리고 소음이 그쳤다. 간호사는 헤드폰을 벗더니 물었다.

"괜찮으세요?"

나는 몸의 아픈 부분을 모두 살펴보았다.

"그런 것 같아요."

증상이 개선면서 안도감이 덮쳐왔다. 고통이 줄고 부기가 가라앉으면서 기운이 차려졌다. 마치 이 시련이 전부 끝난 것처럼 느껴지기 시작했다. 첫 번째 치료를 마친 오전 3시쯤, 나는 병원에서 습하고 어두운 거리로 홀로 걸어 나왔다. 가브리엘이 병원 맞은편에 주차해 놓은 캠핑용 자동차에 누웠고, 2시간 동안 곯아떨어졌다가 치료받기 전보다 심한 통증이 느껴져 잠에서 깼다.

팔 위쪽이 다시 부어 있었다. 배 부위도 쑤셨고 허벅지는 화끈거렸다. 허리께도 아팠고 어깨에서는 딸깍이는 소리가 났다. 한쪽으로 누웠다가 다른 쪽으로도 돌아누웠지만 어떻게 해도 편하지 않았다. 통증이 심해지자 순식간에 침울해졌다. 지쳐있었지만 잠에 들 수 없었다. 쌀쌀했지만 담요와 침낭은 정글에 있었고, 덮을 것이라곤 얇은 재킷 한 장뿐이었다. 너무 춥고 불편했기에 결국 새벽이 오기 전의 거리를 이리저리 배회했다. 떠돌이 개가 골목에 있는 쓰레기를 뒤졌고, 가게 주인들은 먼지를 쓸어냈다. 배달 트럭들은 혼란스러운 교차로를 경적을 울리며 지나갔고, 나는 정처없이 터벅터벅 몇 시간을 걸었다.

동이 트자 나는 차를 몰고 버디의 가게로 가서 무전기로 폴에게 연락했다. 정신적으로 안정을 줄 사람이 필요했다. 폴은 정글에서 나와서 병원으로 오기로 했다.

한두 시간이 지난 후에 안드레스 선생님과 병원 입구에서 만났다.

"들어와요! 상태는 좀 어떤가요?"

"끔찍해요! 어제 여기에 왔을 때보다 더 아파요."

"잘됐네요!"

"뭐라고요? 잔인하네요! 전 이제 다이버로서 끝이라고요."

예민해진 나는 눈물을 흘리며 안드레스 선생님에게 소리쳤다. 안드레스 선생님은 다정하게 내 어깨에 손을 올렸다.

"그 문제에 관해서는 나중에 이야기하도록 해요. 하지만 지금 느끼는 통증은 좋은 신호예요. 낫고 있다는 뜻이거든요. 손상된 신경과 혈관이 몸을 다시 깨우고 있는 겁니다. 어제의 신경 결손이 호전된 거죠. 안심하세요."

어제 감압 체임버에 들어가기 전에 안드레스 선생님은 내가 촉감을 현저히 잃은 것을 발견했다. 선생님은 내 피부를 바늘로 찌르고 붓으로 쓸었다. 그렇게 반사 운동을 검사하고서 내 눈을 들여다보았다. 나는 붓기 때문에 촉각이 무뎌졌다고 생각했지만, 안드레스 선생님은 척수에 영향을 주는 심각한 잠수병을 앓고 있다고 확신했다.

나는 충격받았다.

"신경계 잠수병이라고요? 척수에 문제가 있는 거예요?"

좀처럼 행복한 결말로 끝맺을 것 같지 않았다. 잠수병은 치료할 수 있지만 환자들이 맞는 결과가 무엇일지는 예측하기 힘들다. 떠돌던 공기 방울이 척수로 가면 끔찍한 결과가 생길 수 있다. 하지만 어떤 면에서는 운이 좋은 편이었다. 어떤 사람들은 다이빙은 고사하고 걷지도 못하게 된다.

안드레스 선생님이 감압 체임버를 가동하기 위해 준비하는 동안, 나는 검진 테이블에 앉아있었다. 6시간 동안의 치료를 마치고 나면 폴이 와있을 것이라는 기대에 가까스로 마음을 추스를 수 있었다. 5시간째 치료 중일 때 감압 체임버 창문으로 폴의 얼굴이 보이자, 마침내 마음의 짐을 나눌 수 있다는 생각이 들었다. 폴은 작은 창문을 통해 미소 짓고 손을 흔들었다. 그 덕분에 감압 체임버에서의 마지막 1시간 동안은 긴장을 다소 가라앉힐 수 있었다. 폴이 걱정스러운 표정을 지으며 날 지켜보고 있었기에 잠시나마 마음 놓고 쉴 수 있었다.

그날 밤 11시에 호텔 방에서 폴과 함께 잠이 들었다. 오래간만에 뜨거운 물로 샤워하고 푹신한 침대에서 제대로 쉬니 좋았다. 하지만 2시간 정도 뒤, 트럭에 깔린 듯한 고통을 느끼며 깼다. 무섭긴 했지만 통증은 좋은 신호라 생각하며 견뎠다. 아침을 먹은 후에 다시 의사를 찾아갔다. 안드레스 선생님은 내가 짧은 치료를 한 번 더 받으면 된다고 했다. 증상이 지속해서 호전되고 있었기에 폴은 다시 다이빙을 계속하러 정글로 돌아갔다. 치료가 끝난 오후에 나는 거리를 거닐며 경력과 결혼 생활이 앞으로 어떻게 될지 생각했다. 유기농 채소 가게를 발견하고 신선한 당근과 비트, 시금치를 갈아 만든 주스를 들이켰다. 몸이 나아지고 있다는 자신감이 고개를 들었다.

가브리엘과 그의 여자 친구가 함께 지내자고 제안했지만, 비싸더라도 호텔에서 하룻밤을 지내는 데 돈을 쓰기로 했다. 당연한 이야기이긴 하지만, 나는 별로 사람들과 어울리고 싶은 기분이 아니었다. 호텔 주인은 숙박객들을 위해 매일 아름다운 클래식 기타곡을 들려주었고, 나는 닷새 동안 누적된 피로를 풀었다.

다음 날 아침, 나는 안드레스 선생님의 선고를 기다렸다. 여전히 통증이 남아 있긴 했지만 안드레스 선생님은 내 상태가 많이 좋아졌으며, 고압 산소 치료를 더 받으면 폐에 안 좋은 영향을 끼칠 수 있다고 말했다. 다이빙하면서 들이마신 산소에 치료 과정에서 흡입한 산소가 더해져서 숨 쉬기가 힘들기는 했다. 안드레스 선생님은 치료를 종료하며 이렇게 말했다.

"절대로 다시는 다이빙하지 마세요."

폴의 정글에서 했던 말처럼, 단순하지만 강렬한 말이었다. 폴과 선생님의 말이 자꾸 귓가에 맴돌았다.

'그럴 줄 알았어'

'절대로 다시는 다이빙하지 마세요'

'그럴 줄 알았어'

'절대로 다시는 다이빙하지 마세요'

나는 누구였지? 뭘하는 사람이지? 여성 테크니컬 다이버? 사랑받는 아내? 내 정체성이 단순한 말들로 사라지고 있었다.

의사 선생님은 내 표정을 보고 공황 상태라는 걸 직감했는지 급히 이어서 말했다.

"여태까지 이렇게 깊이 다이빙한 사람을 치료해 본 적이 없습니다. 그러니 어떻게 말해야 할지 모르겠군요. 통계적으로 보자면 환자분은 잠수병을 또 앓게 될 가능성이 크고, 제정신을 가진 의사라면 누구나 다이빙을 하지 말라고 이야기할 겁니다. 하지만 결정은 환자분께 맡겨두죠."

고압 산소 치료 시설의 의사들은 헬륨이 혼합된 실험적인 혼합기체를 사용해서 수심 깊은 곳까지 잠수하는 테크니컬 다이버를 치료할 일이 거의 없다. 게다가 이런 식으로 잠수하는 여성은 더더욱 드물 것이다.

내가 5시간 동안 다이빙했던 일은 안드레스 선생님의 경험에 비추었을 때 이례적인 일이었다. 나는 테크니컬 다이버였고 재호흡기를 사용했으며, 실험적인 혼합기체로 숨 쉬었고 여성이었다. 깊은 곳까지 잠수하는 여성이나 그들을 치료해야 할 의사에게 도움이 될만한 의학 학술지는 없었다. 의지할 사람이라고는 오로지 나 자신밖에 없었다. 안드레스 선생님은 앞으로도 계속 잠수병 치료를 하겠지만, 아마 나 같은 환자를 만날 일은 없을 것이다.

나는 폴에게 소식을 전하려고 정글 베이스캠프로 천천히 걸어갔다. 아직 물속에 있을 시간이지만, 다이빙을 마치기 전까지 짐을 싸고 같이 할 식사 챙기는 건 할 수 있을 것이다.

캠프에 도착하기까지 몸 상태에 맞춰 속도를 조절해 2시간을 걸었다. 고단하고 온몸이 쑤시고 아팠지만, 정글에서 느끼는 자유로움이 좋았다. 벌잡이새사촌과 앵무새 소리가 기운을 북돋아 주었다. 꺼져가는 모닥불에서 앉으니 내가 얼마나 이곳을 사랑하는지 다시금 느껴졌다. 다시 건강을 되찾고 내가 사랑하는 일을 하기 위해 다시 나아갈 것이다. 싸워보지도 않고 다이빙을 그만두는 건 상상할 수도 없었다.

그날 저녁, 폴은 내 말을 차분히 받아들이는 것 같았지만 어떤 감정인지는 알 수 없었다. 그가 다이빙 파트너를 잃어서 충격받았는지, 아내가 일을 줄이고 집에 머물리라는 생각에 기뻤는지.

나는 폴이 감정을 터놓지 않아 외로웠다. 그가 자신의 기분이나 두려움, 미래에 관해 이야기해 주었으면 했다. 나는 그가 어떤 생각을 하는지 묻기가 두려웠다. 내가 바라지 않는 대답이 돌아올까 봐 걱정되었기 때문이다. 그래서 나는 당분간 미래는 생각하지 않고 하루하루에 충실하게 살 생각이라고만 말했다. 다시 물속에 들어가려면 회복할 시간이 많이 필요했다.

마침내 우리가 플로리다로 돌아왔을 때는, 그 일로부터 2주 정도 흐른 후였다. 친구들과 가게 손님들, 심지어 내가 잘 알지도 못하는 사람들까지 가게에 전화를 걸어왔다. 몇몇 다이버가 인터넷에 나에 관한 잘못된 정보를 공유하고 있었으므로, 나는 가능한 한 솔직하게 내가 겪은 일을 공유해야겠다고 생각했다. 정글에서는 여기저기 무선 신호들이 잡혔고, 내가 수중 재가압을 시도하기도 전에 유카탄 해안을 따라 나에 대한 소문이 퍼졌다. 내가 "정글 밖으로 걸어 나가는 것도 힘들어"라고 한 말이 "질이 정글에서 마비된 상태래"로 바뀌었다. 부정확한 정보들은 점점 부풀려졌다. 하지만 나는 부끄럽거나 피하지 않았고, 실제로 어떤 일이 벌어졌는지 적어서 인터넷에 공유했다.

몇몇 사람은 내 험담을 주고받았지만, 나와 같은 경험을 했던 다이버들은 수많은 응원 메시지를 보냈다. 그리고 잠수병을 앓는 일은 내가 상각했던 것보다 훨씬 흔하다는 사실을 알았다. 지난 몇 년간 알았던 사람들이 이제야 잠수병에 걸린 적이 있다고 고백했고, 친한 다이버 중 한명은 감압 체임버에 17번이나 다녀왔다고 말했다. 하지만 대부분은 자기가 겪은 일을 말하지 않았다. 대부분 쉬쉬하며 무덤까지 가져가려 했다.

결국 나는 의사의 조언을 따르지 않았다.

사고가 있고 2달 반이 지난 뒤, 나는 잠수복에 몸을 비집고 다시 물에 들어갔다. 그런데 무언가가 달라져 있었다. 잃기도 하고, 얻기도 했다. 내가 잃은 건, 나 자신을 무적이라고 치부해 온 생각이었다. 당시였다면 절대 이런 식으로도 말하지 않았겠지만 말이다.

그때 나는 이미 수천 번의 다이빙을 했기에 잠수병은 꿈에도 생각하지 않았다. 누구도 내가 왜 잠수병에 걸렸는지 정확히 말해줄 수 없었다. 체내 지방량, 수분 부족, 생리 주기, 꽉 끼는 옷이나 단지 운이 없어서 일지도 모른다. 이 모든 요소가 다 영향을 미쳤을 수도 있지만 명확한 결론은 없다. 더는 스스로를 무적이라고 생각하지 않는 이유는, 잠수병에 다시 걸릴 수도 있어서가 아니라 내 자신의 한계를 알았기 때문이다.

다시 숨겨진 연결 통로에 대해 말을 하자면, 두 동굴의 연결 통로는 아무래도 별 의미가 없어 보였다.

2018년에 가장 긴 수중 동굴이 나타나서 다른 동굴들을 왜소해 보이게 만들더니, 곧 피트와 블루 어비스를 비롯해 다른 동굴들을 흡수해 연결되었다. 그렇게 연결된 초거대 동굴은 340킬로미터가 넘었다.

탐사가 계속되면서 유카탄반도에 있는 모든 동굴이 연결되어 있다는 사실은 점차 분명해졌다. 어쩌면 피트를 블루 어비스로 연결하는 통로는 폴과 내가 함께 발견했던 어둠에 싸인 작은 공간이나 옆으로 난 좁은 길 어딘가에 있었을지도 모르겠다. 돌과 바위에 가려진 채 블루 어비스보다 더 낮은 층 어딘가에 있었을 수도 있다.

폴과 내가 피트에서 탐험한 후, 멕시코의 동굴 다이빙 탐사는 크게 성장했다. 그들 가운데 누군가가 깊숙이 숨겨진 연결 통로들을 더 찾아내기를 기원한다. 탐사를 수행하고 연결 통로를 찾아낸다면 공로는 당연히 그들의 몫이다.

얼음 섬
2001

2001년 초, 나는 여전히 자신의 한계를 받아들이는 법을 배우던 중이었다. 그리고 세계 기후변화로 거의 죽을 뻔하기도 했다.

길이가 290킬로미터에 달하는 거대한 얼음 조각이 남극의 맥머도해협McMurdo Sound 근처의 로스Ross 빙붕에서 떨어져 나온 뒤, 세계에서 가장 큰 빙산이 되었다. B15(B15 또는 과학계에서 '고질라'라는 별명으로 불림)가 분리된 것은, 상승하는 기온이 결국 극지방의 만년설을 녹일지를 주제로 하는 격렬한 토론으로 이어졌다. 바다를 떠다니는 거대 물체는 지구온난화를 가장 주요한 뉴스로 만들었다.

작년 5월의 황금연휴에 나는 또 다른 동굴 다이빙 연례 회의에 참석했다. 피트에서 돌아온 지 얼마 안 되었을 때라 다시 공동체로 돌아오니 기뻤다. 안드레스 선생님의 조언을 무시하고 서서히 강도를 높이면서 다이빙도 하기 시작한 터였다. 나는 와쿨라 스프링스에서 다이빙 세계기록을 경신했던 일을 주제로 발표를 마친 뒤 연단에서 내려왔다. 그리고 야외 수영장 쪽에 준비되어 있는 뷔페식 점심을 먹으려고 줄을 섰다. 그때 익숙한 목소리가 들렸다.

"질!"

웨슬리였다. 그는 음식을 기다리며 서 있는 100여 명의 참석자들 앞을 비집고 들어왔으나 아무도 신경 쓰지 않는 듯했다. 우리는 접시 위에 따뜻한 감자 샐러드와 얇게 썬 칠면조 고기를 수북히 담아서는 파라솔 아래 그늘로 들어갔다.

웨슬리는 해진 슬리퍼에 소매없는 티셔츠와 낡은 청바지를 입고 있었다. 적갈색의 수염과 콧수염이 군데군데 회색으로 변했지만 미소를 지을 때면 눈만은 젊게 빛났다. 그의 여유롭고 느릿느릿한 남부식 말투는 씹는 담배를 턱에 넣고 빠는 고약한 습관 때문에 더욱 도드라져 보였다.

우리는 둘 다 동굴 다이빙과 모험을 사랑했고, 영상 제작을 위한 파트너 관계도 돈독해지고 있었다. 웨슬리는 최근에 리얼리티 프로그램을 찍는 일에 나를 여러 차례 임시로 고용했고, 나는 그와 함께 정규 편성 프로그램을 제작하는 일에 도전하려 노력하고 있었다. 우리는 수영장의 악어나 사람을 공격하는 상어 영상을 찍기도 하고, '무서운 만남' 또는 '위대한 생존자'란 제목의 탐험 영웅들의 이야기를 제작하여 탐험을 갈구하는 사람들을 대리 만족시켜 주었다. 그동안 금전적인 보상보다는 의미있는 일을 하기 위해 머리를 짜내고 있었다. 웨슬리가 말했다.

"내셔널지오그래픽에서 남극 건으로 연락이 왔어. 다이빙에 관해 팬

231

좋은 아이디어가 있는지 의견을 묻고 싶어 하더라고."

웨슬리가 말했다.

"흥미진진한데?"

내가 활짝 미소지었다.

"네 도움이 필요해, 질. 추운 곳에서 어떻게 다이빙해야 하는지 가르쳐 주었으면 해. 그리고 네가 다이빙 팀을 이끌어 주면 좋겠어."

나는 웨슬리의 말에 놀랐다. 여태 나는 그의 수습생에 불과하다고 생각하고 있었기 때문이다. 조금씩 제자리를 찾아가고 있었지만, 느린 회복 속도도 걱정되었다. 다시 잠수병을 앓게 되지는 않을지 걱정되었다. 하지만 한편으로 웨슬리도 여러 차례 잠수병에 걸린 뒤 회복했다는 사실을 알았기에 앞으로 펼쳐질 일이 한결 편하게 느껴졌다.

웨슬리는 플로리다주 잭슨빌Jacksonville에서 태어났다. 웨슬리의 어머니인 마조리Marjorie는 자신의 아들들이 자연과 모험을 사랑할 수 있도록 야외 활동을 중요시했고, 파도가 높은 날이면 서핑보드를 싣고 웨슬리와 형제인 짐보Jimbo를 조퇴시켜 거친 바다로 데려갔다.

마조리는 아이들이 공부만 하길 원하지 않았다. 공부와 야외 활동이 균형을 이루기를 원했다. 실제로 웨슬리는 그렇게 살고 있다.

웨슬리는 세계 정상급 탐험 다이버이자 영상 제작자였지만, 차가운 물에서의 다이빙 경험은 없었다. 반면 차가운 물은 내게 친한 친구 같은 존재였다. 캐나다에서는 일상적인 다이빙조차 뼈가 시릴 정도였고, 나는 그곳에서 도전 의식을 북돋우고 아름다운 풍경까지 선사하던 아이스 다이빙을 즐겼다.

그나저나 내가 남극에서 내셔널지오그래픽 프로젝트 촬영 팀을 이끈다고? 게다가 웨슬리에게 아이스 다이빙도 가르친다고? 이건 정말 엄청난 일이었다.

　그 후 웨슬리와 나는 프로젝트를 첫 미팅을 위해 조사하느라 많은 시간을 할애했다. 이 프로젝트가 성공적으로 진행된다면, 나는 처음으로 다큐멘터리 대본을 써볼 기회도 갖게 될 것이다. 나는 우리와 합류하도록 폴을 설득해 보기로 했다.

　그날 저녁, 나는 잔뜩 흥분해 폴에게 탐사에 관해 말을 꺼냈다.

　"폴, 웨슬리가 이번 프로젝트에 우리가 합류했으면 하던데. 나에게 대본을 쓰고 영상을 제작해 달라고도 부탁했어."

　"오, 정말? 어떤 프로젝트인데?"

　폴이 흥분해서 물었다.

　그가 추운 퀘벡 지역에서 태어나고 자랐음에도 찬물을 싫어한다는 걸 알고 있었기에 나는 뜸을 들였다.

　"음, 남쪽에서 진행되는 건데 말이야……."

　"남쪽 어디?"

　"비수기에 가게를 비워두고 가면 될 것 같은데……."

　"그러니까 얘기해 봐, 어디인데?"

　"내셔널지오그래픽과 진행하는 거고 보수도 많아."

　"뜸들이지 말고 말해 봐."

　"남대양에서 프로젝트를 진행할 예정이야."

　나는 결국 털어놓았다.

"남대양 어디인데?"

"남극……."

"와우, 날 죽일 셈이군."

폴이 가장 최근에 찬물에서 다이빙했던 건 잠깐 방문했던 세인트 로렌스 St. Lawrence 수로의 난파선인 아일랜드 여제호 Empress of Ireland를 둘러볼 때였다(1914년, 아일랜드 여제호는 14분 만에 침몰했고 1,000명이 넘는 사람이 사망했다). 폴은 난파선 주변을 다이빙하는 건 좋아했지만 차가운 물은 질색했다. 남극의 바다는 세인트 로렌스의 물보다 14도 낮았고, 주변 환경도 혹독했다. 게다가 폴은 뱃멀미가 심한데, 이 프로젝트는 주로 배에서 이루어질 예정이었다. 그러나 폴도 나와 마찬가지로 이번 일이 멋진 모험이 될거라 여겼다.

어쩌면 우리의 결혼 생활은 다이빙 파트너 관계로 변화하는걸까? 폴과의 로맨스는 시들해졌지만, 파트너 관계로는 편했다. 사랑은 사라졌지만, 우리는 파트너로서 여전히 함께 일하고 경험을 즐길 수 있었다.

내가 보기에 이번 모험에는 또 다른 의미가 숨겨져 있었다. 대부분의 사람은 죽을 뻔하거나 자신을 비난하는 사람들과 맞서 싸우고 나면 영원히 자신감을 잃게 된다. 하지만 나는 감사하게도 무서운 경험을 할 때마다 묘한 선물을 받았다. 집에 도둑이 든 경험을 했을 때처럼 말이다. 또, 잠수병을 앓았을 때에 인터넷의 수많은 비난을 인내했던 일은 거절을 받아들이기 수월하게 해줬다.

피트 사건 이후로 다이빙할 때마다 조금씩 열정을 되찾았고, 계획을 세울 때나 안전 점검을 할 때 한층 성숙한 자세로 임할 수 있었다. 헨리 켄들의 죽음도 중요한 교훈을 주었다. 73세였지만 헨리는 인생을 누구보다 열정적으로 살았다. 그날 자신이 죽는다는 건 몰랐겠지만 그는 주어진 하루하루를 충실하게 살았고, 나도 그처럼 살고 싶었다.

나는 실패를 '배움의 기회'라고 말하곤 한다. 다른 사람들이 나를 비난한다면, 내가 무언가 도전적이거나 대단한 일을 하고 있다는 증거였다. 나는 확신이 생겼기에 이제 상상도 할 수 없는 것을 탐험하고 경험하기로 결심했다.

꿈꾸며 도전하는 사람은 창의적인 사람들을 가까이에 두어야 한다. 그러한 부류의 사람들은 번뜩이는 생각과 열정으로 가득하고 생각을 현실로 바꿔놓기 위해 함께 일한다. 그들은 새로운 가능성을 본다. 그리고 얼음장 같은 물에 뛰어들거나 자신을 변화시키고, 불편한 일이나 한 번도 실현된 적이 없는 일을 기꺼이 한다.

웨슬리는 나에게 이런 파트너였다. 우리는 서로의 아이디어에 자극받고 창의적인 결과물로 발전시켰다. 놀라운 일을 해내기 위해 함께 브레인스토밍하고 거기에서 나온 생각들을 정리하고 계획을 세웠다. 한 사람에게 기술이나 새로운 생각이 부족할 때면, 다른 사람이 그 공백을 메꿔주었다. 또한 웨슬리는 주변 시선에 애쓰거나 부응하지 않았다. 폴을 기쁘게 해주려고 나 자신을 바꾸지 않아도 된다는 사실을 일깨워 주었다. 나 자신이 행복하지 않으면 그건 인생을 낭비하는 것이다.

남극 프로젝트 발표를 하려고 준비하고 있을 때, 우리는 구체적 계획의 뼈대만 만들어 놓은 상태였다.

'영국 극지 탐험가인 어니스트 섀클턴 경Sir Ernest Shackleton이 가로지른 남극해와 역사적인 탐사 경로를 따라서'라는 카피는 호기심과 완성도가 많이 부족해 보였다. 우리는 문헌을 읽고, 과학자들과 이야기를 나누고, 남극대륙의 역사를 파고들었다. 나는 점점 남극대륙의 지리에 익숙해졌고, 빙하와 빙상을 찍은 인공위성 사진을 보고 우리가 마주칠지도 모르는 수중생물에 관해서도 배웠다.

우리는 어니스트 섀클턴이 역사를 통틀어 가장 위대한 지도자 가운데 한명이라고 여겼다. 우리는 그가 쓴《어니스트 섀클턴 자서전South》과 《남극의 심장부The Heart of the Antarctic》를 공유하며 읽었고, 부빙이 배를 으스러뜨려 침몰시킨 뒤 온갖 역경에 맞서 선원들을 구해낸 이 남자를 존경했다.

1914~1917년까지 계속된 남극 횡단 탐험에서 그들이 탄 인듀어런스호vessel Endurance는 부빙에 에워싸인 뒤 천천히 난파되며 가라앉았고, 선원들은 오도 가도 못하는 상황에 처했다. 그들은 먼저 부빙 위에 캠프를 설치했고 봄이 와서 부빙이 부서지자 구명정을 띄웠다. 그리고 사나운 바다를 헤치며 1,150킬로미터라는 믿기 힘든 거리를 항해해서 엘리펀트섬Elephant Island에 닿았다. 어니스트는 사람이 살지 않는 바위 해안에 구명정을 뒤집어서 캠프를 세웠고, 계속해서 용감하게 항해해 마침내 사우스조지아섬South Georgia Island에 도착했다. 그 후 위험한 빙원과 험준한 산길을 통과하고 고래잡이 선원이 있는 기지에 도착해서 도움을 요청했다.

지구에서 가장 극한 환경에서 피신처나 도움도 없이 2년 가까이 지낸 후에야 어니스트는 선원들을 구조해 낼 수 있었다.

탐험과 리더십에 관한 어니스트의 이 위대한 서사는 '대탐험 시대'의 종식을 의미했다. 베이비붐 이후 출생자들은 대탐험 시대는 이미 끝났으니 탐험이 필요없다고 말할지도 모른다.

지구는 정복되었다. 지도는 완성되었고, 극지방도 발견되었다. 에드먼드 힐러리 경Sir Edmund Hillary과 텐징 노르게이Tenzing Norgay는 에베레스트를 세계 최초로 등정했다. 돈 월시Don Walsh와 자크 피카르Jacques Piccard, 심지어 영화감독 제임스 캐머런James Cameron도 어둠 속 가장 깊은 해구에 도달했다. 우주 비행사 닐 암스트롱Neil Armstrong과 버즈 올드린Buzz Aldrin은 달 위를 걸었다.

어니스트의 위대한 탐험 위로, 우리는 뭘 할 수 있을까?

나는 '대탐험의 시대는 아직 끝나려면 멀었다'라고 생각했다. 내 세대는 여태껏 보지 못한 것을 과학기술을 이용해서 탐사하는 시대를 열었다. 인간 유전자 지도를 그렸고 힉스 보손Higgs boson이라는 기본 입자를 발견했으며, 복제 양 돌리를 탄생시켰고 줄기세포를 만들었으며, 지구 내부에 숨겨진 비밀을 밝혀내기 위해 탐사했다. 인터넷으로 중요한 사건을 접하고, 세계 기후변화의 조짐을 실시간 위성 영상으로 지켜볼 수 있다. 우리는 꿈꾸는 사람들이며, 이전에 접근할 수 없었던 얼음 위나 아래, 안을 탐험하기 위해 세상의 끝까지 갈 수 있다.

내셔널지오그래픽과 첫 미팅을 하기 전날 밤, 우리에게는 확실한 목적지가 있고 역사 속 어니스트 섀클턴이란 멘토가 있었지만 어니스트의 발자취를 따라가는 것 말고는 색다른 주제가 없었다. 이야기 전체를 포괄할 주제를 찾아내려고 노력하던 차에, 인터넷 검색 중 실마리를 얻었다. 보고 있던 위성 영상에서 어니스트가 머물렀던 곳 근처의 빙상에 균열이 생기는 것을 보았다. 균열은 점차 커졌고 다른 균열과 합쳐지고 있었다. 그리고 역사상 가장 큰 빙산, B15가 로스 빙붕에서 떨어져 나왔다.

이 움직이는 빙산은 지구상 가장 큰 빙산이었고, 우리는 빙산에 형성된 동굴 안을 세계 최초로 다이빙하는 사람들이 되기로 했다. 우리가 빙상 안의 이미지를 촬영해 보여주면 과학 팀은 생물학적 설명을 덧붙일 것이다.

내셔널지오그래픽과 계약한 후 해야 할 일은 더 많아졌다. 아직은 탐사를 위한 허가도, 구체적인 계획도 없었고 빙산에서 동굴을 발견할 수 없을지도 몰랐다. 석회암에서 동굴이 형성되는 원리에 기반해서 가설을 세워보았던 것뿐이다. 물이 바위의 금이나 틈에 침식해서 바위 속에 동굴을 형성한다면, 같은 과정이 얼음에도 일어날 테고 속도가 더 빠를 것으로 추측했다.

확신이 있나? 아니, 그렇지 않다.

그렇다면 이 프로젝트가 수월할까? 아니다.

그러면 안전할까? 그것도 아니다.

하지만 그렇기에 탐험인 것이다. 모든 게 확실하게 정해져 있다면 갈 이유가 없을 것이다.

1958년, 12개국 대표단이 워싱턴 D.C.에 모여서 회담을 했고 그 결과 '남극조약'이 탄생했다. 이 조약으로 지구의 최남단에서 환경보존과 과학적 협력의 시대가 열렸다. 미국과 뉴질랜드를 비롯한 모든 국가의 남극 활동은 과학적 연구라는 목적하에 이루어져야 하며, 관측 자료와 연구 결과는 회원국과 나눠야 한다는 데 합의했다. 남극은 파이처럼 조각나 각자가 관리하는 영역에서 제안된 활동과 과학 연구를 진행했다.

이후 회원국 간의 합의하에 남극에 있는 자원을 채굴하거나 야생 동물을 포획하는 일이 금지되었다.

미국의 맥머도McMurdo 기지는 남극대륙 최대의 시설을 자랑했다. 매년 작은 마을을 꽉 채운 과학자와 보조 인력이 편안한 환경에서 연구하며 겨울을 났다. 여름철에는 비행기와 배가 보급품을 실어 날랐고, 럭비리그와 교회, 카페를 비롯해 모든 것을 갖추고 있었다.

이제 우리의 첫 임무는 미국 국립과학재단National Science Foundation에 프로젝트의 가치를 설명하고 설득해 허가를 받아내는 일이었다. 우리에게는 명분있는 원대한 꿈이 있었기에 서류 작업만 하면 쉽게 허가를 받을 수 있으리라고 여겼다.

뉴잉글랜드 수족관의 그레그 스톤Greg Stone 박사가 최고 과학 책임자로 프로젝트에 합류했다. 그레그는 고래 전문가로서 전에 남극에서 연구를 수행한 적이 있었기에 허가를 따내기 위한 절차를 잘 알고 있었다. 게다가 그는 이번 프로젝트의 기사를 쓰고 과학 논문의 주요 기여자이기 때문에 허가받는 일에 앞장서기로 했다.

내가 맡은 역할은 다이빙 안전 책임자로서 다이빙 장비와 절차를 열거한 작업 계획을 짜는 것이었다. 팀원 중에서 차가운 물에서 다이빙한 경험이 많은 사람은 나뿐이었기에 장비 선택과 팀원들의 훈련 및 탐사 계획을 감독하는 일을 책임질 예정이었다. 나는 캐나다에서 아이스 다이빙을 무수히 한 경험에 미루어 일반적인 스쿠버 장비인 '개방식 스쿠버 장비(일반적인 다이빙에서 사용하는 방식으로, 다이버가 공기통에 들어있는 기체를 들이마신 후에 공기 방울을 물속에 내뿜는다-옮긴이)'를 사용하면 빙산 내부를 통과할 수 없으리라고 생각했다. 따라서 내가 첫 번째로 내린 결정은 와쿨라에서 썼던 '완전 폐쇄식 재호흡기(다이버가 내쉬는 숨이 재호흡기 순환 회로로 들어가기 때문에 물속으로 날숨이 배출되지 않으며, 헬륨이 포함된 혼합기체를 활용해서 호흡한다-옮긴이)'를 이번 탐사에도 사용하는 것이었다. 이전에도 그랬듯이, 이 장비를 이용하면 공기통을 적게 가져가고도 다이빙 범위를 늘릴 수 있었다. 게다가 이산화탄소 정화통에서 일어나는 화학작용이 조금이나마 몸에 온기를 더해줄 테고, 일반적인 스쿠버 장비를 사용했을 때보다 공기가 샐 확률이 훨씬 적었다.

차가운 물에서는 스쿠버 호흡기에 있는 밸브가 쉽게 얼어 열린다. 그러면 공기통에 있는 기체가 전부가 날아가 버릴 수 있다. 하지만 재호흡기를 사용하면 이런 일은 벌어지지 않을 것이다. 재호흡기가 유일한 선택지였다. 그러나 재호흡기는 과학 목적의 동굴 다이빙 공동체에서 상대적으로 생소한 장비였고, 재호흡기를 사용하던 다이버들이 걱정스러울 정도로 많이 죽었다. 그로 인해 미국 국립과학재단은 재호흡기를 사용하는 프로젝트는 허가하지 않겠다고 하며 우리의 허가 요청을 거부했다. 이로써 아주 큰 차질이 빚어졌다. 몇 달간 해온 노력이 허사가 되었고, 우리는 이 상황을 타개할 방법이 있을지 고민했다. 그레그와 나는 계속해서 논의했고, 나는 확고하게 재호흡기를 사용해야 한다고 주장하고 있었다.

그러던 중 미국 해안경비대에서 우리에게 성명을 보내왔다. 미국 국립 과학재단에서 프로젝트를 허가하지 않았으므로 해안경비대에 도움을 요청해도 구조하지 않겠다는 내용이었다.

이걸로 끝이었다. 접근은 거부되었다. 우리는 미국 정부의 허가나 지원을 받을 수 없었다.

그러나 미국과 뉴질랜드의 이중국적을 가진 그레그가 끊임없이 협상하고 서류를 제출한 끝에, 한 달 뒤에 뉴질랜드에서 허가를 받아내는 데 성공했다. 뉴질랜드 정부는 탐사를 지원하거나 비상시 우리를 구출해 줄 수는 없지만 남극에 가는 데 필요한 승인을 해주었다.

남극으로 간다는 건 보호받아야 하는 다른 행성으로 가는 일과 흡사했다. 1991년에 채택된 마드리드 의정서Madrid Protocol는 탐사와 허가에 관한 규칙을 만들면서 남극 환경을 영구적으로 보호하려는 첫 발걸음을 떼었다. 보존을 위한 계획의 주요 내용은, 향후 적어도 50년간 광물자원의 개발을 금지하는 것과 폐기물을 관리하고 해양오염을 방지하고 동식물을 보호하기 위한 규정을 세우는 것이었다.

의정서는 보호구역 체제를 만들었고, 남극에서 이루어지는 활동은 사전 환경영향평가를 거치고 결과를 발표할 것을 요구했다. 오염되지 않은 대륙에 의도치 않게 바이러스와 세균을 실어 나를 수 있으므로, 배에 타고 내릴 때마다 신발에 묻은 오염물질을 제거해야 했다. 그릇이나 싱크대 거름망에 남은 음식물 찌꺼기는 모두 빈 연료통에 모았다가 도로 가지고 돌아가야 했다. 남극조약에 따라 몇몇 음식은 엄격히 금지되었다. 그 가운데 하나는 닭고기였는데, 고기에서 옮은 조류 질병이 남극

토착 조류를 말살할 수 있기 때문이다.

우리가 받은 허가에는 엄격한 제약이 따라붙었다. 방문할 섬이 어디인지, 고무 보트를 띄울 것인지, 헬리콥터로 몇 회나 비행할 것이지, 비행할 구역은 어디인지, 육지나 얼음 위에 어디에 발을 딛고 탐사하는지, 어떤 방식으로 하는지 등등 모든 것을 구체적으로 명시해야 했다. 이 모든 규칙은 남극대륙을 훼손하지 않으면서 해양생물에 영향을 주지 않은 채 다른 연구에 방해가 되지 않기 위해서였다. 오염되지 않은 환경으로 향하면서 해를 끼치지 않아야 한다는 막중한 책임감이 따랐다.

우리는 잠수병에 걸릴 위험을 신중히 고려해 대비해야 했다. 가장 가까운 감압 체임버는 4,000킬로미터 떨어진 뉴질랜드에 있었고 보트로 2주가 걸렸다. 만약 그곳에서 잠수병에 걸린다면 제대로 된 치료를 받기는 힘들 것이다. 또 우리가 타고 갈 배 안에는 감압 체임버 설치를 위한 공간이나 설비가 없었다. 따라서 우리가 세우는 다이빙 계획은 어느 때보다도 치밀하며 보수적인 계획이어야 했다.

뉴질랜드의 웰링턴Wellington 항구에 시속 55킬로미터가 넘는 바람이 몰아치는 가운데, 출항 준비를 하는 브레이브하트호가 있다. 2명이 탑승할 수 있는 빨간색의 벨 제트레인저 헬리콥터는 분해된 채 상갑판 고리에 고정되었다. 헬리콥터의 회전 날개는 남극으로의 여정을 위해 조심스레 포장되어 운송용 상자에 담겼다.

경유를 담을 3개의 거대한 수평 탱크를 기중기를 이용해 선박 위로 옮겼고, 거대한 화물 고정용 벨트로 묶었다. 갑판에 있는 탱크의 연료를 사용하고, 빈 탱크는 남극 근처에 있는 섬에 보관한 뒤 돌아가는 길에 가져가기로 했다. 남극을 떠날 때는 모든 걸 가져가야 하므로 빈 통 가운데 하나는 쓰레기와 오물을 담을 용기로 쓸 예정이었다. 갑판 위의 공간이 빠르게 줄어갔다. 모든 물건을 단단히 고정해야 했다.

선장인 나이절 졸리Nigel Jolly는 브레이브하트호를 두고, 반절은 보트 반절은 잠수함인 선박이라고 했다. 나이절 말로는 배 위로 몰아치는 파도로 뒷갑판에 물이 1미터가 넘게 찬다고 했다. 그 물은 갑판을 따라서 흐르다가 갑판 배수구로 빠졌다.

잠시 나는 웨슬리가 신이 나 소리지르며 선미에서 뱃머리까지 파도를 타는 우스꽝스러운 모습을 상상했다.

곧 음식을 실은 트럭이 도착했고, 18명은 한줄로 서서 커다란 흰 호박과 양갈비, 커피콩, 통조림 식품, 맥주 상자를 저장고로 옮겼다.

배의 주방장인 캐럴은 채소를 크게 썰어서 며칠 동안만 가동시킬 냉동실에 넣었다. 남극권에 들어서는 순간 모든 것이 냉동고가 되기 때문이다. 캐럴은 하루에 한 사람당 6,000칼로리를 배정하는 계획을 짰지만, 아마 여정이 끝날 쯤에 우리는 모두 마르고 배곯은 상태일 것이다.

나이절 선장은 배달된 연료를 한 방울도 놓치지 않으려고 신중하게 쟀다. 나이절의 장성한 아들이자 이등 항해사인 매트 졸리Matt jolly는 신이 나서 스노보드를 조타실에 실었다. 웨슬리는 새로 산 HD 카메라를 만지작거렸다. 이 카메라로 온통 하얀색 뿐인 가장 찍기 어려운 풍경을 촬영할 예정이었다. 나는 폴과 함께 갑판 위의 안전한 공간에 재호흡기를 집어넣었다. 항해를 위해 모든 물건을 단단하고 안전하게 묶었다. 홍

243

분과 두려움이 공기 중에 가득했다. 위성 전화를 통해서만 세상과 간신히 연결될 미지의 장소로 향했다.

우리보다 3배나 큰 러시아 쇄빙선은 벌써 여행객을 태우고 남쪽을 향해 나아가고 있었다. 우리도 곧 그 배를 뒤따라 남극를 향해 출발할 예정이었다.

바람 부는 웰링턴 항구를 떠나려 할 무렵, 별안간 사나운 돌풍이 불더니 부두를 향해 배를 밀었다. 브레이브하트호는 기중기에 부딪혔고 뱃머리에 움푹 들어간 자국이 생겼다. 선원들이 재빨리 움직였고 나는 길을 막지 않으려고 비켜섰다. 여정은 시작부터 험난했고, 우리는 앞으로 마주할 거친 날씨를 조금이나마 미리 맛보았다.

폴은 이번 여정에서 처음으로 토했다. 뱃멀미를 심하게 앓아 계단 쪽에 있는 침대로 기어들어 가 웅크리고 있었다.

"남극에 도착하기 전에 난 죽고 말 거야."

폴이 앓는 소리를 냈다. 나는 폴에게 멀미약과 멀미 방지용 지압 밴드를 건넸고, 워크맨으로 폴이 가장 좋아하는 노래를 틀어주면서 휴식을 취하는 데 도움이 되기를 바랐다. 미안하지만 그 이상 해줄 수 있는 일은 없었다.

뉴질랜드 남섬에 있는 리틀턴Lyttelton은 이곳에서 당일치기 여행이 가능할 정도의 거리였고, 그곳에서 원양으로 나아가기 전에 마지막으로 필요한 물자를 채워 넣을 예정이었다. 폴도 그 정도 거리라면 견딜 수 있을 것이다.

영리한 여행업체들은 남극 여행에 대한 수요가 꽤 있다는 걸 알았다. 1966년에 처음으로 호화 유람선이 100명이 채 안 되는 사람을 태우고 남극을 방문했다. 1990년 무렵에는 매년 5,000명에 가까운 사람들이 남극을 방문했다. 유람선 회사들은 더 큰 선박을 도입했고, 2000년에는 1만 2,000명의 방문객을 남극으로 데려갔다. 그러나 대부분의 여행사는 남아메리카에서 출항한 뒤 남극반도(남극에서 가장 북쪽에 있는 곳으로, 길이가 1,300킬로미터에 달한다. 남아메리카 대륙을 향해 길게 뻗어 있어서 일부 지역은 남극권을 벗어난다-옮긴이)로 24시간 동안 향하는, 상대적으로 짧은 여정을 택한다.

남아메리카와 남극반도 사이에 있는 드레이크해협Drake Passage은 파고가 30미터에 이르기도 하는 무시무시한 곳이었지만, 횡단에는 긴 시간이 걸리지 않았다. 그리고 관광객 대부분이 남극반도에서 가장 따뜻한 지역에 머물며 실제로 남극권이 시작되는 남위 66도까지는 가지 않는다. 아주 짧고 예측할 수 없는 여름에, 그것도 뉴질랜드에서 로스해로 향하는 사람은 거의 없다. 그래서 남극 탐험을 다녀왔다고 자랑스럽게 말하는 사람을 만나면, 미안하지만 나는 숨죽여 웃곤 한다. 관광객들의 탐험은 사전에 신중하게 짜놓은 계획된 경로이기에 생사를 넘나드는 실제 탐험과는 비교할 수 없다.

뉴질랜드에서 남극에 도달하려면 남극해를 횡단해야 했고, 그러려면 강력한 편서풍이 부는 지대를 지나야 했다. 남위 40도부터 남극권과 그 너머로 이어지는 바다는 지구상에서 바람이 가장 거센 곳이다. 회전하는 거대한 저기압 덩어리는 남극대륙에 가까워질수록 기압이 더 낮아지면서 '극소용돌이'라 불리는, 끊임없이 일어나는 저기압 고리를 만든다. 남극대륙에 접근할수록 바다는 상상하기 힘들 만큼 거칠어진다. 뱃사람들은 이것을 '울부짖는 남위 40도', '사나운 50도', '절규하는 60도'라고 불렀다. 남위 40도에서 무엇을 경험하건, 남극으로 향하면 그 이상을 보게 될 것이다. 브레이브하트호의 용감무쌍한 선원 18명은 험한 바다에 대비해 각오를 단단히 다졌다.

출항한 지 얼마 되지 않았을 때, 첫날 밤부터 브레이브하트호에 시련이 닥칠 것이 분명해졌다. 파도가 너무 거칠어서 배 위를 걸어 다니기가 힘들었다. 화장실을 사용하려면 방수 문에 달린 무거운 강철 잠금장치를 열어야 했고, 단단한 목재로 만든 갑판을 따라 두꺼운 두 번째 칸막이 벽에 도착해야 했다. 화장실에 들어간 후에는 덜컹거리는 문을 잡아서 꽉 닫고 차가운 변기의 가장자리에서 내동댕이쳐지지 않도록 균형을 잡으며 볼일을 봐야 했다. 화장실을 사용하는 것처럼 단순한 일조차도 위험했다. 나는 2층 침대 위로 올라가 엔진의 진동과 폴의 신음 가운데서 잠을 자려고 노력했다.

여행을 시작한 지 몇 시간 되지 않았을 때 9미터에 이르는 물의 벽이 갑판을 때렸고, 배에 있는 모든 것이 굴러다녔다. 바닥에 납작하게 놓여 있던 상자는 벽에 충돌했고 내용물을 토해냈다.

침대에서 내려와 보니 폴이 토해놓은 양동이가 통로에 쓰러져 있었다. 갑판으로 올라가는 동안 다리는 늘어난 고무줄이 된 듯했고, 속이 미칠 듯 울렁거렸다. 조리실의 창문으로 본 갑판의 풍경은 바닷속 같았다. 마치 세탁기 내부에 있는 듯했다. 갑판은 거품 이는 파도에 덮였고 바닷물은 끊임없이 갑판 배수구로 흘러들었다. 조타실에 가서 모든 게 괜찮은

지 보고 싶었지만, 침대로 다시 돌아가는 편이 안전할 것이라는 판단이 섰다. 폴은 벽을 등지고 팔로는 침대 가장자리에 있는 나무 턱을 단단히 부여잡은 채, 태아 같은 자세로 누워있었다. 나는 폴을 위로하려고 잠시 그의 손을 꼭 잡아주고는 2층 침대 위로 기어 올라갔다.

이런 상황에서 자는 건 불가능했다. 특히 파도로 배가 기울어져서 침대에서 몸이 떨어지려 할 때는 더욱 그랬다. 나는 가방에서 밧줄을 꺼내서 침대와 천장을 격자로 선을 이은 뒤, 기어나갈 수 있게 조그만 구멍만 남겨두었다. 로스해로 향하는 12일 중 상당 부분을 관짝만한 크기의 망에 갇혀 보낼 터였다. 바다가 점점 험해졌고, 나는 버티려고 얇은 매트리스 위에 어깨를 붙인 채 천장에 손바닥을 대고 눌렀다. 탐험이 시작되고 고작 몇 시간이 지났을 뿐인데 벌써 다치고 멍이 들었다.

브레이브하트호가 절규하는 가운데 나는 폴과 나의 감정의 장벽에 관해 생각했다. 한때 폴을 누구보다 잘 안다고 확신했기에 결혼했고 평생을 그와 함께하겠다고 맹세했다. 하지만 지금은 내가 폴이란 사람에 대해 몰랐던 건지, 내 자신을 모르는 건지 모르겠다.

기존의 가족이란 개념을 보면 여자는 결혼해서 행복한 아이와 가정을 꾸리고, 남자는 오래 존중받는 일을 해서 가족을 보살펴야 한다. 그렇다면 나는 제대로 해내지 못했다. 이런 기존의 관습이 결혼이란 것을 하는 데 영향을 미쳤을 것이다. 그리고 이혼한다면 인생에서 가장 큰 실패가 될 것 같다는 느낌도 들었다. 하지만 사회의 관습을 순순히 따르면서 폴을 행복하게 해주려고만 노력하는 사람이 되고 싶지는 않았다.

나는 질도 행복하게 해주어야 했다. 그러려면 내가 무엇을 원하는지 솔직해져야 했다. 나는 우리 모두에게 만족스럽지 못한 결혼 생활을 감내해왔다는 사실을 깨달았다. 그러나 다시 시작하기가 겁이 났고, 폴에게 상처를 줄지도 모른다는 생각에 걱정이 앞섰다. 자신을 우선시하고 싶었지만 이기적이라는 단어가 귓가에 맴돌았다. 폴과 이혼하는 게 이기적인 행동일까? 결정해야 할 중대한 문제들이 남아 있었다.

새벽이 되자 키가 훨씬 작아진 3미터 높이의 파도가 일었고, 대부분은 자리에서 일어나 조금씩 작업을 할 수 있었다. 폴은 여전히 몸이 안 좋았고 물을 몇 모금 마시는 것 말고는 아무것도 하지 못했다.

날이 저물면서 파도와 바람이 거세지더니 시속 100킬로미터로 몰아쳤다. 배가 살짝 기울어 한 손을 벽에 지탱한 채 걸어 다녀야 했다. 이따금 찾아오는 예상치 못한 거대한 파도는 다시 모든 걸 내동댕이쳤고, 그럴 때면 우리는 전부 침대로 돌아갔다. 나는 노트북을 켜 일기를 써 보려 했지만 어지럽고 속이 울렁거려 도저히 쓸 수 없었다.

마침내 고비를 넘기고 리틀턴 항구에 들어서자 갑자기 스위치를 끈 것처럼 파도가 사라졌다. 완만하게 경사진 초록색 언덕이 내려앉아 있었고, 공기 중에는 야생화 향기가 가득했다. 이곳은 역사적으로 특별한 의미가 있는 항구로, 유명한 남극 탐사 대부분이 여기에서 시작되었다. 로버트 팰컨 스콧 경Sir Robert Falcon Scott과 어니스트 섀클턴 경, 로알 아문센Roald Amundsen을 비롯해 여러 사람이 이곳에서 탐험을 시작했다. 모든 이의 기록에서 리틀턴은 고단한 여행 끝에 그들을 반갑게 맞이한 오아시스이자 집처럼 안락한 피난처였다.

우리는 배에 있는 연료탱크에 연료를 최대한 채워 넣었다. 선원들은 가족과 마지막 통화를 하며 작별 인사를 했고 그 후 모두가 조금 울적해졌다. 뉴질랜드로 떠나기 전에 나는 부모님과 언니, 오빠에게 편지를 썼고, 혹여 탐사에서 돌아오지 못하더라도 못해서 아쉬운 말이 없도록 편지에 모든 말을 적어 넣었다. 앞으로 펼쳐질 험난한 여정으로 불안했기에 차마 가족에게 전화를 걸 수 없었다.

하지만 곧 다이빙이 아니라 다른 문제들 때문에 걱정이 되었다. 나는 지구상에서 가장 거친 바다를 건넜고, 12일간의 횡단을 위해 출항할 참이었다. 폴은 배에 탄 지 겨우 24시간이 지났지만 벌써 만신창이가 되었고, 남극대륙에 가고픈 열의도 크지 않아 보였다. 그리고 결혼 생활은 끝이 보이기 시작했다.

배는 노련한 수로 안내인의 도움을 받아 리틀턴 항구의 고들리 헤드 Godley Heads와 애덜리 헤드 Adderly Heads 사이를 천천히 통과하며 바닷물로 찬 1,100만 년 동안 잠잠한 화산 분화구 위를 지났다. 예인선의 선장은 성공적으로 항구 밖으로 배를 예인하고 안전한 여행을 빌어주었다. 그리고 그는 작은 예인선 위에 올라타고 떠났다. 이제 정말 돌아킬 수 없다. 나는 멀미약을 꺼냈다. 배가 지구의 가장자리에서 곧 떨어져 내릴 것처럼 느껴졌다.

3일 동안 파도가 배를 난타했지만, 탐사 단원들은 할 수 있는 일이 없었다. 부상을 입지 않으려고 침대에 틀어박혔고, 뭘 해보겠다는 생각은 싹 날아갔다. 나는 계속해서 폴에게 물을 가져다주었고, 토사물이 담긴 양동이를 치울 때마다 내용물은 점차 줄어들었다. 폴은 심한 탈수를 겪었고 멀미약과 지압 밴드, 헤드폰, 수면제는 폴의 고통을 덜어주지 못했다.

날씨가 유난히 나빴던 어느 날 밤, 후미 갑판에 있던 연료통 하나가 벨트에서 풀려서 떨어져 나왔다. 화물 고정 벨트가 바닷물에 흠뻑 젖어 늘어나는 바람에 무거운 연료통이 풀려서 갑판 위를 굴러다녔다. 연료통이 움직이면서 배의 무게중심이 바뀌는 것도 문제였지만, 설상가상으로 소중한 연료가 갑판 위에 쏟아졌다. 누군가가 빨리 가서 연료통을 다시 묶어야 했다. 나는 침대에서 간신히 기어 내려와 출입구에 이르렀다. 하지만 웨슬리와 일등 항해사가 문제를 해결할 테니 가만히 있으라는 선장의 지시를 받았다. 그 둘은 연료통을 묶으러 미끄러운 갑판 위로 뛰쳐나갔다. 뱃머리로 쏟아지는 파도를 맞기보다 파도를 타는 게 안전했기 때문에 배를 반대 방향으로 돌린 뒤 최대한 속력을 낮추었다. 하지만 이는 반대 방향으로 나아가고 있다는 뜻이었다. 2시간 내내 웨슬리와 일등 항해사는 연료통을 제자리에 놓으려고 낑낑댔다. 지켜보는 내내 안타까웠다. 내게는 갑판 위에 있는 사람들 중 부상당한 사람을 확인하라는 임무가 주어졌다. 거대한 연료통은 갑판 위를 돌아다니는 핀볼 같아서 누군가를 으스러뜨리거나 배 밖으로 내동댕이칠 것 같았다.

마침내 뼛속까지 추위가 파고들고 기진맥진해지고서야 연료통을 고정할 수 있었고, 둘은 조리실에 가서 드러누웠다. 일단 위기를 넘겼지만 배에 있는 인원이 총동원되어야 할 비상사태는 이번으로 끝이 아닐 것이다.

여행을 시작한 지 나흘이 지났을 때 폴은 한계에 다다랐다. 아니, 더 정확히 말하자면 한계점까지 토해냈다.

바람이 매일매일 강해지더니 이제는 파도가 20미터에 달했다. 선장인 나이절과 부선장인 이언 커Iain Kerr는 번갈아가며 타륜을 잡았다. 타륜과 씨름하는 동안, 보풀이 뭉친 아가일 패턴의 스웨터를 입은 나이절의 팔근육이 불거졌다. 또렷한 이목구비, 덥수룩한 은빛 머리칼의 나이절은 자신감 넘쳐 보였고, 배를 능숙하게 제어하는 모습은 흡사 바이킹 같았다.

배는 가파른 파도를 올라 꼭대기에 이르러서는 일직선이 되도록 방향을 틀며 주춤하다가 파도 반대편으로 내려왔다. 때로는 파도가 쏟아져 내려 배는 잠수함이 되었고 그 후에 상하좌우로 마구 요동치다가 흔들거리면서 수면 위로 다시 솟아올랐다. 찬장 안에 들어있던 접시들은 깨졌고, 장비는 침대에서 굴러떨어졌다. 작업대를 비롯해 묶여있지 않은 모든 물건이 배 안을 휘젓고 돌아다녔다. 내가 기억하는 가장 어두웠던 밤, 수그러들 기세 없이 이런 일이 반복되었다.

폴이 나를 불렀을 때, 나는 침낭과 오리털 재킷 틈에 파묻혀 침대에 누워있었다. 폴은 어제 내내 토하고 신음하며 보냈고, 물조차 마시는 족족 토해냈다. 그는 매분 매초 약해지고 말라갔다. 나는 비틀거리며 침대에서 나와서 폴의 축쳐진 손을 잡고는 걱정스레 물었다.

"도와줄까?"

"넌 내게 거짓말을 했어!"

폴이 내 손을 놀랍도록 꽉 잡으며 말했다.

"무슨 말이야?"

"나한테 12일간 건너가면 된다고 했잖아!"

"맞아. 12일간 건너가면 돼."

"12일간 건넌다는 건 6일간 갔다가 6일간 돌아온다는 뜻이야!"

폴이 확고하게 말했다.

폴이 조금만 견디면 고통이 끝날 거라고 생각하고 있을 때, 좋은 의도를 지닌 어떤 선원이 해준 이야기였다.

나는 다정하게 말했다.

"아니야, 폴. 12일간 건너간다는 건 12일간 갔다가, 12일간 돌아온다는 뜻이야."

"다 끝났어. 나는 가다가 여기서 죽고 말 거야. 이건 네 잘못이야. 난 절대로 집에 돌아가지 못할 거야."

폴은 절규했다.

폴에게 미안했다. 가는 길이 이렇게 험난할 줄은 상상도 못 했다.

나는 그간의 상황을 낙관적으로 보며 날씨가 잠잠해지고 폴이 적응하리라고 생각했다. 그러나 이제는 나도 신체적, 정신적 스트레스가 참기 힘든 한계점까지 왔다. 더는 상황에 맞서 싸울 수 없었다. 나는 폴의 양동이에 대고 구역질을 하기 시작했다. 그럼에도 나는 여전히 남극에 가고 싶었지만, 아마도 폴은 집에 돌아갈 기회가 있다면 바로 그렇게 할 것이다. 앞으로 2달간 이 시련을 견디며 더 버텨야 했다.

탐사 단원, 선원 모두 완전히 지쳐버렸고, 누렇게 뜬 얼굴과 말라가는 몸이 우리의 상태를 확연히 보여주었다. 결국 선장은 우회로를 택하여 모두에게 쉴 시간을 주기로 했다. 우리는 남위 52도에 있는 마지막 육지 피난처인 캠벨섬Campbell Island에 들르기로 했다.

그날 밤 배가 방향을 바꾸었고, 배가 바람과 파도의 영향에서 벗어난 안전한 항구에 들어서면서 주변이 조용하고 잔잔해지는 게 느껴졌다.

자정이 넘은 시각이었지만 나는 침대에서 안전하게 일어날 수 있다는 사실에 흥분한 나머지, 선원들과 함께 갑판으로 올라갔다.

안개 사이로 조명에 비친 무성한 나무의 초록 잎 한 점만이 보였지만 아름다운 광경이었다. 그 잎은 식물이 살기 힘든 척박한 환경 속에 딱 한 그루만 살아남은 섬의 유일한 나무인 가문비나무 잎이었다. 이 가문비나무는 기네스북에 '세상에서 가장 외로운 나무'로 공식 등재되어 있기도 하다. 우리를 반겨주는 이 외로운 나무는 남극으로 향하는 길에서 볼 마지막 나무이기도 했다.

그날은 폴도 함께 즐기기 위해 간신히 힘을 내서 갑판으로 올라왔다. 주방장인 캐럴이 요리했고, 선원들은 뉴질랜드산 맥주를 마셨다. 지난 며칠간 제대로 먹은 사람이 없었기에 모두 양고기와 호박, 민트 소스로 배를 잔뜩 채웠다.

다음 날 아침, 날씨는 변덕스러웠다. 잠시 해가 났다가 사라지더니 검고 불길한 구름이 시속 160킬로미터가 넘는 돌풍을 몰고 왔다. 그날의 계획은 몸을 좀 움직여 주고 배와 장비에 문제가 없는지 살펴보는 것이었다. 나는 과학자 팀에 합류해 고무 보트를 타고 야생동물을 조사하러 나섰다. 과학자들은 희귀한 노란눈펭귄과 회색알바트로스, 흰알바트로스, 도둑갈매기, 가마우지, 남극제비갈매기를 보여주었다. 이런 아름다운 새들이 혹독하고 멀리 떨어지고 황량한 섬에서 어떻게 살아가는지 궁금해졌다. 휘몰아치는 바람과 높다랗게 자란 풀숲, 억센 덤불과 강한 모래바람이 부는 이곳보다 살기 힘든 장소를 상상할 수 없었기 때문이다.

귀청이 터질 정도로 울어대는 코끼리물범과 배보다도 큰 후커바다사자가 있는 해안을 따라 걸었다. 섬은 아주 오래된 곳처럼 느껴졌고, 대자연 속에 있으니 인간은 전혀 우월한 종이 아니라 생각되었다. 촬영을 하기 위해 카메라를 들고 가까이 다가가자 커다란 코끼리물범은 내게 이빨을 드러내며 무섭게 돌진했다. 마치 "이 지구는 인간만의 것이 아니야"라고 말하는 것 같았다.

우리가 섬을 탐험하는 동안 배에 있던 선원들은 헬리콥터에서 문제를 발견했다. 연신 내리 꽂던 바닷물이 계전기에 연결한 채 놓아두었던 배터리에 들어간 것이다. 선원이 헬리콥터 밑부분에 있는 배선에 손을 대자 전선이 손에서 부스러졌다. 헬리콥터는 앞으로 있을 임무에서 굉장히 중요했다. 부빙 사이로 나아갈 길을 정찰하는 데 필요했고, 다이빙하다가 배에서 멀리 떨어졌을 때 수색하는 용도로도 쓸 예정이었다. 헬리콥터 조종사인 로리 프라우팅Laurie Prouting은 조종사이긴 했지만, 수리 경험은 없었다. 그래서 부식된 장치에서 남은 것이라도 보존하고 기록으로 남겨두어야 했다. 전선을 살펴보면서 눈에 띄게 손상된 부분을 골라내고 원래 상태와 비슷하게 이어주기 위해 교체할 전선을 납땜하는 작업이 수반되었다. 생각지 못한 심각한 상황은 우리를 짓눌렀다.

위성 전화에도 벌써 문제가 생겨서 외부와 연락할 수단이 없었다. 전화도 없고 인터넷도 없었다. 도움을 요청할 수도 없었다. 게다가 헬리콥터도 없었다. 우리는 서로 말고는 의지할 데가 없었다.

캠벨섬을 떠나면서, 우리는 뉴질랜드 블러프에서 어부들과 무전을 주고받는 메리 리스크Meri Leask라는 여성을 알게 되었다. 메리와 무전을 하며 간신히 외부와 연락할 방법을 만들었다.

매일 밤 9시마다 우리를 위로해 줄 메리의 음성이 들릴 것이다. 누군가가 우리를 지켜보고 있다는 사실에 위안이 되었다. 메리는 로스해에 있는 다른 선박과도 연락을 했고, 다른 선장에게 얻은 기상 관측 정보를 우리와 공유하기도 했다. 게다가 도움이 필요할 때 상황을 긴급하게 전달해 주는 역할도 했다.

또 우리와 연락을 주고받은 다른 사람은 벨린다Belinda라는 여성으로, 한때 러시아 쇄빙선이었다가 유람선으로 개조된 배에 타고 있었다. 그녀가 타고 있는 카피탄 흘레브니코프Kapitan Khlebnikov호는 우리와 마찬가지로 남쪽으로 향하고 있었는데, 우리보다 하루 뒤처진 상태였지만 우리 배는 연료를 아끼느라 천천히 항해하고 있었기 때문에 곧 우리를 추월할 예정이었다.

관광객을 실은 유람선이 이 해역을 오간다는 사실이 실망스럽긴 했지만, 누군가가 부빙이나 거센 파도 같은 난관을 미리 경고해 준다는 건 다행이었다. 카피탄 흘레브니코프호는 얼음이 부딪쳐도 안전할 정도로 선체가 두꺼웠지만, 우리가 탄 배는 타이태닉호만큼이나 내구력이 약했다. 배가 빙산에서 떨어져 나온, 보이지 않는 얼음덩어리에 부딪히지는 않을지 자꾸만 걱정되었다.

캠벨섬을 떠난 이후, 우리는 두 폭풍 사이를 빠르게 통과하고 있었다. 두 폭풍은 서로 만나려는지 우리를 향해 거리를 좁혀 왔다.

어느 날 밤, 여태껏 경험해 보지 못한 큰 파도가 배에 충격을 주었고 우리는 놀라서 깼다. 파도는 12미터에 달했고, 무언가에 충돌한 듯한 소음을 내면서 배의 우현을 세게 쳤다. 위에 있던 물건들은 전부 바닥으로 떨어졌고, 반대로 바닥에 있는 물건들은 공중으로 튀어 올랐다.

할 수 있는 일이라곤 난타를 견뎌내는 것뿐이었다. 나는 몸과 마음이 지친 채로 겁에 질려 벽과 침대 위에 놓인 옷더미 사이에 누워서 떨어지지 않으려고 버텼다.

이날 배의 경사계는 50도로 추정된다고 했다. 배의 이등 기관사인 존John은 자신이 여태까지 항해하며 본 것 중 이번이 최고 기록이라고 말했다. 경사계의 바늘은 계기판의 숫자를 넘어가서 고정된 채 항해 내내 같은 자리에 머물렀다.

"왜 계기판 숫자가 45도에서 끝나는 거죠?"

내가 순진하게 존에게 물었다.

"그보다 더 심하게 기울어지면 대개는 난파되어서 복원할 필요가 없거든요."

온몸에 소름이 돋았다. 우리는 정말 운이 좋았던 것이다.

날씨가 험해질수록 식사 시간은 들쑥날쑥해졌고, 캐럴은 음식을 만들 수 있을 때 재빨리 만들어 밀폐 용기에 넣고 뚜껑을 덮어 근처에 있는 강철 걸이에 단단히 묶어두었다. 우리는 간신히 조리실까지 가서 걸쭉한 스튜를 허겁지겁 먹어야 했다. 그렇지 않으면 입에 넣는 것보다 뒤

집어 쓰는 게 더 많았다. 나는 다리를 앞뒤로 벌린 요가 자세로 파도에 몸을 맡기면 많이 흘리지 않고도 음식을 입에 넣을 수 있다는 사실도 발견했다. 그럼에도 옷에 조금도 묻히지 않고 먹는건 불가능했다. 몇 벌 되지 않는 셔츠들의 앞자락에는 스튜의 흔적이 기념으로 남았다.

거친 파도에서 튄 물방울은 꽁꽁 얼어 선박 위를 뒤덮곤 했다. 선박의 흘수선(배와 수면이 만나는 선-옮긴이)보다 높은 곳에 무게가 추가되면 배가 뒤집힐 위험이 있었다. 그래서 우리는 선장의 지시대로 갑판 위에 모여 야구방망이와 망치를 받아들고는 얼음을 깨곤 했다. 때로는 얼음폭풍 한가운데 있는 성난 수소에 올라탄 기분이었다. 배가 격렬하게 움직였기에 얼음을 깨려면 난간에 몸을 고정해야 했다. 아드레날린이 몸속을 돌았다. 침대에 있을 때 나는 폭풍우에 인질로 잡혀있었지만, 갑판 위에서 알루미늄 야구방망이를 들면 적어도 맞서 싸울 수는 있었다.
여행을 시작한 지 1주가 지나고 자정 무렵이 되었을 때, 남극수렴선(남위 50~60도에 바닷물이 수렴하는 불연속적인 구간-옮긴이)에 도달했다고 선장이 알려주었다. 그리고 파도를 좀 더 수월하게 헤쳐나가기 위해 선장은 경로를 살짝 틀었다.
계절에 따라 남위 50도에서 60도 사이를 오르내리며 40킬로미터 너비로 펼쳐진 남극수렴선은 차가운 해수와 따뜻한 해수가 만나고, 해수의 수면 온도와 염분이 뚜렷하게 바뀌어 전선이 형성된다. 이곳은 플랑크톤과 크릴 등이 풍부해 생태계에 중요한 역할을 한다.
새 떼가 급강하하며 물속의 물고기 무리로 뛰어드는 장면을 지켜보았다. 여러 종류의 새와 물고기는 남극수렴선 주변에 살고 있었다. 조류학자인 포터 턴불Porter Turnbull은 나그네알바트로스와 슴새를 가르켰고 나는 신이 나서 일지에 기록해 두었다. 새들의 날개폭이 넓어서 위로 솟구쳐 날자 그림자가 드리워졌고, 그 장면을 보면서 긍정적인 생각이 들기 시작했다. 이 새들이 여기에 살 수 있다면 분명 나도 2달을 버틸 수 있을 것이다.

우리 모두 몸 상태가 좋진 않았지만 영상을 촬영할 좋은 기회였기에 최대한 힘을 끌어냈다. 팀의 과학자인 포터, 그레그, 해양 포유류 전문가 카를로스 올라바리아Carlos Olavarría는 갑판으로 올라와 배 주변에서 헤엄치는 고래와 날아다니는 새를 보느라 잔뜩 들떠 있었다. 우리는 새들과 과학자들을 촬영했다.

과학자 한 명 한명과 사전 인터뷰 장면을 일부 찍으려고 했지만, 배가 여전히 야생마처럼 요동쳤기에 그들의 모습을 카메라에 담으려 노력하는 모양새가 우스꽝스러워졌다.

나는 그레그에게 여정에 관해 설명해 달라고 요청했고, 그레그는 선실에 있는 작은 나무 책꽂이 앞에 앉았다. 책상 위에는 오래된 지도들이 흩어져 있었고, 황동으로 된 기구가 벽을 장식하고 있었다. 주방장 캐럴은 모래 주머니처럼 카메라 삼각대 아래에 책상다리를 하고 앉아서 삼각대를 바닥에 단단히 고정했다.

그레그는 초조함을 내비치며 웃더니 지난 주에 겪은 공포스러웠던 일을 신랄하게 이야기해 주었다. 나는 그레그에게 고래 전문가로서 그가 하는 일을 자세히 알려달라고 부탁했다. 그레그가 막 대답을 하려던 순간, 거대한 파도가 선체를 강타했다. 나는 재빠르게 벽과 카메라 사이로 뛰어들어서 카메라가 손상되지 않게 받아냈고, 여러 사람의 몸과 장비가 뒤엉킨 가운데 웃음이 터져나왔다. 이런 상황에서 일을 하려는 시도는 정말 터무니없었지만 생산적인 활동을 하니 기분은 좋았다. 침대에 누워 점점 쇠약해지는 건 몸과 마음을 힘들게 했다.

우리는 계속 앞으로 나아갔고, 남극조약이 적용되기 시작하는 가상의 선을 포함해서 위도를 표시한 이정표를 연이어 지나며 점점 미지의 모험에 가까워졌다. 어렵게 얻어낸 허가의 효력이 시작되는 곳이다. 바다에서 9일을 보내고 3,000킬로미터를 항해한 후 경계인 남극권을 넘었다.

영국 해군 대령인 제임스 쿡James Cook은 1772~1775년에 역사상 처음으로 남극해를 탐험했고 남극권을 횡단했다. 이 탐험으로 인해 남극지역에 모험심이 강한 고래잡이 선원들이 몰려들었지만, 제임스는 남극탐험이 위험을 감수할 만큼 가치가 있다고는 생각하지는 않았다.

그는 일기에 다음과 같이 적었다.

「누구도 내가 갔던 곳보다 먼 곳까지 탐험하지 않으리라고 자신 있게 말할 수 있다. 그 누구도 이보다 먼 땅은 절대 탐험하지 않을 것이다. 누군가가 불굴의 의지와 인내력으로 내가 간 곳보다 더 멀리 나아간다면, 그의 발견으로 얻은 명예는 누구도 질투하지 않을 것이다. 그리고 그 탐험의 발견은 세상에 유용하지 않을 것이라고 장담한다」

우리에게 남극권을 돌파한 일은 축하할 만한 사건이었다. 최종 목적지에 가까워지고 있었고 파도는 점차 약해졌다. 점점 파도에 익숙해진 탓이기도 했다.

나이절 선장은 럼을 마시는 의식과 우스꽝스러운 낭송으로 작은 파티를 이끌었다. 그리고 우리는 그에게 남극 탐험가 세례를 받았고, 부선장인 이언은 남극을 상징하는 창살 무늬의 울 스카프와 넥타이를 수여했다. 럼 때문에 취기가 돌던 무렵, 발레니제도Balleny Islands 바로 너머의 첫 빙산을 보았다. 마침내 목적지가 바로 코 앞이라는 확실한 증거였다.

처음에는 레이더에 얼룩처럼 잡혔으나 조금 지나자 수평선 위로 볼록 솟은 형태가 보였다. 마침내 제대로 보일 정도로 빙산에 가까이 갔을 때에는 감동으로 눈물이 흐를 뻔했다. 우뚝 서 있는 얼음산의 반짝이는 표면은 너무도 아름다웠고, 항해의 목표 지점이 드디어 손에 닿을 듯 가까운 범위로 들어왔다는 게 느껴졌다. 험한 여정으로 인한 스트레스도 끝은 있었다.

그날 저녁 늦게 우리 앞쪽의 상황을 알아보려고 카피탄 흘레브니코프 호의 벨린다에게 무전을 쳤다. 벨린다는 무전기 너머로 우울한 소식을 전해주었다. 올해의 부빙은 어떤 해와 비교해도 최악이었다. 그녀가 탄 배는 로스해에 있는 케이프 어데어Cape Adare나 케이프 할렛Cape Hallett에 닿을 수 없었다. 미국의 쇄빙선 한 척만이 맥머도 기지에 물자를 재보급하러 가는 데 성공했지만, 곧 바다가 곧 얼어붙어서 쇄빙선은 갇혀 버렸다. 아마도 다른 보급선은 올 것 같지 않았다. 우리는 뉴질랜드가 남극에서 운영하는 스콧Scott 기지에 초대받기는 했지만, 연료도 부족했고 얼음으로 가로 막혀 뚫린 바닷길도 없었다.

우리가 마주한 또 다른 난관은 이미 연료가 많이 소진되었다는 것이었다. 험한 파도와 거센 바람 때문에 예상했던 것보다 훨씬 많은 연료를 소모했다. 지금 와서 연료를 새로 공급받을 수도 없었고, 해류와 바람과 싸우기 위해서는 동력을 끄고 정지해 있을 수도 없었다. 빙산 속 동굴을 찾아내야 할 시간이 점점 줄어들었기에 우리는 경로를 수정해야 했다.

나, 웨슬리, 그레그, 이언, 나이절은 조타실에서 실현 가능한 선택지에 대해 논의했다. 이언은 현재 우리의 위치를 가르켰고, B15의 위치를 봤을 때 조금도 낭비할 시간은 없었다. 구불구불한 케이프어데어 코스 대신 B15로 곧장 항해하면서 헬리콥터를 조립하고 다이빙할 준비를 해야 했다. 서두르지 않으면 얼음 한 가운데 갇혀 버릴 것이다.

연료 부족은 예상했던 문제가 아니었기에 선장의 목소리에서 불안함이 느껴졌다. 선장이 연료 비축량을 확인하고, 계산하는 모습을 볼 때마다 집에는 무사히 돌아갈 수 있을지 긴장되었다. 배 안의 온도를 고기 저장고 정도로 낮추었고 연료를 한 방울이라도 아끼려 속력을 줄였다.

나는 태연하려고 노력했다. 그날 이후로 배 안이건 밖이건 캐나다 구스다운 파카를 입고, 장갑을 끼고, 모자를 쓴 채 절대 벗지 않았다.

* * *

1915년, 인듀어런스호(인듀어런스호에는 인내라는 뜻이 있다—옮긴이)에 타고 있던 어니스트 섀클턴 경과 선원들은 부빙 때문에 326일간 갇혀 있었다. 마침내 봄이 오며 그들을 둘러싼 얼음이 움직이기 시작하자 그들은 얼음 감옥에서 풀려나기를 기대했다. 하지만 예측할 수 없는 얼음 감옥은 배를 놓아주는 대신 무자비하게 으스러뜨렸다. 배가 가라앉기 시작하자, 희망을 품었던 선원들은 생존에 필요한 물자를 최대한 많이 꺼내고 배를 버리는 수밖에 없었다. 그들은 크기가 줄어가는 부빙 위에 '인내patience 캠프'를 세웠다. 북쪽으로 바다의 변덕에 따라 표류하는 가운데 몇 달이 지났다. 그러나 마음을 짓누르는 불안감과 그에 맞선 용감한 투쟁은 시작에 불과했다.

* * *

연료 부족이라는 새로운 현실에 맞서기 위해 우리도 인내 캠프를 설치해야 한다는 사실을 깨달았다. 캠프에서 다이빙과 영상 촬영 계획을 세우고 헬리콥터도 안전하게 공중으로 띄울 수 있을 것이다. 연료를 아끼기 위해 배의 엔진을 끄고 정박할 곳이 필요했다. 영상은 찍어보지도 못하고 뉴질랜드로 돌아가는 상황만은 피하고 싶었다. 게다가 과학 조사도 해야 했다. 나는 아직 실패를 받아들일 준비가 되지 않았다.

이미 남극권에 들어온 지 꽤 되었고 배를 요동치게 하던 바람과 파도는 잠잠해지기 시작했다. 끝없이 펼쳐진 하얀 부빙으로 조금씩 나아갔다. 더는 해가 지지 않았다. 그리고 끊임없이 비추는 햇빛 때문에 잠들기 힘든 사람은 나뿐만이 아니었다. 게다가 아직 시작도 못 한 목표가 스트레스로 변해 마음을 짓눌렀다. 수중 동굴에서 촬영한 영상을 전달하겠다며 큰소리쳤지만, 간신히 부빙의 영역으로 들어섰을 뿐이다.

탐험은 어떻게 전개될까? 두꺼운 얼음 때문에 B15를 향해 나아가기가 힘들었고, 얼음 조각이 부딪힐 때마다 배를 부술 기세로 선체를 갈고 두들겼다. 나는 얼음이 이토록 가까이 다가올 줄은 상상도 못 했다. 얼음장 같은 바닷속으로 가라앉는 타이태닉호의 모습을 머릿속에서 몰아낼 수는 없었다. 당장이라도 물속으로 들어가서 선체의 손상 부위는 없는지 살펴보고 싶은 마음이었다.

빙원은 하루가 다르게 넓어졌고 앞으로 나아가려면 촘촘하게 펼쳐진 미로 같은 얼음 사이로 난 길을 따라갈 수밖에 없었다. 헬리콥터 조종사인 로리는 앞이 트인 바다가 있는지 살펴보기 위해 헬리콥터를 재조립할 때라고 판단했다. 로리는 캠벨섬에서 했던 수리 작업이 제대로 되어 있지 않을 가능성에 대비해 혼자 헬리콥터에 타겠다고 주장했다. 그리곤 그가 탄 헬리콥터가 무사히 이륙해 날자 모두 안도의 한숨을 쉬었다.

헬리콥터가 2번째로 이륙할 때, 나는 잔뜩 기대에 차 헬리콥터에 함께 탑승했다. 그리고 브레이브하트호를 내려다보고는 충격을 받았다. 갑판에서 250미터 떨어진 상공에서는 배가 거의 보이지 않았고, 주변은 새하얀 유리를 망치로 산산이 부순 듯 하얀 풍경이 끝없이 이어져 있었다. 배에서 볼 때 견고해 보이던 얼음 너머로 균열과 틈이 펼쳐져 있었고, 그 사이로 좁은 물길이 몇 개 있었다. 얼음 사이사이로 솟은 빙산은 해가 물들인 주홍빛으로 겨우 구분할 수 있었다. 난생처음으로 본 거대한 공간에 완전한 고립감을 느꼈다. 물속은 내게 익숙한 영역이었지만, 이 순간의 우리는 거대한 행성 뒤의 벼룩같이 작은 존재에 불과했다.

로리와 나는 배에서 수 킬로미터 떨어진 곳에서 트인 바다를 발견했다. 얼음이 띠처럼 밀집된 이 구간을 벗어난다면 어쩌면 B15에 더 가까워질 수도 있을 것이다.

다음 날 아침, 앞을 가로막는 커다란 부빙을 치우기 위해 선원들은 갑판 위에 모였다. 고무 보트를 물에 띄우고 거대한 얼음덩이를 움직이려고 했지만, 얼음은 지나치게 무거웠다. 부빙이 밀집된 부분을 피해 배가 이동하기 수월한 길로 인도하기 위해 로리가 헬리콥터를 이륙해서 우리를 안내했다. 모두 긴장해 이를 바라보았다. 로스해 깊숙이 들어가면 얼음에 갇힐 위험이 있었기 때문이다. 왜냐하면 남극의 여름이 끝나가고 있었고, 남쪽에 있는 바다는 하루에 1.6킬로미터씩 얼어붙으며 우리를 추격해 오고 있었다. 그러나 우려대로 곧 배는 얼음 안에 갇히고 말았다. 엄청난 바람이 일더니 브레이브하트호 주변에 있던 모든 것을 얼려 버렸기 때문이었다. 부빙 사이를 통과하기 위해 엔진을 최대한으로 가동했다. 나이절과 이언은 돛대 위에 올라서 얼음 밖으로 빠져나갈 수 있는 길이 있는지 살폈다. 크고 작은 얼음덩어리가 선체에 굴러다녔다. 때로는 커다란 부빙이 옆에 얼어 붙은 채 질질 끌려와서 그걸 떼어내기 위해 속도를 늦추기도 했다. 경험 많은 선원들도 나처럼 겁에 질려있었다. 촬영은 해보지도 못하고 돌아가야 하는 건가 하는 생각이 들었다.

로리는 한 번 더 헬리콥터를 공중에 띄웠고, 배 주변으로 몰려드는 얼음 사이로 우리를 인도하려 했다. 나이절은 2시간 동안 비좁은 자리에서 회전하면서 후진과 전진을 반복했다. 하지만 얼음은 선체에 자꾸만 들러붙어 우리를 순순히 보내주지 않았다.

새벽 2시 반, 나이절은 모두를 갑판 위로 모았고 우리는 지시를 듣기 위해 줄을 섰다. 나는 가장 두꺼운 멜빵바지와 파카를 입었다. 드러난 살을 가리기 위해 스키 고글과 목토시, 도톰한 울 모자를 꼭 맞게 착용했다. 웨슬리와 나는 카메라를 들고 있었지만, 상황이 비상사태로 전환되고 있었기에 언제든 내려놓고 도울 준비가 되어있었다. 하루 반 동안 아무도 쉬지 못했다.

우리는 추진기 역할을 하도록 배 뒤에 고무 보트를 띄웠다. 그리고 헬리콥터를 다시 높이 보내서 길을 찾게 했다. 우리는 난간 주변에 자리를 잡고 고무 보트를 지휘하는 두 선원에게 지시를 전달해 주었다. 하지만 헬리콥터에서 온 소식은 암울했다. 완전히 얼음에 포위된 것이다. 바람이 얼음과 함께 우리를 북쪽으로 보내고 있었고, 우리는 B15에서 점점 멀어지고 있었다.

얼음에 갇혀 있었기 때문에 한 달 만에 처음으로 엔진이 조용해졌고, 계속 들려오던 소리가 사라지자 불안해졌다. 엔진이 내는 백색소음에 익숙해진 터였다. 그 소음은 배의 심장 소리였고 우리를 움직이는 원동력이었다. 생체 리듬을 조정할 어둠이 없었기에 나는 잠을 이루지 못하고 있었고 시간과 날짜 감각도 사라졌다. 시간에 무감각해져서 기진맥진할 때까지 일했다. 배고플 때 무언가 먹고 싶었지만 그 어떤 것도 포만감을 주지 못했다. 결국 식량이 떨어질까 걱정된 나이절은 식사 시간을 제한하기로 했다.

배가 부빙을 피해 날짜 변경선을 앞뒤로 가로질러 표류했기 때문에 날짜가 바뀌었지만, 누구도 실제 시각과 날짜를 확신하지 못했다. 얼음에 갇히긴 했어도 날씨는 눈부시게 화창했고 따뜻했다. 여정 중 가장 좋은 날씨였다. 우리는 스스로에게 물었다.

"이럴 때 어니스트 섀클턴이라면 어떻게 할까?"

우리는 답을 알고 있었다. 아마 그라면 사기를 높일 것이다. 팀워크를 강조하겠지만, 웃음과 여유를 중요하게 여길 것이다. 사진작가 프랭크 헐리Frank Hurley가 1915년에 찍은 사진에는 침몰하는 배를 배경으로 한 채 얼음 위에서 축구 시합을 하는 어니스트의 선원들을 담고 있었다.

우리는 어니스트에게 경의를 표하며 얼음 위에서 터치 풋볼(미식축구의 일종으로, 상대 선수에게 태클하는 대신에 터치하기 때문에 이런 이름이 붙었다-옮긴이)을 하기로 했다. 마침 미국에서는 슈퍼볼(미국의 가장 큰 미식축구 대회로, 이 경기에서 미국 프로 풋볼 우승 팀이 결정된다-옮긴이)이 열릴 때이기도 했다. 우리는 볼티모어 레이븐스Baltimore Ravens나 뉴욕 자이언츠 New York Giants가 우승한다는 데 각자 내기를 걸고 티셔츠만 빼고 상의를 벗은 뒤 이언 선장의 지시에 따라 배에서 내렸다. 그날 만큼은 얼음 위에서 구르면서 불만과 스트레스, 비관적인 생각은 모두 날려버렸다.

나는 카메라를 잡고, 웨슬리에게 배를 등진 채 빙판 위에 서 달라고 부탁했다. 내가 서 있는 곳에서 얼음이 선체를 들어 올리는 게 보였다. 브레이브하트호의 뱃머리가 위풍당당하게 파란 하늘을 향하고 있었으나, 한편으로는 얼음 속에 갇힌 것에 대한 스트레스로 균형을 잃은 것처럼 보였다. 좋은 영상 소재일 뿐 아니라 심각한 상황으로 치닫고 있음을 보여주는 것이기도 했다.

웨슬리는 뛰어난 이야기꾼이었고, 상황을 간결하게 담아냄으로써 시청자들의 마음을 사로잡는 재능이 있었다. 사전 준비가 되어있지 않은 상황에서도 말이다. 화면에 잡힌 웨슬리를 보며 나는 물었다.

"뒤에 있는 배에 무슨 일이 벌어지고 있는 건가요? 갇힌 건가요?"

웨슬리의 표정이 심각해졌다.

"우리는 어니스트 섀클턴의 발자취를 따라 남극해를 가로질렀고, 이제 그와 똑같은 상황에 처했습니다. 얼음 속에 갇혔고, 어쩌면 배가 으스러질 순간을 기다리고 있는 건지도 모르죠."

나는 줌아웃해서 뒤에 있는 배를 보여주었다. 누구라도 겁 먹을 정도로 훌륭한 표정 연기였다. 내가 촬영하는 동안, 이등 항해사인 매트가 웨슬리와 배 사이에서 고삐 풀린 망아지처럼 홀딱 벗은 채로 뛰어다니면서 마구 팔을 흔들었다. 스트레스가 극에 달하면 사람들은 종종 내면의 깊숙한 어둠 속에서 원초적인 유머 감각을 찾곤 한다.

프랭크 헐리가 과거에 그랬듯이, 우리에게 무슨 일이 생기더라도 이 영상은 남을 테고, 세상은 우리의 마지막 날을 보게 될 것이다. 다만 울스웨터를 입고 있는 어니스트의 위엄 있는 모습 대신, 망아지 같은 매트가 홀딱 벗은 채 선원들을 즐겁게 해주는 모습을 보게 될 것이다.

터치풋볼을 하고 배로 돌아온 뒤, 우리는 식량 배급 방법을 논의했다. 모두들 불안했지만, 각자 나름의 방법으로 스트레스에 대처했다.

나이절 선장은 이상한 행동을 하기 시작했다. 우리가 챙겨둔 초콜릿 바와 과자를 압수한 뒤 숨겨놓고는, 자신이 좋아하는 사람에게만 나누어 주었다. 갑판 아래에서는 공포심으로 무력해진 원격 조종 수중 로봇 조종사가 침대에 웅크리고 누워있었다. 헬리콥터 조종사 로리는 느긋하게 《세계 최악의 항공 참사들 The World's Worst Aviation Disasters》을 읽고 있었고, 음향 기술자는 개인 몫으로 챙겨둔 60일치의 술 중 4분의 3을 마셔 버렸다.

모두 오줌이 진한 갈색으로 변해서 걱정하고 있었다. 이미 조수기(바닷물에서 염분 따위를 제거하여 민물로 바꾸는 장치-옮긴이)에 문제가 생겼거나 저장 탱크에 녹이 슬었다는 징후였다. 나는 영상을 검토하고 기록으로 담아내느라 바빴고, 폴은 갑판 아래에서 재호흡기를 만지작거렸다.

그때 별안간 커다란 울림이 배 안의 긴장된 적막을 깼다.

얼음이 움직이고 있었다!

재빨리 위로 올라가 보니, 배가 부빙의 결박에서 풀려나는 것이 보였다. 엔진이 즉시 가동되었고 모두들 분주해졌다.

깊은 안도감이 들었다. 위험과 마주할 때면 그로 인한 끔찍한 결과는 되도록이면 생각하지 않으려고 노력했다. 걱정이란 것은 전염성이 있고 유해하기에 나 자신과 다른 사람들을 위해 긍정적인 관점을 유지하려고 노력했지만 어떤 상황에서나 이를 유지하기에는 쉽지 않았다.

일단 안전해지고 나니 내가 처했던 현실이 생생하게 와 닿았다. 하마터면 배가 부서지고 생명을 잃을 수도 있었다. 하지만 지금은 그런 생각을 할 시간이 없었다. 처리해야 할 일이 많았다. 남반구의 여름이 끝나가고 있었기 때문에 스토리 제작에 필요한 영상을 담으려면 바로 다이빙을 시작해야 했다. 파도는 위험하고 바닷물은 차갑겠지만, 일단 파도 아래 물속으로 들어가면 이제 그곳은 내게 마련된 자리였다.

배를 가둬두었던 부빙에서 멀어진 후에 몇 킬로미터 떨어진 곳에 있는, 눈부시게 아름다운 빙산을 발견했다. 높이가 30미터에 가까웠고 뾰족한 봉우리는 오후의 햇빛이 반사되며 분홍색으로 타올랐다. 현재 우리의 위치는 B15에서 30킬로미터밖에 떨어져 있지 않다고 추정했지만, 연료를 아끼고 다이빙을 하기 위해 배를 멈췄다.

'인내 캠프 2Patience Camp II'라고 이름 붙인 곳에는 다이빙 입수를 위한 2층의 작은 얼음 동굴이 있었고, 영상 촬영을 할 수 있는 넓고 평평한 장소도 있었다. 얼룩무늬물범과 철새가 잠깐씩 들러서 카메라 앞에 얼굴을 들이밀곤 했다. 고래와 게잡이물범, 펭귄도 먼발치에서 우리를 관심있게 지켜보았다. 흰바다제비는 빙산의 한구석에 조그맣게 둥지를 틀기도 했다.

마침내 나는 다이빙했고 제일 처음으로 선체를 살펴보았다. 부빙으로 인한 선체 손상을 걱정했지만 페인트칠만 조금 벗겨져 있는 것을 보고 가슴을 쓸어내렸다. 길고 긴장된 여정 끝에 물속으로 다시 들어가자 다시금 활기가 도는 듯했지만, 금세 극지 다이빙에 수반된 새로운 위험을 깨달았다. 이곳은 수직으로 흐르는 예상할 수 없는 물살 때문에 극도로 위험했다. 빙산이 파도의 흐름에 따라 위아래로 움직였고, 그와 동시에 빙산에서 녹아내린 물이 측면을 따라 쏟아졌다. 빙산에서 나온 민물과 바다의 짠물, 파도의 힘이 한데 모이면서 밀도가 다른 물이 격렬하게 뒤섞였고, 그로 인해 물살이 빠르게 하강하고 거칠게 위로 치솟았다. 밑으로 내려가는 물살은 다이버를 빨아들인 뒤 고장 난 엘리베이터처럼 바닷속 깊은 곳까지 빨려 들어갈 테고, 운 좋게 풀려났다고 해도 상승하는 물살을 타고 수면까지 올라가는 것은 더 위험했다.

폴과 나는 계기판들을 주의 깊게 살피면서 신중하고 천천히 나아가야 했다. 하강하는 물살의 징후가 나타나면 하강하는 물살에서 벗어나기 위해 최대한 빠르게 수평 방향으로 헤엄치기로 했다. 하지만 때로는 사전 계획에도 불구하고 의도했던 깊이보다 갑자기 60~70미터가량 더 깊은 곳까지 가기도 했다.

다이빙 작업을 늘리면서 우리는 다른 위험도 맞닥뜨리게 되었다. 웨슬리가 처음으로 남극에서 다이빙하던 날, 그의 드라이슈트 안에 물이 들어간 것이다. 하지만 웨슬리는 고무 보트로 바로 돌아가는 대신, 카메라로 영상을 찍겠다고 고집을 피웠다. 어쩔수 없이 시간을 늘려 다이빙을 마쳤다. 폴과 나, 다른 선원 2명은 웨슬리를 고무 보트 위로 끌어 올리느라 애를 썼다. 웨슬리의 잠수복 안에는 30킬로그램에 가까운 얼음물이 차 있어서 잡고 있기도 힘들었다. 물에 불은 거대한 스펀지를 보트에 태우려고 씨름하는 기분이었다. 또 그가 저체온증에서 회복되는 데는 몇 시간이 걸렸다.

이 경험으로 웨슬리는 겁을 먹었고 계속 다이빙해야 할지 확신하지 못했다. 재호흡기를 맨 채 카메라까지 드는 건 무리가 있었기 때문에 폴과 내가 탐험할 만한 동굴을 찾을 때까지는 웨슬리는 다이빙을 하지 않을 생각이었다. 우리는 얼음이 굉장히 빠르게 움직이기도 하며, 잘못하면 선체와 얼음 사이에서 몸이 으스러질 수도 있다는 점도 배웠다.

한번은 기중기 고리에 달린 평평한 나무판자를 타고 배에 오르기 위해 물에서 대기하고 있었는데, 갑자기 큰 얼음이 내가 있는 선체쪽으로 접근해 오더니 부딪혔다. 나는 그 사이에 갇혀 으스러지는 사고를 피하기 위해, 재빨리 잠수한 뒤 배의 아래로 헤엄쳐서 반대편으로 돌아 나온 일도 있었다.

그다음 주에는 모든 게 착착 진행되었다. B15를 향해 가는 동안 탐사할 만한 큰 빙산 동굴을 발견했다.

과학자 팀은 해파리와 고래를 관찰하는 일에 착수했다. 보트는 장엄한 범고래 떼를 뒤쫓았고, 그 무리 사이에 조심스레 낀 뒤 그들의 속도에 맞춰 나아갔다. 까맣고 하얀 등이 수면 근처에 올라올 듯 말 듯 머물면서 한 마리씩 숨구멍에서 물을 뿜어냈고, 해가 뿜어낸 물방울을 금빛으로 비추었다. 수면을 따라 조용히 움직이는 범고래 가족을 목격하면서 깊은 경외감이 느껴졌다. 카를로스는 조직 채취용 총을 준비했고, 몇 번의 시도 끝에 간신히 커다란 수컷의 피부 조직을 얻는 데 성공했다. 작은 바늘이 등지느러미 바로 뒤로 미끄러지면서 검고 작은 피부 조각을 조금 떼어냈다. 이 조직은 남극해에 있는 범고래에게서 얻은 첫 DNA 표본으로, 남극 바다에 사는 범고래 아종에 대해 알려줄 것이다.

우리는 훨씬 작은 생물의 표본도 채집하며, 해파리를 연구하기 위한 선상 수족관을 채웠다. 또, 검은 커튼을 배경으로 투명한 해파리를 촬영했다. 무지갯빛을 발하는 머리카락 같은 섬모가 흔들리면서 몽환적인 빛을 쏟아냈다.

매일같이 돌풍이 지나갔고, 광포한 활강바람이 남극점에서 비탈을 타고 거침없이 내려왔다. 풍속은 100킬로미터에 달했다. 우리는 험한 날씨의 영향에서 벗어나기 위해 높은 빙산 뒤에 숨었고, 수면 아래 숨어 있는 얼음덩이에 여러 차례 부딪혔다. 한번은 커다란 얼음 덩어리가 배의 측면을 긁어내리더니 으드득거리는 끔찍한 소리를 내며 프로펠러에 박혀서 사실상 배를 마비시켜 버렸다. 그러나 운 좋게도 모두 얼음이 빠져나가 배는 다시 앞으로 나아갈 수 있었다.

다음 날 아침, 우리는 포제션섬Possession Islands 연안에 있는 커다랗고 평평한 빙산에 둘러싸였다. 다이빙을 시도하려 했으나 소용돌이와 이안류(매우 빠른 속도로 한두 시간 정도의 짧은 시간에 해안에서 바다 쪽으로 흐르는 좁은 표면 해류-옮긴이)를 보고 생각을 바꾸었다. 로리는 얼음 상태를 보기 위해 헬리콥터를 이륙시켰고, 케이프 할렛과 남극대륙의 땅까지 바다가 트여있다고 알려주었다. 우리는 직경 1~2미터의 얼음덩이 사이를 뚫고 트인 바다로 나아갈 항로 계획을 짰고, 우리는 이 장소를 '소행성대'라고 이름 붙였다.

다음 날, 우리는 빅토리아랜드Victoria Land의 끝에 다다랐다. 이곳은 남극대륙 최초로 기지가 세워진 역사적인 장소였다. 1957년에 미국과 뉴질랜드가 공동으로 할렛 기지Hallett Station를 세웠다. 할렛 기지는 1964년에 화재로 큰 손상이 있기 전까지는 연중 내내 사람이 상주했었다. 남극조약에 따라 케이프 할렛은 특별 보호구역으로 지정되어 있었다. 당시 그곳에서 다른 과학 연구가 예정되어 있지 않아, 우리가 육지에 접근할 수 있도록 허가가 내려졌다. 우리는 몇 주 만에 처음 보는 유일한 바위를 향해 나아갔다. 나는 제대로 된 동굴 다이빙을 할 수 있다는 기대감과 커다란 펭귄 무리를 보고 신이 났다.

케이프 할렛에 있는 수천 마리의 어린 아델리펭귄 군락지는 수 킬로미터 떨어진 곳에서도 보였고, 냄새도 맡을 수 있었다. 아델리펭귄의 배설물 냄새는 해가 내리쬐는 쓰레기통에 며칠 동안 놓아둔 해산물 찌꺼기를 배설물 위에 쏟은 냄새와 비슷했다. 부모 펭귄들은 아직 먼 거리를 수영할 준비가 안 된 새끼 펭귄을 두고 사냥을 하러 떠났다. 일부 남은 어른 펭귄들이 보호자 역할을 했지만, 포식자인 도둑갈매기가 어린 아델리펭귄 중에서 가장 약한 개체를 잡아채는 장면을 악취 풍기는 만으로 들어가는 동안 목격했다. 날개 길이가 1.2미터에 이르는 커다란 도둑갈매기는 보통 물고기나 크릴을 먹지만, 부모 펭귄들이 없을 때를 노려 알을 도둑질하고 어린 펭귄들을 잡아먹는다.

배를 몰아 펭귄 군락지로 들어갈 때, 놀랍게도 강철 골조를 지닌 초라한 반원형 막사 근처에서 4개의 형체가 팔을 흔드는 모습이 눈에 띄었다. 쌍안경으로 자세히 보니 펭귄 군락지 안에 색색의 작은 텐트 여러 개가 보였다. 여기에서 연구를 하고 있는 게 분명했다.

우리는 닻을 내리고 그들에게 무전을 치려고 했지만 연락이 닿지 않아 고무 보트로 접근하기로 했다. 우리의 주의를 끌려는 그들의 시도가 점점 더 절박해 보였다. 바다에서의 고립감 때문인지, 배의 남자 선원들은 무리 중 여자가 있을지도 모른다며 서로 해안에 먼저 상륙하려고 유치한 경쟁을 벌였다. 이 시점의 나는 그들에게 이성보다는 남매에 가까웠다.

그곳에 있던 사람은 미국인 3명(여자 2명과 남자 1명)과 뉴질랜드 출신의 여성 1명이었다. 이들은 3주 전 맥머도 기지에서 헬리콥터를 타고 날아와서 이곳에 내렸다. 할렛 기지와 펭귄 번식지에 남아 있는 장비와 시설의 목록을 만들고, 인간이 거주했던 모든 흔적을 지우는 게 그들의 목표였다. 그 흔적에는 연료와 위험 물질, 중장비, 배급용 식량과 책으로 가득한 반원형 막사가 포함되었다. 하지만 부빙 때문에 그들은 구조될 수 없었고, 3주간 그곳에서 버텨야 했다. 신선한 식량은 다 떨어져서 막사에서 발견한 건조식품과 통조림을 먹었고, 달리 할 일도 없어서 보드게임을 하며 시간을 보냈다고 했다.

그들은 구조되어 안도했고, 뜨거운 물로 샤워하고 제대로 된 음식을 먹을 생각에 신나했다. 우리도 마찬가지로 반원형 막사에 남아 있는 음식을 먹을 수 있어서 신이 났다. 브레이브하트호에 식량이 넉넉지 않았기에 막사를 털어서 줄어가는 식량 재고를 보충하기로 했다. 나는 막사의 보급 창고에서 1960년대에 만들어진 딱딱한 사탕 몇 봉지와 오래된 포장지에 싸인 초콜릿 바 몇 개를 집어 먹었다.

배에 인원이 4명 늘자 며칠간은 축제 분위기였다. 우리는 이야기를 나누고 펭귄 사진을 찍었고, 저녁에는 숟가락과 하모니카, 웨슬리의 즉흥 기타 연주가 벌어졌고, 함께 모여 술과 시가를 즐겼다. 해안에 발이 묶여 있었던 손님 4명은 조리실 바닥과 벤치에서 잠을 잤다. 술에 취한 브레이브하트호의 남성들은 여성들을 자신들의 침대로 끌어들이려 치근덕댔다. 한순간에 도움의 손길은 치근덕거림으로 변했고, 그들은 넌더리가 난 나머지 조리실 문을 꽉 걸어 잠그고 잠을 청했다.

나는 손님들이 경계해야 하는 상황에 화가 났다. 이전에도 남자 선원 중 한명이 술에 취할 때마다 주방장 캐럴을 끈질기게 쫓아다니는 것을 몇 번 목격했다. 나는 그 모습이 꼴도 보기 싫어 여정 내내 술을 마시지 않겠다고 결심했다. 나는 결혼을 했고 남편이 옆에 있었기 때문에 그들에게 예외로 간주되었다.

며칠이 지나, 해안경비대 선박이 도착해 우리 배에 머물던 손님들을 데려갔다. 경비대는 2주간 그들의 구조를 시도했었기에, 그들을 보자 무척 안도했다.

폴, 웨슬리 그리고 나는 밧줄로 서로를 엮어 묶고, 맨홀 빙하Manhaul Glacier와 에디스토 빙하Edisto Glacier의 혀처럼 생긴 빙붕을 지나고 있다. 갈색 웨델물범이 얼음 위에 나른하게 누워있고, 놀란 펭귄들은 서둘러 물속으로 뛰어든다. 머리 위로는 습새가 기류를 타며 놀고 있다.

우리는 먼 곳에 어렴풋이 우뚝 솟아있는 애드머럴티 산맥Admiralty Mountains 방향으로 향했다. 남극처럼 황량한 환경에서는 거리와 시간을 가늠할 수 없다. 물속에 있건 얼음 위를 걷고 있건, 주변 풍경이 너무 거대해 보였기에 나라는 존재는 항상 작아 보였다. 아무리 오래 걸어도 가파른 산에 가까워지는 것 같지 않았다. 나는 하루가 영원처럼 느껴지는 상황에 익숙해졌다. 밧줄로 폴과 웨슬리와 함께 몸을 묶고서 빙붕 위를 걸으며 자고 있는 물범을 마주하는 일을 겪으리라고는 생각해 본 적이 없었다. 아침에 나를 겁먹게 했던 상황은, 하루가 끝날 무렵이 되면 일상적이고 평범해 보였다. 몇 시간 전만 해도 불가능해 보였던 일을 쉽게 해냈다. 새벽 1시가 되자 불덩이 같이 빨간 해가 뱃머리 너머의 수평선에서 타올랐다. 시간이 혼동된 남극 지역에서는 수평선에서 전투가 벌어졌다. 해가 지는 동시에 뜨는 것처럼 보였다.

브레이브하트호에 다시 귀환한 뒤, 나는 갑판에 서서 유리처럼 빛나는 바다를 바라보았다. 부빙은 어젯밤에 가볍게 내린 눈으로 덮여 있었다. 바다가 숨을 쉬고 있기라도 한 듯 파도는 천천히 부빙들을 들어 올렸다가 놓았다. 마음이 고요해졌고 한참을 바라보았다.

2월이 되어 공기는 한층 더 싸늘해졌고, 남극은 가을로 접어들고 있었다. 희미해지는 여름 끄트머리, 수면 아래에 녹아있던 얼음들이 다시 얼어붙고 있었다. 남극의 밤은 마치 낮 시간대의 잠잠함에 복수와 앙갚음으로 화답하는 듯했고, 이곳의 날씨가 변덕스럽다는 사실을 상기시켜 주었다. 바람은 시속 80킬로미터로 불었다.

시간은 모호했고 순식간에 흘러갔다. 우리는 탐험에서 가장 중요한 규칙을 다시 한번 떠올렸다. 최선을 다하되, 돌아갈 때를 알아야 한다는 것이었다. 그 시간이 가까이 점점 다가오고 있었다.

우리는 아침에 고무 보트를 타고 나가 거대하고 윗부분이 평평한 빙산의 위치를 찾아냈다. 이미 작은 조각으로 부서지고 있는 B15에서 떨어져나온 빙산일 가능성이 커 보였다. 위성 사진을 활용해서 확인해 볼 수는 없었지만, 그럴 듯한 추측이었다. 자메이카 땅 크기 정도로 추정되는 B15의 대부분이 남쪽의 부빙 사이에 갇혀 있었기에, 이제 근방에 있는 빙산 안을 살펴볼 때가 되었다고 판단했다. 우리가 고른 빙산에는 세로로 커다란 틈이 나 있었다. 일단 그 틈새를 통과해서 빙산 내부로 가능한 한 깊숙이 들어간 다음, 그 지점에서 하강하고 나면 더 많은 수중 동굴을 찾아볼 수 있을 것이다.

최신 보온복으로 몸을 두껍게 감쌌다. 나는 드라이슈트 아래 최대한 체온을 유지해 줄 따뜻한 내피를 입고, 몸 중심부를 덥히기 위해 허리 위에는 배터리로 작동되는 작은 온열 패드를 부착했다. 그래서 무게가 9킬로그램가량 늘어났지만 그럴 만한 가치가 있었다.

수온은 영하 2도에 가까웠고, 온도가 약간만 내려가도 짠물이 어는 점에 도달하기 때문이다. 이렇게 보온하지 않으면 어떠한 인간도 물속에서 몇 분 이상 살아있기 힘들다.

하지만 우리가 활용하는 최신식 다이빙 장비를 가지고도 물속에서 안전하게 보낼 수 있는 시간은 매우 제한적이어서 나는 긴장이 되었다. 나는 얼음물에서 다이빙하는 시간을 30분 정도로 제한했었지만, 이번엔 1시간 동안 잠수할 계획이었고 감압 때문에 조금 더 오래 걸릴 수도 있었다. 분명히 위험했다. 그보다 길게 잠수하면 저체온증에 걸릴 가능성이 커진다. 게다가 바깥 기온이 물속 기온보다 훨씬 낮기 때문에 수면에 뜬 채로 보내는 시간이 물속에 잠겨있을 때보다 더 위험하다. 배와 멀리 떨어지기라도 하면 수면에서 구조를 기다리다가 죽을 수도 있다.

폴과 나는 이곳에서 처음으로 다이빙할 준비를 했고, 웨슬리는 이번 다이빙은 건너뛰기로 했다. 웨슬리는 잠수복에 물이 찼던 일로 불안해했고, 폴과 내가 확신이 드는 발견을 한 후에 다시 다이빙을 시도하길 원했다. 우리는 서툴게 고무 보트 위에 올라탔고 웨슬리는 빙산에 난 넓은 틈의 중앙으로 향했다. 노를 이용해 떠다니는 팬케이크 같은 얼음을 옆으로 밀어낸 후, 우리는 카메라를 들고 안전하게 입수할 수 있었다.

물에 닿자마자 강렬한 통증이 덮쳤다. 아이스크림을 먹을 때 오는 두통이 온몸으로 느껴져서 눈을 꼭 감고 침을 삼켰다. 질척이는 얼음 사이를 지나 다시 눈을 뜨자, 멜론만한 크기의 얼음들이 흘러 지나가는 모습이 보였다. 하지만 도무지 집중할 수 없었고 방향감각도 사라졌다.

마스크를 얼음장 같은 물로 씻어내고, 과호흡이 방지하기 위해 짧게 헐떡거렸다. 질척이는 얼음과 민물, 짠물이 뒤섞이며 물이 흐려져 그 너머를 볼 수 없었고, 얼얼한 추위 때문에 앞이 잘 보이지 않았다. 주변의 얼음을 헤치면서도 아래에 무엇이 있을지 궁금했다. 얼룩무늬물범이나 상어 혹은 다른 포식자들이 아래에 있을 수도 있었다. 카메라를 질척이는 얼음에 집어넣고 주변을 살펴보았다. 물은 하얀색에서 파란색으로 바뀌었다. 추위로 인한 쇼크가 조금씩 완화되었으나, 발끝까지 얼얼한 감각은 여전했다.

먼저 민물로 넘어가는 흐릿한 구간을 지나자, 아름다운 넓은 틈이 어둠 속으로 깊이 뻗어 있었다. 물결 모양의 얼음 표면에 갇힌 햇빛이 깊숙한 틈을 은은히 비추는 듯했다. 내 아래에는 암흑뿐이었다. 빙산 표면은 옴폭옴폭 파여 있었고 엄지손가락만한 투명한 물고기가 손전등의 빛이 반사된 눈으로 놀라서 주변을 이리저리 도망 다녔다. 물고기는 얼음벽에 있는 굴 안으로 쏜살같이 파고들더니 우리를 지켜보았다. 더 깊이 들어가면서, 혹시 우리가 통과한 틈이 변화하는 조류에 의해 닫혀버리지는 않을까? 아니면 틈이 점차 넓어지고 있을까? 하는 생각이 들어 그런 부정적인 생각을 떨쳐내고자 얼음 궁전의 아름다움을 감상하는 데 집중했다.

어둠 속으로 내려가면서 나는 커다란 캐니스터 라이트(다이빙용 전등의 일종으로, 별도의 배터리가 연결되어 있어 일반 전등보다 밝고 오래간다-옮긴이)를 켰으나 거대한 공간을 밝히기에는 역부족이었다. 빙산 내부는 재호흡기에서 가끔 들려오는 딸깍거림과 쉭쉭거리는 소리를 제외하면 완전한 고요에 싸여있었다.

처음 보는 장소의 장엄함에 황홀해졌지만, 주기적으로 손목의 다이브 컴퓨터를 보며 시간과 수심, 수면까지 올라가는 데 걸리는 시간과 압력, 산소 농도를 확인했다. 마스크의 한쪽 화면에는 생명 유지와 관련된 현황이 요약되어 있었다. 이 모든 현황에 관한 정보는 재호흡기가 제대로 작동한다는 사실을 알려주었다.

폴을 나의 왼쪽 뒤로 둔 채, 오른쪽을 보자 커다란 통로가 더 깊숙한 곳으로 이어지는 게 보였고, 바닥에는 우리를 환영하는 듯이 여러 색깔의 생명체들로 가득했다.

마침내 우리는 수심 40미터에 있는 해저에 도달했다. 손목에 있는 컴퓨터를 힐끗 보니 이 지점까지 오는 데 15분이 걸렸다. 빙산은 거대한 기둥에 의해 붙들리면서 해저까지 닿아 있었고, 그 사이로 1.5미터 높이의 통로가 생긴 것이 보였다. 덕분에 우리는 빙산의 아랫 부분을 자유롭게 탐험할 수 있었다. 믿을 수 없을 정도로 기뻤다. 바로 우리가 찾고 싶었던 곳이었다. 청록색 천장 아래에 있는 동굴 바닥은 내가 이제껏 보아온 어떤 것과도 달랐다. 빽빽하게 모여있는 생명체들은 온갖 화려한 색을 발하며 카펫처럼 깔려있었다. 선명한 붉은색과 주홍빛의 울퉁불퉁하게 생긴 해면과 흔들거리며 떠 있는 여과 섭식자를 비롯해 신기한 생명체들이 바닥을 덮고 있었다. 바람에 휩쓸리는 밀밭처럼 바다 생물들의 돌기가 흔들렸고, 그 사이로 거대한 바퀴벌레 같은 등각류가 헤엄쳐 다녔다. 검은색과 주황색 줄무늬를 지닌 뾰족뾰족한 게는 젓가락 같은 다리로 바닥을 가로질렀다. 철저히 고립되어 있어, 여태까지 발견되지 않았던 생태계가 어둠 속에서 모습을 드러내고 있었다. 나는 경외감에 휩싸였다.

폴과 나는 경이로운 생명체로 이루어진 카펫 위를 떠가면서, 우리가 경험한 과정과 발견한 생명체를 촬영했다. 아마 정말 특별한 영상이 될 것이다.

그때 갑자기 깊은 곳에서 우르릉대는 이상한 소리가 물속에 울려 퍼지며 정적을 깼다. 보트 엔진 소리였을까? 아니면 다른 것이었을까? 우리는 45분 동안 잠수했고, 돌아갈 시간이라고 판단했다. 탐험할 만한 장소를 찾아냈으나 제대로 촬영하려면 더 커다란 카메라와 가장 큰 영상 촬영용 조명이 필요했고, 지금 우리에겐 장비가 없었다.

나는 폴에게 몸을 돌려 엄지손가락을 들어 올리며 돌아갈 시간이 되었다고 신호를 주었다. 우리는 위에서 쏟아져 내리는 희미한 불빛을 향해 천천히 왔던 길을 되밟아 갔다. 들어왔던 틈에 거의 도착해서 고무보트를 힐끗 올려다보았다. 그런데 무언가가 이상했다. 빛은 여전히 우리를 향해 내리비쳤으나 고르지 않았고 어딘가 어슴푸레하게 보였다. 틈사이로 헤엄쳐 가서 보니 길고 좁은 입구가 그사이 막혀 사라졌다는 사실을 깨달았다. 머리 위로 들어오는 산란된 빛 아래 하얀 얼음덩이들만이 보였다.

폴이 얼음덩이 아래에서 나갈 길을 찾는 모습을 지켜보면서도 나는 그때까지 상황의 심각성을 실감하지 못했다. 출구가 사라졌지만 갇혔다는 생각이 바로 들지 않았다. 그러다가 아드레날린이 솟아오르며 순식간에 몸을 덮쳤다. 공포에 대한 반응이었다. 나는 폴과 함께 커다란 조각을 옆으로 밀어내며 얼음덩이 사이로 길을 찾아내려 애썼다.

마침내 우리는 파란 바다로 통하는 틈을 찾아 겨우 빠져나왔다. 그리고 커다란 얼음판을 가까스로 치운 뒤, 수면 위로 올라가기 전 5분간 감압 정지를 할 장소를 찾았다. 무슨 일이 벌어졌던 건지 정신없는 와중에 나는 물위를 올려다보았고, 웨슬리와 매트가 하이파이브하며 껴안는 모습이 보였다. 폴과 나는 감압을 마친 후 화창하고 쌀쌀한 수면 밖으로 나왔다.

그런데 우리보다 동료들이 맞이했던 상황이 더 긴박했다. 그들이 우리의 귀환을 기다리고 있을 때, 빙산에서 커다란 얼음벽이 벗겨져 요란한 소리를 내며 고무 보트 바로 옆으로 떨어져 내렸다. 그때 발생한 너울이 고무 보트를 뒤집고 침수시킬 뻔했지만, 웨슬리와 매트는 급히 보트를 얕은 물로 이동시켰다. 화창한 날의 열기로 빙산이 녹고 있었고, 그로 인해 빙산이 불안정해졌다. 그때 빙하 조각의 일부가 우리가 들어갔던 입구를 막았던 것이다.

"너희가 죽은 줄로만 알았어!"

우리가 물속에서 나오자 웨슬리가 말했다.

다이빙 후 상황을 검토하면서 정신이 번쩍 들었다. 팀원들은 우리가 스스로 새로운 출구를 찾아내야 하고, 자신들이 도울 방법이 전혀 없다는 사실을 알고 걱정으로 애를 태웠다. 아마 우리가 돌아오지 않았더라도 수색하지 못했을 것이다. 하지만 이번 일을 겪고도, 폴과 나는 빙산 동굴 속으로 다이빙하는 게 얼마나 위험한지 절실하게 깨닫지는 못했다. 스스로 모든 상황을 해결해야 한다는 사실을 알면서도 다이빙을 계속할 예정이었다.

며칠 후, 우리는 다시 빙산으로 되돌아갔다. 우리는 같은 동굴로 들어갔고, 해저에서 자라는 경이로운 생명체들을 담기 위해 빠르게 통로들을 지나갔다. 이번에는 얼음의 독특한 특징에 더 주의를 기울였다. 눈이 쌓여 이루어진 층을 지나고 있으니 내가 타임캡슐을 통과하며 내려가고 있다는 사실이 강하게 와 닿았다.

얼음은 층마다 역사를 담고 있었다. 어떤 층은 하얗고 기포가 많다.

하지만 1~2미터 아래로 가면 푸른빛이 도는 반투명한 띠가 나타났다. 조금 더 깊은 곳으로 가면 얼음이 유리만큼이나 투명해졌다. 어떤 공간은 너무 투명해서 빙산 더 깊숙한 곳으로 이어지는 통로라고 생각했지만, 가까이 다가가 보니 전체가 투명한 얼음으로 된 유리벽이었다.

빙산 아래에 도달하자 멀리서 희미한 빛이 비치는 게 보여 그쪽으로 빠르게 헤엄쳤다. 거리를 가늠할 만한 물체가 없었기에, 빛이 비치는 곳은 가까워 보이기도 했고 도달할 수 없을 정도로 멀어 보이기도 했다. 우리는 오래 헤엄쳤다. 하지만 멀리 있는 빛은 더 커지지도, 가까워지지도 않는 듯했다.

바퀴벌레를 닮은 수많은 등각류가 우리 주변을 바쁘게 돌아다녔다. 딱딱한 껍질을 가진 20센티미터 길이의 이 생명체들은 머리 위에 있는 틈에서 우리 쪽으로 우수수 쏟아져 내리더니 재빨리 다른 곳으로 헤엄쳐 도망갔다. 유령의 집에서나 접할법한 공포스러운 상황이었지만, 바로 근처에서 짝짓기를 하고 있는 단각류 생물에게 곧바로 매료되었다. 우리는 근접 촬영으로 이 경이로운 장면을 잡아내기 위해 생물들이 카메라 돔포트(수중에서 카메라를 촬영할 때 방수를 위해 카메라 몸체에 하우징을 씌워야 하는데, 이때 렌즈를 보호하는 부분을 포트라고 부른다. 돔포트는 반구형으로 생긴 포트이다-옮긴이)에 올라앉도록 내버려 두었다. 그런 후에 우리는 다시 빛이 있는 방향으로 향했다.

그렇게 얼마간 헤엄쳤을 때, 물살이 일며 여과 섭식자들이 휘청였다. 나는 우리가 빙산 더 깊숙한 곳으로 휩쓸리고 있다는 사실을 알아챘다. 그러다가 유속이 더욱 빨라지며 멀리 떨어진 빛이 들어오는 쪽으로 우리를 밀어냈다. 나는 유속에 휩쓸리는 것을 막고자 장갑 낀 손을 해저로

쑤셔 넣었다. 침전물이 연기처럼 피어올랐고, 앞으로 급히 향하던 움직임이 멈추었다. 나의 몸이 급한 멈춤에 회전하며 폴을 마주 보았다. 나는 엄지손가락을 들어 올려 신호를 보내면서 이번 임무를 중단하자고 했다. 유속이 거세어 거슬러 헤엄칠 수 없었기에 떠나야 했다. 하지만 이내 들어왔던 곳으로 나가지 못하리라는 사실을 깨달았다. 유속이 너무 빨라 거슬러서 헤엄치면 탈진할 위험이 있었다.

지난번에 다이빙에서 출구가 덮이는 일을 겪었기에, 우리는 물살에 몸을 맡기고 휩쓸리는 것을 택했다. 이 길이 수면까지 안전하게 올라가리라는 보장은 없었지만, 폴과 나는 이 선택이 최선이라고 판단했다.

강한 물살에 적응한 것처럼 보이는 아름다운 생물들을 스쳐 불확실한 출구로 향했다. 10분 후에 빙산 외부와 연결된 틈이 보였다. 이번에는 차가 2대 들어갈 수 있는 차고만큼이나 통로가 넓었다. 서서히 조심스레 수면으로 올라가면서 감압 정지를 했다. 위를 올려다보자 바위 만한 수많은 얼음덩어리가 떠다니는 모습이 보였다. 10분 동안의 감압 정지 후에 수면 위로 보트를 찾으려고 고개를 내밀었다.

처음 마주한 건, 시야에서 벗어날 정도의 깎아지는 듯한 빙산의 하얀 벽이었다. 그 상태에서 바로 몸을 돌리자 물위로 1미터가량 튀어나온 커다란 얼음덩이가 보였다. 나는 빙 돌아 주변을 살폈지만 얼음밖에 보이지 않았다. 우리를 태우고 온 고무 보트는 찾을 수 없었다.

"큰 문제가 생겼어."

나는 차가운 공기를 들이마시며 수면 위로 고개를 내민 폴에게 말했다. 헬리콥터를 탔을 때처럼 얼음 위로 몸이 솟구쳐 올랐으면 했다. 나는 드라이슈트의 엉덩이쪽 주머니에서 조그만 비상용 가방을 꺼냈다. 그리고 말아져 있는 주황색 튜브를 펴고 작은 레이더 반사기에 부착된 1.8미터 길이의 기둥을 부풀렸다. 기둥 모양의 튜브는 우리를 둘러싼 얼음 위로 고개만 빼꼼 내밀었다. 이대로는 얼음벽 너머에 있는 사람들에게 우리가 보이지 않을 테고, 발견되기 전에 얼어 죽거나 얼음에 으스러질 수 있었다.

나는 뗏목 모양의 얼음을 붙잡고 들쑥날쑥한 표면 위로 몸을 끌어 올리려고 했지만, 가망 없는 시도였다. 몸은 지나치게 무거웠고 얼음은 지나치게 미끄러웠다. 이번엔 발을 차서 얼음들 너머를 보려 했으나, 아무것도 볼 수 없었다. 구분할 수 있는 색깔이라고는 없었다. 온통 하얀 얼음뿐이었다. 주변은 온통 하얬고, 혹독하게 추웠으며, 광활했다. 나는 주의를 끌기 위해 호루라기를 꺼내 들고 세게 불었다. 그러나 둘러싼 얼음이 날카로운 호루라기 소리를 흡수해서 거의 들리지 않았다.

나는 몸을 돌려 폴을 보았다.

"이제 어떻게 해야 하지? 이런 식으로 세상을 떠나는 건 끔찍한데."

폴은 나만큼이나 겁을 먹은 듯했지만, 우리가 발견될 가능성에 관해서는 좀 더 낙관적이었다. 나는 물속에서 다닌 경로를 머릿속에 다시 그려보고 보트가 어디에 있는지 추측해 보려고 했다. 내 생각이 맞다면 보트는 최대 1.6킬로미터 정도 떨어진 채 거대한 빙산 한쪽에 있을 것이다.

체온을 올리려고 발을 차고 움직이는 동안 몇 분이 흘렀다. 날씨가 화창하고 맑았기에 헬리콥터가 우리를 찾을 거라는 믿음이 있었다.

우리가 떠난 지 두어 시간 정도 지났고, 폴과 나는 팀이 우리를 걱정하고 있으리라고 확신했다. 나는 폴과 함께 얼음벽의 가장자리를 따라 다이빙을 시작한 곳을 향해 조금씩 나아가기로 했다. 고무 보트에서 우리를 발견하더라도 데려가려면 길이 막혀있지 않아야 했기에, 시작 지점으로 가면서 빙하의 가장자리를 따라 조금씩 이동하기로 했다. 물 아래로의 이동이라는 선택지가 있었지만, 시야에서 벗어나고 싶지 않았다.

남극의 특성상 날이 어두워지지 않았기에 선원들이 오랫동안 우리를 찾으려 수색할 수 있었지만 시간이 많지 않다는 사실을 알고 있었다. 조금씩 불안과 무력함이 밀려올 때쯤, 어디선가 배의 엔진이 희미하게 울리는 소리를 들렸다. 기어가 변경되는 소리가 나서 배가 움직이고 있다는 사실을 알아챘다. 아마도 길어지는 시간에 브레이브하트호가 직접 우리를 찾으로 온 것이 분명했다.

우리를 찾고 있는 걸까? 얼마나 오랫동안 찾고 있었을까?

그때, 닻을 올리는 것 같은 소리가 들렸다. 좋은 징조였다. 폴과 나는 호루라기를 불면서 그들이 우리를 발견하기를 바랐고, 곧 브레이브하트호에 탑승하기를 소망했다. 배에서 나는 소리가 기운을 북돋웠고 얼음벽의 가장자리를 따라 더 빨리 헤엄쳤다. 이내 빙산 너머로 브레이브하트호의 후미가 보였다. 300미터쯤 떨어진 곳이었고, 브레이브하트호는 빠르게 우리의 시야에서 사라져 갔다. 크게 소리 질러 보았으나 그들이 내 목소리를 들을 가능성은 없었다.

다시 기어를 변속하는 소리가 들렸고, 브레이브하트호의 후미가 다시 시야에 들어왔다. 이번에는 반가운 소리가 들렸다.

"질이야?"

난간에 있는 웨슬리가 보였다. 매트가 합세했다. 브레이브하트호가 그 즉시 우리를 향해 방향을 틀었고, 웨슬리와 매트는 시야에서 우리를 놓치지 않으려고 난간을 따라 뛰었다. 우리를 구조하려고 다가오면서 근처에 있던 부빙들이 밀리고 들썩였다.

아슬아슬한 두 번의 위기를 겪고도 다시 빙하 밑으로 간다는 것은 정신 나간 짓처럼 보이겠지만, 바로 다음 날 우리는 또다시 다이빙 준비를 했다. 자연의 치명적인 유혹과 극한의 위기 상황이 겹치면 위험을 판단하는 시각이 왜곡된다. 남극 탐험을 계획하던 순간부터, 많은 사람이 우리를 무모하다고 말하리라는 것을 알고 있었다.

극한의 지역, 얼마 남지 않은 기한, 몇 번의 위험한 상황들은 위험을 평가하는 기준점을 변화시킨다. 뇌는 새로운 상황과 느낌에 기민하게 반응하지만, 흔한 일에는 도통 초점을 맞추지 못한다. 우리는 새롭지 않은 것에 더는 주의를 기울이지 않는다.

그런 이유로 탐험가들은 필연적으로 안일함에 빠져들고, 때로 뒤늦게서야 그 사실을 깨닫는다. 자살 행위나 마찬가지라고 여겨졌던 일이 어느 날에는 가능해 보이고 정상적으로 보이기까지 한다. 예전에 위험하다고 생각했던 일이 도전 과제로 여겨지기도 한다. 팀 전체가 위험한 상황을 받아들이면 그 상황이 정상인 것처럼 느껴진다. 모두 상황이 합리적이라고 느끼면 실제로도 그러리라는 생각이 든다.

이러한 경향을 보여주는 좋은 예로, 우주왕복선 챌린저호 폭발 사고가 있다. 그 무렵에는 이미 우주를 왕복하는 일이 흔해졌고, 탐사는 사고 없이 반복되었다. 우주왕복선이 발사되고 귀환할 때 지켜보는 사람도 거의 없었다. 우주여행은 대중의 흥미를 끌지 못했다. 그리고 1986년 1월 28일 챌린저호는 발사 73초 후 대서양 상공에서 폭발했다.

나사NASA 우주비행 관제 센터의 공학자들은 여러 차례 성공적으로 임무를 완수한 뒤라서 매번 하던 작업을 하면서 안일해졌다. 그들은 추운 날씨에 발사하면 O링(고무 재질로 기체가 새지 않도록 막아주는 접합용 패킹-옮긴이)에 문제가 생기리라고 예측했지만, 관리자들은 여태껏 문제가 없었다고 주장하며 그 사실을 무시했다. 그들은 위험에 익숙해졌고, 발사를 취소하는 기준을 바꾸었다. 사고 후 원인을 분석했을 때 이 사건이 주는 교훈은 분명했다. 안전 수칙은 꼭 필요하고 위험을 정상이라고 여기는 일을 언제나 경계해야 한다.

그렇다면 다시 한번 다이빙을 하는 게 분별 있는 행동일까?

우리의 임무를 생각했을 때 옳은 일이라고 느껴졌다. 영상이 필요했고 연료가 떨어져 가고 있어서 서둘러 뉴질랜드를 향해 뱃머리를 돌려야 했다. 팀 회의에서 계획이 승인되자, 폴과 나는 물속으로 들어갈 준비가 된 웨슬리와 함께 다이빙을 준비했다.

이번 다이빙이 이 장소에서 우리가 하는 마지막 다이빙이 될 가능성이 컸기에 우리는 영상과 내셔널지오그래픽에 게재할 기사와 필요한 촬영에 초점을 맞추기로 했다. 하지만 영상을 제작하다 보면 사람들은 무리하게 위험을 감수하곤 한다. '쓸 만한 걸 건져야 한다'는 압박감 때문이다. 짧은 수중 영상 하나를 만드는 데 얼마나 많은 준비 작업이 필요하며, 얼마나 많은 시간을 쏟아야 하고, 위험을 감수해야 하는지 아는 사람은 별로 없다.

우리는 몇 년 동안 훈련을 거치고, 수억 원을 들여 장비를 사고, 장비가 망가지면 다시 수리하고는 한다. 가족들과 수개월간 떨어져서 뱃멀미를 견디고, 말라가고, 밤잠을 이루지 못한다. 몇 주간 목적지를 찾아다니고, 얼음에 갇히고, 탐사할 장소를 발견하여 그곳을 탐험하고, 부서져 내리는 빙산 아래에서 목숨을 걸고 돌아다니다가 또다시 다이빙하러 들어간다. 이렇게 많은 공을 들이고도 정작 수중에서 장비는 절반밖에 작동하지 않는다. 나머지는 고장이 나거나 침수된다. 이 모든 힘든 과정을 거쳐 우리가 촬영한 분량은 최종적으로 2분짜리 영상으로 편집되어 들어가겠지만, 그렇다고 하더라도 이 경험을 무엇과도 바꾸지 않을 것이다.

물속으로 들어갈 때 여전히 물살은 거셌지만, 빙산으로 들어가면 물살의 영향에서 벗어날 것이기에 걱정은 하지 않았다. 폴과 나는 빙산 속 통로를 지나, 어둠에 싸인 하층부로 연결된 거대한 틈으로 웨슬리를 인도했다. 해저에 도착한 후, 빙산 아래로 몸을 숙여 카메라에 담길 놀라운 생명체들을 그에게 보여주었다. 빨갛고 노란색의 화려한 엽상체(줄기, 뿌리, 잎으로 구분되어 있지 않고 잎으로만 이루어진 식물로, 다시마와 이끼 등이 여기에 해당된다-옮긴이)가 물살에 흔들리는 모습에 웨슬리는 경외감으로 숨을 죽였다. 물살이 여전히 빨랐기에 우리는 조심스레 안으로 들어갔다.

폴과 나는 앞장서서 통로 더 깊숙한 곳으로 들어갔고 기어 다니는 단각류와 가늘고 긴 다리를 지닌 게, 구멍이 많은 울퉁불퉁한 해면 더미를 조명으로 비추는 데 몰입했다. 하지만 자꾸만 왼손에 느껴지는 감각 때문에 주의가 흐트러졌다. 갑자기 왼손이 몹시 아팠다. 찌르는 듯한 통증이 새끼손가락에서 시작되어 점차 번지고 있었다. 멈춰 서서 살펴보았으나 이상한 점은 발견할 수 없었다.

그러나 조금 뒤, 왼쪽 장갑 안이 차가운 물로 철벅거리기 시작했다. 내가 낀 장갑은 극지 다이빙용으로 특별히 설계되었고, 라텍스 고무로 된 여러 겹의 고리가 손목을 감싸서 밀봉했다. 왜 그런지 모르겠지만 고리에 문제가 생겼거나 장갑에 미세한 구멍이 뚫린 듯했다. 손이 시렸고 매우 고통스러웠다. 무시할 수 없는 문제였다. 손목에 찬 컴퓨터를 확인했다. 우리는 물속에 45분간 있었고 지금 당장 되돌아간다고 하더라도 감압해야 하므로 수면으로 올라가기 전에 1시간은 더 버텨야 했다.

몸을 감싼 공기를 장갑으로 보내려고 머리 위로 팔을 들어 올렸다. 차가운 물이 손목의 밀봉 부위를 통해서 천천히 소매 쪽으로, 겨드랑이로 흘러들었다. 실패였다. 다시 손을 내리자 높아진 압력이 장갑에서 공기를 짜내 다시 잠수복 안으로 돌려보냈고 왼손은 다시 시렸다. 나는 장갑을 낀 채로 그 안에서 주먹을 쥐며 온기를 유지하려고 했다. 그리고 비어있는 장갑의 손가락 부분을 주먹 안으로 집어넣으며 물이 더 들어오지 않기를 바랐다. 앞으로 얼마나 오래 추위를 견딜 수 있을지 확신할 수 없었지만, 당장은 통증을 참기로 했다.

빙산 안으로 수평으로 250미터 정도 들어와 있었고, 나는 촬영에 집중하려고 노력했다. 웨슬리가 카메라를 돌리는 동안 폴과 나는 어둠 속을 강한 영상 촬영용 조명으로 밝혔다. 아래로는 끝없이 펼쳐진 정원이, 위로는 청록색 얼음 지붕이 보였고, 짙은 어둠으로 된 광활한 세계가 우리를 에워쌌다. 그런데 앞으로 나아가는 도중에 물기둥이 뒤에서 강력하게 미는 게 느껴졌다. 나는 앞으로 휩쓸려 가지 않으려고 바깥쪽으로 다리를 벌렸지만, 그 즉시 더 깊숙이 떠밀렸다. 몸을 돌려 우리가 온 방향으로 헤엄치려 했으나, 물살이 빨라져서 앞으로 나아갈 수가 없었다. 왼손은 화끈거렸고, 조명 손잡이를 잡고 있기가 힘들었다. 나는 동료들을 바라보며 다이빙을 끝내자고 신호를 보냈다.

웨슬리가 들고 다니는 HD 카메라는 35킬로그램이 넘어서 때로는 코끼리라고 불렸다. 물속에서 카메라는 중성부력에 가까운 음성부력 상태였지만, 크기가 매우 커서 마치 거대한 바람에 맞서 우산을 펼치고 나아가는 것 같았다. 빙산에 난 틈으로 천천히 나아가려 했으나 물살이 너무 강했다. 5분 동안 최대한 세게 발차기를 했지만 앞으로 가기는커녕 뒤로 더 밀려나기만 했다. 물살이 동굴 안으로 점점 더 강하게 빨려 들어오고 있었다. 안전한 출구로 나아가지 못할 것이라는 생각이 서서히 들었다.

나는 젤리같이 부드러운 해저에 아픈 손을 밀어 넣었고, 진흙이 연기처럼 피어오르는 장면을 지켜보았다. 혈관이 고동치며 체온을 유지하려 했지만, 냉기가 스며들어 힘을 고갈시켰다. 마스크 가장자리에 접한 피부가 얼얼했다. 통로 끝에 보이는 한 줄기 햇살에 가까워지게 해줄 만한 것이라면, 무엇이든 붙잡아야 했다. 이제 몸은 후끈거리는 동시에 으슬으슬했다.

물살이 이렇게 극적으로 빨라질 줄은 예상하지 못했다. 브레이브하트호에 있는 선원들은 우리가 위험할 정도로 늦어지고 있다는 사실은 알겠지만, 지금 마주하고 있는 상황은 상상도 하지 못할 것이다. 지난 며칠간 겪어왔던 일에도 불구하고, 나는 유속의 거침과 변덕에 새삼 놀랐다. 그간 충분한 경고를 받았다는 생각이 들었다. 하지만 그 사실을 깨닫기에는 이미 늦어버렸다. 우리는 이 구간을 빠져나와서 안전한 곳으로 이끌어 줄 길로 들어서려고 노력했지만, 그러려면 얼어 죽기 전에 강력한 물살을 이겨내야 했다.

물줄기는 얼음 사이의 틈으로 들어와서 빙산 아래를 흐르며 무서운 기세로 빨라졌다. 이대로 계속된다면 절대 빠져나가지 못할 것이다. 나는 손목에 찬 컴퓨터를 다시 들여다봤다. 물속에 51분간 머물렀기 때문에 길게 감압 정지를 해야 했다. 하지만 그것도 상승할 수 있는 지점에 이르렀을 때의 일이었다. 손은 팔 끝에 달린 중량 납처럼 느껴졌고, 머릿속은 걱정으로 가득 차기 시작했다. 어떻게 하면 여기에서 나갈 수 있을까? 이 일로 손가락을 잃게 되면 어쩌지?

얼음은 미끄러웠고, 해저의 생명체들 말고는 붙잡을 게 없었다. 나는 손을 다시 해저에 밀어 넣고 조금씩 앞으로 나아갔다. 오염되지 않은 생명체 군집을 파괴하는 게 미안했지만, 앞으로 나아가려면 이 방법밖에 없었다. 내 위에서는 폴과 웨슬리가 같은 방법으로 따라오고 있었다.

감각이 예민해졌고 상황에 더 집중했다. 숨이 가쁘고 심장이 고동쳤다. 온 힘을 다해 발을 차며 헐떡이고 있었기에 이산화탄소가 쌓이는 건 아닌지 걱정되었다. 재호흡기를 착용하고 있을 때 이러한 상황은 특히 위험했다. 이산화탄소가 너무 많으면 장비가 처리할 수 있는 한도를 넘어서고, 그로 인해 다이버는 의식을 잃을 수 있다. 호흡을 제어해야 했다. 지난 몇 년간 배우고 연습해 왔던 모든 것을 동원할 때였다. 빙산 아래에서 나오는 데 성공하지 못하면 우리 모두 끝이었다. 서서히 심부 체온이 내려가면서 몸의 대사 과정에 문제가 생길 테고 결국 얼어 죽게 될 것이다.

내 의식의 범위는 터널처럼 좁아졌고, 두 동료가 이곳에 함께 있다는 사실만 희미하게 의식하고 있었다. 그 둘도 각자 나름대로 투쟁하고 있었다. 서로를 도울 수도 없다. 각자 자기만의 수렁에서 벗어나려고 당기고 차고 당기고 차기를 반복했다.

깊은 곳에서 보내는 아찔한 매 순간에는 결과가 뒤따랐다. 수면으로 가는 출구에 다다라서도 감압으로 오랜 시간을 보내야 한다. 빙산 속 동굴에서 탈출하더라도 다른 큰 고통과 선택을 마주해야 한다. 지독히 추운 물속에서 감압하며 머무르거나 수면으로 일찍 올라가는 대신 고통스러운 잠수병에 걸리거나 둘 중 하나를 선택해야 했다. 아이러니했다. 동굴 속에서 무사히 나가더라도 잠수병이나 저체온증으로 죽을 가능성이 있었다.

웨슬리가 재호흡기를 착용한 채 나와 폴에게 외쳤다. 처음에는 무슨 말을 하는지 알아들을 수 없었다. 가쁜 호흡과 고동치는 심장으로 귀청이 터질 듯했다. 웨슬리가 호흡하는 중간중간 외쳤다.

"카메라! 카메라! 카메라를…… 들고 가게…… 좀…… 도와줘!"

커다란 금속제 카메라 하우징은 점차 감당하기 힘들어졌다.

'지금 장난하는 건가? 카메라 따위는 집어치워! 여기에서 살아서 나가는 것만으로도 운이 좋은 거라고!'

나는 속으로 생각했다.

우리 셋 모두 안전하게 돌아가는 것만이 중요했다. 안전히 돌아가는 목록에 장비는 포함되지 않는다. 아무리 비싼 장비라도 그건 마찬가지였다.

나는 목숨 우선순위로 두기보다 장비를 가져오는 데 중점을 두었던 친구들을 이미 많이 잃었다. 그들은 장비를 가지러 나중에 다시 돌아오는 대신에, 고장 난 수중 스쿠터나 물이 찬 재호흡기를 끌고서 동굴 안에 미리 설치된 다음 공기통에 닿기 위해 물속에서 빨리 헤엄쳐 갔다. 하지만 결국 목적지에 다다르지는 못했다.

HD 카메라가 웨슬리에게 얼마나 중요하든 비싸든 간에, 그것 때문에 우리를 위험에 빠뜨릴 수는 없었다.

내가 영상 제작자로서 자격이 없는 걸까? 나는 카메라가 목숨만큼이나 소중해 보이는 웨슬리에게 화가 났다. 폴은 되돌아가서 웨슬리가 카메라를 나르는 일을 도와주었다. 나는 그들과 합류하는 대신 배로 다시 돌아가는 방법을 찾는 데 온 신경을 쏟았다. 수심 40미터에서 보내는 시간이 계속해서 늘어나고 있었다. 하지만 우리는 수면으로 연결된 커다란 틈새와 점점 가까워지고 있었다.

나는 기다리는 게 어떤 느낌인지 안다. 눈앞에 펼쳐지는 재앙을 바꿀 힘이 없는 게 어떤 느낌인지도 안다. 어쩌다가 아무도 보지 못하는 세상에서 가장 아름다운 이 장소에서 죽음을 마주하는 상황에 처하게 되었을까? 그럴 만한 가치가 있었을까? 충실하게 인생을 산 것일까, 아니면 불필요한 위험을 떠안은 걸까? 내 묘비명에는 '용감하다'는 말이 적힐까, 아니면 '어리석다'는 말이 적힐까?

마침내 동굴의 경계에 이르렀고, 굵은 하얀 빛줄기가 보이자 작은 안도감을 맛보았다. 하지만 수면까지 어떻게 올라갈지 알아내야 했다. 물살이 내리눌렀기에 얼음벽을 타고 올라야 했지만, 벽은 미끄러웠다. 찍고 올라갈 얼음 도끼를 얻기 위해서라면 팔도 내놓을 수 있을 것 같았다.

그때 얼음 굴 속에 파고들던 물고기들이 떠올랐다. 물고기들은 웅크린 채 우리가 투쟁하는 모습을 구멍 안에서 지켜보고 있었다. 안타깝지만 그들은 다이빙의 첫 피해자가 될 것이다.

'쫓아내서 미안해, 친구'라고 생각하며, 몸을 벽에 밀착하고 오른쪽 집게손가락을 구멍 안으로 밀어 넣었다. 물고기가 미끄러지듯이 스르르 쫓겨져 나왔다. 나는 왼쪽 손을 위로 뻗어, 움푹 팬 구멍에 집게손가락을 넣어 또 다른 입주자를 쫓아냈다. 덕분에 몸을 30센티미터 정도 위로 끌어 올릴 수 있었다.

나는 다음 구멍을 찾아보았다. 물고기 굴은 하얀 얼음 바탕에서 잘 보이지 않았기에 더욱 집중했다. 나는 일정한 리듬에 따라 한 손씩 벽을 집고 타고 올라가며 하늘로 향했다. 내가 하는 걸 보며 폴과 웨슬리도 곧바로 따라 올랐다. 손가락을 넣을 때마다 쫓겨난 물고기는 잽싸게 텅 빈 곳으로 사라졌고, 우리는 계속해서 벽을 타고 올랐다.

수면에 조금씩 가까워지면서 덩달아 긴장이 조금씩 풀렸다. 더는 손에서 감각이 느껴지지 않았지만, 조금씩 풀린 긴장감으로 주변의 아름다움이 눈에 들어왔다. 그리고 풍경에 집중하며 추위를 잊으려 했다. 떠가는 얼음 아래 춤추는 주황색 크릴새우 무리가 보였다. 신비하고 다양한 해파리들과 호기심 많은 게잡이물범 2마리가 주변을 돌아다녔다. 미식축구공같이 생긴 젤리 같은 생명체도 보였다. 장미색 몸체의 입술 크기의 벌어진 몸을 오므릴 때면 가느다란 섬모가 전기가 흐르듯 다채로운 색으로 빛났다. 해양생물 덕분에 추위로 떨고 있는 몸에서 관심을 돌릴 수 있었다. 추울 때는 고통에서 관심을 돌리기 위해 무엇이든 하게 된다. 해파리와 노는 것도 그 시간을 견뎌내게 도와주었다.

길고 고통스러운 감압을 마치고 입수한 지 3시간이 지나서야 브레이브하트호 옆으로 떠오를 수 있었다. 그레그가 걱정스러운 표정을 지으며 손을 뻗어 배에 걸린 사다리 위로 올라올 수 있게 도와주었다. 매섭게 추웠고 바람 때문에 얼굴이 얼얼했다. 붓고 갈라진 입술과 혀는 차가운 소금으로 아렸다.

"오늘은 동굴이 우리를 보내주지 않으려 했어요."라는 한마디밖에는 말할 기운이 없었다.

빙산 안에서 포기하는 것은 쉬웠을 것이다. 물살에 맞서서 뒤로 밀려날 때, 나는 의지를 잃고 있었다. 나아갈 길이 막막했고 얼음 안에서 죽고 말 거라고 생각했다. 하지만 나는 마지막 순간까지 온 힘을 다해 싸우겠다고 결심했다. 그리고 닥친 상황을 작게 나누어 생각했다. 수면의 빛줄기를 향해 몸을 조금씩 당긴 것은 3센티미터의 승리였으며, 가쁜 숨을 진정시키고 호흡을 제어한 일도 또 하나의 성공이었다. 그러면서 나는 작은 단계 하나하나가 최종적 승리로 이끈다는 사실을 배우고 있었다. 목표를 주시하며 절대로 포기하지 않아야 했다.

늦은 저녁 식사를 하면서 앞으로 촬영해야 하는 영상들 목록을 검토했고, 무서웠던 다이빙을 되짚어 보았다. 위험천만한 상황을 경험한 후에도 웨슬리는 영상에 만족하지 못했고, 추가 촬영을 해야 한다고 주장했다. 웨슬리는 마지막까지 카메라를 놓지 않았고, 이젠 더 많은 영상을 원했다. 웨슬리가 원하는 구성에 필요한 요소를 모두 담아내려면 며칠은 걸릴 수 있었다. 웨슬리는 이곳에서 단 한 번의 다이빙을 했을 뿐이다. 하지만 겨울이 다가오며 녹았던 얼음들이 다시 얼기 시작해서 다이빙을 하려면 앞으로 24시간 안에 해야 했다. 그래서 잠을 자는 대신 언제든 입수할 수 있게 재호흡기를 정비했고 카메라를 준비했다. 조류를 주의 깊게 지켜보았고, 한밤중에는 물살이 잠잠해지고 짧게 다이빙할 정도로 시야가 맑아지리라고 예측했다. 모든 준비를 마친 후, 비로소 나는 기진맥진한 채 잠자리에 들었다.

선원 2명이 당직을 서고 있던 새벽 1시, 브레이브하트호가 정박한 곳에서 거칠게 떠밀렸다. 해류가 다시 동굴 틈을 가르고 있었다. 부선장 이언은 배를 움직여 그곳을 벗어났다. 그리고 얼마 후 캐럴이 빙산 위에 떠 있는 달을 바라보던 그때, 빙산은 균열을 따라서 무너지기 시작했다. 세찬 바람, 거센 파도와 수년간의 해빙과 결빙으로 인해 약해진 빙산 내부에서는 진동이 형성되고 있었고, 거센 해류가 그 틈을 찢어버리려 하고 있었다.

콰쾅!

날카롭게 부서지는 와인잔처럼 빙산이 산산조각 났다.

나는 날카로운 소리를 듣고 침상에서 일어나 좁은 계단을 뛰어 올라갔다. 그러고는 저물어 가는 태양 아래, 죽은듯 고요했던 빙산이 살아 움직이는 과정을 촬영했다. 위협적인 소리가 총성처럼 울렸다. 빙산은 갑작스레 광포해지며 중심에서 밖으로 무너져 내리고 있었다. 크고 안정적으로 보이는 쪽은 작은 조각으로 부서졌고, 다른 쪽은 침몰하는 타이태닉호의 뱃머리처럼 솟아올라 잠시 움직임을 멈추더니 방향을 바꿔 곧장 떨어져 내렸다. 이내 수면에 충돌하면서 산산조각 나자 물과 거품이 하늘로 뿜어져 올랐다. 얼음덩이가 사방으로 뿌려졌고, 커다란 파도가 일어 배로 몰려왔다.

이언은 위험을 느끼고 빙산에서 먼 곳으로 배를 이동시켰다. 그래서 큰 파도가 접근했을 때 배를 돌려서 뱃머리로 파도를 막아낼 수 있었다. 생동감 넘치는 장면을 일부라도 영상에 담으려 애쓰는 동안, 브레이브 하트호는 파도를 따라 올라갔다가 내려오며 위아래로 흔들렸다. 눈앞에서 마지막 신음을 하며 빙산이 마침내 최후를 맞이했다. 산산이 부서지는 얼음과 흔들리는 파도가 진정되기까지 10여 분이 걸렸고, 그 여파로 얼음 조각이 표류하며 얼음 지뢰밭을 형성했다. 배에 있는 18명 전부가 조타실과 난간에 줄지어 모여서 할 말을 잃고 바라보고 있었다.

나는 방금 목격한 장면으로 충격을 받아 넋이 나갔다. 우리는 불과 몇 시간 전에 동굴을 떠났다. 빙산이 무너져 내릴 때 그 안에 있었다면 우리는 죽었을 것이다. 더는 의논할 필요가 없었다. 확실한 경고를 받았고 더는 운을 시험해 볼 엄두가 나지 않았다. 보름달 아래 해수면이 얼어가자 이제 남극을 떠날 때임을 알았다. 성공이라 여기는 것에 최대한 가까이 가려 노력해야 하지만, 얼마나 노력했건 되돌아갈 시점을 알아야 한다.

남극에서 돌아오고 얼마 되지 않았을 때, 나는 폴과의 결혼 생활을 끝낼 때가 다가오고 있음을 깨달았다. 죽을 뻔한 일을 함께 경험하면서도 우리는 가까워지지 않았다. 돈독해지는 대신 더 멀어지기만 했다. 함께한 다이빙 여행은 삶에서 가장 소중한 순간이었지만, 결혼 관계를 유지시켜 줄 만큼 충분치는 않았다. 나는 폴이 생각하는 아내의 역할을 해낼 수 없었다. 본래 모습에서 점점 멀어지는 것 같아 혼란스러웠고, 맞지 않는 옷을 입은 듯 불편했다.

나는 변화를 좋아했고 폴에게는 안정이 필요했다. 나는 오늘에 충실하기를 원했고, 폴에게는 안정된 미래가 필요했다. 나는 남은 인생을 어떻게 살아갈지 머릿속에 그려보았고, 그 미래에 더는 폴이 포함되어 있지 않다는 사실을 깨달았다. 내게는 좇고 싶은 꿈이 있었고, 결혼 생활에서 벗어나지 않으면 나 자신을 제대로 알 수 없을 것 같다는 생각이 들었다.

그리고 나는 우리가 함께 경험했던 추억을 소중히 여기기로 했다.

기다림
2003

　얼음으로 덮인 바다는 밀려갔다 밀려오고, 얼었다가 녹는 과정을 반복한다. 그런 바다에서 탐험을 계속할지 후퇴할지는 스스로 결정한다. 나는 대자연과 신체의 한계를 그 어느 때보다 분명하게 인지했고, 인간 정신력의 한계 또한 발견했다. 나는 뒤에 남아 기다리기보다 직접 탐험하는 편을 선호했다. 기다리는 건 고통스러웠다. 기다림은 고뇌와 부정으로 가득 차 있었다.

　우아우틀라 용천에서 흙탕물로 수위가 높아지는 몇 시간 동안 폴을 기다리는 일은 고역이었다. 잠수병으로 위태한 상황을 맞이했다가 낫기를 기다리는 시간은 괴로움으로 가득했다. 빙산에서 동료들이 카메라를 위해 목숨을 거는 동안, 앞에서 그들이 쫓아오기를 기다릴 때의 심정은 말로 표현할 수 없다. 기다리는 사람이 되면 매 순간이 영원처럼 길어지고 귓가에 끊임없이 들려오는 목소리를 떨쳐낼 수 없다. 최악의 상황이 머릿속에 또렷하게 그려지고, 생각하면 할수록 현실처럼 느껴진다. 기다림은 언제나 생생하고 감정을 소모시키며 지치게 만든다.

그 순간을 마주하면 시간이 빨리 흘러서 어떻게든 기다림이 끝나기를 바라지만, 막상 원치 않는 결과를 마주하면 신께 시간을 되돌려 주십사 애원하게 된다. 기다림은 온갖 가정과 바람으로 가득하다. 마치 그리스 신화 속 인물인 시시포스Sisyphos가 거대한 바위를 산으로 밀어올리고 굴러 떨어지는 과정을 반복하는 것처럼, 헛된 노력과 좌절하기를 끝없이 반복한다. 동굴 다이빙에서의 기다림은 불안하고 고통스러운 감정으로 시작하고, 후회가 따르며, 인생을 변화하는 순간의 최고조에 달한다. 그리고 때로는 시시포스의 바위가 굴러떨어져 우리를 덮친다.

2003년 5월, 나는 연례 동굴 다이빙 워크숍에 참석하고 있었다.

오전 쉬는 시간이 끝나가고, 나는 노트북을 프로젝터에 연결했다. 최근에 다녀온 남극 탐험을 발표할 예정이었다. 그런데 동굴 다이빙 수강생이었던 줄리 헨슨Julie Henson이 헝클어진 매무새로 나타나서 통로에 서 있던 내게로 다가왔다. 고통으로 이마가 주름진 게 보였다. 사회자가 나를 소개하기 시작했지만, 청중은 내 시야에서 사라지고 줄리와 나만 존재했다.

"얼마나 오래 기다리나요, 질?"

줄리가 간절히 물었다.

영문을 알 수 없는 질문이었지만, 그녀에게 무언가 심각한 문제가 생겼음은 분명했다.

"남편이 집에 돌아오기까지 대개 얼마나 오래 기다리죠?"

줄리의 눈에 눈물이 그렁그렁했다.

"크리스는 어디 있나요?"

줄리가 감정적으로 격해진 것을 보고 차분히 물었다.

"크리스는 동굴 다이빙을 하러 갔어요. 어젯밤에……."

그러고는 줄리의 입에서 온갖 가정들이 속사포처럼 쏟아졌다.

"우리 관계에 문제가 있긴 했어요. 어쩌면 그가 다른 사람과 함께 있는 걸까요? 아니, 어쩌면 그냥 늦는 걸지도 몰라요. 아마도 크리스는……."

이렇게 온갖 가정들을 늘어놓으면 마주한 현실이 바뀔 수 있다는 듯이 말이다. 동굴 다이버가 밤에 집으로 돌아오지 않을 경우, 불륜 때문인 경우는 거의 없다. 그들은 훨씬 위험한 요부와 함께 있고, 매혹에 따른 결과는 대개 치명적이었다.

연단에 올라가는 대신, 나는 줄리의 어깨를 감싸고 방 뒤편으로 데려갔다. 다이브 라이트Dive Rite(유명한 테크니컬 다이빙 장비 회사-옮긴이)의 창립자인 러마 하이어스Lamar Hires와 눈이 마주쳤다. 사회자는 진행을 중단했고 방 안이 웅성거렸다. 하지만 줄리에게 내가 필요하다는 것을 느꼈고, 그 순간 그녀 외에 다른 사람들은 안중에 없었다. 폴이 예정보다 늦어질 때 우아우틀라에서 기다리는 내 심정이 어땠는지 기억해 냈다. 그리고 이번 일이 행복한 결말로 끝나지 않으리라는 불길한 예감이 들었다. 청중이 무슨 일이 벌어지고 있는지 보려고 고개를 돌리는 가운데, 나는 몸을 숙이고 러마의 귀에 속삭였다.

"도움이 필요해요. 시신을 수습해야 할 것 같아요."

동굴 다이빙 공동체도 다른 집단과 마찬가지로 때때로 내분에 휩싸이고 구성원 사이에 정치질이 난무하기도 하지만, 어디에서도 볼 수 없는 너그러움과 희생도 존재한다. 그리고 줄리와 함께 있는 그 순간, 나는 그 모습을 목격했다.

다이빙 권위자인 톰 마운트Tom Mount가 연단 위로 뛰어올라가 나를 대신했다. 상담사이자 치료사, 동굴 다이버인 로비 브라운Robby Brown은 방 뒤편에 있던 우리와 합류해서 줄리에게 자신을 소개한 뒤 오랫동안 다정하게 안아 주었다. 우리는 줄리를 호텔 방으로 데려간 뒤에 무슨 일이 있었는지 정확히 알아내려 했다. 흐느끼면서 중간중간 이야기한 것으로 전체적인 상황을 짐작할 수 있었다.

줄리의 남편은 전날 밤 홀로 동굴 다이빙을 하러 간 뒤 돌아오지 않았다. 적어도 줄리는 남편이 어디로 다이빙하러 갔는지 알고 있었다. 카우 스프링스Cow Springs라 불리는 이 근처 동굴이었다.

나는 동굴과 가장 가까운 스쿠버다이빙 용품점 주인에게 전화를 걸었고, 동굴 입구에 가서 크리스의 트럭이 아직도 그곳에 있는지 봐달라고 부탁했다. 그로부터 20분 후에 대답을 듣긴 했으나 반갑지 않은 소식이었다. 아침이 밝았으나 동굴 다이버의 트럭이 여전히 다이빙한 장소에 있다면 구조는 필요 없다. 짐작했던 대로 시신 수습 작업이 시작될 것이다.

* * *

1996년, 나는 다이빙 장소에 남겨진 트럭과 관련하여 첫 경험을 했다. 토요일 이른 아침에 스쿠버웨스트에 전화가 울렸고, 나는 공기통을 채우다 말고 전화를 받았다. 수화기 반대편에서 익숙한 목소리가 들렸다. 플로리다주 파스코 카운티Pasco County의 보안관보인 찰리 엘리슨Charlie Ellison이었다. 그는 다이버였고, 우리 가게에서도 많은 시간을 보냈다. 그런데 그의 목소리에는 평소와 달리 초조함이 묻어 있었다.

"질, 이 근방에 있는 탐험할 만한 장소 중에 실종된 동굴 다이버가 있을 법한 곳이 있을까?"

나는 이글스 네스트Eagle's Nest, 다이폴더Diepolder, 워즈 싱크Ward's Sink, 조 앤 매리스Joe and Mary's와 아치 싱크Arch Sink 등의 장소를 줄줄이 말했다. 그리고 잘 알려지지 않은 장소도 언급했다. 그곳은 가게에서 그다지 멀지 않은 곳에 있는 뿌연 물로 가득찬 곳이었다. 나는 네메시스 싱크Nemesis Sink라 불리는 곳으로 가 보라고 말해줬다.

찰리는 다른 사람들과 함께 농장 가장자리에 있는 작고 뿌연 연못에 도착했다. 그리고 물가에 주차되어 있는 러그리 홀Legare Hole의 트럭을 발견했다. 트럭은 러그리가 마지막으로 목격된 지난주 금요일 오후부터 여기 있었을 것이다. 러그리의 형제인 스티븐은 물가부터 이어져서 뿌연 물속으로 사라진 가이드라인을 발견했다. 그들은 그가 줄의 다른 쪽 끝에 있기를 바랐다.

찰리가 전화한 지 90분 후 전화가 다시 울렸다.

"질, 네가 필요해, 빨리! 실종자의 차를 찾았고, 물속에 들어가서 살펴

303

볼 수 있는 숙련된 다이버가 필요해."

나는 네메시스 싱크에 발견되지 않은 동굴이 있다는 소문을 들었다. 그 소문이 사실이라면 러그리는 통로 끝에 있는 좁은 틈으로 들어가서 수심 80미터 너머를 탐험하려 했을 것이다. 그곳에서 비좁은 통로에 몸이 끼어 돌아 나올 수 없었을 가능성이 컸다. 네메시스 싱크는 시야가 매우 흐린 흙탕물이어서 시신을 찾을 수 없을지도 몰랐다.

폴은 동굴 다이빙 강습을 하러 출장 중이었기에 친구인 팀과 함께 폭스바겐 승합차에 장비를 싣고 흙먼지 이는 길을 따라 달렸다. 하얀 석회석 가루가 길가의 나무를 덮어서 마치 겨울 같았다. 이글거리는 태양 아래 벌써 35도를 넘어가는 5월의 날씨와 묘한 대비를 이루었다. 얇게 깔린 석회석 가루가 녹슨 차 바닥을 통해 안개처럼 올라와 하얀 석회석 가루를 뒤집어썼다. 와이퍼를 작동했으나, 워셔액 없어 오히려 열린 창문으로 석회석 가루가 더 들이쳤다.

네메시스 싱크에 도착했을 때 나는 러그리 어머니의 시선을 피했다. 시신을 수습하는 작업을 훈련받은 적은 있지만 실제로 참여하는 건 처음이었다. 이 작업은 숙련된 동굴 다이버가 참여하는 봉사활동 중에서도 가장 어려웠고, 다이빙이 끝날 때까지 감정을 배제해야 했다.

무슨 일을 해야 하는지 알면서 입수했지만, 머릿속에는 '빨리 찾아냈으면 좋겠어'와 '그를 찾는 게 내가 아니었으면 좋겠어'라는 상반된 생각이 공존했다.

사망한 다이버를 수색하는 작업은 급박하거나 부산스럽지 않다. 나 같은 사진가는 때로 시신을 수습하기 전에 다이버의 위치와 장비의 상태를 기록하기 위해 사진을 찍어야 한다. 이 사진은 굉장히 중요하다. 시신을 동굴에서 수습하는 과정에서 사고의 원인이 되는 중요한 증거가 손상되기 때문이다. 그 누구도 시신을 찾고 싶지 않을 것이다. 특히 친구의 시신이라면 더 그렇다. 그들이 마지막으로 숨을 쉬었던 순간에 관한 모든 것에 주의를 기울이는 것은 중요하다.

팀과 내가 수면 위에서 마지막 사전 점검을 마쳤을 때, 러그리의 어머니가 물가로 다가왔다. 감정이 집중을 방해할 수 있기에 접촉을 피하고 싶었지만, 그녀는 부은 눈으로 눈물을 흘리며 나에게 애원했다.

"제발 데려만 와 주세요."

나는 무어라 말해야 할지 몰라 그저 서둘러 물속으로 내려갔다.

집중해야 했다. 뿌옇고 어두운 물속에서 러그리가 설치한 가이드라인을 따라갔다. 그가 무엇에 이끌려서 이 어두운 동굴에 다이빙했는지 알 수 없었다. 마스크 앞으로 몇 센티미터밖에 볼 수 없었고, 벽과 바닥은 수심 70미터에 있는 좁은 구멍에 도달할 때까지 보이지 않았다. 우리는 계속해서 그가 설치한 줄을 따라갔고, 줄은 작고 가느다란 틈으로 우리를 인도했다.

이 비좁은 곳은 예상보다 침전물로 가득했고, 앞을 전혀 볼 수 없었다. 직감적으로 그가 겪었을 극심한 공포를 느꼈고, 근처나 손 닿는 곳 바로 너머에 그가 있다는 사실을 알았지만 더 멀리 갈 수 없었다. 더 깊이 가기에 적합한 혼합기체가 없었다. 팀과 나는 몸을 돌리고 다시 올라갔다. 다른 사람들이 뒤이어 수색할 수 있도록 동굴을 간략하게 떠올릴 수 있는 정보는 충분히 가지고 있었으니, 러그리의 시신을 찾는 일은 일단 중단한 뒤 더 나은 기체를 가져올 다른 다이버를 기다려야 했다.

그러나 러그리의 가족에게 고통스러운 기다림은 계속되고 있었다. 그들은 8일 동안 물가에 설치한 작은 임시 거처에서 손발이 타들어 가며 지내야 했다. 물속 시야는 맑아지지 않았고 다이버들이 네메시스 싱크 내부의 깊은 곳까지 120번이나 다녀온 끝에, 결국 수색 작업이 중단되었다. 그들은 결국 자기 아들, 형제 혹은 친구를 찾지 못하고 돌아갔다.

9개월 후, 마침내 가족의 기다림은 끝났다. 러그리의 친구인 래리는 시신을 찾기 위해 이 장소로 돌아왔다. 싸늘한 겨울 날씨로 물이 한결 맑아졌고, 래리는 비좁은 곳 천장의 작은 틈에 끼어있는 부패한 그의 시신을 발견했다. 가이드라인에서 상당히 떨어진 곳이었다. 러그리는 가이드라인을 놓쳤을 테고 물위로 올라가는 길을 찾으려고 벽을 긁고 할퀴다가 그 무덤으로 들어갔을 것이다. 그는 그렇게 죽었다.

* * *

내가 호텔 방에서 줄리를 위로하는 동안, 러마는 카우 스프링에서 그녀의 남편인 크리스의 시신을 찾아왔다. 크리스의 몸은 출구 쪽을 향한 채 동굴 안에 떠 있었고, 공기통 안에는 상당한 양의 혼합기체가 남아 있었다. 크리스는 수면 장애로 중간에 잠들었을 것이다. 무리하다가 익사한듯 보였다. 혼자 하는 다이빙은 절대 피해야 한다.

익사하기 전 다이버의 마지막 순간이 어떠한지는 알 수 없다. 하지만 2007년 1월, 나는 그 순간을 굉장히 가까이에서 들여다보게 되었다.

* * *

론 시몬스Ron Simmons는 친구들의 모임에 항상 빠지지 않았다. 론은 경험 많은 육지 동굴 탐험가였고, 주로 단독으로 잠수하던 뛰어난 기량을 지닌 수중 동굴 탐험가이기도 했다.

그는 몇 주 또는 몇 개월간 지니 스프링스 근처에 있는 웨슬리의 집에서 지내곤 했다. 우리는 이곳을 웨슬리 스카일스의 이름을 따 '스카일스 컴파운드Skiles Compound'라고 불렀다. 웨슬리와 그의 부인 테리 스카일스Terri Skiles는 친구들에게 오랫동안 지낼 곳을 제공하곤 했다.

나는 폴과의 결혼 생활을 끝낸 후에 플로리다주 허드슨을 떠났고, 모든 걸 남겨둔 채 오래된 여행용 이동 주택만 가져갔다. 그 시절 나는 절약하며 살았고, 웨슬리의 작은 사무실 건물 옆에 있는 콘센트에 플러그를 꽂아서 전기를 사용했다. 그곳을 기점으로 하여 웨슬리와 나는 프로젝트를 맡아 전 세계를 돌아다니며 영상을 촬영하고 편집했다. 웨슬리의 가족과 오가는 친구들은 스카일스 컴파운드에서 함께 요리했고, 다트를 하거나 여행담을 나누면서 저녁 시간을 보냈다.

론은 라오스에 있는 외딴 곳의 동굴을 탐험하고 등반 장비를 발명했으며, 버려진 일시정지 표지판으로 부력 조절기의 등판과 공기통 고정장치를 만들기도 했다. 또 론은 내가 본 것 중에 가장 정확하고 아름다운 동굴 지도를 그렸다. 그는 다이빙과 관련된 세부 사항을 방수가 되는 잠수 일지에 여러 권에 걸쳐 기록했다. 두꺼운 표지로 덮인 이 일지 안에는 그가 숨겨온 탐험 이야기가 담겨 있었다.

나는 매일 밤 론이 일지를 휘갈겨 적고는 방 한구석에 감추어 두는 것을 알고 있었다. 아무도 그가 자는 방에 들어가지 않을 테지만, 론은 우리 중 누군가가 자신이 찾은 동굴의 정보를 훔칠지도 모른다고 생각하여 다소 편집증적으로 굴었다.

여행용 이동 주택을 스카일스 컴파운드에서 빼내서 내가 새로 구입한 옆 부지로 옮긴 지 얼마 안 되었을 때, 이른 아침부터 웨슬리에게서 전화가 왔다.

"론이 어젯밤에 돌아오지 않았어."

웨슬리가 갈라진 목소리로 말했다. 나는 즉각 그게 어떤 의미인지 알았다.

"어디로 갔는지 알고 있어?"

다이빙하려고 계획한 장소를 론이 정확히 알려주는 경우가 드물었기에 이 질문은 다소 의미 없게 느껴졌다.

"잠수 일지를 찾으려고 론의 방을 뒤지다가 론이 갔을만한 장소들을 찾았어. 하지만 어쩌면 여자랑 데이트를 하고 있거나 뭐 그런 걸 수도 있지 않을까?"

그러나 그럴 가능성은 매우 낮았다. 론의 머릿속은 온통 다이빙 탐사로 가득했고, 동굴 지대에 탐험하러 올 때는 다른 것에 절대 관심을 두지 않았다.

"바로 갈게."

나는 보온병에 커피를 채워 넣고 하이킹 부츠를 신은 뒤 웨슬리와 우리 집 사이에 있는 숲을 지나 수백 미터를 뛰어갔다.

웨슬리는 이미 나와 하얀 승합차 운전자석에 앉아 있었다. 운전하며 이동하는 동안 어색하고 묘한 분위기가 감돌았다. 우리는 론이 돌아오지 않은 이유와 다이빙을 제외한 여러 가능성에 대해 이야기했다. 친구가 죽었다는 진실을 회피하며 부정하고 싶었던 걸까?

동굴 다이버들이 종종 이용하는 27번 국도를 따라 1시간을 달렸고, 마침내 잡초가 무성한 길에서 '수와니강 물관리 구역'임을 알리는 표지판을 발견하고 차를 세웠다.

몇 년 전에 웨슬리가 이곳을 론에게 알려준 뒤, 론은 그 이후로 체계적으로 이곳의 지도를 그려왔다. 동굴은 한 사람 이상이 들어가기에는 폭이 너무 좁았다. 통로들이 수백 미터씩 뻗어 있었지만, 최소한의 장비로 무장한 가장 용감한 탐험가만이 갈 수 있는 곳이었다.

높이가 낮은 곳은 다이버가 쓴 헬멧의 둘레와 큰 차이가 나지 않아 어깨뼈가 천장에 걸렸고 배는 바닥을 스쳤다. 좁은 틈을 비집고 들어가려면 공기통을 옆에 매고 겨드랑이 아래에 몸과 나란히 고정해야 했다.

겨울철 은빛 황량함을 자랑스레 내보이는 수염틸란드시아의 줄기와 참나무 사이로 아침 햇살이 스며들었다. 흔들거리고 덜컹대는 승합차를 몰고 길을 내려가서 숲속의 작은 샘 옆에 있는 빈터에 다다랐다. 그곳에 론의 노란 픽업트럭이 있었고, 주인이 오기를 기다리는 신발이 놓여 있었다. 웨슬리는 핸들 위로 그대로 고개를 숙인 채 울었다. 나는 그의 어깨 위에 손을 얹었으나, 뭐라 위로할 말이 없었다. 그저 함께 있어줄 뿐이었다. 우리는 론이 죽었음을 알았다.

우리는 승합차에서 나와 이슬 맺힌 숲을 밝히는 햇빛 줄기들 아래서 서로를 붙잡고 울었다. 평화롭고, 소란스럽지 않고, 정중하게 예를 갖춰서 론의 시신을 수습하고 싶었다. 하지만 우리 둘 다 론의 시신을 수습하기 위해 물속에 들어간다는 건 상상할 수 없었다.

"우리는 할 수 없어."

나는 말했다.

"이해해."

웨슬리가 대답했다.

우리는 론의 시신과 마주할 마음의 준비가 되어있지 않았다. 이 작업을 하려면 최고의 기술과 숙련도가 필요했고, '두더지족'이라고 불리는 웨슬리의 다이버 친구들을 불러야 했다. 나는 웨슬리의 휴대전화로 절친한 친구인 마크에게 전화를 걸었다. 마크는 베테랑 탐험가로, 시신 수습 작업도 이미 여러 차례 해본 경험이 있었다. 하지만 다른 친구의 시신을 수습하는 암울한 임무를 맡아달라고 하는 건 어려운 부탁이었다. 이 일에 위험이 따르고, 마크까지 사고로 죽을 수도 있다는 사실을 알고 있었다. 론의 시신을 보면 마음의 상처가 평생 마크를 따라다니리라는 사실도 알았다. 그에게 커다란 희생을 부탁하고 있다는 점도 알았다.

"마크, 론이 죽었어. 네 도움이 필요해."

빙빙 돌려서 이야기할 여유가 없었다. 단도직입적이고 명확해야 할 때였다.

마크는 강인했고 동요하지 않는 다이버였지만, 그의 눈은 항상 세상의 무게를 담고 있는 듯 보였다. 마크는 휴대전화에 대고 긴 숨을 내쉬더니 자세한 자초지종을 물었다. 시신을 수습하는 일의 순서를 정하거나, 누군가를 비난하거나, 스스로에게 '나에게는 그런 일이 벌어지지 않을 거야'라고 되뇌기 위해서라도 물을 필요가 있었다.

시신을 수습하는 다이버는 장비를 준비하는 데 공을 들이는 만큼 마음도 단단히 먹어야 했다. 죽음을 정면으로 마주해야 하기 때문이다.

마크와 경찰을 기다리는 동안 우리는 론의 생애를 되짚어 보았다. 론은 조용하고 인정이 많은 불교 신자였다. 우리는 죽음을 주제로 이야기한 적이 있었고, 그는 죽음을 두려워하지 않았다. 언젠가 론이 말하길, 죽음은 신체의 제약과 고통에서 풀려나는 것이라고 했다. 후에 나는 죽은 뒤에 깨달음의 빛을 경험하기까지 며칠 동안, 영혼은 자신의 몸 가까이 머문다는 불교 신자의 글을 읽고 론을 떠올렸다.

시신 수습 작업이 시작되기를 기다리는 동안 나와 웨슬리는 고요한 숲속에 섰다. 참나무 아래에 선 웨슬리와 나의 옆에 론을 느낄 수 있었다. 나는 그 느낌을 평생 기억할 것이다.

친구들이 우리를 임시 천막으로 데려다주고 음식을 가져다 주었다. 마크는 샘 옆에서 동굴 다이빙 장비를 갖추고는 작은 구멍으로 사라졌다. 그리고 우리는 그가 무사히 돌아오기를 기다렸다.

1시간이 지났을 때 누군가가 "마크가 돌아왔어!"라고 외쳤고 마크가 내뿜는 공기 방울이 동굴에서 올라오는 게 보였다. 그로부터 길게 느껴졌던 10분 후에 마크가 천천히 수면 위로 고개를 내밀고 말했다.

"다들 준비됐어? 도움이 좀 필요해."

웨슬리와 나는 샘가의 진창 위로 무릎을 꿇었다. 다른 친구들도 무거운 장비를 진 론의 뻣뻣한 시신을 물위로 끌어 올리는 작업을 도우려고 다가왔다.

"얼굴을 보지 않도록 해."

웨슬리가 내게 조언했다.

하지만 나는 론의 눈을 마지막으로 보고 싶었다. 마지막 순간에 대해 이야기해 줄지, 두려움이나 체념을 보게 될지 모르겠지만.

나는 그가 마지막 순간까지 싸웠다는 걸 보여주길 기대했다. 그러나 내가 본 건 기괴하게 비어있는 껍데기였다. 그의 눈은 파란 테를 두른 실리콘으로 된 다이빙 마스크 안에서 부풀어 올라 있었다.

웨슬리와 나는 론의 장비를 목록으로 만들었고 다른 사람이 기록했다. 장비들이 다 있고 제대로 작동하는지 조심스레 확인하면서 사인을 찾아내기를 바랐다. 익사하면 외양이 변한다. 나는 내가 알던 사람과는 다른 사람을 바라보고 있었다. 시신 수습에 동원된 사람들은 친구들이 살아있을 때의 얼굴을 떠올리고, 더는 친구처럼 보이지 않는 처참한 모습을 잊기 위해 힘든 시간을 보낸다.

웨슬리와 나는 론의 얼굴 위에 수건을 덮었다. 그는 떠났지만 우리는 모든 과정을 세심하고 예우를 갖춰 진행했다.

우리 안의 일부가 론과 함께 사라졌다.

기다림에 관한 줄리 헨슨의 고통에 찬 질문은 대답 없이 남겨졌다.

"다이빙하러 갔다가 집에 돌아오지 않은 동굴 다이버를 얼마나 오랫동안 기다려야 할까요?"

답은 평생이다.

7R

2006

　동굴 다이빙에 대해 설명하면, 다른 사람들은 내가 죽음을 동경한다고 생각한다. 대체 왜 돈을 쏟아 부어가면서 단 한 번의 실수만으로도 사망에 이를 수 있는 어둠의 세계로 들어가려 하는 걸까?

　하지만 즐거움과 새로움을 경험하려는, 끝없고도 기이해 보이는 동기를 가진 건 나뿐만이 아니다. 모험을 찾아다니고 위험해 보이는 행동을 하도록 몰아가는 것은 유전자일지도 모른다는 사실이 밝혀졌다.

　나는 7R 유전자 대립형질(DRD4 유전자 안의 대립형질-옮긴이)을 가진, 나와 비슷한 사람들에게 끌린다. 이 유전자는 탐험가의 유전체에서 중요한 역할을 하며 어쩌면 인간 존재의 토대일지도 모른다.

　전 세계 사람 중 20퍼센트에서 발견되며, 신경전달물질인 도파민을 뇌가 조절하는 능력과 관련되어 있다. 7R을 가진 사람은 일상의 자극에서 다른 사람들만큼 즐거움을 느끼지 못한다. 음식은 자극적일수록 좋아한다. 이 유전자 형질을 지닌 사람들은 다양성과 맛, 풍미를 찾아다닌다. 다른 사람들보다 호기심이 많고 모든 일에서 새로움을 좇는다. 우리는 방랑자이며 현재 상황에 절대 만족하지 못한다. 새로운 생각을 탐구하고 새로운 장소를 여행하고 마약과 섹스, 새로운 관계, 신기한 음식 등 즐거움을 주는 감각과 자극을 다양하게 경험하려 한다.

연구에 따르면 이러한 사람들은 몸과 마음을 충족시키기 위해 점점 더 많은 도파민 분비를 추구하다 보니 주의력결핍과잉행동장애ADHD를 지니거나 여러 가지 위험한 중독에 빠지기가 더 쉽다고 한다. 하지만 청소년기의 모험을 무사히 넘기고 어른이 되면, 다른 사람들보다 오래 살 가능성이 크다. 탐험을 향한 갈망은 사람을 활동적으로 만들어서 건강을 증진시켜 장수에 도움을 준다.

내 경우에는 7R 형질이 배움을 좋아하는 성향으로 발현되었다. 나는 현재 상황을 유지하려는 경향을 싫어하고 변화를 추구하며, 나 자신을 개선하고 세상을 더 나은 곳으로 만들려고 노력한다. 때로는 나만의 속력으로 홀로 카메라를 들고 다이빙하면서 동굴에서 몇 시간을 보내고, 완벽한 빛줄기가 어둠 속으로 흘러드는 순간을 기다린다. 하지만 그렇다고 7R 형질이 나를 무모하게 만드는 것은 아니다. 우리는 위험을 인지하면서 기꺼이 새로운 경험을 하기 위해 뛰어든다. 어쩌면 두려움에 끌리는 건지도 모른다.

동굴 다이버 동료이자 심리학자인 빌 외가든Bill Oigarden은 수중 탐험가들을 독특한 관점으로 바라본다. 그는 자신의 박사 학위 논문에서

7R 유전자를 가진 동굴 다이버들이 가족과 관계를 맺을 때 어떤 식으로 발현되는지 살펴보았다. 그는 극단적인 환경에서 성공하기 위해서는 어떤 성격 특성이 필요한지 알고 싶어 했다. 빌은 회의 때마다 다이버들에게 긴 설문지를 돌렸다. 나는 나와 비슷한 사람들에 관해 그가 무엇을 연구하는지 궁금했다. 그가 나에게 새로움과 자극을 추구하는 사람이라고 말했을 때는 기분이 나빴다. 멋대로 남에게 규정된 기분이었다. 나는 아드레날린 중독자로 여겨지고 싶지 않았다. 내게는 다양한 배움과 자극, 도전 과제가 필요했다.

빌의 연구에 따르면 나같은 사람은 나 혼자만이 아니었다. 탐험가 전부는 아니더라도 동료 동굴 다이버 가운데 상당수가 나와 같은 유전자를 가졌다고 한다. 7R이 발현되는 사람들을 이해하려면 같은 유전자를 지녀야 한다. 우리는 새로운 경험을 나누는 한 함께 있으며 성장해 간다. 그렇기 때문에 두 번째 남편인 로버트 매클렐런Robert McClellan을 만난 일은 엄청난 행운이었다. 그는 분명 7R을 지녔고, 나는 그것을 알아보았다.

우리가 함께 지낸 첫 10년 동안, 로버트와 나는 말도 안 되는 여러 가지 프로젝트에 뛰어들었다. 우리는 유르트(중앙아시아의 유목민들이 쓰는 이동 가능한 천막집-옮긴이)를 지었고, 자전거를 타고 캐나다를 7,000킬로미터나 횡단했으며, 여행용 이동 주택을 4번, 자전거는 14번이나 사고 팔았다. 닭을 사육하고, 양봉하는 법을 배웠으며, 비누와 가죽 벨트를 만들고, 둥그런 천장의 온실을 짓고, 먹을 음식을 직접 농사짓고, 선상 가옥에서 살고, 다큐멘터리 영화를 만들고, 뒷마당 콘서트를 열었다.

로버트를 처음 봤을 때, 그는 재향군인 병원에서 간호사로 일하고 있었다. 로버트는 계약직 간호사로 미국 전역을 여행했지만 그게 로버트의 직업은 아니었다.

로버트는 '일렉트릭 팩토리 콘서트Electric Factory Concerts'와 '20세기 폭스 20th Century Fox'에서 일했고, 해군에서 사진작가이자 강사로 근무했으며, 주 방위군에서 의무 부대를 이끌었다. 그 외에도 바텐더, 교정 시설 간호사, 콘서트 기획자였고, 히피 부티크와 아이스크림 트럭을 운영했으며, 트럭 운전사, 무대 담당자, 라디오 토크쇼 진행자, 전쟁 사진작가, 심혈관 간호사, 전자상거래 전문가, 작가, 음악 프로듀서, 음향 기술자, 알코올 중독자, 마약상, 중독 치료사이기도 했다.

그렇다. 그는 중독 문제를 겪는 사람들이 대개 7R 유전자를 지녔다고 확증해 주는 사례이기도 했다.

2006년에 처음 '야후! 퍼스널스Yahoo! personals(야후에서 만든 온라인 데이팅 서비스-옮긴이)'에서 로버트를 알게 되었을 때, 그는 소개글에서 자신이 회복 중인 알코올 중독자이며 약물 중독자로, 20년간 절제하고 있다고 명확하게 밝혔다. 어떤 사람들은 소개글을 보고 겁을 먹었을 테지만, 나는 흥미를 느꼈다. 중독(부정적인 영향을 미치는 중독)에 관해서 아는건 별로 없었지만, 자신에 관해 명확히 적어 놓은 솔직함에 끌렸다. 나는 내 소개글에 '본연의 모습에 만족한다'고 자랑스럽게 적어 놓았다. 폴을 떠난 이후에 마침내 나는 온전히 자신으로 살 수 있다고 느꼈다.

나는 데이트를 하게 된다면, 평소 내 모습대로 혹과 멍을 달고 손톱 아래 흙이 낀 채로 갈 생각이었다.

여행용 이동 주택에 혼자 살면서 플로리다주 북부에 있는 숲에 집을 짓느라고 2년을 느긋하게 보내고 나자, 친구들은 연애를 다시 시작할 때가 되었다고 나를 설득했다. 이혼은 마무리된 지 오래였다. 게다가 영화 〈케이브The Cave〉의 수중 팀 책임자로 1년 동안 했던 작업을 막 마무리 지은 참이었다. 영화배우와 제작진을 훈련하고, 스턴트 장면을 기획하고, 대본에 관해 의논하고, 기술 감독이나 스턴트 다이버로서 복잡한 장면을 성공적으로 담아냈다.

6개월간 루마니아 수도인 부쿠레슈티Bucharest의 힐튼 호텔에 묵으면서 근처의 촬영장에서 영화를 찍었다. 숙소는 호화롭고 편안했지만 몸을 뉘일 시간은 거의 없었다. 촬영장에서 보내는 시간이 길었고, 며칠 안 되는 쉬는 날은 카르파티아 산맥Carpathian Mountains과 도나우강 삼각주Danube Delta, 동유럽의 국제도시들을 여행하며 아름다운 경치를 감상하면서 보냈다.

호텔에서 체크아웃을 할 때였다. 프런트 직원이 추가 요금이 적힌 청구서를 내밀었다. 320유로의 추가 요금에 놀라서 대체 어떤 항목의 추가 요금인지 물었다. 프론트 직원은 컴퓨터 화면을 확인하면서 확인한 뒤, 내 방에 유료로 놓아둔 콘돔 사용료로 내가 400달러를 지불해야 한다고 큰 소리로 말했다. 근처에 있던 사람들이 낄낄대며 웃는 동안 단호하게 대답하며, 추가 요금 지불을 거절했다.

"착오가 있군요. 분명하게 말하지만, 지난 6개월 동안 내 방에서 콘돔을 쓸 일은 없었어요. 장담하죠!"

이 우스운 사건을 듣고, 친한 친구들이 온라인 데이트를 해보라고 부추겼고, 때가 된 것 같다는 생각이 들었다. 온라인 데이트를 경험해 본 사람이라면 누구나 관심이 가는 상대를 찾기 위한 설문 조사를 몇 시간 동안 해야 한다는 사실을 알 것이다. 설문 알고리즘은 당신이 어떻게 여가를 보내는지, 상대방을 찾을 지리적 범위, 또 상대방과의 관계를 시작하기에 걸림돌은 무엇이 될지 알고 싶어 한다.

저녁 시간을 내서 끝없이 이어지는 항목에 답하다 보면 이상형에 가까운 상대방을 만나게 될 거라는 생각이 든다. 때로 이 과정은 상당히 불쾌하기도 하다. 상대의 나이 범위를 고르라는 질문에 맞닥뜨리자, 내가 연하 킬러인지, 아버지 같은 남자에 끌리는 타입인지, 곰곰이 생각해 보게 되었다. 솔직하게 대답하지 않으면 알맞은 상대를 찾지 못할 것이므로 질문에 답하며 폭넓은 자기 탐구를 하게 된다.

4시간에 걸쳐 자기 탐구를 한 후, 컴퓨터가 「거의 다 왔어요. 당신의 짝을 찾는 중입니다」라고 알려줄 땐 심장이 뛰었다는 걸 솔직하게 인정한다. 알고리즘이 과연 무엇을 알려줄까? 잘생기고 거친 삶으로 다져진 인디아나 존스 같은 남자일까? 시계가 돌면서 매칭 가능한 상대들을 추렸다. 그 과정은 영원히 끝나지 않을 듯 길었고, 나는 헐벗고 약해진 듯한 기분이 들었다.

마침내 끝났다는 소리가 울렸고, 나는 내 인생의 다음 장에 함께 할 상대를 기다렸다. 나의 디지털 왕자님은 누구일까?

「죄송하지만, 당신에게 맞는 상대를 찾을 수 없습니다」

"뭐라고? 어떻게 그럴 수가 있지!"

나는 외로움에 절어 있는 침실에서 절규했다. 그러고는 창피함에 이불을 뒤집어썼다. 나는 '이하모니eHarmony(미국의 소개팅 사이트-옮긴이)'에서 프로필을 지우고 3분간 정성스럽게 '야후! 퍼스널스'에 또다시 소개글을 올린 뒤, 다큐멘터리 영상 작업을 하기 위해 플로리다주 에버글레이즈 Everglades로 떠났다.

웨슬리와 함께 일하면 언제나 힘이 났다. 우리는 열심히 일했고 그 시간들은 즐거웠다. 무엇보다도 웨슬리는 내가 자아실현을 할 수 있도록 용기를 북돋아 주었다.

웨슬리와 나는 최근에 연달아 찍었던 리얼리티 텔레비전 프로그램을 끝내고, PBS의 다큐멘터리 시리즈인 〈물의 여행 Water's Journey〉을 함께 만들고 있었다. 나는 프로그램 각본과 프로듀싱을 맡았고, 웨슬리는 촬영과 감독을 맡았다. 예산이 적었기에 카메라에 등장하는 역할도 직접 맡았고, 그래픽 디자인과 홍보, 편집과 효과 넣기까지 온갖 일을 했다. 나는 이 작업을 하며 커다란 목적의식을 느꼈다.

처음 두 편의 〈물의 여행〉은 국제적인 찬사를 받았고, 교육자료로도 활용되었다. 결과적으로 우리는 이 다큐멘터리로 수자원 보호 운동가로서 대중적 인지도를 얻기 시작했다.

다큐멘터리 시리즈의 기본 뼈대는 한 방울의 물이 떠난 여정을 좇는 것이었다. 관객의 시선을 끌어모으기 위한 요소로 동굴 다이빙을 넣었지만, 다큐멘터리의 의도는 대중에게 물 보존의 중요성을 알리는 것이었다. 때로 전파 탐지 팀이 우리가 가는 길을 뒤쫓게 했다. 와쿨라 스프링스에서 썼던 것과 비슷한 방식이었다. 지표면에 있는 팀이 덤불을 헤치며 우리를 추적하는 동안, 웨슬리와 나는 색다른 장소인 수중 동굴을 통과하며 헤엄쳤다. 우리는 숲과 늪 아래를 가로질러 복잡한 도시 아래를 누볐고 볼링장과 골프장 아래를 지났다.

첫번째 에피소드에서는, 다이빙 파트너인 톰 모리스Tom Morris와 함께 플로리다주 알라추아Alachua에 있는 소니스 바비큐Sonny's BBQ 레스토랑 아래 있는 동굴을 헤엄쳤다. 그동안 와쿨라 스프링스에서 전파 신호를 탐지했던 브라이언 피즈와 웨슬리는 소니스 바비큐 레스토랑의 문을 벌컥 열고 들어가서 "동굴 측량 팀이 여기 아래를 지나가고 있어요!"라고 외쳤다.

그 둘은 막 늪이 있는 골짜기에서 나와, 가파른 경사면을 올라오며 앞을 막아서는 나뭇가지들을 베다가 레스토랑의 주차장까지 도착한 참이었다. 웬 남자가 정글 칼과 작은 주황색 표시 깃발을 가지고 다니는 걸 보고 손님들은 어리둥절해했다. 레스토랑의 칸막이 자리 사이를 웨슬리와 피즈가 구불구불 돌며 신호를 쫓아 다녔다. 카메라가 도는 동안 웨슬리는 몸을 돌려 종업원을 보며 고개를 끄덕인 뒤, 감자 샐러드 위에 깃발을 꽂았다. 이 장면은 익살스럽기도 했지만, 우리가 어디에 있든 그 아래에 식수가 흐른다는 점을 보여주는 장면이었다.

〈물의 여행〉은 2시간 짜리 다큐멘터리로, 빗물의 범람과 비료로 인한 오염 그리고 에버글레이즈의 수자원을 구성하는 올랜드 디즈니 월드 근처의 상류수 남용 문제를 비롯해 플로리다주 남부의 생태계 등을 다루었다. 우리는 현재까지도 오키초비 호수Lake Okeechobee를 덮고 있는 끔찍한 녹조를 주시하고 있다. 또한 우리는 하이킹을 하고 카약과 배를 타고 헤엄치고 다이빙하고 에어 보트를 몰며 탐험했고, 그 과정에서 플로리다주의 악어 개체수가 절반으로 줄어든 것도 알게 되었다.

무수히 많은 뱀과 플로리다퓨마와 마주치며 늪지대를 트레킹하는 동안, 나는 야후에서 만난 데이트 상대인 로버트와 이메일을 주고받으며 관계를 이어나갔다. 이상하게 보일지 모르겠지만, 나는 문명 세계에서 벗어나 있던 수개월 동안 편지를 주고받으며 서로를 알아가는 즐거움을 누렸다. 어쩌면 이런 연애 감정은 옛날 방식 같았다. 로버트는 낭만적이었고 사려 깊은 쪽지를 보내주었으며, 다큐멘터리 제작을 다룬 재미있는 노래도 만들어 줬다. 로버트에게는 훌륭한 유머 감각과 성인 같은 인내심이 있었고, 직접 만날 기회가 올 때까지 언제까지고 기다리겠다고 말했다. 우리는 곧 사진을 교환했다. 강인하고 근육질인 외양과 시선을 사로잡는 온화한 눈이 인상적이었다.

프로젝트를 진행하면서 내가 가장 좋아했던 날은 파카하치 스트랜드Fakahatchee Strand에 있는 외진 곳에서 촬영했을 때였다. 우리는 주립공원 안내원을 따라 악어사과와 캐비지야자, 편백나무가 무성히 자란 숲속을 헤치며 희귀한 유령난초를 찾아다녔다. 유령난초는 이름처럼 밤에 유령처럼 피어나며, 아래의 기다란 꽃잎은 얇은 가닥처럼 펼쳐진다. 마치 개구리가 뛰어올랐을 때 공중에서 포착한 윤곽과도 닮았다.

우리의 안내원인 마이크 오언Mike Owen은 조심스레 감춰진 유령난초 일곱 송이의 장소를 알고 있었으나, 모두에게 위치를 알려주지는 않았다. 이 식물은 수집가들에게 인기가 있었지만, 모습을 쉬이 드러내 보여주지 않는다. 뿌리는 얽혀 있고 노출되어 있으며, 대개 늪지대 나무의 껍질에 붙어서 자란다. 잎이 없어 뿌리로 광합성을 하며, 희귀한 균류나 여러 환경이 조합되었을 때만 꽃을 피운다.

3주도 안 되는 이 기간에 상황이 모두 들어맞는다면 자이언트스핑크스나방giant sphinx moth이 유령난초 주변을 맴돌 테고, 25센티미터에 달하는 주둥이를 길게 펴 난초의 꿀 주머니 안으로 깊숙이 집어넣을 것이다. 긴 주둥이가 없는 다른 곤충은 접근하지도 못한다. 그런 까다로운 조건임에도 파카하치 스트랜드의 자이언트스핑크스나방만이 신기하게도 일곱 송이 유령난초를 수분하는 데 성공한 것이다.

안내원은 이 꽃들에 각각의 번호를 부여했다. 아무도 유령난초를 찾지 못한 해도 있었고, 발견한 꽃들을 불법 수집가가 캐갈 때도 있었다.

우리가 방문했을 때는 허리케인이 지나간 지 얼마 안 되었을 때였다. 우리는 우연히 유령난초 한 송이를 발견했다. 유령난초는 바람에 꺾여 수면 바로 위로 위태롭게 뻗어 있는 나뭇가지를 감고 있었다. 유령난초를 나무에서 떼어낼 수는 없었기에, 우리는 나무 줄기를 물에 빠지지 않게 떠받쳐 놓고 공생 관계인 나무, 균류, 나방이 모두 함께 멸종 위기에 처한 이 식물을 구해주길 바랐다. 수면에 가깝게 자리 잡은 이 매력적인 꽃을 자이언트스핑크스나방이 발견할 가능성은 적었다. 그러나 우리는 최선을 다했다.

기억에 남았던 이번 여행 중에 나는 공동으로 작업하는 파트너이자 함께 탐험하는 형제와 다름없는 웨슬리가 멸종 위기에 처한 연약한 자이언트스핑크스나방처럼 느껴졌다. 웨슬리는 비범한 친구로, 유일무이했고 독특한 공생 관계를 만들 줄 알았으며, 뛰어나고 재능 있는 사람들을 알아보고 한곳에 모으는 능력도 있었다.

그는 모험심과 창의적 재능을 발산하며 우리 팀을 세계 곳곳의 탐험 장소로 이끌었고, 자기만의 방식으로 친구들이 각자의 인생에서 가장 중요한 사명을 찾도록 도왔다. 웨슬리는 적극적으로 수자원 보호를 주장하도록 나를 자극했다. 그는 스스로 본보기를 보이며 창조적인 일을 온전히 좇도록 내게 자신감을 주었다. 무엇보다도 웨슬리는 내가 좋아하고 존경하는 사람이 내 꿈을 지지한다고 느끼게 해주었다.

하지만 건강하던 웨슬리의 몸이 점점 쇠약해지는 게 느껴졌다. 웨슬리의 얼굴에서 기쁨이 사라졌고, 심한 감정 변화를 보일 때도 있었다. 아이티로 탐사를 갔을 때 얻은 허리 부상과 편두통, 만성 장질환이 그를 고통스럽게 했다. 웨슬리는 나보다 고작 몇 살 정도 많을 뿐이었지만 급격하게 노화하고 있었다. 신체적인 고통 때문에 일을 못 할 때도 있었고, 홀로 침대에 남겨지기도 했다.

나는 그 모습을 지켜보기 힘들었다. 그리고 그런 상황에서 제작과 편집 마감 기한을 지키기도 어려웠다. 웨슬리의 차 주변에서 제작진 모두가 기다리는 가운데 촬영 날짜가 미루어지기도 했다. 가장 절친한 친구가 무너져 가는 모습을 지켜보기가 고통스러웠고, 모두가 공개적으로 보게 되는 상황은 더욱 그러했다.

플로리다주 중부에서 항공 촬영을 하던 날, 나는 웨슬리의 문제가 피로와 통증 이상이라는 사실을 알았다. 우리는 활주로에 매트를 깔고 앉은 뒤, 헬리콥터 조종석에서 카메라를 제어할 수 있도록 소니 F900 카메라를 짐벌(흔들리는 곳에서 특정 물체만 움직이지 않게 해주는 장치로, 흔들림 없이 항공 영상을 촬영할 수 있게 해준다―옮긴이)에 고정하고 있었다.

날이 너무 더워서 아스팔트에 살이 닿을 때마다 나도 모르게 움찔했다. 책상다리를 한 채 카메라 부품을 웨슬리에게 넘겨주면서 그가 집중하지 못하고 있다는 사실을 알아챘다. 눈꺼풀이 반쯤 감겨 있었고 발음도 불분명했다.

헬리콥터 사용 비용이 매우 비쌌기에 부품을 가능한 한 빨리 조립하고 카메라 백포커스를 맞춘 뒤 바로 이륙했다. 웨슬리는 부조종석에 앉아 카메라를 상하좌우로 움직이게 해주는 모터를 조종했고, 나는 뒷좌석에 앉아서 카메라 화면을 보기 위해 두꺼운 검은 천을 머리 위로 뒤집어 쓰고 있었다. 천 아래에서 땀을 흘리며 촬영 순서를 지시했고, 착륙할 때마다 벌레가 들러붙어 자국이 생긴 곳을 찾아 렌즈를 닦았다.

활주로에서 웨슬리는 전혀 집중하지 못했고, 카메라 부품을 조립하지 못했다. 플로리다주의 물 관리 부서 공무원은 우리가 하늘에서 찍을 여러 댐과 수로에 관해 알려주었으나, 웨슬리는 이상하게 이해가 느렸고 다른 생각을 하고 있는 듯했다. 그때 웨슬리의 전화가 울렸다. 그는 평소보다 더 강한 억양으로 엄청나게 느릿느릿하게 말했다. 그런 웨슬리를 지켜보고 있었는데, 갑자기 그의 손에 있던 스크루드라이버가 바닥에 떨어졌고 눈의 흰자위가 드러났다. 휴대전화를 귀에 댄 채로 웨슬리는 앞으로 픽 쓰러져 코를 골기 시작했다. 그리고 곧 다시 깨서 위를 올려다보며 아이처럼 천진한 미소를 지었다.

"마실 걸 갖다줄게."

걱정이 되었다. 웨슬리가 이렇게 갑자기 잠든 건 이번이 처음이 아니었다. 무언가 심각한 일이 벌어지고 있었다.

그 주 내내 다큐멘터리에 필요한 나머지 장면들을 촬영하기 위해 씨름했다. 웨슬리는 저녁 식사 자리에서도 잠들곤 했고, 더는 운전을 할 수도 없었다. 그는 여전히 놀라운 영상들을 촬영했지만, 촬영을 마친 후에는 슬쩍 사라져서 누울 수 있는 곳이 있다면 어떤 곳이든 누웠다.

가능한 선택지는 다이빙 촬영을 취소하는 것 하나뿐이었다. 나는 제작비가 손실이 나는 일을 막아야 했다. 그래서 남은 촬영을 취소했다. 웨슬리가 자신의 몸조차 가누지 못하는 상태이니, 주정부 후원자들에게 어떻게 말해야 할지 고민되었다.

"웨슬리에게 무슨 문제가 있는 겁니까?"

주정부 후원자 중 한명이 물었지만, 아무런 대답도 할 수 없었다.

웨슬리가 저녁 식사 중에 잠들었던 날이었다. 나는 웨슬리와 허름한 모텔에 묵고 있었고 두려움과 함께 그의 방에 들어갔다. 그가 이 소식을 듣고 좋아하지 않으리라는 것을 알았지만, 그의 명성을 지켜줘야 한다고 생각했다. 웨슬리는 정신이 몽롱해 보였지만 용기를 내어 말을 꺼냈다.

"웨슬리, 제작진에게 내일 아침에 철수하자고 말해두었어. 이 프로젝트를 계속 진행하는 건 네게 무리일 것 같아."

그러자 갑자기 웨슬리의 정신이 돌아오더니 얼굴이 분노로 붉게 타올랐다.

"우라질! 내가 다큐를 찍게 내버려 두라고!"

그가 무섭게 소리를 질렀다.

그리고 내게 달려들더니 벽으로 밀어 붙히고는, 맹렬한 비난을 쏟아부었다. 그는 분명 후회할 것이다. 끔찍하게 무서웠다. 예전에 웨슬리가 자제력을 잃은 모습을 한 번 본 적이 있지만, 그때의 분노는 나를 향한 것은 아니었다. 내가 아는 친구의 얼굴이 아니었다.

나는 끔찍한 중독의 일면을 마주하고 있었다. 그가 질병 때문에 복용하던 마약성 진통제건 다른 이유이건 간에, 내 앞에 있는 건 더는 내가 알던 웨슬리가 아니었다. 나는 그의 방에서 뛰쳐나와서 내 방으로 들어가 문을 잠갔다. 그리고 문에 몸을 기댄 채 바닥에 털썩 주저앉아 흐느꼈다.

그 시기의 웨슬리에 관해 이야기하는 건 고통스럽다. 의도치 않았지만 나는 그가 중독되는 것을 도왔다. 웨슬리가 병원에서 처방받은 약에 중독되었다는 사실을 이성적으로 알아차리기 전에, 나는 오랫동안 그의 행동을 설명하기 위해 그럴 듯한 변명거리를 만들어 회피했다.

때때로 웨슬리는 정해진 시간에 약을 복용하고자 주변에 도움을 요청하기도 했다. 흰 뚜껑의 주황색 병을 나나 다른 제작진에게 건네주고, 정해진 시간에 자신에게 달라고 했다. 하지만 이런 행동은 프로젝트를 끝마칠 수 있도록 모두를 안심시키기 위한 것이었다. 언제나 약의 여유분이 어딘가에 감추어져 있었고, 나는 카메라 가방 주머니에 약이 한 알씩 넣어져 있는 것을 발견하곤 했다.

"질, 중독자들은 주변에 회오리바람을 일으키기 때문에 그 소용돌이에서 떨어져 있어야 해. 그렇지 않으면 너까지 빨아들여 버리거든. 그 안 어딘가에는 여전히 네가 알고 좋아하는 웨슬리가 있어. 하지만 당장은 네가 웨슬리를 도와줄 수 없어. 회복하려면 먼저 제정신으로 돌아와야 해. 그때까지는 웨슬리에게서 떨어져서 어느 정도 거리를 유지해."

나의 새로운 남자 친구이자 여전히 중독에서 회복 중인 로버트는, 그 당시 웨슬리의 행동을 내가 이해할 수 있게 설명해 주었다.

나를 위협하던 것은 마약이지, 타락해 버린 내 친구가 아니라는 사실을 알려준 것이다.

수년간 함께 일하면서 내가 알고 좋아했던 웨슬리는 동굴 다이빙을 할 때 필요한 안전 수칙을 만들어 내는 데 일조했고, 플로리다주의 수자원 보호를 위해 무한한 열정을 쏟아부었으며, 동굴 다이빙의 위대한 장면들을 포착해 왔다. 마음속 이야기를 털어놓을 수 있는 친구이기도 했다. 함께 창조적인 작업들을 하며 지구를 반쯤 돌았으며, 서로 힘을 북돋아 주고 존중했다. 하지만 함께하는 시간이 저물어 간다는 걸 알았다. 이제 각자 새로운 일을 해야 한다.

에버글레이즈에서 촬영한 후로, 우리는 여전히 프로젝트를 잠깐씩 함께했다. 하지만 그것도 그가 악마에 맞서서 이기고 있는 것처럼 보일 때만이었다. 우리는 여전히 새로운 생각이나 계획을 짜냈지만, 대부분은 실행에 옮기는 데 실패했다. 서로에게 흥미를 잃었거나 아니면 내가 너무 많이 알아버렸기 때문일 것이다. 웨슬리는 오랜 친구들에게서 멀어졌고, 자신의 7R을 충족시키는 새로운 관계들을 만들어 나가며 편안함을 느끼는 듯했다.

내가 지닌 7R도 웨슬리에게서 멀어져서 새롭고 흥미진진한 프로젝트를 향하게 했을 것이다. 나는 예술적인 작품 제작을 더 이상 웨슬리와 함께할 수 없다는 사실이 몹시 슬펐고, 우리에게 어둠이 다가오고 있다는 것을 느꼈다.

웨슬리와 함께한 마지막 다이빙은, 내가 테크니컬 다이빙 안내서를 쓰던 2010년이었다. 웨슬리는 동굴 다이빙의 진정한 개척자였기 때문에, 나는 책을 쓰기 위해 웨슬리를 인터뷰하고 싶었다. 우리는 근방에 살았기에 나는 웨슬리와 대화하기 위해 소나무 숲 사이를 걸어서 한때 같이 쓰던 사무실에 들렀다. 자주 오가지 않다 보니 오솔길 위로 수풀이 덮였지만 초록 숲은 아침 이슬 속에 생기가 넘쳤다.

웨슬리의 사무실에 들어가자 잠시 어색함이 감돌았다. 사무실에 마지막으로 앉았던 때 이후로 1년 이상이 지났다.

웨슬리는 예전과 다르게 밝아져 있었다. 그는 옛날에 동굴 다이빙했던 이야기를 자세하게 들려주며 나를 즐겁게 해주었고, 나는 그의 이야기를 받아 적었다.

그 후 우리는 데빌스 아이 스프링스Devil's Eye Spring의 동굴 지역의 촬영을 위해 다이빙하기로 했다. 야영지의 연기과 지글지글 익는 바비큐 냄새가 평온한 여름 공기와 어울려 근심을 잊게 만들어 줬다. 햇볕이 내리쬐자 편백나무 이파리가 물속 물결 모양의 모래 위로 점점이 그림자를 드리웠다. 맑은 물속이 습한 여름 공기와 대비되어 더 투명해 보였다. 우리 둘 다 이곳 근처에 살고 있었지만, 여기에서 수백 번 더 다이빙하더라도 이곳의 아름다움은 결코 질리지 않을 것이다.

물속에서의 웨슬리는 마치 천사처럼 보였다. 진정 물에 속한 사람이라는 것을 증명하듯 우아하고 부드럽게 움직였다. 70킬로그램의 장비를 지고, 10킬로그램이 넘는 카메라 하우징을 들어 올리면서도 우아했고 멋져 보였다. 물속에 들어가면 그의 주름진 이마는 젊음을 되찾았고,

미소로 인해 눈가의 잔주름은 드러났다.

형제 같은 친구과 물속에 있으니 기분이 좋았다. 우리는 여행하고 탐험하며 수많은 멋진 순간을 공유했다. 친구들이 죽었을 때도 부둥켜안고 서로를 위로했다. 함께 중요한 영상들을 제작했고, 물을 주제로 학생들에게 강의했으며, 공무원들과 협력했고, 힘든 시기에는 서로에게 힘이 되어주었다. 맑은 물속에서만큼은 모든 고뇌가 씻겨 사라지는 듯했다.

그로부터 한 달 뒤, 갑자기 전화가 울려 수화기를 집어 들자 웨슬리의 조수였던 친구의 극도로 흥분된 목소리가 들렸다.

"웨슬리가 죽은 것 같아요! 아직 확실한 건 아니지만, 내 생각에는 웨슬리가 죽은 것 같아요."

숨 막히는 공황 상태를 느끼며, 재빨리 전화를 끊고 웨슬리의 휴대전화로 전화를 걸었다.

"웨슬리, 받아! 전화 받아! 제발! 전화해 줘!"

나는 계속 전화를 걸었고, 그때마다 메시지를 남겼다. 웨슬리의 가장 오랜 친구인 스콧 브라운스로트Scott Braunsroth가 무릎에서 피가 날 정도로 심폐 소생술을 하고 있을 때, 아마도 웨슬리의 전화기는 배의 갑판에서 울리고 있었을 것이다. 나뿐 아니라 웨슬리를 찾는 다른 친구들도 애타게 전화를 걸었으리라 생각된다.

2명의 과학자와 플로리다주 동부 해안의 대서양골리앗참바리(참바리아과 참바리 속에 속하는 커다란 염수성 물고기-옮긴이)의 섭식 행동을 기록하는 촬영으로, 그날 웨슬리는 마지막 날을 시작했다.

웨슬리는 실습생에게서 빌린 익숙하지 않은 재호흡기를 착용했고, 그라면 충분히 여유있게 해낼법한 다이빙을 하러 물속으로 들어갔다. 하지만 그날 웨슬리는 안전보다 촬영을 중시했고, 자신을 죽음으로 이끄는 잘못된 선택을 했다. 그는 다이빙 동료들에게 테이프와 배터리를 더 가져오겠다고 신호를 보냈으나 결국 돌아오지 않았다.

1시간 후에 과학자들이 산호초 위에서 웨슬리를 발견했고, 웨슬리를 살리기 위해 온갖 노력을 했지만 끝내 그는 우리를 떠났다.

예측할 수 없었고, 인생에서 가장 커다란 충격 가운데 하나였다. 감당할 수 없이 몰려오는 감정을 도무지 가라앉힐 수 없었다. 웨슬리는 '7R 다이빙 모임'을 이끄는 가장 중요한 사람이었다. 우리 대부분은 웨슬리와 함께 인생에서 가장 흥미진진하고 두려우며 격렬하고 진실한 순간을 보냈다. 웨슬리는 우리의 잠재된 창의력에 불을 붙였고, 잠들어 있던 호기심에 가득 찬 어린아이를 깨웠다. 웨슬리는 교육자 가문으로서, 그 자신도 선생님이었다. 우리에게 조언을 해주고 보살폈으며, 그게 무엇이건 자신을 온전하게 만드는 일을 하도록 격려했다.

우리는 웨슬리가 불붙인 폭죽을 들고, 목청껏 노래 부르는 것을 들었고, 저녁에 모닥불로 쓸 나뭇를 끌고 오는 모습을 보았다. 또한 웨슬리의 부엌에서 음식을 나눠 먹고, 그의 가족들을 사랑했으며, 그를 본보기로 삼아 온전하게 사는 법을 배웠다.

나는 웨슬리를 생각하면, 언제나 수면 가까이 자리 잡은 유령난초에 다가가는 자이언트스핑크스나방의 모습이 떠오른다. 유령난초에 다가서는 나방의 날개가 물에 젖어 수면 위로 추락한 뒤 기진맥진해 결국 삶을 다하는 영상을 지켜본다. 수분되지 못한 유령난초는 뿌리부터 서서히 물에 잠긴 채 에버글레이즈의 수심 깊숙한 곳으로 가라앉을 테고, 그 아름다움을 드러내지 못할 것이다.

내가 참석했던 추모식 중 가장 큰 규모의 추모식이 열렸다. 우리는 52세의 나이로 세상을 떠난 친구에게 작별을 고했다. 웨슬리의 마지막 캠프파이어를 보기 위해 세계 곳곳에서 많은 사람이 모여들었다. 지니 스프링스의 수면에 뜬 뗏목 위에는 바이킹 장례식처럼 장작더미가 불타올랐다. 편백나무 가지 사이로 작은 불꽃들이 별빛 가득한 하늘로 치솟았으며, 수면에는 그의 아름다운 딸의 실루엣이 비치고 있었다.

내 멘토이자 친구는 떠났다.
마지막으로, 유령난초 한 송이가 피어났다.

병을 막은 코르크 마개
2011

웨슬리가 죽고 얼마 지나지 않아, 나는 물에 대한 경각심을 일깨우는 독립 다큐멘터리를 제작하는 일에 박차를 가했다. 내 멘토에게 경의를 표하기 위함이었다. 웨슬리의 훌륭한 업적들은 길이 남겠지만, 자신을 죽음으로 몰고 간 그의 선택을 받아들이기는 힘들었다. 그가 한 선택들은 마치 슬로우모션처럼 예견된 비극으로 치닫고 있었다.

나는 그와는 다르며, 나에게는 같은 일이 벌어지지 않을 것이라고 믿고 싶었다. 나는 진정한 생존자이지 않은가. 실수에서 배워 왔고, 무언가가 잘못되면 나를 구하러 와줄 슈퍼히어로는 절대 없다는 사실을 항상 인지하고 있었다. 생존은 궁극적으로 신체적 기량과 살고자 하는 강한 의지에 달려있었다.

동굴 다이빙 수강생들에게 자주 말하곤 한다.

"살아남기 위해서 다른 건 필요 없습니다. 실용적으로 사고하고 행동하세요."

위험을 마주하면 심호흡을 하고, 생존을 위한 행동에 곧바로 돌입해야 한다. 할 수 있는 것은 무엇이든 동원해서 집으로 반드시 돌아와야 한다.

소중한 친구이자 동굴 탐험가인 우디 재스퍼Woody Jasper는 훌륭한 본보기였다. 1990년 5월, 우디는 플로리다주 북부의 오터 스프링스Otter Springs에서 피크닉을 하다가 누군가 도움을 요청하는 소리를 들었다.

강사의 경고에도 불구하고 갓 오픈워터 다이버가 된 3명의 수강생이 동굴로 들어가서는 길을 잃었던 것이다. 언제나 다이빙할 준비가 되어 있던 우디는 도시락을 내팽개치고 트럭으로 달려갔다. 녹슨 트럭의 짐칸에는 스쿠버다이빙용 공기통이 있었다. 재스퍼는 재빨리 장비를 갖추고 침전물이 가득한 동굴의 어둠 속으로 뛰어들었다.

몇 분 만에 그는 천장의 공기층 틈에서 흔들리는 다리를 보았고, 의식을 잃은 다이버 2명을 찾아냈다.

우디는 물위로 올라오면서 다이버의 마스크 안을 들여다보았고 눈이 감겨 있는 것을 알아챘다. 그는 첫 번째 다이버를 끌고 동굴 밖의 경사진 물가로 데려갔다. 마침 그곳에 있던 사람들이 다이버를 끌어내 기적적으로 되살려냈다. 우디는 재빨리 공기층이 있던 자리로 되돌아갔고, 두 번째 다이버가 깨어났다는 사실을 알았다. 우디는 두 번째 다이버를 동굴 밖으로 데려간 후 다시 수색했다. 하지만 안타깝게도 마지막 다이버는 찾지 못했고, 마침내 그를 발견했을 때는 이미 너무 늦은 상태였다. 우디는 3명 중 2명의 다이버를 구했고, 리얼리티 텔레비전 시리즈인 〈긴

급출동 911Rescue 911〉의 한 화에 직접 출연하기도 했다.

이후, 이 동굴에서의 다이빙은 금지되었고 과학 팀이나 안전 팀에 한해서만 드물게 허가증이 발급되었다.

나는 허가증을 받았고, 우디는 다시 한번 이 동굴에 불려왔다.

이번에 구조할 대상은 바로 '나'였다.

2011년 1월, 나는 젊은 해양생물학자인 루스Ruth와 동굴 벽을 덮은 생소한 주황색 박테리아의 표본을 채취하고 촬영을 할 계획이었다. 비가 쏟아지는 가운데서 장비를 준비하는 동안, 나는 오랜 세월 사용해 온 분홍색 오메가 스쿠버 호흡기가 1988년에 만들어졌으며 루스보다도 나이가 많다는 사실을 깨달았다.

루스와 나는 첫 번째 다이빙을 무사히 마쳤다. 동굴 입구 가까이 있는 천장의 틈에 끼인 죽은 거북을 보고 얼어붙기는 했지만 말이다.

'아쉽군, 작은 친구. 거의 다 왔는데 말이야.'

나는 급류에 흔들리는 거북의 물갈퀴 달린 작은 발을 찍기 위해 카메라를 줌인했다. 이 영상이 수자원 보호 다큐멘터리에 강한 임팩트를 줄 것이라고 생각했다.

두 번째 다이빙는 처음 다이빙에서 도달하지 못했던 유독 비좁은 통로를 만났다. 그 비좁은 통로는 좁고 침전물이 많았으며, 천장에 등이 쓸릴 정도로 높이가 낮았다. 이곳을 지나기는 분명 어려울 것이다. 나는 루스와 두 번째 다이빙을 그곳에서 끝냈다.

루스는 계속 나아가고 싶어 했지만 나는 새로운 파트너와 다이빙을 하는 데 불안함이 있었고, 비좁은 통로를 잠수하려면 더 많은 준비를 해서 돌아와야 한다고 판단했다.

그날 세 번째 다이빙을 하러 물속에 들어갔다. 아까 입구에서 보았던 거북은 벽에서 떨어진 이끼에 집어 삼켜져 있었다. 앞서 두 번의 다이빙으로 인해 동굴 속은 침전물로 가득했고, 휴식을 방해받은 주황색 박테리아 퇴적물도 시야를 흐리게 만들었다.

두 번째 다이빙 때 도달했던 마지막 지점인 유독 비좁은 통로에 도착했다. 나는 이 비좁은 통로를 유심히 살폈다. 최대한 침전물을 건드리지 않으려고 35센티미터 높이의 공간을 천천히 조심스럽게 통과했다. 발목을 조금씩 돌리면서 프로그킥frog kick(체력 소모가 적고, 침전물이 최대한 일어나지 않도록 차는 발차기─옮긴이)을 했다. 루스는 조심스레 내 뒤를 따랐다.

비좁은 통로를 지나고 난 뒤 나온 공간은 넓었지만 높이는 매우 낮았다. 양쪽으로 넓게 뻗은 공간은 천장이 바닥 닿을 정도로 가까웠다.

우디가 수십 년 전에 설치했던 가이드라인은 통과하기 가장 수월한 길을 따라 복잡하고 정밀하게 이어져 있었다. 우리는 여러 비좁고 낮은 틈을 통과하며 계속해서 헤엄쳤고, 물을 맑은 상태로 유지하기 위해 최소한의 발차기만 했다. 하지만 동굴은 지나치게 좁고 까다로웠다.

이미 충분히 왔다고 판단했기에 나는 헬리콥터처럼 제자리에서 몸을 돌려서 루스를 바라보았다. 나는 엄지손가락을 들어 올려 빛을 비추며, 다이빙을 끝내자는 신호를 보냈다. 루스도 같은 손짓을 한 뒤 동굴 밖으로 나가기 위해 크게 발차기를 하며 몸을 회전해 돌렸다. 그런데 그 과정에서 조금이나마 확보했던 시야가 완전히 사라졌다. 나는 어둠 속에서 벗어나기 위해 즉시 엄지와 집게손가락으로 부드럽게 가이드라인을 붙잡았다. 나는 시야가 확보되지 않은 곳에서 다이빙하는 데 익숙했기 때문에 큰 문제는 아니었다.

동굴 다이빙을 할 때 침전물은 일어나기 마련이라고들 말한다. 그리고 어떤 동굴에서는 시야를 맑게 유지하기가 불가능하다고 할 정도로 어렵다. 가이드라인이 필요한 건 바로 그런 이유 때문이다.

하지만 잠시 뒤에 손에 잡은 가이드라인이 점점 팽팽해지며 줄이 버틸 수 있는 한계까지 늘어나는 것이 느껴졌다. 나는 곧 침착함이 사라지며 불안감에 사로잡혔다. 가이드라인은 좌우로 획획 움직였고, 루스가 내 앞으로 낮은 천장을 긁으면서 나아가는 동안 줄은 더욱더 팽팽하게 당겨지고 있었다. 나는 곧바로 그녀에게 가이드라인이 걸린 것을 알아채고, 잽싸게 앞으로 쑥 나아가서 그녀를 뒤로 끌기 위해 발목을 붙잡았다. 하지만 내 행동은 그녀를 놀라게 했고 루스의 격렬한 발차기가 잇따랐다.

그녀는 공포에 질려 있었고 그녀의 발차기는 더 많은 침전물을 일으켰다. 나는 동굴 안 더 넓은 장소로 루스를 잡아 끌려고 했지만, 그녀는 격렬히 저항했다. 당시 루스의 마음속에 어떤 일이 벌어지고 있었는지 알 수는 없지만, 루스는 스스로를 제어하지 못하고 있는 듯 보였다.

얼마 전까지만 해도 루스는 내가 신뢰하던 사람이었으나 공황에 빠지자 내 생명이 담긴 병의 코르크 마개가 되었다. 그녀는 우리를 안전한 곳으로 안내해 줄 유일한 생명줄이 몸에 얽혀 있다는 사실을 모른 채 출구로 가는 데만 열중했다.

336

나는 루스와 나란히 헤엄치며 그녀에게 침착함을 전달해 주려고 손을 붙잡았다. 그리고 루스를 뒤로 끌어당기고 내 손에 있는 팽팽한 가이드라인처럼 그녀를 사로잡은 불안을 가라앉히려고 시도했다. 하지만 루스는 계속 저항했다. 이미 원래대로 돌아가기엔 늦었다.

우리의 생명줄인 가이드라인이 끊어지는 게 느껴졌다. 이제 우리는 끊어진 가이드라인과 함께 어두운 동굴 속에 갇혀 버렸다. 아무것도 보이지 않았다. 루스가 주요 경로에서 얼마큼이나 헤엄쳤는지, 비좁은 통로로 향하는 입구는 얼마나 가까운지 알 길이 없었다. 나는 한 손으로 그녀의 다리를 잡고 다른 손으로는 끊어진 가이드라인의 끝을 잡았다.

이런 불안 상태의 긴장 상황은 몸에 더 많은 공기를 갈구한다. 루스의 호흡이 가빠졌다. 설상가상으로 바닥의 침전물 속에 버려져 묻혀 있던 가이드라인이 그녀와 엉켜버렸다. 내가 그것을 떼어내려고 하는 동안, 그녀는 어둠 속에서 내게 소리를 질렀다. 우리 둘은 몇 센티미터 떨어져 있지 않았음에도 서로를 볼 수 없었다. 손끝으로 눈을 대신하며 우리 앞에 펼쳐진 비상사태를 그려보려고 노력했다. 엉킨 가이드라인과 질척한 진흙 바닥이 느껴졌다. 나는 루스의 떨리는 손을 붙잡으면서 안정을 찾아주려 했다. 그때 변화가 느껴졌다. 꽉 잡은 손이 약해졌다.

"포기하지 마! 포기하면 안 돼!"

나는 소리쳤다.

나는 어둠 속에서 재빨리 손을 놀려 루스의 몸에 얽혀 있는 가이드라인을 풀어냈고, 함께 앞으로 나아갔다. 나는 허리께에 고정되어 있던 비상용 가이드라인을 꺼냈고, 한때 우리의 생명줄이었던 끊어진 가이드라인의 끝에 묶었다. 그리고 눈을 감고는 손으로 더듬더듬 만져가며 길을 찾기 시작했다. 부드럽고 끈적이는 침전물과 진흙이 장비 여기저 기에 가득 들어찼다. 나는 길을 되짚어가기도 하고, 이리저리 몸을 뒤척 이며 앞으로 나아가기를 되풀이했다. 좁은 틈을 지나 한결 넓은 공간에 들어서기까지 루스를 밀고 당겼으며, 천장 돌출부에 걸린 루스를 빼내 기도 했다. 때때로 루스는 내 손을 잡았고, 문어처럼 내 몸에 들러붙었 다. 그녀는 위안을 얻기 위해 무언이건 붙들었다. 안에서 올라오는 두려 움을 억제하며 나는 계속해서 루스를 출구 쪽으로 밀었다.

그런데 별안간 루스가 돌아서서 나를 보더니 되돌아 나왔던 동굴 안 쪽을 향해 헤엄치기 시작했다. 공황 상태일 경우 동굴 다이버는 방향 감 각을 잃고, 서로 갈라져 버리는 사례들이 있다. 공포에 빠진 다이버는 출구의 방향을 안다고 확신하며 동굴 더 깊숙이, 죽음을 향해 헤엄친 다. 다른 동료를 구할 수 없는 경우, 어쩔 수 없이 자신의 목숨을 구하는 안타까운 결정을 내려야 한다. 나는 헤엄쳐 가야 할 옳은 방향을 알고 있었고, 안타까운 일이 벌어지지 않도록 최선을 다해야 했다. 방향을 돌 리라고 공황 상태인 루스를 설득해야 했다.

무시무시한 생각이 머릿속을 비집고 들어왔다. 나는 로버트가 있는 집으로 돌아갈 수 없을지도 모른다. 이 동굴은 내 무덤이 될 것이다. 극 한의 상황에서 다이빙하며 그토록 많은 탐험을 성공으로 이끌었지만, 작은 동굴에서 죽는다면 수치스러울 것이다. 동료 없이 동굴 밖으로 되 돌아가는 일을 생각하는 건 더 끔찍했다. 루스는 아직 앞날이 창창한 젊 은 여성 과학자였다. 나는 당장에는 이러한 두려움이 아무런 도움이 되 지 않는다는 것을 깨닫고 심호흡을 하기 시작했다. 이성적으로 사고하고 행동해야 했다.

　조금 뒤, 나는 루스를 겨우 찾아냈다. 조금 전까지 자신감에 차 있었으나, 날카로운 동굴 벽과 철제 장비에 부딪히며 상처입은 부드럽고 차가운 손을 붙들고서 놓치지 않게 꽉 쥐었다. 나는 그나마 맑은 물이 남아 있는 천장으로 루스를 데리고 올라갔고, 메모장에 글을 써서 루스에게 보여주었다.

　「진정해. 포기하지 마. 가이드라인이 네 몸에 엉켜 있었어」

　그녀가 메모장을 읽을 수 있을지는 확신이 서지 않았다. 그래서 나는 가이드라인과 함께 동굴 출구를 가리키는 플라스틱 방향 표시 마커를 루스의 손에 쥐여 주었다. 하지만 눈 깜짝할 사이에 루스는 온 힘을 다해 헤엄치며 내게서 멀어졌고, 서두르느라 다이빙핀으로 침전물을 차서 그나마 남아 있던 시야마저 함께 사라졌다. 이제 동굴 안 깊숙한 곳에 앞도 보이지 않은 채, 동료 없이 남겨졌다. 나는 루스가 공기가 떨어지기 전에 출구를 찾지 못할지도 모른다는 생각이 들어 겁이 났다.

　나는 어둠 속에서 주변을 더듬거렸고, 오래되어 해지고 끊긴 가이드라인을 더 발견했다. 그리고 문제가 발생했다. 진흙 침전물이 오른쪽 공기통에 연결된 호흡기를 막고 있었다. 23살의 오메가 호흡기가 공기를 마구 방출하기 시작했고, 공기가 급속도로 빠져나갔다. 나는 공기통 밸브를 잠갔다. 문제없이 작동하는 다른 쪽 공기통으로 교체해서 호흡할 수도 있었지만, 루스를 발견할 때를 대비해 공기를 최대한 아껴야 했다.

　루스는 빠르게 호흡하고 있었고 곧 공기가 고갈될 터였다. 그러면 내게 남아 있는 공기를 함께 사용해야 할 것이다. 나는 호흡할 때마다 오른쪽 공기통의 밸브를 신중히 열었다가 잠갔고, 거세게 뿜어져 나오는 공기를 조금 들이마신 후 바로 끄면서 한 방울도 낭비하지 않으려고 노력했다. 그리고 호흡의 간격을 의도적으로 늘렸다. 심박 수를 낮추기 위해 집중하면서 호흡과 공기 절약 사이의 미묘한 균형을 맞추기 위해 노력했다. 호흡할 때마다 진흙이 섞여 들어왔고 목구멍에 들러붙었다.

감정이 자꾸만 요동쳤기에 다시 가라앉히고 집중해야 했다. 나는 죽고 싶지 않았다. 그리고 루스를 내버려 둘 수도 없었다. 운명은 내게 달려있었다. 나는 시야를 확보하려 차분하게 있으려 노력했다. 또, 다음번에 이곳에 올 다이버들을 위해 가이드라인을 다시 제대로 연결해야 했다. 마음속 깊은 곳에서 이 동굴로 들어올 다음 다이빙 팀은 내 시신을 수습하러 오는 사람들일 수도 있다는 걸 알았지만, 그런 일이 벌어진다 하더라도 다이버들을 다시 밖으로 안내할 가이드라인이 있기를 바랐다.

나는 안전한 곳으로 향하는 방향을 알았지만, 루스가 뒤에 남겨지지 않도록 어둡고 차가운 동굴 깊숙이 다시 들어가는 길을 선택했다. 그녀를 버리고 간다면 부끄러워 견딜 수 없을 것만 같았다.

물속은 부유물로 가득했기에 그녀가 출구로 향했는지는 확신할 수 없었다. 동굴에서 길을 잃은 다이버는 종종 맑은 물을 보면 안전한 곳에 닿아있을 것이라고 생각하며 그쪽으로 헤엄친다. 하지만 맑고 침전물이 일어나지 않았다는 건 그곳에서 아직 헤엄치지 않았다는 뜻이다. 맑은 물은 공황 상태에 빠진 다이버를 동굴 안의 더 깊숙하고 위험한 곳으로 이끈다.

다이빙이 빨리 끝나기를 원했지만 우리가 일으킨 침전물 사이를 뚫고 길을 되짚어 가야만 했고, 루스가 뒤에 남지 않을 것이라고 확신한 후에야 출구를 향해 몸을 돌릴 작정이었다. 호흡할 때마다 나는 한 번 삼킬 양의 공기만 나오도록 조심스레 공기통 밸브를 열었고 공기를 삼킨 후 바로 닫았다. 그 속도에 맞춰서 걱정하며 애태우는 대신 집중력을 유지할 수 있었다.

나는 가장 깊숙이 들어갔던 지점에 다다랐고 물이 맑아지는 것을 발견했다. 최선을 다해 가이드라인을 정돈한 뒤, 다시 출구 쪽으로 방향을 틀었다. 옳은 방향으로 다시 몸을 돌리자 커다란 안도감이 느껴졌다. 이제 밖으로 나가는 길에 동굴을 훑어보는 일만 남았다. 입구에 가까워지는 동안 부유물이 다시 가라앉았다. 루스의 표본 채취 장비가 아무렇게나 던져진 채 바닥에 떨어져 있는 모습을 보자 가슴이 덜컹했다. 루스가 좁은 틈으로 내달았을까 걱정되어, 나는 이미 설치된 가이드라인에 별도의 줄을 묶고 수평 방향으로 뚫린 통로를 찾아보았다. 아무것도 없었다. 누가 헤엄쳐 갔다기에는 물이 너무 맑았다. 계속해서 입구를 향해 헤엄치는 동안에도 피가 말랐다.

다시 희미하게 앞이 보이기 시작했으나 루스의 흔적은 없었다. 공기가 고갈되기 전에 천장 아래 있는 공기층에 운 좋게 찾아 올라갔기를 바라며 천장에 있는 틈들도 모두 살펴보았다. 루스를 마지막으로 본 지 1시간이 넘게 지났다. 만약 찾지 못한다면 수면으로 가서 시신 수습 팀을 부른 뒤, 남아 있는 공기로 호흡하며 다시 동굴로 들어갈 작정이었다. 감압해야 할 시간이 점차 늘어났지만, 도움을 요청하기 위해 감압을 건너뛰고 잠수병에 걸릴 위험을 감수해야겠다고 마음먹었다.

마침내 동굴 출구에 우리가 쳐놓았던 가이드라인에 도착했고 두근대는 심장을 안고 올려다보았다. 오는 길에 루스를 놓쳐 그녀가 이미 죽었을까 봐 몹시 겁이 났다. 그리고 수면 근처에 난 틈에서 루스를 발견했다. 그녀는 입구에 머물면서 나를 기다리며 물 아래를 들여다보고 있었다. 그녀는 울고 있었다. 인생에서 누군가를 보고 그토록 기뻤던 적이 없었다. 그건 루스도 마찬가지였다. 나는 수심 5미터에 머물면서 감압을 해야 했다. 나는 기도하듯이 손을 모은 다음 메모장에 「정말 다행이야」라고 적었다. 루스는 「돌아와줘서 정말 감사해요. 구조 요청했어요」라고 적어서 답했다.

틈 사이로 올라와서 아름다운 햇살 아래로 들어서자 불쌍한 죽은 거북이 틈에서 빠져나와 내 앞을 둥둥 떠다녔다. 거북과 나, 둘 다 동굴의 차가운 손아귀에서 벗어났다.

수면으로 올라오면서 나는 루스가 구조를 요청한 동굴 다이버들이 오고 있다는 걸 알게 되었다. 우디 재스퍼를 비롯해 7명의 친구들이 가득 찬 공기통을 들고 우리를 구조하기 위해 오는 길이었다.

그들은 로버트에게는 연락하지 않았다. 친구들은 73분간 내가 죽었다고 생각해 괴로웠겠지만, 내 남편이 73분간 고통받는 일은 면하게 해주었다.

73분은 온갖 번민으로 가득 찬 영원 같은 시간이었을 것이다.

죽음에 이를 뻔한 위태로운 상황까지 걸어 들어가는 사람은 없다. 이 사건은 내가 하는 일의 의미와 목적, 내가 감수하는 위험에 관해 생각해보게 했다. 이 일로 나는 내가 내린 결정에 얽혀있는 사람들을 깊이 생각하게 되었다. 내 결정은 가족을 생각한 결정이어야 했다. 또한, 내가 내린 결정은 내가 죽는 경우 동굴 다이빙 공동체 전체에 영향을 줄 수 있었다.

그 후 며칠 동안 친구들에게서 전화와 이메일이 빗발쳤다. 친구들은 내가 죽기 전에 나에게 꼭 전하고 싶었던 말들을 모두 쏟아냈다. 그들은 추도 연설에서 했을 법한 말을 들려주었다. 이 일의 여파로 나는 외상후 스트레스장애PTSD를 앓고 있는 군인이었던 남편과 상의해야 했다. 로버트는 복무한 기간보다 나와 함께한 4년 동안 주변 사람들의 죽음을 더 많이 마주했다. 그는 내 친구들과 가깝게 지내고 싶어 하지 않았다. 로버트는 동굴 다이빙이 내 정체성의 핵심을 이룬다는 사실을 알았지만 더는 장례식에 가고 싶지 않았고, 그게 내 장례식이라면 더욱 그랬다. 매번 물로 뛰어들 때마다 나는 로버트를 생각해야 했다.

그 일이 있고 며칠 뒤에 나는 우디가 보낸 짧은 쪽지를 받았다. 그답게 내용은 간단했다.

「네가 있는 곳으로 가면서 너에게 꼭 이 말을 전하고 싶었어. 한계를 명심하고 어서 돌아와, 너의 소중한 일상이 널 기다리고 있어」

나의 소중한 일상.

그때까지 나는 스트레스와 상실감을 꾹꾹 누르며 극복해 왔다. 하지만 어느 순간엔 스트레스와 슬픔을 더는 감당할 수 없는 상태가 오기 마련이다.

죽은 친구들

2012

매일같이 위험을 마주하는 여성과 결혼한 남자는 거의 없다. 대부분의 남편들은 일을 마치고 아내를 집에서 보길 기대한다. 로버트는 내 직업을 받아들이고 지지하긴 하지만, 내가 집에 무사히 돌아올 때까지 초초한 마음으로 기다린다. 로버트를 안심시키려 했지만, 동료가 한명씩 죽어가는 걸 그가 볼 때마다 나의 일을 변호하기가 힘들어졌다.

로버트는 거의 매일을 나에게 무슨 일이 생기는지에만 몰두했다. 내가 새로운 장비를 시험하거나 위험한 프로젝트를 맡아서 떠나면 로버트가 할 수 있는 일이라곤 기다리는 일밖에 없었다.

웨슬리를 떠나보내며 정신이 번쩍 들었다. 또 그 후에 오터 스프링스에서 사고를 겪고 나자 나는 방향을 잃은 것 같았고, 다이빙하기가 점점 무서워졌다. 친구들이 죽거나 내가 죽게 될까 봐 겁이 났다.

나는 가르치는 일에서 한발 물러났고, 점점 수강생을 가려서 받았다.

동굴 다이빙으로 만난 친구들과 덜 어울리고 자신의 내면으로 파고들었다. 내가 옳은 길 위에 서 있는지 스스로 끊임없이 질문을 던졌다. 내가 느끼는 불안감도 불안감이지만 사망자가 지나치게 많아졌다. 죽은 친구들의 모습이 마구 몰려들어 머릿속에서 뒤섞였다.

대개 친구가 죽고 나면 감정과 마음을 정리한다. 하지만 억눌렸던 감정 위로 또 다른 친구가 죽고 또 죽는 상황이 반복되었고, 억눌렸던 감정은 더 위태롭게 쌓여갔다. 이제 더는 버틸 수 없었다.

오터 스프링스에서 있었던 사건 이후, 나는 무너져 내렸다. 그날의 기억들이 생생하게 되살아나 악몽이 되어 몰려왔다.

동굴에서 나를 향해 헤엄쳐 오는 빛이 보인다. 다급한 듯 불을 번쩍이며 도움을 요청하고 있다. 다리가 여덟 개인 듯 보이나, 여섯 개만 움직이고 있다. 여러 명이 다이버 한명을 끌어내기 위해 씨름한다.

휴가를 즐기던 다이버 한명이 몇 분 전에 동굴 바닥으로 가라앉았고, 그의 목숨을 구하려고 애쓰는 친구들에게 질질 끌려 나가면서 천장에 부딪히고 바위에 걸린다. 친구 한명이 다이버의 입에 호흡기를 대주며 그가 숨 쉬게 하려고 헛되이 숨을 불어 넣는다. 공기 방울과 팔다리, 부유물과 섬뜩하게 부릅뜬 눈이 뒤섞인다. 그의 얼굴은 낯이 익지만 잔뜩 부어 알아볼 수 없고 파란빛, 보랏빛, 붉은빛을 띤다. 선명한 색의 체액이 마스크 안에서 튄다.

그를 동굴 위로 끌어 올리자 낮아진 기압으로 인해 살점이 입에서 흘러나온다. 몸은 퉁퉁 불었고, 입술은 툭 튀어나온 채로 빈껍데기가 되었다. 이 무리를 통제하지 못한다면, 우리는 이 다이버뿐 아니라 더 많은 것을 잃게 될 것이다. 얕은 물에서 다이버의 가슴을 압박하면서 나는 이 남자를 살리려고 노력했지만, 이번에도 심폐 소생술은 실패했다.

기억과 같은 악몽에서 깨어났다.

나는 그들의 이름과 사망 날짜를 더는 항상 기억하지 못하는 데 죄책감을 느꼈다. 죽은 친구들을 생각하면 힘든 기억만 떠오른다. 일부는 받아들였지만, 다른 친구들의 죽음은 여전히 제대로 애도할 시간이 필요했다. 동굴 바닥의 하얀 침전물에 그들의 몸이 눌린 자국이 남아 있는 것을 보았고, 친구의 시신을 물속에서 끌고 나오기도 했다. 눈은 돌출되어 있었고 얼굴은 공포로 반투명하고 새파랗게 질린 채 굳어 있었다. 그들이 토사물을 쏟아내는 동안 폐 안으로 숨을 불어넣으려고 애썼다. 그들을 위해서 추도 연설을 썼고, 남겨진 동반자에게 전화했으며, 혼자 집에서 흐느꼈다.

나는 계속해서 그들의 무덤 사이로 잠수한다.

친구들의 안부는 얼굴을 마주하거나 통화할 때만 듣는 것은 아니다. 소셜 미디어 시대에 우리는 공개된 삶을 살고 죽음을 맞이한다.

로버트가 노트북을 손에 든 채 천천히 계단을 오르는 소리가 들렸다. 발걸음이 무거운 걸 보아 어떤 말을 하려는지 알 수 있었다. 그가 침착한 목소리로 내게 말했다.

"여보, 나쁜 소식이 있어."

나는 로버트가 고통스러운 소식을 전해주기 전, 그가 쓰는 단어와 억양을 구분할 수 있게 되었다.

"칼이 죽었어."

성을 들을 필요도 없었다. 2주 뒤에 새로운 기술을 훈련하기 위해서 그와 만날 예정이었기 때문이다. 칼은 재호흡기를 사용하다가 죽었고, 이번 주에만도 벌써 3번째로 사망한 동료였다. 감당하기 힘들었다.

로버트는 칼을 만난 적이 없었다. 하지만 고맙게도 아무 말 없이 나를 안아주었고 마음껏 슬퍼하게 해주었다.

때로는 페이스북에 올라온 뉴스를 보고 죽음을 알게 되었다.

「토요일 오후, 사우스 데번South Devon 연안에서 다이빙 중, 다이버 1명 사망」

그는 로버트의 친구이기도 했다. 우리는 함께 슬퍼했다.

「위험한 동굴이 불러온 비극. 월요일에 발견된 2명을 포함, 총 10명의 다이버가 이글스 네스트Eagle's Nest 동굴 안에서 사고를 당하다」

기사의 제목은 동굴로 비난을 돌리기도 한다.

「결국 동굴 다이버 4명 사망. 4명의 다이버는 출구를 찾는 데 성공했지만, 나머지 4명의 다이버는 동굴 속에서 사망한 채 발견」

다이버의 죽음은, 주의를 끌기 위한 기사의 첫 문장 정도로 축소된다.

나는 너무 일찍 세상을 떠난 친구들에게 화가 나있었다. 하지만 지금은 그들을 기억하고 괴로워하며 인생을 헛되이 낭비하는 게 의미 없다는 걸 안다. 잊지 않기 위해 그들의 이름을 되뇐다. 그들의 실수에서 배우고 그 교훈을 학생들에게 전달한다. 훌륭한 다이버들조차 잘못된 선택을 할 수도 있다는 것을 경건하게 보여줌으로써 그들의 존엄성을 회복시킨다.

여전히 밤이 되면 때때로 아픈 기억들이 떠오르곤 하지만, 나는 죽음을 두려워하며 한자리에 붙박인 채 제자리걸음을 하기보다 현재의 삶을 충실히 사는 데 집중하기로 했다.

로버트는 군대에서 복무할 때 친구들의 죽음을 맞닥뜨렸고, 내게 조언을 해주며 상실의 슬픔을 헤쳐나갈 수 있도록 도와주었다. 그리고 내가 감당하기 힘들어서 괴로워할 때, 좋아하는 일로 다시 돌아올 수 있게 해주었다.

그는 자신을 매료하고 자신에게 영감을 주는 내 모습이 동시에 자신을 겁에 질리게 한다고 말했다. 내 열정을 인정하고 지지하면서 존중이라는 커다란 선물을 주었다. 그는 내가 하는 일을 할 배짱은 없지만 언제나 나를 묵묵히 지지해 주었다. 그는 나를 자랑스러워한다.

우리는 7R 유전자로 연결되어 있고, 함께하는 매 순간을 소중히 여긴다. 서로 손을 잡고 사랑한다고 말하지 않고 지나가는 날은 없다. 그리고 벅찬 감정과 감사함으로 가득차서 서로의 눈을 바라본다.

약간의 마법
2013

내가 어렸을 때부터 아버지는 야영지를 떠날 때는, 도착했을 때보다 야영지 주변은 더 깨끗하고, 본인은 이전보다 더 성숙한 상태여야 한다고 가르쳤다. 그와 같은 신념에서 나는 내가 하는 일이 사회적으로나 사람들에게 도움이 되며, 진실한 삶을 살고 있는지 알고 싶었다.

새롭게 한계를 뛰어넘을 때 나는 어린아이처럼 탐험가가 되고 싶다는 생각에 목숨을 건 게 아니라는 점을 확실히 하고 싶었다.

나는 내 죽음을 겪을 주변 사람들을 고려해야 했다. 내가 죽는다고 하더라도 내게는 달라질 것이 없다. 하지만 로버트, 가족 그리고 내 시신을 수습할 사람은 어떨까?

나는 내가 하는 일에 의미와 목적이 있었으면 했다.

로버트의 지지와 격려를 받으며, 내가 하는 탐험이 단지 나 자신을 위한 일이 아니라는 사실을 깨달았다. 내가 하는 일은 과학과 발견, 교육에 의미있는 공헌을 하고 있었다. 자신을 되돌아보면서 다이빙이 교육이나 봉사, 멘토링처럼 좋은 공공의 목적에 기여할 때 가장 행복을 느꼈다는 사실을 깨달았다. 로버트는 다이빙에는 관심이 없었지만 나와 함께 일하면서 더 포괄적인 역할을 맡기로 했고, 그럼으로써 모험과 공동체를 위한 봉사 사이에서 균형점을 찾는 데 함께 전념하기를 바랐다.

다이버의 길을 걸으며 맞닥뜨린 또 한 번의 갈림길에서 세상을 더 나은 곳으로 만들기 위해 돕는 건설적인 프로젝트에 집중하기로 했다.

이러한 사명으로 〈우리는 물이다We Are Water〉 프로젝트를 시작했다. 동굴 다이빙 모험에서 겪은 흥미진진한 이야기를 활용하며 대중에게 지구의 식수 자원을 어떻게 지켜야 할지 가르칠 방법을 찾아냈다.

로버트는 간호사를 그만두었고, 모아둔 돈으로 물에 대한 경각심을 일깨우는 독립 영화를 만들었다. 물을 보유한 행성의 거주자로서 더 나은 관리인이 되는 법을 배우도록 돕기 위해서였다. 그러면서 로버트는 내게 한 가지 부탁을 했다. 그는 멋진 탐험에 기꺼이 참여하고 싶어 했고, 내게 다이빙이나 대중 매체 등 집중을 방해하는 요소 없이 우리만의 탐험을 즐기기 위해 다이빙을 잠시 쉬어달라고 부탁했다. 그래서 나는 다가오는 4개월을 비워놓았고 다이빙 작업을 모두 취소했다.

로버트와 내가 함께 만든 영화 〈우리는 물이다〉의 편집 작업은 막 마무리되었지만, 어떻게 배급해야 할지에 대한 계획은 없었다. 하지만 이 영화를 세상과 나누는 데 탄소 중립적인 방식보다 더 좋은 방법은 없을 것 같았다. 그리고 천재적인 영감 혹은 바보 같은 무모함이 발현된 순간에, 우리는 서쪽에서 동쪽으로 캐나다를 횡단하며 영화 상영 투어를 하기로 했다. 영화가 내세우는 윤리에 부합하도록 차량의 도움 없이 자전거를 타고 투어했다.

우리는 매일 밤 야영을 했고 우리가 만든 영화를 다이빙 용품점과 YMCA 시설, 집, 교회, 도서관에서 상영했다. 또 우리는 여행하며 겪은 일을 온라인에 기록으로 남김으로써 세상에 메시지를 전했다.

7,000킬로미터에 달하는 회복을 향한 여정은 활기를 불어넣었다. 자전거 여행과 영화는 웨슬리에게 경의를 표하기 위해서이기도 했다.

로버트와 함께 로키산맥을 가로질러 나아가면서, 이 여행을 통해 우리의 관계를 굳건히 다지고 친구를 추모하며 수자원 운동가로서 한목소리를 내기 바랐다.

이번 여행은 내가 자전거를 타는 걸 좋아한다는 사실도 알게 해주었다. 자전거 여행 중 멋진 풍경의 강가에서 피크닉을 했으며, 사우스다코타South Dakota와 온타리오Ontario 남부에 있는 유명한 오솔길에서 자전거를 타며 여행하기도 했다. 다이빙 장비로 가득했던 승합차 안에는 더러운 자전거 2대가 실려있었다.

자전거 여행은 육체적으로 고되고 심리적으로 힘든 편에 속했고, 로버트도 마찬가지로 힘들어했다. 우리는 눈이 오든, 비가 오든, 해가 내리쬐든 상관없이 하루에 100킬로미터가량을 달렸다. 그러다가 넘어지기도 했지만, 그럴때면 서로를 다시 일으켜 주었다. 아프고 지치는 동시에 날아갈 듯 기운이 솟아났다.

우리는 눈보라가 몰아치는 로저스 패스Rogers Pass 정상에 섰고, 안전한 곳으로 가기 위해서는 어둠 속으로 더 달려야 한다는 사실을 깨달았다. 앨버타주 코크레인Cochrane, Alberta에서는 로버트가 크게 넘어져서 병원에 가야 하지 않을까 싶었지만, 그는 안장에 다시 올라탔다. 나는 폐렴과 일사병으로 고생했고 고열을 견뎌냈으며, 자전거 바지를 뚫고 들어온 햇빛으로 일광 화상을 입어 허벅지에 물집이 생기기도 했다. 통증과 고된 여정으로 힘들긴 했지만, 친밀감을 나눌 수 있는 경험이었다.

매일 밤 우리는 새로운 장소에 텐트를 쳤다. 어떤 때는 지역 공원이었고, 곰이 우글거리는 숲일 때도 있었다. 초라한 야영 매트를 펼친 뒤 체온을 유지하기 위해 꼭 껴안고 자거나 수그러들지 않는 여름의 열기와 모기를 견디며 야외에 그대로 눕기도 했다. 우리는 서로의 상처를 돌보았고 피곤한 다리를 마사지해 주면서 잠들 때까지 대화를 나누었다.

뉴펀들랜드섬 세인트존스St. John's, Newfoundland에서 대서양 물에 발을 담갔을 무렵, 우리에게 새로운 인생이 시작되었다.

여행은 경이로움을 느끼고 자연과 하나된 느낌을 다시 찾는 계기가 되었다. 게다가 여행을 하며 함께 고난을 나누자 관계는 더욱 견고해졌으며, 서로에게 더욱 헌신하게 되었다.

로버트는 내가 '지구 어머니의 혈관에서의 수영'이라는 주제로 강연하는 것을 듣고, 나에게서 자연을 존중하고 사랑하는 마음이 깊이 느껴졌다고 말했다. 그는 내가 그를 사랑하는 것만큼이나 나의 일도 사랑한다는 사실을 깨달았고, 위험한 일이지만 나를 나답게 만들고 그가 사랑하는 사람으로 만들어 준다는 점을 깨달았다. 그는 나와 물속 세계를 갈라놓지는 않을 생각이었다. 그리고 내가 하는 일이 그를 두려움에 떨게 하더라도 여전히 나를 사랑하고 지지할 것이라 말했다.

다이빙할 때면 자연의 놀라운 장소들에서 경이로움이 든다.

시베리아의 우랄산맥 아래의 얼음 동굴 속, 해 질 녘 북극권을 가로질러 잠수할 때, 카메라 앞을 기웃대던 가마우지의 날개에서도, 잠수복을 끌어당기며 다이브 컴퓨터를 무는 바다사자의 장난에서도 경이로움은 나를 휘어 감싼다.

주변에 관심을 두고 관찰한다면, 경이로움으로 가득 찬 순간은 어디에나 있다. 경이로움을 주변 사람들과 함께 나눌 때, 생각과 의견을 변화시킬 수 있다는 점도 알았다.

좌절이 주는 시련과 상실로 인한 스트레스가 나를 압도할 때면, 나와 동료들을 다이빙으로 이끌었던 경이로움을 기억해 낸다.

또 한 친구를 잃었다는 슬픔에 빠질 때면 뉴펀들랜드섬 연안에서 혹등고래 100마리 사이에서 잠수했던 순간과 아조레스제도Azores Islands에서 거대한 쥐가오리 무리와 헤엄쳤던 순간을 떠올린다. 멕시코 동굴 깊숙한 곳에서 선사시대 곰의 뼈와 방해석 아래 갇힌 조그마한 고대 박쥐를 떠올린다. 몬테 코로나Monte Corona 화산의 용암 동굴 안에서 희귀한 새로운 동물을 수집하고, 오아시스에서 다이빙하려고 이집트 모래폭풍을 뚫으며 터벅터벅 걸은 일을 떠올린다.

챌린저Challenger해대(해저 대지라고도 부르며, 주변의 다른 해저보다 높이 솟아있고 평평하고 넓은 해저지형이다-옮긴이)에서 수심 140미터에 있던 주름진 보라색 산호와 브리티시컬럼비아 해안에 있는 야광 바다선인장을 보았던 기억을 떠올린다.

아름다움이란 마법은 가슴 저미는 슬픔을 조금이나마 감당할 수 있게 해준다.

다음 목적지

2017

2017년 11월의 어느 더운 가을날, 나는 빌 스톤 박사와 그가 운영하는 텍사스에 있는 항공우주 회사의 동료들과 다시 모였다. 우아우틀라와 와쿨라 스프링스의 탐사 이후로도 나는 빌과 긴밀한 관계를 유지했다. 내가 지구 속 깊은 곳으로 다이빙하는 동안, 빌은 영역을 넓히는 기술을 개발했다. 그의 궁극적인 목표는 테크니컬 다이버를 위한 장비를 만드는 것이 아니었다. 그는 수중 동굴을 우주에서 사용할 장비의 성능을 시험하기 위한 장소로 생각해 관심을 가졌었다. 그가 개발한 재호흡기는 우주 공간을 유영하기 위한 것이었다. 3D 지도 제작기는 지구를 너머 거대한 행성들과 위성들에서 쓰일 것이다.

'웨슬리 스카일스 피콕 스프링스 주립공원'이라고 이름 지어진 다이빙 장소에 우리는 관제센터를 세웠다. 공학자들은 하얀 접이식 탁자를 설치했고, 그 위에 컴퓨터 모니터와 노트북을 늘어놓았다. 선크림을 듬뿍 바른 창백한 피부의 프로그래머들은 단풍나무와 참나무가 드리운 지붕 아래에서 벌레 퇴치 스프레이를 연신 뿌려댔다.

매미와 올빼미 울음소리가 함께 들리거, 빌이 우리 사이로 들어와서 브리핑을 시작했다. 그의 얼굴은 수년간의 스트레스로 마르고 주름졌지만, 눈빛만은 주변을 전염시키는 강인함과 신념으로 가득 차 있었다.

"오늘은 로봇을 이용해 탐험하는 첫 시도를 할 것입니다. 이전에는 없었던 일이지요. 우리는 역사에 남을 만한 일을, 바로 오늘 개시할 것입니다."

빌이 선언했다.

나는 다이빙 역사에 남을 중대한 순간에 함께하게 되어 매우 흥분되었다. 와쿨라 스프링스에서 조종했던 거대한 '3D 지도 제작기'는, 외계 탐험자가 될 '썬피시Sunfish'라고 불리는 로봇의 할아버지뻘이었다. 둘 사이에 차이점이 있다면, 썬피시에게는 다이버의 도움이 필요하지 않을 것이라는 사실이다. 이 인공지능 로봇은 동굴에 들어가서 스스로 지도를 그릴 준비가 되어 있었다.

나는 이 역사적인 임무를 촬영하려고 수중 동굴 안에 커다란 조명을 설치했다.

주황색을 띤 납작한 수중 로봇 썬피시는, 환한 조명 아래에서 출발대에 선 주자처럼 곧 출발할 태세로 윙윙거리며 제자리를 맴돌았다. 썬피시의 앞 부분에 달린 작은 조명이 다섯 번 깜빡이며 이제 곧 출발할 예정이라고 알렸다.

카메라의 녹화 버튼을 누를 때는 심장이 멎을 것만 같았다. 썬피시는 마치 목을 쭉 뻗고 주변을 둘러보려는 듯 회전했다. 로봇은 추진기를 활용해서 바위 기둥을 향해 바로 헤엄쳤고, 나는 카메라를 들고 썬피시를 쫓았다. 로봇은 다시 회전하더니 다이버들이 설치한 가이드라인에서 먼 왼쪽으로 향했고, 단계적으로 주변 환경을 디지털 방식으로 변환하며 수중 동굴 통로들을 자신 있게 탐험하기 시작했다.

나는 로봇이 학습하며 동굴 속을 탐험하는 모습을 보면서 아담의 창조를 목격하는 듯한 기분이 들었다. 나는 내 역할이 대체되는 게 두렵지 않았다. 나는 지상에 묶인 존재의 한계를 초월하게 된 게 뛸 듯이 기뻤다. 썬피시는 내가 갔던 곳보다도 더 깊은 곳에서 다이빙하게 될 것이다. 동굴 안에서 썬피시를 뒤쫓는 동안 전율이 일며 소름이 돋는 게 느껴졌다.

내 옆에서는 폴이 커다란 영화 조명을 들고 있었다. 나는 폴의 팔을 부드럽게 끌어당기며, 내가 필요한 곳으로 조명을 비추게 했다.

나는 폴과 와쿨라에서 함께 다이빙을 했으니 오늘 이 순간도 함께 나누는 것 또한 당연하다고 생각했다.

이혼 후 몇 년간 우리 사이는 우정이 돈독해졌고, 서로를 존중하는 마음도 커졌으며, 같은 공동체에서 계속해서 동료로 일했다. 결혼 생활이라는 압박이 없어지자 신기하게도 우리는 친구가 되고 서로의 좋은 면을 보기가 더 쉬워졌다.

나는 폴에게 촬영을 위해 조명 보조로 자원해서 봉사해 달라고 연락했다. 그리고 와쿨라 프로젝트를 함께했던 사람들을 모두 불러서 우리가 한 일이, 20년 뒤 열매를 맺는 장면을 지켜볼 수 있게 했다. 그리고 폴에게 중요한 임무를 부탁했다.

내가 영상 카메라로 촬영하는 동안 폴은 우리와 연결되어 있는 로봇의 노란색의 연결선을 분리할 것이다. 인간의 도움 없이 스스로 탐험하도록 놓아줄 것이다. 썬피시는 처음으로 스스로 판단하며 움직이는 인공지능 로봇 동굴 탐험가였다.

폴은 썬피시가 여러 방향으로 작은 신호를 쏘며 자리에서 맴도는 동안 로봇과 나란히 자리 잡았다. 그는 자리를 이동해서 로봇의 우측 뒤편의 연결선 옆으로 다가갔고, 스테인리스 스틸로 된 플러그의 노란 연결선을 잡았다. 내가 카메라 뒤에서 끄덕이자, 폴은 연결선을 잡아당겼고 썬피시는 우리에게서 분리되었다.

썬피시는 잠시 멈춰있다가 모터가 작동하기 시작하니 스스로 헤엄쳐 나아갔다. 내가 카메라를 들고 뒤쫓는 동안, 썬피시가 나아가면서 컴퓨터 프로세서에 긴 정보들을 기록했다. 우리에게 보이지는 않지만 썬피시는 벽을 향해 연달아서 빠르게 신호를 쏘았고, 정확한 거리와 위치 및 방향을 쟀다. 썬피시는 민첩하게 헤엄쳤고 복잡한 동굴 속에서 자신의 위치를 정확히 알기 위해 회전했다. 이동을 멈추었을 때는 미지로 향하는 다음 단계에 대해 생각하는 것처럼 보였다. 썬피시는 거침없이 앞으로 계속 나아갔고 지도의 빈 곳을 계속 채워나갔다.

로봇을 보고 목이 메는 게 이상해 보일지도 모른다. 하지만 내게 있어 그 장면은 내가 지난 수십 년간 해온 일을 보여주는 구체적인 증거였다. 내가 그저 바퀴에 달린 작은 톱니라면 이 로봇은 바퀴 전체였다. 지구에 머무는 짧은 시간 동안 내가 탐험에 기여하고 있었다는 사실이 온몸에 느껴졌다. 나는 썬피시가 된 기분이었다. 나도 마찬가지로 20년 동안의 여정 중에 만난 사람들에게서 배우고 지혜가 쌓인 뒤 이제 모든 짐에서 갑자기 해방되었고, 연결이 끊긴 채 스스로 탐험해 나가고 있었다.

수중 탐험 로봇에 적용된 기술의 최종 목적은 내가 결코 보지 못할 장소들을 그려내는 게 아니었다. 이 기술은 훨씬 큰 임무를 띠고 있었다. 빌이 평생토록 해온 일은, 우리가 사는 세계 너머에 있는 것에 초점이 맞춰져 있었다.

언제가 될지는 모르겠지만 유로파Europa(목성의 위성 중 하나로 얼음으로 둘러 쌓여 있으며, 그 밑에는 거대한 바다가 있고 생명체가 존재할 가능성이 있다-옮긴이)에서 빌이 발명한 로봇은 얼음으로 덮인 표면을 뚫고 내려갈 테고, 그 아래 있는 바다의 지도를 그릴 것이다. 내가 직접 우주에 가지는 못할 테지만 로봇 다이버는 처음으로 외계의 바다에서 탐험하게 될 것이다. 그리고 그 과정에 내가 일조했다.

나는 과거의 관계를 대할 때도 한층 성숙해졌다. 폴과 나는 한때 서로의 인생에 도움을 주었다. 결혼 생활에서 힘들었던 부분을 되새기는 일은 의미가 없었다. 나는 인생을 살며 좋고 나쁘고 불쾌한 순간을 모두 받아들이는 법을 배웠다. 그 모두가 지금의 나를 만드는 데 기여했기 때문이다. 부정적인 감정을 내려놓고 삶을 있는 대로 받아들이며, 서로를 용서함으로써 우리는 친구이자 동료가 될 수 있었다.

이날은 내게 중요한 날이었다. 발견이라는 큰 목적의 한순간에 불과했으나 나의 성장에 큰 영향을 주었다.

20년 전, 우리는 멕시코 시에라 마사테카 산맥의 모닥불 앞에서 실패가 도사리는 중에도 담대하게 꿈을 꾸었고 상상을 펼치고 탐험을 했다. 빌도 나도 우리 삶이 지금처럼 흘러오리라고는 예측하지 못했다. 하지만 여러번의 도전과 실패, 상실에도 불구하고 우리는 앞으로 나아가기 위해 매번 최선의 발걸음을 한발씩 내디뎠다.

나는 잠수병을 앓은 후나 이유 없이 괴롭힘을 당할 때 모든 걸 그만둘 수 있었다. 또 빌은 이언 롤런드가 사망했을 때 동굴 탐험을 그만둘 수 있었고, 사람들이 불가능하다고 말할 때 자신의 발상을 포기할 수도 있었다. 하지만 실패할지 모른다는 두려움과 미지의 영역이 주는 공포심을 넘어서면, 우리는 개인과 사회를 위해 대단한 일을 해낼 수 있다.

모험이 우리를 어디로 이끌지는 알지 못한다. 어렵고 부담이 느껴질 수도 있겠지만 모든 길은 발견으로 이어진다.

좋은 사건과 나쁜 사건은 모두 씨줄과 날줄처럼 우리의 모습과 우리가 사는 사회의 모습을 만든다.

꿈을 향해 지구 속으로, 지구 너머로 나아간다면 불가능한 일을 이룰 수 있을 것이다. 우리는 우리가 하는 일이 세상을 더 나은 곳으로 만들리라는 걸 확신한다.

누나부트준주, 화이트아일랜드

2018

바다코끼리와 일각고래, 북극곰을 찾아 나선 2주 동안, 나와 5명의 제작진이 머물 9제곱미터짜리 오두막 바닥에는 하얀 동물의 사체가 찢긴 채 고약한 냄새를 뿜고 있었다. 지금은 질긴 가죽과 부드러운 털, 상아색 뼈 뭉치이지만 한때는 고결한 북극여우였을 것이다.

안내원은 늑대나 울버린에게 상처를 입은 여우가 이곳을 안전한 장소라고 여겨 머물다 죽었을 것이라 말했다.

7미터 길이의 무스헤드Moosehead 카누를 타고 추운 겨울 날씨를 오랫동안 헤쳐온 터라, 대피소로 쓰일 오래되고 투박한 오두막이 꽤 마음에 들었다. 모기떼에 두텁게 둘러싸인 북극여우의 모피를 두고 잠시 고민했다. 어쩌다 보니 우리는 노자앗Naujaat의 오래되어 잊혀진 대피소까지 침낭도 없이 왔기 때문이다.

그 결과, 오늘 밤 파카에 파묻힌 채 5명의 남자 동료와 서랍 속의 숟가락처럼 나란히 누워서 자야했다. 안내원들은 작은 텐트에서 지낼 예정이다. 텐트 주변에는 불청객인 북극곰들이 다가 오지 못하도록 전기가 흐르는 전선이 설치되어 있다. 또 몸집은 작지만 용감한 개 한 마리가 끈에 묶인 채 보초를 서고 있다. 삭막하고 사람이 살지 않는 이곳에서 우리는 먹이사슬의 일부라는 점을 기억해야만 한다.

다이빙 파트너이자 동료 다큐멘터리 제작자인 마리오 시르Mario Cyr 는 평생 북극의 자연을 촬영해 왔다. 마리오는 다이빙하는 야생 북극곰을 처음으로 찍은 사람이기도 하다.

그는 내게 북금곰에 관해 주의사항을 알려주었다.

"매우 위험해요. 얼음이나 해안에 가까이 있으면 안 돼요. 그러면 북극곰이 당신을 붙잡고 물 아래로 끌어 내릴 거예요. 또 만약에 북극곰이 다가온다면 가능한 한 빨리 깊숙이 다이빙하세요."

그는 불길한 미소를 지으며 말했다.

생각만으로 몸이 떨려왔다. 하지만 이런 경고를 들으면서도 곰과의 거리가 1.5미터 정도 떨어져 있을 때 카메라의 광각렌즈가 가장 좋은 장면을 포착하리라는 생각이 드는 건 어쩔 수 없었다.

"바다코끼리는요?"

내가 물으니 마리오는 또 한 차례 열띤 강의를 했다.

"안 돼요! 수컷은 특히 더 위험해요! 바다나 바위, 얼음을 뒤에 끼고 궁지에 몰린다면 바다코끼리들에게 죽임을 당하고 말 거예요."

희귀한 바다 포유류를 촬영할 생각에 신이 났지만, 한편으로는 감당하기 힘든 일을 벌인 건 아닌지 의문이 피어올랐다. 동물들의 간식이 되어 세상을 떠나고 싶지는 않다.

지난 몇 년간, 상황이 무시무시하더라도 새로운 경험을 하기 위해 한 번에 한 걸음씩 신중하게 내디뎌야 나아갈 수 있다는 사실을 배웠다. 나는 20킬로그램짜리 수중 카메라를 준비하고, 체온을 유지해 줄 드라이 슈트를 입고, 20킬로그램짜리 중량 납을 차서 무게를 더한다.

마리오가 "됐어요, 가요!"라고 외칠 때까지 나는 물속으로 들어갈지 배 위에 남을지 결정할 예정이다. 선택은 온전히 내게 달려있다.

은퇴해서 느긋하고 편안한 삶을 즐길 수도 있지만, 그렇게 하면 나를 나답게 하는 짜릿한 경험의 기회를 놓치게 될 것이다. 그래서 목 뒤의 털이 곤두서고, 식은땀이 다이빙 마스크 안으로 흐르는 가운데 차가운 물속으로 뛰어든다.

거칠고 상상하기 힘든 상황 속에서 방해받지 않고 탐험하면서 계속 성장해 나간다.

두려움을 계속 느끼겠지만 절대 두려움에 지지는 않을 것이다.

감사의 글

/

이 책은 세상에서 가장 사랑하는 남편, 로버트 매클렐런의 지지 덕분에 세상에 나올 수 있었다. 상상만 하던 가장 위험한 활동 중 하나에 기꺼이 뛰어들어가는 여성과 결혼 생활을 하는 건, 특별한 사람이 아니고서는 불가능하다. 그의 인내심과 사랑, 격려와 가르침은 매일매일 나를 성장시킨다.

검소함과 진실됨 그리고 학업의 중요성을 가르쳐 주신 부모님에게도 진심으로 감사드린다. 지원을 아끼지 않는 안정적인 환경에서 자랐기에 남들이 가지 않는 길을 가는 기회를 얻을 수 있었다.

탐험 초기에 나를 인도해 준 폴 하이너스에게도 감사를 표하고 싶다. 또 다이빙과 창의력 사이에 균형점을 찾도록 도와준 웨슬리 스카일스에게도 마음의 빚을 지고 있다. 한계를 넘어 열정을 따르도록 지속해서 격려해 준 짐 바우든과 빌 스톤, 라이언 크로포드, 케빈 거에게 진심 어린 고마움을 전한다. 동료 탐험가 케니 브로드와 브라이언 케이커크, 바버라 암 엔데, 톰 모리스, 아네트 롱, 마크 롱, 필 쇼트, 스티브 루이스, 스투 셸던, 제프 셔크를 비롯해 '뉴욕 씨 집시스NYC Sea Gypsies'의 지지자인 조 스페라차와 레나타 로하스, 나이아가라 다이버 협회의 가족 같은 구성원들 그리고 뉴펀들랜드에서 함께한 캐스 도빈과 존 올리베로, 릭 스탠리와 데비 스탠리에게도 고마움을 전한다.

나는 우리가 함께한 다이빙과 저녁 식사, 흥미진진한 대화들을 언제나 소중히 기억할 것이다.

나의 멘토들인 어니 브룩스, 실비아 얼, 드류 리처드슨, 댄 오어, 밥 에반스, 마거릿 톨버트, 필 누이튼, 러셀 클라크와 트리샤 스토블에게 감사함을 표한다. 그들은 개척자로서 다음 세대를 위해 문을 열어주었다.

또 여러 친구가 내게 나만의 이야기를 쓸 수 있도록 권하며 피드백을 해주고 격려해 주었다. 크리스틴 레이 옴스테드와 팸 우튼은 인내심을 가지고 초기 습작을 읽어주었고, 노력이 열매를 맺도록 동기를 주었다. 섀넌 카라치아와 케니 카라치아, 조 하이너스, 베스 머피와 제리 머피, 피트 버트, 조지아 쉬미츠, 스콧 브라운스로트와 스카일스 모임의 구성원들은 가장 필요한 순간에 가족이 되어주었다.

목숨은 잃었지만 뒤따르는 이들에게 안전한 길을 밝혀준 친구들에게 큰 빚을 지고 있다. 그들을 몹시 그리워하고 있으며, 그들의 기여와 헌신을 언제나 기억할 것이다.

내 인생의 목표에 가까워지도록 탐험과 교육의 기회를 준 존 가이거와

'왕립캐나다지리학회'에도 감사를 표한다. 왕립캐나다지리학회와의 만남은 어린 소녀의 꿈을 실현해 주었고, 공동 작업에 함께 참여할 수 있어 영광이었다.

마리아 히메네스에게 각별한 감사의 말을 전한다. 그녀가 《토론토 스타》에 쓴 이야기 덕분에 출판 에이전트인 릭 브로드헤드와 만나게 되었다. 릭의 조언은 단순히 사무적인 관계 이상으로 내게 큰 도움이 되었다. 장담하건데 출판계에 그보다 열심히 일하는 사람은 없을 것이다.

편집자인 바브나 차우한과 멜라니 투티노, 교열 담당자인 숀 오키와 함께 '더블데이 캐나다'와 '펭귄 랜덤하우스'에 근무하는 출중한 팀들 그리고 하퍼콜린스의 에코북스에서 일하는 드니스 오스왈드에게도 감사를 전하고 싶다. 그들은 나만의 목소리를 찾도록 돕고, 명료한 이야기를 써내도록 도움을 주었다. 나는 그들을 보며 종종 내가 편집 팀과 일하고 있는지, 최고의 조언자들로 이루어진 집단과 일하고 있는지 헷갈릴 정도였다.

또 수많은 장비 제작자의 지원이 있었기에 최신 다이빙 장비를 갖출 수 있었다. 샌티와 순토, 아쿠아티카 디지털, 홀리스, 라이트 앤 모션의 넉넉한 지원과 파트너십에 각별히 감사드린다. 또 포스엘리먼트와 다이브소프트, 파라렌즈, 쿨, 아쿠아 렁, 워터프루프, 빅블루, 핀서브, 셔우드 스쿠버, PSI, VR 테크놀로지, 유알슈트, 다이브 라이트를 포함한 여러 업체가 지난 수년간 장비를 제공해 주었고, 감사한 마음으로 헤어질 때까지 열심히 사용했다.

마지막으로 수강생들과 다이빙 친구들에게, 수중 세계를 그들과 함께할 수 있어 영광이라고 전하고 싶다.

언제나 안전을 생각하고, 계속 꿈을 좇기를 바란다!

두려울지라도

내가 하는 일을 지지하고 응원해 주는

내 남편 로버트 매클렐런에게

이 책을 바친다.

아마 내 첫 탐험 시기에 찍은 사진일 것이다. 야외에서 흙을 묻히며 놀 때가 가장 행복했다. **위 왼쪽**
엄마는 나의 걸가이드 활동과 수영 배지들을 자랑스러워 하셨다. 배지들을 손수 바느질해서 스웨트셔츠에 달아 주셨다. **위 오른쪽**
여름 휴가철, 무슨 일이 생길세라 엄마가 가까이서 지켜보고 있다. **아래**

온타리오주 토버모리,
다이빙을 배우기
시작한 지 얼마 되지
않았을 때다.
아이스 다이빙을
배워두었던 것이
훗날 나를
남극 탐험으로 이끌 줄은
당시엔 몰랐다. **위**

멕시코 우아우틀라,
20킬로그램이 넘는
무거운 가방을
짊어지고
강을 건너고 있다. **가운데**

나와 오랜 세월을
함께한 니코노스 V
필름 카메라로
사진을 찍고 있다.
내 뒤에는
폴 하이너스이다. **아래**

1997년 멕시코 유카탄반도 수중 동굴의 입구인 피트 앞에서 촬영했다. 3년 뒤, 우리는 다시 그곳으로 돌아가 탐험을 재개했다. **위** / 동굴 다이빙이 인기를 끌면서 여행 브로셔를 제작할 일이 많아졌다. 뼛속까지 얼어붙는 추위 속에서 화려한 분홍색 라이크라 잠수복을 입고 광고에 쓸 사진을 찍기 위해 포즈를 취하고 있다. (폴 하이너스가 찍은 사진) **아래**

필름 카메라로 멕시코에 있는 피트를 찍으려 했으나, 장시간 노출을 하다 보니 흐릿한 잔상이 생겨서 사진을 망쳤다.
2018년, 다시 되돌아갔을 때서야 원하는 장면을 담을 수 있었다. 아픈 기억과 함께 그 아름답던 장관은 내내 뇌리에서 떠나
지 않았다.

와쿨라 스프링스, 3D 지도 제작기를 조종하고 있다. 웨슬리가 내셔널지오그래픽에 보낼 사진을 찍을 수 있도록 잠시 모두 자리에 멈추었다. (사진 제공: 미국 딥케이빙 팀 Inc.) **왼쪽 페이지** / 와쿨라 스프링스, 재호흡기 2개와 커다란 비상용 공기통 2개를 짊어지고 있다. 당시 90킬로그램이 넘는 장비를 진 채 걷고 있었고, 물속으로 들어간 뒤에는 130킬로그램 이상을 추가로 짊어졌다. **오른쪽 페이지 위**

와쿨라 스프링스, 22시간 임무를 수행한 후, 감압 체임버에 앉아 있다.
지쳐 있지만 자부심에 가득 차 있다. **오른쪽 페이지 중간**

와쿨라 스프링스, 내셔널지오그래픽 촬영 팀과 인터뷰하고 있다.
오른쪽 페이지 아래

내가 가장 좋아하는 동굴은 바하마제도 아바코섬에 있는 댄스 케이브(Dan's Cave)이다. 다이빙 동료인 케니 브로드 박사가 아름다운 수정 궁전을 탐험하는 모습을 촬영했다. **위** / 다른 곳에서 찍은 댄스 케이브의 모습. 내셔널지오그래픽에서 후원하고 케니 브로드, 톰 모리스와 함께 측량 및 지원을 했던 프로젝트다. **아래**

가오리건 바다사자건 북극곰이건 모든 생명체는 경이롭다. 멸종 위기에 처한 바다 생물을 기록하는 기회를 얻는다는 건, 감사하게도 나의 주어진 특권 중 하나다.

다이빙은 경이로운 경험들을 선물한다. 예를 들면 뉴펀들랜드 벨섬에서 제2차 세계대전 당시에 독일의 U-보트(독일의 대형 잠수함)가 침몰시킨 난파선을 탐사할 수 있는 기회를 얻는것처럼 말이다.

왼쪽 페이지
브레이브하트호의 연료를 아끼려 엔진을 끄고 정박했다. 그리고 그곳을 '인내 캠프 2'라고 이름 붙였다. **위 왼쪽** / 로스해를 가득 채운 부빙 사이에 갇히지 않도록 조심하면서 B15 빙산을 향해서 나아가고 있다. **위 오른쪽** / 기중기의 고리에 달린 평평한 나무 판자를 타고 브레이브하트호에 오르고 있다. **가운데** / 남극 케이프 할렛에서 펭귄과 걷고 있다. **아래**

오른쪽 페이지
남극의 빙산 동굴 내부로의 역사적인 첫 다이빙. 나와 폴은 '4번 빙산' 동굴에서 나가고 있다. **위** / 폴이 빙산 내부의 좁은 얼음 터널을 통과하고 있다. **아래**

플로리다주 데이토나, 〈PBS〉에 방영될 텔레비전 시리즈인 〈물의 여행〉을 촬영하며 웨슬리와 나는 태풍의 눈으로 곧장 들어갔다. **위** / 세상을 떠나기 전 함께한 다이빙에서 웨슬리를 촬영한 사진이다. 그와 함께여서 감사하다. **아래**

내가 가장 좋아하는 자화상. 플로리다주의 데블스 이어 스프링(Devil's Ear Spring)에서 하강하는 중이며, 마치 불 속으로 빠져드는 듯이 보인다. 산타페강에서 흘러들어온 타닌으로 강렬한 붉은 빛을 띤다.

미래를 엿보게 해줄 로봇 지도 제작기 썬피쉬. 빌 스톤 박사가 이끄는 '스톤 에어로스페이스'에서 개발했으며 2017년 가을에 처음으로 사람의 도움없이 수중 동굴의 3D 지도를 그렸다. 썬피쉬는 조만간 사람이 가지 못하는 영역에서도 동굴 다이빙 임무를 해낼 것이다. **아래**